SSKノベルズ

天に還る舟

島田荘司
小島正樹

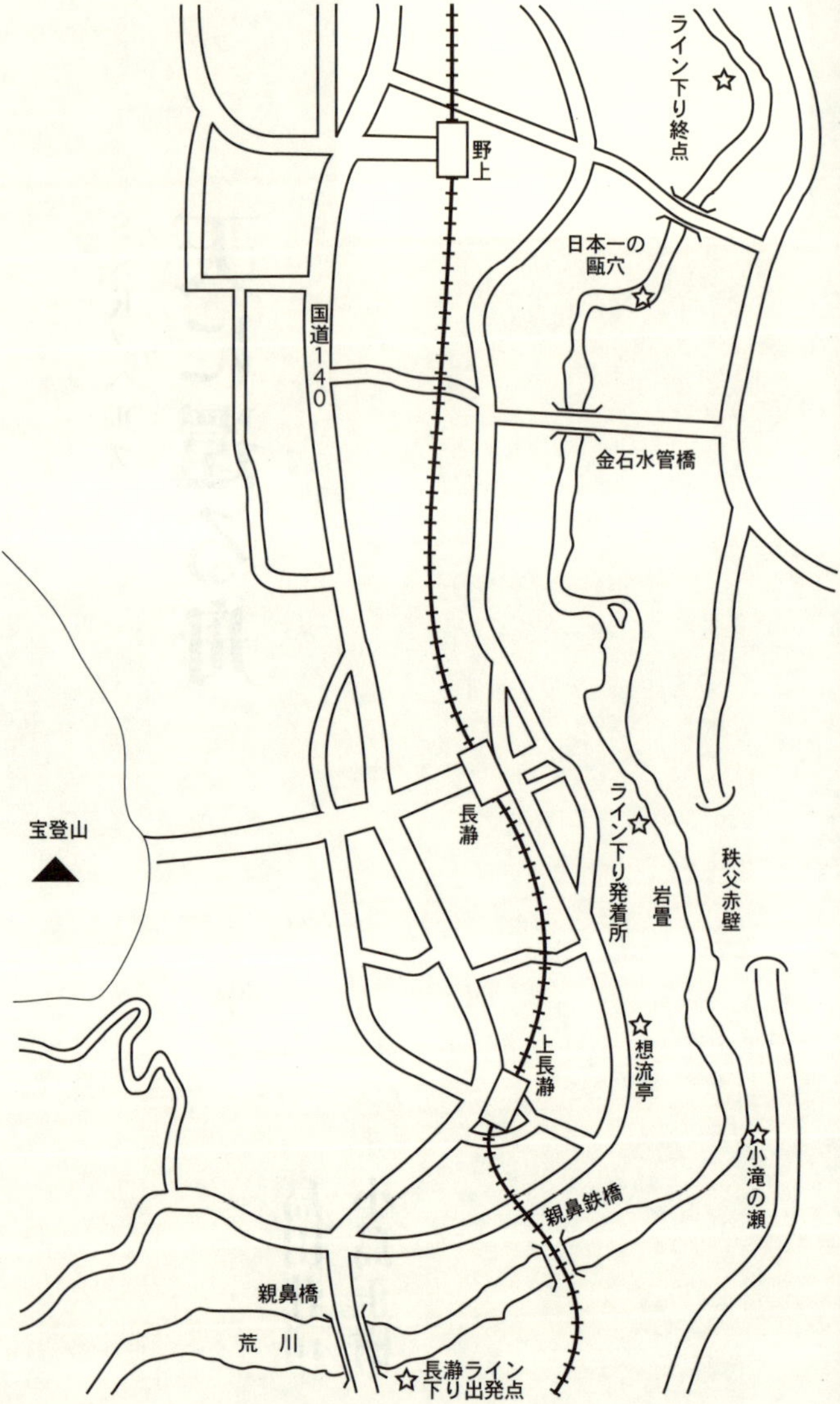

ライン下り終点
野上
日本一の甌穴
国道140
金石水管橋
宝登山
長瀞
ライン下り発着所
岩畳
秩父赤壁
想流亭
上長瀞
小滝の瀬
親鼻鉄橋
親鼻橋
荒　川
長瀞ライン下り出発点

目次

主要登場人物一覧

（年齢は昭和五十八年時点のものです）

藤堂菊一郎　元町会議員。長瀞町の旅館「想流亭」のオーナー。戦友慰霊会を主宰。六十六歳。
陣内恭蔵　戦友慰霊会会員。六十五歳。
浅見喬　戦友慰霊会会員。六十五歳。
秋島重治　戦友慰霊会会員。六十七歳。
長澤和摩　戦友慰霊会元会員。六十五歳。
長澤汐織　長澤和摩の娘。旅館「想流亭」従業員。二十四歳。
三井きよ　旅館「想流亭」従業員。五十九歳。
大野幸助　旅館「想流亭」住込み従業員。六十二歳。
涌井英信　旅館「想流亭」住込み従業員。二十六歳。
西宮伊知郎　埼玉県警、部長刑事。四十四歳。
川島秀仁　埼玉県警、警視。二十六歳。
渡辺祐二　秩父警察署、巡査。四十七歳。
海老原浩一　涌井英信の友人。「想流亭」に逗留。二十六歳。
中村吉造　警視庁捜査一課、刑事。

第一章　秩父鉄橋、空中浮遊死体

1

それはとても静かで、奇妙な朝の光景でした。川の水のせせらぎがかすかに聞こえます。あたりに音といったらそれだけです。

小さな黒い舟が、空中高くに浮かんでいるのでした。川に浮かべ、大人が三人も乗れば沈んでしまいそうな小舟が、川の上空、鉄橋の下の、水面からは十メートルほどの高さに浮かび、北からの風に少し揺れていました。

朝日の黄ばんだ光線を受けて、つやつやと、黒い小舟は光っています。よく見ると、舟はロープで上の鉄橋とつながっています。鉄橋の上を走る線路の枕木から、ロープが二本垂らされ、舟の艫《とも》と舳先《へさき》に結ばれていました。つまり小舟は、二本のロープで鉄橋の下にぶら下げられているのです。

奇妙な理由は、舟だけではありません。舟の少し上の空間に、男の人が一人、浮かんでいるのでした。男の人の体は、まるで舟を離れて天に昇る途中ででもあるかのように、北からの風を体に受けて、無言で揺れていました。

ぶらん、ぶらん。

ぶらん、ぶらん。

不思議なことに、男の人の顔は真っ赤でした。充血して赤いのではありません、赤鬼のように、それとも郵便ポストのように、本当に真っ赤なのです。

そして赤い顔のすぐ下の首には、これも枕木から下ったロープが、しっかりと肌に食い込んでいるのでした。男の人の体も、ロープでぶら下げられています。細い首は、下に重い体があるために、気味が悪いくらいに伸びています。

　男の人の体は、風に揺れる以外は、もうぴくりとも動きません。男の人は、巨人が作った真っ赤なてるてる坊主みたいに、鉄橋のすぐ下で揺れていました。いつまでも、いつまでも。


　ぶらん、ぶらん。

　ぶらん、ぶらん。


　昭和五十八年十二月。警視庁捜査一課の中村吉造刑事は、久しぶりに休暇を取り、埼玉県の秩父市に来ていた。

　前年、つまり昭和五十七年の十二月に起きた新宿区の放火殺人事件を、中村はほぼ一年にわたって追い続けた。それがようやく解決したのがつい十日ほど前である。いつものことだが、事件を追っている間中村は、ほとんど休むということをしない。だから妻にはずい分と心配をかけたし、ここ何年も、二人で遠出することはなかった。だから妻への罪滅ぼしと、自身への休養を兼ね、こうして妻の実家がある秩父市へと来たのだった。

　四方を山々に囲まれた秩父盆地、秩父市はそのほぼ中心に位置する。町の歴史は非常に古い。古事記に登場する、八意思兼命《やごころおもいかねのみこと》の子孫である知々夫彦命《ちちぶひこのみこと》がこの地を造ったとされ、そのため昔は「知々夫」と書かれた。

　江戸時代には市の中心に忍藩の代官所が置かれ、秩父絹の大市などが立って大いににぎわったという。だから秩父の町並みには、新興の街にはない江戸ふうの面影が今もあって、それが大ぜいの観光客を惹きつけている。

　秩父観光でもっとも有名なものは、毎年十二月のはじめに行われる秩父夜祭りであろう。これは京都の祇園祭、飛騨の高山祭と並び、日本三大曳山祭りに数えられている。二日間、重さ十トンを越える二基の笠鉾と、六基の屋台が町中を曳き廻され、夜ともなれば、それらに飾られたたくさんのぼんぼりと、近くの公園から打ちあげられる花火が、秩父盆地の夜空を焦がす。

担《かつ》ぎ手たちのかけ声と、力強い秩父囃《ばや》し。冬の寒さを吹き飛ばす熱気の中、美しく飾られた屋台が夜道を練り歩くさまは圧巻で、これを目当てに毎年二十万人を越す人出がある。この時期に限っては、秩父市内の旅館やホテルは、一年前からの予約客で一杯になる。

また寺が多いのも秩父市の特徴で、秩父地方には三十四ヵ所の観音霊場がある。江戸時代、街道手前に関所がなかった秩父は、江戸から訪れる巡礼者たちで賑わった。

秩父盆地を中心としたこのあたりの冬は、なかなかに寒く、それを知る中村は、体があまり丈夫とはいえない妻の身を案じたりもしたが、郷里に帰ってきた安心感でか、彼女は久しぶりの小旅行にはしゃいでいた。それを見ると中村も嬉しくて、二人は若い頃に戻った気分で手をつなぎ、街を散策した。久しぶりに心がなごんで、中村は気分が徐々に平常心に戻る心地がした。殺人事件は、追われる者もそうだろうが、追う者の心もとげとげしくする。

中村たちには子供がない。そのことに寂しさを覚える時もあるが、旅をするには気楽でよい。思い立てば妻と二人、いつでも旅に出られる。

中村は日頃黒いベレー帽を愛用している。この時もそうしていた。だからカルダンのハーフコートを着こみ、女性連れで街をのんびりと歩く男を、刑事だと思う人間はまずないだろう。

中村には絵の素質が少々あり、絵が好きだった彼の母は、世間の常識からいうと珍しいことだが、画家になることを息子に勧めた。しかしそんなもので生活ができるとも思えなかったから、中村はなかば強引に刑事になった。普通こういうことは逆であろう。

しかし今思えば母親は、警察官が嫌だったのかもしれない。警察官になると言った時の母の意外そうな様子、続いて見せた寂しそうな顔を、中村は忘れられずにいる。

今もベレー帽をかぶっているのは、そうした母への贖罪の思いからであったが、しかし中村は、自分の絵の力など解っているつもりだった。小中高と、多少コンクールの賞状が集まっただけで、絵描きになどそう簡単になれるものではない。母は、自分の力を過大評価していたのだ。

妻の実家に悲報が届いたのは、中村たちの秩父逗留三日目のことであった。妻の知り合いで、秩父市からほど近い長瀞《ながとろ》町に住む藤堂《とうどう》菊一郎という人物が亡くなったのだ。

秩父市に来てから、はしゃぎすぎであった妻には案の定疲れが見られ、かといって妻の両親は高齢であったから、告別式へは中村が一人で行くことにした。妻とその両親に、久しぶりに親子水入らずの時をすごさせたいという思いもあった。

ベレー帽はかぶらずに、中村は妻の実家を出た。長瀞町は秩父市から七キロほど北にあり、秩父鉄道で行く。告別式はその町はずれの斎場で行われるそうだ。秩父駅から六つ目が長瀞駅で、その駅前からは送迎バスが出ているという。

秩父駅に着いた中村は、構内の時刻表を見あげた。単線のせいだろう、列車の本数は多くなかった。

妻の実家へ行く時、中村はいつも西武鉄道を利用していた。中村の自宅は文京区大塚にあり、そこからなら丸の内線で池袋へ出、西武線に乗れば乗り換えなしで西武秩父駅まで来ることができる。特急を使えば、池袋―西武秩父間はほんの九十分だ。西武秩父駅と秩父鉄道の秩父駅は一キロほど離れている。そういうことだから、中村は秩父駅へは来る機会がなかった。勝手は解らなかったが、幸い十分も待てば電車が来るようだ。改札口を入り、中村はゆっくりとホームに向かった。

2

荒川の中ほどに位置する長瀞町は、江戸の昔から観光の地だった。山々に囲まれた町の中心を、南北方向に荒川が流れ、これに平行して国道と秩父鉄道が走っている。

この町の名を高らしめたものは、なんといっても渓谷の美しさだ。山あいをうねっていく荒川の清流は、いくつも絵画的な景観を生みだして、訪れる人たちに感銘を与え続けてきた。

中でも有名なものは、長瀞駅近くの「岩畳」と呼ばれる一帯だ。これは国の名勝天然記念物にも指定されている。海底深くに堆積した砂が水圧で岩となり、それが地殻変動で隆起し、さらに長い年月をかけて荒川に浸食され、奇観を作った。

長瀞の川のこのあたりは、いろいろと風変わりな地層を観察できるから、この周辺を「地球の窓」と呼ぶ地質学者もいると聞く。空からだと、岩の集まりがまるで何百枚もの畳を並べたように見えるため、「岩畳」という名がついた。

岩畳を作りあげた流れは、土地の者になかなか愛されており、毎年夏には家族連れ、若者たち、恋人同士、バーベキューやキャンプを楽しむそういう人々で、長瀞の川べりは占領される。

中でもライン下りは町の名物だ。これは三十人ほど乗れる船で荒川を下るもので、出発してしばらくすれば周囲から人の気配は消え、水面から見あげる長瀞は、太古の昔に迷い込んだような感慨を、見る者に与える。流れはゆるやかだから、景色にのんびり心を奪われていると、ふいに激流が現れ、白く沸きたつ水面を、船は揺れながら進んだりもする。

渓谷美と、そういうほどよいスリルを求め、夏の週末ともなれば、乗り場には長い列ができる。春から秋にかけては、土日を中心に観光客が町をにぎやかにする。しかし、中村が降り立った冬の長瀞駅には、人の姿はなかった。渓谷の町の空気は冷えていて、電車の中が暖かだったから、中村は思わぬ冷気に顔をしかめることになった。改札口を歩み出てみれば、早く着きすぎたためか、送迎バスの姿はまだない。

駅前は、こういう地方駅がたいていそうであるように、ちょっとした広場になっていて、土産物を載せたワゴンがいくつも並んでいた。その横で、ダウンジャケットを着込んだ売り子が寒そうに震えている。観光案内所と書かれたログハウスふうの小さな家も見えた。その先は参道になって、左右には、土産物を売る店や飲食店が軒を連ねている。蕎麦屋が多い。

中村は参道に歩み込み、それらを眺めながらのんびりと歩いた。時間があるふうなので、あたりを歩いてみることにしたのだ。参道は百メートルほどで国道に突きあたり、国道越しに、白くて大きな鳥居が見えた。中村はそれでもう引き返し、来た道を戻って、今度は駅の反対側、東口へと向かった。

踏み切りで線路を渡ると、すぐ左側にはライン下りの受け付けがある。夏場はにぎわうのだろうが、シーズンオフの今、人けはない。窓口も閉まっていて、「ライン下りは三月からです」、と書かれた貼り紙があった。

東口の様子も、西口と同じようなものであった。どちらがメインということもないようだ。こちらにも土産物屋や蕎麦屋が軒を連ねており、旅館もいくつかある。通りは閑散として、閉まっている店も多い。開いている店の売り子も、喪服姿の中村には声をかけてこない。これは中村にとってはなかなか悪くないあしらいだったから、安心してゆっくりと歩く。

しばらく行くと、石段が見えてきた。そこから荒川の河原に降りられるらしい。石段の上に立つと、足下に荒川が一望できた。明るい灰色をした岩の間を、川がうねって流れていた。水は澄んでいて、ところどころ急流になって、白い泡だちがある。対岸は木で覆われ、これを映し込んで、川は暗い緑色をしている。

手前の浅瀬には、ライン下り用の船が五艘ほど、もやいに繋がれて並んでいる。そしてゆらゆらと、流れにもてあそばれて揺れている。近くには、休業中の屋台もあった。

川には、見渡せる限り、アヴェックが一組いるだけだった。女が河原に立ち、これに向かって男がカメラを構えている。それ以外には人の姿はなく、だから足下は、寒々として寂しげな世界だった。

しばらくの間川を眺め、それからぶらぶら駅に戻ると、喪服姿の人たちが集まりはじめていた。やがてバスが来たので、中村は斎場へと向かうことができた。

3

斎場は、大ぜいの人であふれていた。建物の周りには五十を越える花輪が並び、受け付けには長い列ができている。受け付けを済ませた中村は、黙って焼香の列へつく。式は斎場の一番大きなホールで行われていて、正面には亡くなった藤堂菊一郎の大きな顔写真が飾られていた。左右には生花が並んでいる。この土地での故人の地位を、この会葬の規模が語っていた。

ようやく順番が来た。中村は、導師の読経を聞きながら焼香をすませた。両手を合わせ、それから写真に目をやると、写真の中の藤堂菊一郎は穏やかな笑みを浮かべ、好々爺然としている。

順路にしたがい、二階に上がると、廊下の向こうに大広間があり、会葬者たちにおしのぎが振る舞われていた。百人を超す人たちがすわっている。収骨を待つつもりはなかったから、中村は黙って広間をすぎようとした。

「あれ、中村さんではないですか?」

広間の隅の方からのんびりとした男の声が聞こえたので、立ち停まってそっちを見ると、丸い眼鏡をかけた人物が、ちょっと右手をあげている。

「ああ、渡辺さん」

中村は言った。声をかけてきたのは、妻の知り合いで渡辺祐二という警察官だった。これまでに何度か会っている。渡辺は地元の警察官で、歳も中村と近い。おそらく、四十代の後半であるはずだ。そういえば、長瀞町の派出所勤務と聞いていた。

「中村さん、ここ空いてますから、もしよろしければどうぞ」

渡辺は、そう言って誘った。長瀞駅に着いてから、絶えず北風に晒され続けて体は冷えている。だからこの渡辺の言葉はなかなかありがたかった。中村は靴を脱ぐと、刺身や天ぷらなどがところ狭しと並んだテーブルにつく。

「まあ、まずは一杯。どうです? 熱い方がいいでしょう」

徳利を持つと、渡辺はそう言って笑みを浮かべた。軽く頭をさげ、中村は猪口を手にした。すぐ熱い酒が注がれ、満たされた盃を差しあげるようにして二人は献杯し、それから中村は、ゆっくりと酒を口に含んだ。

熱い液体が、喉を伝って胃に落ちていくのが解る。体が冷たいからだ。中村は大きくひとつ息を吐いた。ようやく人心地がつく。

「渡辺さんも、藤堂さんのお知り合いで?」

中村は尋ねた。

「藤堂家は江戸の昔、このあたりの名主を勤めていたそうです。菊一郎さんは分家の長なんですが、ずっと町会議員をやっておられました。この町で菊一郎さんを知る者は、それは多いです。私の妻は長瀞町の出身ですから、私たちもお世話になったことがあります」

渡辺は言い、中村は頷いた。斎場の周りに並べられていた花輪の数を、中村は思い出した。

「町会議員さん……、ですか」

中村は言った。納得する思いだった。

「はい。それだけではなく、いくつかの会社と、旅館や料亭もお持ちでした」

財も有する、町の名士というところだ。

「それで、ご病気か何かで亡くなられたのですか？」

中村は、ごく気軽に訊いた。そういう質問が、こういう席のものと思ったからだ。すると、渡辺はびっくりしたようだった。丸眼鏡の奥で目を丸くしている。

「え？　ああいや違います。ご存知なかったですか？」

中村も驚いた。

「知りません」

死因などは知らず、葬式に来た。中村が首を横に振ると、渡辺はぐいと顔を近づけてきて、こう、声をひそめた。

「それが、自殺なんですな、はい」

彼は言った。

「自殺？」

聞いた瞬間、本能的に引っかかるものがあった。町会議員までを勤め、かなりの財産を有する六十すぎの老人が、自ら死を選んだというのか。いったいどんな事情があったというのか。

「ご病気か何かで？」

鬱病などの長患いを苦に首を吊る老人は、最近まある。医者の少ない地方の家庭内介護は、する方も、される方もストレスになっている。これを早く終わらせたいという思いからだ。

「違います。藤堂さんはいたって健康でした」

「では何で?」

「それが、少し変わっていましてね」

猪口の酒をちょっと口に含み、渡辺は続ける。

「この町のずっと南、南の果てですな、そこに、秩父鉄道の鉄橋がかかってます。藤堂さんはそこで見つかりました。鉄橋からぶら下がるような格好で、首を吊って死んでいたのです」

「鉄橋から、ですか?」

驚いた。それはまた、近頃珍しいケースだ。

「はい。それも、鉄橋からぶら下がっていたのは、藤堂さんだけではなかったんです。黒い、小さな舟も、一緒にぶら下げられていました」

「何が一緒ですと?」

中村は訊き返した。

「舟です。黒い舟」

「黒い舟ですって?」

中村の声が、思わず大きくなった。酒を勧めていた渡辺は、そんな中村を諫めるように、低い声でこう言葉を続ける。

「舟は、藤堂さんの体の真下に吊られていました」

中村は無言になった。そのまま、しばらく考えた。それから言った。

「また、どうしてです?」

「さあ……」

渡辺は言って、首を左右に振る。

「それで、渡辺さんが発見を?」

「私? いやあ違います。私はその時泊まり番でね。秩父署におりました」

そこまで言うと渡辺は、すするようにして酒を飲み干す。鼻先の徳利を持ちあげると、中村は彼の盃に酒を注いだ。

「ああすんません。見つけたのはですね、マラソンをしていた学生です。鉄橋から五百メートルほど上《かみ》に国道が通っていて、親鼻《おやはな》という橋がかかっておるんです。ここはもう隣町なんですがね。その親鼻橋を渡ろうとしてふと鉄橋の方を見ると、人がこう、ぶらんとぶら下がっていて、その下に黒い舟もね、こういうふうに、宙に浮いているように見えたらしい。だものですから、学生さんはえらい驚いてしまってね、一目散に駐在所に駈け込んできたんです」

「何時頃ですか？　それは」

「ちょうど始発が通った後でしたから、朝の五時すぎですな、はい」

渡辺は言った。

「学生さんより前に橋を渡った人は？」

中村は訊く。

「おります。四時半頃、新聞配達の高校生が親鼻橋を渡っています。でも、その時は何もなかったと言っていました」

「四時半だとまだ暗いですね。舟の色も黒だそうだし、ただ見えなかっただけでは？」

中村が、考えを言った。

「いや、この少年は自転車で新聞を配っているんですが、この橋の上で必ず一服するんだそうです。欄干にもたれかかって、眼下の川や、その向こうにかかる鉄橋をぼんやり眺めながら、そこで息を整えるんだそうです。だからもしそんなものがあれば、絶対に見逃すはずはないそうです」

渡辺は言った。

「いやあ、それにしても藤堂さん、いったい何だってあんなことをしたんだか……」

溜め息をつくと、渡辺は腕を組んだ。中村も黙り、沈黙が二人を包む。

「藤堂さんは、どんなふうに首を吊っていたんですか？」

中村は、小さな声で訊いた。周囲に気兼ねしたのだ。

「二メートルほどの長さを持つロープが、枕木の真ん中あたり、ちょうど二本のレールの中間に結ばれていました。そのロープの先端が藤堂さんの首にかかっていたんです。はずれないよう、首のところでしっかりと結ばれていました。だから藤堂さんは、鉄橋の下二メートルくらいのところにぶら下がっていました」

「輪になっていたわけではない」

「違いますな、こう、一本です」

渡辺は、手で仕草をした。

「舟はどうやって吊られていたんですか？　状況を詳しく聞きたいですな」

中村は、老人の奇妙な死に、次第に強い興味を抱きはじめた。

「鉄橋は、H形の鋼材で造られた、二本の太い橋桁で支えられています。その上に線路が渡っているんですね。だから橋とはいっても、要は二本の桁が、川の両岸に渡されているだけなんです。だから鉄橋を下から見あげると、枕木の裏側が見えたりもします。枕木が左右とも、上の鉄橋から少しはみ出しているんですね。あそこは単線だから。

舟を吊っていたのは、十メートルほどの長さを持つ二本のロープで、これはそれぞれ輪になっていました。輪状に結ばれたロープが、枕木の少しはみ出した部分に引っかけられていました。引っかかっていたのは、それぞれ別の枕木です。

舟は丸木舟で、つまり、木の幹をくり抜いて作った一人乗りの小さな舟です。重さはだいたい十五キログらいです。丸木舟の艫と舳先には、もやいを通すための大きな穴がありまして、二本のロープはそこに通されていました。ですから、吊ること自体はそうむずかしい作業ではないと思われます。ただですな、何でそんなことをしたのかが、皆目《かいもく》解らんのです。それに、ですな……」

喉が渇いたのか、そこでいったん言葉を切った渡辺は、手を伸ばして猪口を持った。酒で喉を湿すと、再び口を開く。

「舟の中には、ガラスの酒器や皿なんかがありました」

「皿や酒器が？」

中村は意外な声を出した。

「はい。それがおかしなことに、みんな割れておるんです」

「割れていた？　どのようにですか？」

「もう、粉々です。大きな破片でも、せいぜい五センチくらいのものでした。線路の枕木の上からも、まあわずかではありますが、粉状になったガラスの破片が見つかっております」

「なるほど……」

　頷き、中村は考えた。すると藤堂は、舟を吊った後枕木の上に立ち、酒器や皿を、眼下の舟底に向け、叩きつけるように落としたのだろうか。丸木舟の船底でこれが割れた。一部はその上の枕木でも割れた——。

「ああ、それともうひとつ」

　思い出したように手をあげ、渡辺はとんでもないことを言いだした。

「菊一郎さんの顔には、赤いペンキが塗られていました」

「赤いペンキ!?」

　また驚き、中村は声をあげた。

「枕木に、小さなペンキの缶と刷毛《はけ》が置いてありましたので、それで塗ったものと思われます。これはすぐに解ったのですが、そのペンキの缶は、菊一郎さんがオーナーを勤める旅館の納屋に、置いてあったものです」

　すると藤堂の自殺の段取りは、こういうことにならないか。順序はいったん置くとして、黒い丸木舟を鉄橋の上まで運んでくると、まずそれを吊りさげ、線路の上からガラスの酒器や皿を舟の中に投げ落として割り、枕木にロープを結ぶと、その反対側を自分の首にかけ、それから赤いペンキを顔に塗って、枕木の隙間から飛び降りた——。

　中村は頭のてっぺんを押さえながら考える。こんなおかしな話は聞いたこともない。何故そんなことをした？

「それで、死因は何なのです？　縊死《いし》で間違いありそれだけの理由で、地元署はこの奇妙な死体を自殺と決めたのか。

「検死や解剖は？」

中村が尋ねると、渡辺は目を丸くして首を横に振る。

「してない」

「はい」

すると藤堂の死体は、ろくろく調べられることもなく、今頃は隣の火葬場でそろそろ灰になる頃か。

百歩譲り、もしも藤堂が本当に自殺であったとしてもだ、何故鉄橋の上から舟を吊ったり、ガラスの酒器や皿を割ったり、顔を赤く塗ったりしたのか。その点だけには理由をつけなくてはならない。

「渡辺さん、さっき藤堂さんの顔に塗られていたペンキの缶は、彼がオーナーを勤める旅館の納屋にあったとおっしゃいましたな」

渡辺は、酒を飲もうとしていた手を停め、頷いた。


ませんか？」

「間違いないです。首を吊ったことによる窒息死です。ほかに外傷はありませんでしたから」

「遺書は？」

「見つかっておりません」

腑に落ちない。舟を吊るなどという手間をかけたからには、その意味を遺書に書き遺さないだろうか。

「死亡推定時刻は？」

「私らが駈けつけた時には、体はまた温かだったです、はい。固まってもいなかったし。だから十二月十五日、午前四時から五時の間と、こういうことですねえ」

「何故自殺という判断を？」

中村は訊いた。

「何故といって、外傷もありませんでしたしねぇ、藤堂さんは他人の面倒見がよくて、誰かに恨まれるような人ではないですしね……」

「ここから近いですか？」

「ああ、はい。長瀞駅からひとつ秩父寄りに、上長瀞という駅がありまして、藤堂さんの旅館は、その上長瀞駅から歩いて十分ほどのところにあります。藤堂さん自身も気に入っていて、よく泊まっていたと聞きます。もし頼めば、さっきの送迎バスが上長瀞まで行ってくれると思います。あの、なんでしたら私が頼んでさしあげましょうか？」

　渡辺は言った。それは好都合だった。藤堂がよく行っているのであれば、旅館の従業員から彼の人となりを聞くこともできる。

「行かれるんで？」

「ええ、どうも気になります」

　言って中村が立ちかけると、渡辺も腰をあげた。

「じゃ、私もご一緒しますよ」

　渡辺は言った。

　自分は何をしているのだろう、そう考えて、中村は苦笑した。休暇中に、また誰から頼まれたわけでもないのに、おせっかいにも田舎町の奇妙な自殺を調べようとしている。

　苦情を言いたげな妻の顔が、ちらと眼前に浮かんだ。その気持ちは解るが、自分がやらなければ、この件はただ自殺として処理されるだけだ、声には出さないが、そう妻に向かって言った。

「その旅館の名は？」

　妻の顔を振り払うように、中村は訊いた。

「想流亭《そうりゅうてい》といいます」

　中村は頷いた。ベレー帽を持ってこなかったことをちょっと後悔した。捜査中は、あれがないとどうにも頭が冴えないのだ。

4

　幸い送迎バスは、長瀞駅で会葬者たちを降ろした後、快く上長瀞の駅へ向かってくれた。このあたりは地方の融通というものか。

上長瀞の駅前も、長瀞駅とさほど変わりはなく、土産物屋や蕎麦屋が並んでいた。観光バス用の広い駐車場が見える。駅前でバスを降りると、中村と渡辺は、運転手に礼を言ってから駅前の通りに歩きだした。

駅前通りは、百メートルも行けば沿道に店がなくなり、道は突きあたったらほぼ直角に左へ曲がる。曲がりきると、まっすぐな道がかなり先まで続き、左側には博物館や、カヌーを楽しむ人たちのためのキャンプ場、公衆トイレなどがあり、右手は林で、散策用の小路などが見える。

キャンプ場をすぎ、長瀞町の案内板とか、ログハウスふうの公衆トイレなどを越えると、その先にはもう建物はなくなる。左側にも林が広がりはじめ、中村たちのほかには人影はない。静寂があたりを包んだ。

五分ほども歩くと、右の林がふいに途切れ、木立の奥へ誘《いざな》うように並べられた敷石の前に出た。「想流亭」と書かれた黒い看板が、脇にさりげなく立っている。

立ち停まると、中村は敷石の先に目をやった。木造の旅館が、木々に埋もれるようにして建っていた。中村と渡辺は、敷石を踏んでこれへと向かった。

ガラスの扉を押して想流亭に入ると、赤い絨毯が敷かれた、広々としたスペースがあった。上がり口の類はなく、靴は脱がずにすんだ。

内部は生木が目立つ、山小屋ふうの造りだった。すぐ右手に小さな売店があり、漬物や山菜、それに独楽《こま》や剣玉《けんだま》といった懐かしい玩具が並べられている。正面奥はロビーになっていて、白いテーブルが十ほど置かれていた。その一番奥のひとつには若い男がすわり、新聞を読んでいる。

中村たちの足音に気がついて、青年はついと顔を上げた。そして会釈をして、また新聞に目を戻した。右の拳《こぶし》で額をこつこつと叩きながら、熱心に読みふけっている。

　その姿は何となくユーモラスで、また会釈の時に見せた穏やかな笑顔も好ましく、中村は青年に好感を覚えた。客は彼だけなのか、亭内はがらんとしていた。

　左のフロントに目をやると、ペン立てが二つ並ぶカウンターに、人の姿はない。カウンターの背後の壁には、「想流亭」と文字が浮き彫りにされた、一・五メートルほどの長さの、ずいぶんと立派な看板が掲げられている。いつも磨かれているらしく、つやつやと光っている。

　看板の下にはガラスケースが置かれ、中に刀剣がひと振り飾られていた。日本刀ではない。刃渡りは八十センチほど、幅が異様に広く、全体がゆるやかな曲線を描いている。そして、柄の部分はごく短かかった。京劇などでお目にかかる、中国製の刀のようであった。

　カウンターの左手には、冬の草花を染めあしらった暖簾が頭上にかけられた入り口がある。この中は事務室なのだろうか。フロントの右は廊下で、客室はその奥にあるらしかった。

　中村たちがカウンターに近づいていくと、気配を察したか暖簾がさっと揺れ、奥から中年の女性が顔を出した。

「いらっしゃいませ。ようこそお越しくださいました」

　ふくよかなその女性は、頭を下げながら型通りにそう言うと、満面に笑みを浮かべる。中村はゆっくりと彼女に向かっていった。

「亡くなられた藤堂さんが経営なさっていた旅館というのは、ここですかな?」

　中村の言葉に、女性はけげんそうな表情になった。

「実は少しお訊きしたいことがありましてね」

　言って、中村は胸ポケットから警察手帳を抜き出して見せた。

名を尋ねると、女性は三井きよといった。年は五十九歳、もう二十年以上もここで働いているという。

「藤堂さんはどのような方でしたか？」

中村はいきなり訊いた。

「はい、それはもう面倒見がよくって、穏やかで……。私たち従業員にも、とてもよくしてくださいました」

途中から、きよの声がややかすれた。経営者の人柄を思い出したということか。

「お若い頃から人格者であったと？」

彼女は、するとちょっと俯いた。

「はい、それはまあ……、お若い頃は県議会の議員さんを目指していらっしゃいましたから、お名前も売らなくてはならなかったでしょうし、それに経営されていた会社を、一人で大きくされたような方ですから、強引だとか、いろいろとよくないことを言う人もおりました。でも、そうですね、お孫さんがおできになった頃からは、もう人変わりをされたようで、とにかくお優しかったです」

渡辺が語った印象と、ほぼ同じである。

「自殺される理由には……？」

「それは、もうまったく思いあたりませんです」

するときよは、さっと顔をあげ、断言した。

「藤堂さんは明るくて、お人柄もよくて、健康で、人望もあって、うちなんかの経営も順調だったし、死ぬ理由なんて何もありません」

「そうですか。藤堂さんの顔に塗られていた赤のペンキは、こちらにあったものだとか」

中村は、無遠慮に訊いた。

「はい。奥の納屋にしまっておいたものです」

きよは、ごく小さな声で言う。

「どうしてこちらのものだとお解りに？」

「ちょうど、この家の修繕用の赤いペンキが切れかけていたので……、買ったばかりだったんです。近くのホームセンターで特売があったものですから。

見るとそれがなくなっていて」

「見つかったペンキ缶には、ホームセンターの、特売用の値札が貼ってありましたですな、はい」

渡辺が横で補足した。

「なるほど。赤いペンキなど、何にお使いなんです？」

「うちは、大型の給湯器なんか、けっこう危険なものがあるんです。お客様商売ですから、こういうものにはいつも赤いペンキを塗るようにしていました」

「ふうん。藤堂さんは、趣味で舟に乗るとか、あるいは舟に関係するようなお仕事を、何かされていましたか？」

「舟ですか？　いいえ、まったく」

きよは、即刻首を左右に振った。

「舟とは関係ない」

「はい。経営されていた会社は建築関係ばかりですし、舟のご趣味は、全然持ってはいらっしゃらないご様子でした」

「ふうん……」

では何故舟が吊られていたのか。そういうことなら、丸木舟はやはり藤堂自身の発想ではなく思える。ということは、犯人がいる殺人ではないのか。

「藤堂さんのお知り合いで、例えば普通の人よりも顔の赤いような方はいませんでしたかな」

「顔の赤い……？　いいえ、そんな方は……」

少し笑いながら、きよは否定をした。何故そんなことを訊くのかという顔をした。

「藤堂さんは、ガラス製の酒器などを集められていたようですか」

「さあ、それはちょっと解りません、私どもには。でもここでお客様にお出しする酒器には、それほどこだわっていらした様子はありませんでしたけど……」

「ふむ」

目新しい情報は何もない。藤堂の奇妙な死は、彼女にとってもやはり奇妙であるらしい。

「ところで、今日の泊まり客は彼だけ?」

中村は話題を変え、テーブル席にいる若い客を手で示した。

「いいえ、違います」

きよもまた、テーブルにすわる青年にちらと視線を向けたのち、そう言った。

「ほかに何人か、お泊まりになっていらっしゃいます。今、みなさん斎場にお出かけですので」

「ああ斎場に」

中村は言った。藤堂の葬儀に参列するために、ここに来て泊まっている客だろうと理解した。

「葬儀参列のために来られた方たちですな?」

問うと、きよは意外なことを言った。

「いいえ、違います」

「違う?」

「はい。実は毎年この時期、ちょうど秩父の夜祭りが終わった頃ですね、ここで会合が開かれているんです。その関係の方たちで」

「どんな会ですか?」

「戦友慰霊会といいます。うちのオーナーは、昔日中戦争で大陸に行かれて、戦地ではずい分とご苦労をされたようです。それで、その時戦地で一緒だった方たちや、隊は別でも、中国で同じように大変な思いをされた方たちを集めて、亡くなった人の霊を慰める会を開いていらっしゃいました」

「慰霊会ですか」

「はい。それで毎年そのメンバーの皆さん、うちにお泊まりになります。オーナーからのご招待ですから、宿泊料金はいただいておりません」

「ではちょうどその会合の開かれている時に?」

「はい」

中村は考え込んだ。それは匂う。

「その会合が持たれるようになったのは、いつ頃からですか?」

「二十年以上も前からだと聞いています。私がこちらにお世話になった時には、もう開かれておりましたから……」

「それで、今年の会合には何名ほどがご参加を？」

「はい。ええと……、三名ほど、お泊まりになっています」

　宿帳に目をやりながら、きよは応える。意外に少ない。会合といっても、参加者はそれほど多くはないらしい。

「昔はもっとたくさんの方がお見えになっていました。でも、年を追うごとに減ってしまって……。参加される方々がご高齢ということで……、だんだんに亡くなられた方もいらっしゃるようですから」

　これは新しい情報だった。そして、たちまち疑問が生じた。何故慰霊会が開かれている最中に、藤堂は自殺などしたのか。そんなことをすればメンバーは驚くだろうし、混乱もする。慰霊の会が終わり、会員たちがすっかり帰ってしまってから死ぬ方が自然だ。

　あるいは藤堂は、自分も戦友たちに弔って欲しかったのか。いずれにしろ、そういうことなら会員たちに会っておく必要がある。

「慰霊会の皆さんは、何時ごろお戻りになりますか？」

「できれば収骨にも立ち会いたいと申されていましたから、三時はすぎると思います」

　壁の時計は一時半を示している。

「では、それまで待たせていただいてもよろしいかな」

「ええ、かまいませんとも」

　きよは笑顔で頷く。

「それで、できれば会員の皆さんが戻られるまでの間、他の従業員の方々にも、お話しをうかがえればと思うのですが」

「ああ、はい、もちろんどうぞ。でも従業員といっても、冬場はあまりいないんですよ。私を入れて四人だけです。お客様がたて混んだおりには、パートさんをお願いすることもありますが、今は……」

ご覧の通りということらしい。

「よく手が足りますな」

中村は言った。

「ええ。と言いますのも厨房はですね、すぐ近くにやはりオーナーが経営されている料亭がありまして、そこが管理しております。夕方と朝、料亭から板さんが来ることになっています」

なかなか合理的なやり方であった。それなら四人でも充分であろう。

「それで、他の従業員の方々は今どちらに？」

「この時間は掃除をしています。ああ、ちょうどよかった、来ました」

その時、廊下の奥から足音が聞こえた。

「幸さん」

きよが呼ぶと、足音は少し早くなり、すぐに初老の男性が顔を見せた。想流亭と書かれた羽織を着たその男は、中村たちに会釈をすると、きよの方を見た。きよが中村たちを紹介し、簡単に事情を説明した。

幸さんと呼ばれた初老の男は、名前を大野幸助といった。今年で六十二歳。三十五年ほど前から想流亭に住み込み、今は帳簿を預かっているという。

大野にも藤堂のことを訊いてみたが、きよの話とすっかり同じであった。大野も、藤堂が自殺をする理由になど、まるで思いあたらないと言った。

「で、あとのお二方は？」

中村は訊いた。

「ああ、はい。汐織《しおり》ちゃんはお買い物に行っているから、英ちゃんを呼んできましょう」

中村の問いかけに、そう応えたきよは大野に目をやる。

「幸さん、英ちゃんは？」

「ああ、英信君は今、お風呂洗っている」

大野が応えた。

「あらそう」

言ってカウンターから出ようとするきよを、中村は手で制した。

「お仕事中に、わざわざ中断して来てもらうのは申し訳ない。こちらから出向きますよ。風呂はどちらです？」

「いえ、でも……」

「いや、お気遣いは無用です」

中村は、強いて気さくに言った。

「それじゃあ私がお風呂場までご案内します」

きよも笑顔で言う。

5

中村たちは、フロントの右手を通って奥へ向かう。

赤い絨毯が敷かれ、上品な間接照明に照らされた廊下は、なかなか落ちつける雰囲気だ。

右手のとっつきには小さな納戸があり、それを過ぎると客間が並びはじめた。それぞれの入り口の前には台座のついた行灯が置かれ、その覆いの部分に部屋の名が記されている。最初の部屋は「せりの間」だった。

行灯は、右側にだけ並んでいる。つまり廊下の左側には客間はないらしかった。廊下はかなり長く、七十メートルほどもまっすぐ続く。想流亭は、ずいぶんと細長いかたちをしていた。

「右手に荒川があるんです。この旅館は、すべての客間から川の流れが見られるようにと考えて、建てられたそうです」

きよが言った。なるほど、それで客間は右手にしかないというわけか。

中村が尋ねた。

「建てられたのはいつ頃ですか？」

「昭和のはじめだと聞いています。と言っても、昭和三十年頃、ちょうど慰霊会の開催が決まった時に合わせて、大幅に改装されたようです。ここ、細長い造りになっていますでしょう。だから改装前までは「想龍館」という名前だったんですって」

「それを藤堂さんが?」

「はい。『亭』という字には留まるとか、留めるとかの意味があるのだそうで、戦友たちへの想いが流されてしまうのを嫌って、名を『想流』に変えるにあたって、『館』を『亭』に変えたのだと、そう、おっしゃっておられました」

藤堂を思い出したのか、きよの声がまた少し湿り気を帯びた。

中村たちは長い廊下を延々と歩く。二つめの部屋は「なずなの間」で次は「母子草の間」、その先は「はこべの間」とある。廊下の左側にはトイレや、厨房、宴会場などが続いている。

歩きながら、中村は何となく部屋の名を読んでいった。「はこべの間」をすぎると「たびらこの間」があった。どうやら各部屋に草花の名がつけられている。「たびらこ」とは菊を小さくしたような花をつける草で、よく田のあぜなどで見かける。確かほとけの座とも呼ばれていたはずだ。そう考えた時、中村はこれらの部屋の名に、もうひとつの意味が込められていたことに気づいた。

「これは春の七草ですか?」

「ああ、お気づきになりましたか」

中村を振り向いたきよが、ちょっと笑顔になった。

「各部屋の名は、春と秋の七草になっているんです」

面白い趣向だった。「たびらこの間」の隣には、「すずなの間」と「すずしろの間」。これで春の七草が終わる。次は「萩の間」となり、ここから秋の七草が始まる。

「荻の間」の次が「すすきの間」で、その隣が「葛《くず》の花の間」、そして「なでしこの間」、「おみなえしの間」、「藤袴の間」と続き、そこで客間は終わった。

「うん？」

　中村は思わず小さな声をあげた。足りないのだ。振り返って行灯の数を数えると、十三しかない。春の七草、秋の七草なら、足せば十四になる。

「客間は十三室なんです。だから『桔梗《ききょう》の間』だけないんですよ」

　きよが言い、中村は腑に落ちなかった。部屋が十三しかないのなら、たとえば女郎花と書く「おみなえし」とか、語感のよくない「葛の花」などを省きそうに思える。何故桔梗を省いた――？

「この地方には面白い伝説がありましてね」

　きよは、中村たちの方を向きながら説明を続けた。

「昔、平将門様がこの地へ来たことがあるんですって」

「この地へ？　いや、しかしですな……」

　中村は歴史好きで、その話には異義があった。平将門は平安時代の武将で、関東最強を謳われたが、「新皇」を名乗ってからはその勢力が徐々に衰え、現在の茨城県は猿島郡あたりで、藤原秀郷と平貞盛の連合軍に討たれたはずである。この地に来たとは思われない。そう言うと、

「それがですね、将門様は実は生きていて、秩父へ逃れて、この地で再起を図ったんだそうです」

　言って、きよは立ち停まる。

「ははあ」

　なかなか面白そうな話であった。

「長瀞町にも立ち寄ったと言い伝えられています。この町まで来た将門様は、ひと休みをした時、近くの沼で鎧《よろい》を洗ったんですって。以来そこは鎧沼と名づけられて、今でもそういう名前の沼が、町のはずれにあります」

「ふうん、なるほど」

　まあその手の話はよくある。

「将門様は、秩父の西にある城峰山に陣を張って、反撃の機会を狙ったのですが、時に利あらず、やっ

ぱり駄目で、とうとう敵軍に捕まってしまったんだそうです」

言いながら、きよは再び歩きだす。

「ところがね、敵の大将が、捕らえた将門様の首を刎《は》ねようとしたところ、『われこそが将門でござる！』と言う者たちが大勢出てきて、見るとみんな同じ顔をしていたんですって。実は将門様には七人もの影武者がいたんです。困った敵の大将が、それならと八人全員の首を刎ねようとした時、影武者たちを助けるため、将門様の侍女の一人で桔梗という名の女性が、本物の将門様を教えてしまったそうなんです。

将門様は大層お怒りになって、首を打たれる前に、『桔梗あれども花咲くな』と言い遺したんですって。だから城峰山には、今も桔梗の花は咲かないんだそうですよ。それでここもね、桔梗の間だけないんです」

「ほう……」

中村は、ちょっと感銘を受けた。三人は、長い廊下の端まで来ていた。

「秋の七草、うす紫の、花の桔梗はなぜ咲かぬ……」

小さな声できよが唄う。

「江戸時代から伝わる秩父地方の小唄です。さ、お風呂場に着きました。今呼んできますからね、ちょっとお待ちください」

廊下の突きあたりには、曇りガラスの引き戸が二枚あり、青い暖簾と赤い暖簾がかかっていた。

「英ちゃん！」

青い暖簾がかかる男湯の引き戸を開けたきよは、奥に向かって声をかける。すぐに返事が返った。若い男性の声だ。

「助かりました。じゃあ後はもう大丈夫ですから」

そう言って中村は、きよに軽く頭をさげた。面白い話を聞かせてもらった礼も込めたつもりだ。会釈を返したきよは、足早にフロントへと戻っていく。

暖簾をくぐった中村たちは、上がり口で靴を脱ぐと、脱衣場へと入った。八畳ほどのそこは、板の木目も新しく、清潔そうな印象である。右手は窓になっていて、外には木の囲いが見える。左側は造りつけの棚で、その中にはずらりと篭が置かれていた。洗面台は正面に三つほど並び、横には浴場への入り口がある。

その入り口が開いていて、デッキブラシを手にした青年が浴場に立っていた。少し痩せてはいるが、なかなか立派な体格をしている。そして、どこか意志の強さを感じさせる顔だちをしていた。

「お仕事中すみませんな」

中村は黒い手帳を見せると、来訪の目的を告げた。

「お名前は？」

「涌井英信《わくいひでのぶ》と言います」

少し硬い表情となった青年はそう言うと、脱衣場へ入ってきて、縁台にすわるようにと中村たちに勧めた。

「こちらはもう長いのですかな？」

腰を降ろしながら、中村は訊いた。

「大学を卒業して、少し経ってからお世話になりましたので、もう三年になります」

「こちらにお知り合いでも」

大学を出た若い男が、通常こうした観光地で働くものだろうか。

「いいえ、知り合いはいません。ただ学生の頃、友人がカヌーをやっていましたので、それにつき合わされてよく長瀞町には来ていました。それでいつの間にかこの町が気に入ってしまって、いずれ暮らしたいと思うようになりまして」

「ほう、ここのどういうところが？」

「カヌーができるということと、私は伝説とか民話に興味がありまして、学生の頃から各地のそういった話を蒐集《しゅうしゅう》していたもので……、秩父地方は伝説の宝庫なんです。それも理由のひとつでしょうかね」

　ここにもまた一人、伝説好きがいた。中村は先ほどきよから聞いた、平将門伝説のことを思った。

「ご両親は反対しませんでしたか」

「いや、肉親はいませんので」

　涌井は言った。

「ああそうでしたか。これは失礼」

　中村が言うと、涌井は少し笑みを浮かべ、首を左右に振った。

「もともと母子家庭だったんですが、母も私が十六の時に死んでしまって……」

「ずい分と苦労をされたんですな」

「いや、苦労ってほどじゃ……。奨学金で大学にも行けましたし、ここではみなさんが本当によくしてくれますから」

「そうですか」

「はい。特に藤堂さんにはとてもお世話になりました。私にあまりお金がないことを察せらたようで、こちらへ来てからすぐ、住み込みで働けるようにもしてくださいましたし、寂しいだろうとお考えになってか、休日にはよく夕食にも呼んでくださいました」

　遠い目をしながら涌井は言った。中村は、肉親のない孤独に堪えきれず、悪い仲間を作り、結局犯罪に走ってしまう若者を、東京で何人も見てきた。あの者たちも、こういう自然の中で、猥雑な誘惑を受けずにいれば、あるいは穏やかに暮らせたかもしれない。しかし若い頃は、悪い仲間の方に魅力を感じるものだ。

　中村は、藤堂の死に関していくつか質問をした。しかし涌井の答えも、きよのそれと似たようなものであった。涌井もまた、藤堂が何故自殺をしたのか不思議がっていた。また吊られていた舟や、割れていた酒器にも心あたりはないという。藤堂は想流亭によく泊まりに来ていたが、納屋の中まで見ることはなかった。だからそこに赤いペンキがあることを知っていたのは不思議だと言う。

　中村たちは礼を言うと、それで風呂場を後にした。

6

　フロントに戻ってみると、カウンターの中には大野ときよの二人が所在なげに立っていた。

「英ちゃんとはお話しできましたか?」

「ここのみなさん、とてもよくしてくれると感謝していましたよ」

　中村が言うと、

「そんな!」

　と顔の前で手を振りながら、きよは照れ笑いを浮かべた。

「いや本当です。それに、住み込みで働かせてもらっているとも」

「はいそうなんですよ。肉親がいないとアパートを借りるのも大変だろうし、お金もかかるとご主人さまがおっしゃって。幸いここ、二階に従業員用の部屋が四つほどありますから、英ちゃんは今そこで寝起きしています」

「二階ですか……」

　しかし階段を見た憶えはない。

「外の階段で上がるんです」

　きよは言った。

「ああ外、なるほど。住み込みは今、英信さん一人ですか?」

「いや、恥ずかしながら私も……」

　頭を掻きながら、大野が口を挟んできた。

「所帯を持ったらすぐに出るって約束だったんですがね、ずっと不首尾で、よい縁に恵まれませんでしたもんで。それで今も私、二階にね……」

　中村は黙って頷く。少々気の毒に思い、どう言ってよいか解らなかったところへ、

「そうそう刑事さん、汐織ちゃん、まだ買い物から戻っていないんですよ。もうすぐだとは思うんですけれどね、なんだかお待たせしちゃって……」

と話題をそらすようにきよが言う。

「いやいやお気遣いなく」

中村は言った。いずれにしろ、慰霊会のメンバーが戻ってくるまで待たなくてはならないのだ。

「ところできよさん」

中村はちょっと声の調子を落とすと、ロビーを目で示しながら言った。

「先ほどは聞き忘れたんだが、あの青年も、藤堂さんのお知り合いですか？」

「いえ、あのお客さまは英ちゃんのお知り合いです。もう一週間ほどお泊まりになってます」

きよの言葉に、中村はちょっと興味を覚えた。青年はまだ二十代後半に見える。そんな若者が、このどちらかといえば高級な旅館に一週間も一人で泊まって、いったい何をしているのであろう。金持ちなのであろうか。

汐織という娘が戻るまでにやっておくことは何もなさそうに思えたので、中村はカウンターを離れ、ロビーに向かった。渡辺もついてくる。そして新聞を読み終え、窓の外をぼんやりと見ているふうの青年の前に立った。

「ここ、よろしいですかな？」

中村が声をかけると、青年は夢から覚めたような表情になり、あわてて中村たちに椅子を勧めた。

青年は痩せていて、背が高く、百八十センチほどもあるだろうか。黒い髪は男性にしては長い方で、天然なのかゆるやかに波打っている。

礼を言って中村と渡辺は椅子にすわった。すると青年は、穏やかな視線を中村たちに向けてきた。

「一週間ほど滞在されているとか？」

その視線に向かって中村が言った。

「はい」

青年は応える。

「ここに何か用事が？」

「いえ別に。冬の秩父はとても静かで、気に入ったものですから」

　青年は応えた。

「夜祭りが終わって、観光客のみなさんが帰ると、秩父はようやく落ち着きます、はい。そうしたら、ここいらに暮らす者はそろそろ冬支度を始めます」

　そう言った渡辺の言葉に、中村と青年は頷く。

「お名前は？」

　中村が訊いた。

「海老原《えびはら》といいます。海老原浩一」

「海老原さん、涌井英信さんのお友達とか……」

「はい、大学の同級生でして」

　とすると、歳の頃は二十六歳か、中村は思う。そして、しばらく世間話をした。海老原は気さくな男で、訊かれるまま、自分の境遇についてなんでも話した。海老原は、英信と境遇が似ていた。ひとつには、どうやらそれが、二人を結びつけているように思えた。

　十七歳の時、海老原もまた、事故によって両親を亡くしていた。ただ涌井とは違って海老原の家は代々農業を営んでおり、かなりの土地を所有する資産家だった。加えて父がなかなかのやり手で、アパートを何棟も所有しており、兄弟のいない海老原はそれらをすべて相続したから、以降も生活の心配はまったくなかったという。

　大学を卒業した海老原は、相続した土地のほとんどを売却し、アパートの管理は不動産会社に任せ、猫の額ほどの畑をいじりながら、晴耕雨読の生活を送っているという。犯罪捜査に追われる中村には、まったくうらやましい境遇であった。中村も読書は好きなので、いつかはそんな生活に入りたいと願っている。そして若い彼が、このような旅館に長逗留できるわけもこれで解った。

「ところであなた方は？」

　海老原に言われ、はじめて気がついた。中村たちはまだ名乗っていなかったのだ。海老原はなかなか話がうまく、こちらを飽きさせない。

「これは申し遅れました。私は警視庁捜査一課の中村と申します」

手帳を見せながら、中村は言った。すると海老原は目を丸くした。

「実は、この旅館を経営されていた藤堂菊一郎さんという方が自殺されましてね」

「自殺ですか?」

けげんそうな表情で、海老原が訊き返してくる。しかし中村は、これにはまだ何も応える気はない。

「新聞にも、どれもみな自殺と書いてあるからね」

渡辺が言った。テーブルの上には、昨日の新聞が何紙か置かれている。それらに目をやりながら海老原は、こんなことを言った。

「舟を吊ったり、酒器や皿を置いたり、もしもこれが自殺であるなら相当計画的ですよね。では何故納屋のペンキを使ったのでしょうか。英信から聞いたのですが、藤堂さんはここへ来ても、納屋の中を見ることなんて、まずなかったと言います。すると藤堂さんは、あるかどうかも解らない納屋のペンキで顔を塗ったことになる。舟を用意するほど計画的に自殺を進めていたのに、これは少し変ではないでしょうか。ペンキが納屋にあるのを知っていたなら別ですが、顔を塗るのに何か意味があるのでしたら、自分で買うはずだと思うんです」

「うん? それはここを覗いたら、たまたまあったからじゃないのかい?」

中村は言った。

「じゃ、なければ塗らなかったと?」

海老原は言う。

「うん、そうかもしれんね、だがまだ何も解らんよ」

海老原が何か言いたそうにしたが、その時玄関のドアが開き、冷えた風がさっとロビーに入ってきた。振り返り、玄関に目をやると、そこに娘が一人立っていた。二十代の前半だろうか、黒い髪が真っすぐ肩口まで伸び、濃紺のコートのせいもあって、娘の肌は際だって白かった。中村たち複数の視線を感じ、彼女の瞳は怯えるように伏せられている。

彼女は買い物かごをさげていた。どうやら汐織だ。汐織が買い物から帰ってきた。海老原に礼を述べると、中村はつと腰をあげた。

「君、じゃまた」

「はいまた」

海老原も立ちあがると、人懐っこい笑みを浮かべながらそう言った。

早足で娘に近づいていき、中村は声をかけた。

「汐織さんですか?」

「はい」

去りかけていた娘は立ち停まり、応えた。

「警視庁の中村と申します。こちらは地元の渡辺です」

「はい」

「ちょっとお話をうかがわせてください」

「はい」

「ではちょっとこの椅子に、よろしいですか?」

「はい」

汐織という娘は、無口で従順だった。中村が刑事なので、緊張しているせいもあるのだろう。尋ねられることには何でも応えた。

汐織は苗字を長澤といい、今年で二十四歳、長瀞町に父と二人で住んでいる。高校を卒業した後、三年ほど藤岡市内の薬品メーカーに勤め、その後こっちに戻って想流亭で働きだしたという。

藤岡市というのは群馬県の南部にある町で、埼玉県と隣接している。鬼瓦の産地としても有名で、長瀞町からは秩父鉄道と八高線を乗り継いで行くことができる。そういうことを汐織は、ごく少ない言葉で、しかし解りやすく中村たちに伝えた。

「何故この旅館に?」

中村が訊いた。

「それは、こちらに家がありますから。亡くなられた藤堂さんが、父のそばにいた方がいいだろうとおっしゃって下さって、それで……」

「お父さんの？」

「はい。私の父は、体があまり丈夫ではありませんので……」

「お父さんと藤堂さんとは、お知り合いだったのですかな」

「はい。父も慰霊会のメンバーだったんです」

「だった、と言いますと」

「五年ほど前、脱会しました」

「脱会？　また何故です？」

「その頃から体調が悪くなりましたので。集まりなどで外出するのが辛かったんだと思います」

「ふうん」

中村は言って、頷いた。

「ところで藤堂さんですが、自殺をされた理由に、何かお心当たりはありませんかな」

すると汐織は首を左右に振る。黒い髪がさわさわと揺れた。

「藤堂さん、いつも笑みを絶やさない方で、私にもとても優しくして下さいました。自殺されるほどの悩みを抱えていらっしゃるようにはとても……」

汐織は声を落とす。中村は頷き、それから吊られていた舟についてや、顔に塗ってあったペンキについて質問をしたが、格別新しい情報は得られなかった。

慰霊会のメンバーが帰ってくるまでにはまだ時間がありそうだ。中村と渡辺は、汐織を開放すると、周囲を見るために表に出た。

玄関を出ながら右手に目をやると、垣根の向こうに外階段が見える。涌井と大野が寝泊まりしている二階へあがるためのものだ。風は少しあったが、陽射しは強いから、午前中に較べるとずいぶんと暖かだった。道に出ると、中村たちは右に曲がった。それからのんびりと行く。

「どうです？　何かありますか」

渡辺が中村に訊いた。

「いやあ、まだ何も」

中村は応えた。

少し行くと、右手に砂利敷きの駐車場が広がった。「想流亭」と書かれた看板が立てられている。駐車場はけっこう広く、小型の乗用車なら何十台も停められそうだ。しかし今は乗用車の姿はなく、端に送迎用のマイクロバスが一台、ひっそりと置かれているばかりだ。

駐車場に踏み込むと、奥に川へと下るらしい小道があった。足もとで鳴る枯れ葉の音を楽しみながら、中村たちは小道に入り、黙って歩く。

林は川に向かってゆるやかに傾斜している。したがって小道もまた下り坂だ。散歩道をしばらく下って振りかえり、来た道を見あげると、想流亭は左上方になっている。木の柵で囲まれたヴェランダが見える。その足もとから坂が始まって下っていて、だから各部屋ごと板壁で仕切られたヴェランダは、地上から一メートル以上の高さがある。眺望をよくするためか、そのあたりにだけ立ち木はない。かわりに背の低い庭木が植えられている。

散歩道をさらに下ると、ふいに林が途切れ、河原に出た。河原はずいぶん広く、かなりの先まで砂地が続き、それを大小の石がまばらに覆っている。

道はここまでで、後は石の上を伝い歩くしかない。冬の河原はどこかもの寂しげに見える。そのせいでもないが、中村は何となく先へ行く気にならず、遠くを流れる荒川をいっとき眺めた後、来た道を戻ることにした。

7

中村と渡辺が想流亭に戻ると、ロビーの椅子には喪服を着た初老の男性が三人ばかりすわっていた。どうやら慰霊会の会員たちのようだ。見廻すと、海老原の姿はもうない。三人は、ひとつのテーブルに向き合って腰を降ろしている。

「戦友慰霊会のみなさんですな?」

ゆったりとした足どりで彼らに近づきながら、中村は三人に声をかけた。

「さようですが」

一番恰幅《かっぷく》のよい男が快活に応えてきた。頭は見事に禿げあがり、酒のせいか真っ赤な顔をしていた。

「おくつろぎのところ失礼します。私、こういう者でして」

言って中村は、警察手帳を掲げた。男たちはすると、いちように不安げな表情を浮かべた。

「こっちは地元の渡辺です。藤堂さんについて、関係者の方々からお話をうかがっております。ま、形式的なものなんですが」

そう言うと、恰幅のよい男はついと立ちあがった。

「それはどうも、ご苦労さまです。さ、どうぞ、どうぞ」

中村たちがすわる場所を空けるため、彼は椅子を動かそうとした。左右の男たちもみなそれにならう。しかし向かって左側にすわる男の動作だけは緩慢で、なかなか腰をあげようとはしない。中村はおやと思った。男はそれほど酔っているようには見えない。

「秋島は動かんでいいから」

最初に立ちあがった人物がそう言い、腰をあげかけている男を手で制した。

「すみません。私、戦争で右足をなくしたものですから」

秋島と呼ばれた男は、すわり直すと中村に詫びた。正面にすわる男とは対照的に髪は豊かで、半白の蓬髪《ほうはつ》だ。柔和ではあるが、どこか精悍さを感じさせる顔には、年輪を感じさせる深いしわが刻まれている。

「とんでもない。こちらこそ突然お邪魔をしてしまって。どうぞお気遣いなく。それにしても右足を、ですか。さぞご苦労されたでしょうな」

中村は言った。そこに椅子が用意されたから、中村と渡辺は会釈をして腰を降ろした。

「いやあ私など、命があるだけまだいい方です」

秋島は言った。終戦の年、中村はまだ小学生であった。だから従軍の経験はない。だが中村が物心ついたおりはまだ物不足が深刻な頃で、特に食料がなかった。肉などまず口にすることはできず、時に米も底をついた。だからそういう意味で、戦争は知っている。

比較的手に入りやすかったものはかぼちゃで、食べ盛りの中村は、毎日こればかりを食べさせられて育った。芋の蔓が食卓に並んだこともある。中村は今でもあまりかぼちゃは食べたくない。食べれば、ほとんど甘味もなく、やけにぱさぱさのかぼちゃを無理やりに喉に押し込んでいた、当時の記憶が甦るからだ。

中村たちが腰を降ろすと、中村が要求するまでもなく、みなそれぞれ名乗った。正面にすわる頭の禿げた恰幅のよい男は浅見喬、右足を失ったと語った人物は秋島重治、もう一人、痩せて少々神経質そうな印象の男は陣内恭蔵と名を言った。

「みなさん、藤堂さんとは戦地でご一緒だったとか？」

見廻しながら、中村が訊く。

「ええ。わしと陣内は、藤堂さんの分隊でした」

浅見が言った。

「秋島さんは？」

秋島に向いて問うた。

「私は違う師団に属していまして、藤堂さんとは帰国後、戦争をテーマにしたあるシンポジウムの席上で知り合いました。戦地が同じ南部シナだったもので、話が合いまして……」

秋島は応えた。

「こちらでの会合は、もうずい分前から開かれているそうですな」

中村は訊く。

「うん、もうかれこれ二十五年くらいになるかな」

問いかけるように陣内を見ながら、浅見が言う。

陣内が頷いている。

「発案は、藤堂さんですな？」

すると浅見は頷く。

「もともとわしら、戦後もずっと賀状のやり取りくらいはしておったんです。そしたらある時藤堂さんが、中国で死んでいった仲間たちの慰霊塔を建てたいと言ってきまして。ま、その頃には高度経済成長期も始まっておりましたからね、余裕も出たんだろう。それでわしら、ここの建立祭に呼ばれまして。それからは毎年集まるようになった」

浅見が言う。

「以降、毎年ですか？」

「ええ。でも毎年必ず出席するのは藤堂さんくらいのものでしたなあ」

陣内が言った。

「私たちはいつもというわけには……。仕事を持っておりましたんで、この用事で参加できない年もけっこうありました」

「そうでしょうなあ。毎年ですと旅費もかかるし。みなさん、どちらにお住まいで？」

「わしは東京都の、ご存知かな、田無という町に住んでおります」

浅見が応えた。田無市（現・西東京市）は新宿から十五キロほど西にあり、首都圏のベッドタウンだ。

「解りますよ、私も東京です」

中村は言った。

「私は宇都宮です」

陣内が言う。

「ほう、あそこは餃子が名物だ」

中村は言った。

「私は館林市です、群馬県の」

秋島が言う。群馬県は、東を向いて羽を広げた鳥のような格好をしている。館林市は、そのくちばし部にあたる。

「わしが一番近いかな。まあそれでも一時間半くらいはかかりますが……」

言うと、浅見は煙草を取りだし、火をつけた。そして、ふと思いついたようにこう続ける。

「そうそう、近いといえば長澤が一番だな。あれはこの町に住んどるから、それこそ歩いてこられる、すぐ近くだ」

長澤というのは、先ほど話を聞いた、汐織という娘の父親であろう。

「あれはもともと神奈川の方にいたんだが、急にこの町へ越してきまして。あれは、いつ頃だったかなあ……」

「二十年くらい前じゃないか?」

秋島が言う。

「そうかそうか。もうそんなになるか。引っ越してきてからは、毎年この会合にも出席していたんだが、五年前に突然会を辞めおったなあ。それからはわしたちが訪ねていってもいっさい会おうとせん。まったく何を考えているんだか、おかしなやっちゃ……」

溜め息とともに、浅見は紫煙を吐き出す。中村の前でも、なんだかいつもの雑談のようになってきた。

「脱会した方はほかにも?」

「いやおりません、長澤だけです。ただ、いつの間にか来なくなった人や、亡くなった者はおります」

秋島が応える。

「昔はね、もっと大ぜいだった」

煙草をせっかちに揉み消しながら、浅見が言った。あまり根元まで吸わないことにしているらしい。

「会員、多い時は、そうだなあ……、二十人以上もいたかいな。日帰り組も含めると、もっとか。それが年々減ってしまって、今ではせいぜい五、六人だ」

「こちらに集まって、どのようなことをなさるのですか？」

中村が訊く。

「まずは塔の前で慰霊祭をしましてな。その後わしたちが出し合った寄付金を持って、秩父市へ行く」

「秩父市へ？　寄付金ですか？」

「そうです。今でも中国に残されておる、日本人孤児たちを支援する団体の窓口が、秩父市にありましてな。毎年ここに寄って、寄付金を納めとるんです。で、市内見物をしてからここへ戻ってきて、後は親睦会です。死んでいった者たちを偲びながら、みなで飲むと……」

中村は黙って頷く。そのようにして、みな戦争の過去を忘れないようにしているのだろう。

「もっとも」

しんみりとした空気を嫌うように、浅見は明るい声で続ける。

「最近は戦争のこともあんまり話さんようになったな。もっぱら孫の話題ばっかりだ。最近はこいつの」

と言って浅見は、陣内を指さす。

「孫の美佐ちゃん。べっぴんさんで、あれは将来相当な美人さんになる」

浅見は断言した。上目遣いに中村たちの様子をうかがっていた陣内だが、この言葉には相好を崩した。

「おい陣内、写真見せなさいよ、刑事さんにも」

それで陣内は内ポケットから財布を取り出し、中から一枚の写真を丁寧に抜いて中村たちに見せた。写真の中ではマフラーと毛糸の帽子、手袋を身につけた小さな女の子が、雪だるまの横でVサインをしている。

「ほう、これは確かに可愛らしい」

　中村は言い、渡辺も横から覗き込んできて、しばらく女の子を眺めた。中村が写真を返すと、陣内は大事そうにまた財布に戻している。

「さて、と」

　すわり直しながら、中村は話題を変えた。核心に入るつもりだった。

「藤堂さんはどのような方でしたか？」

「まあ若い頃は……」

　と真っ先に、また浅見が口を開いた。

「確かに名を売ろうとするようなところもあった。藤堂は分家の出だから、本家の者なんかに負けられるかというのが口癖で……。だから慰霊塔のことも、あれは売名行為だとか言うやつもおった。でも歳をとってからは、もうそういうことはなかったな。いつもにこにこして、いい具合に枯れた」

　快活な浅見だったが、途中から、声がやや湿り気を帯びた。彼らの友情は、本物のようだった。

「私は車椅子と義足を併用しておりますが……」

　と秋島が言いだした。

「だからここを改築する際、段差を全部なくしてくれました、私のような車椅子の者のために」

　なるほど、と中村は思う。上がり口がなく、客間がすべて一階にある理由がこれで解った。これなら車椅子でそのまま客室まで行ける。そういえば廊下も幾分広めであった。車椅子の通行の便であろう。

「体の不自由な人にも、ここの自然を大いに楽しんでもらいたいと、藤堂はよく言っていました。悪く言う者も昔はいたかもしれんが、それはやっかみで、あれはとても立派な人間でした」

「戦地ではどうでしたか？」

　中村は陣内に訊いた。

「うーん戦地ね……、それはもう遠い昔の話だからな……。何しろ戦地というのは、これはもう生きるか死ぬかの地獄ですから。私ら、毎日無我夢中でした。藤堂さんは分隊長でしたから、こっちは怒鳴られもしたが、もうよく憶えてはおりません。上官が怒鳴るのも、部下を殺したくないからで、うかうかしてりゃすぐやられます。こうして何とか無事に帰国できたのも、みなあの人のお陰だと思っております」

「ふうん」

中村は頷いた。そんなものなのであろうと思う。

「ところで、藤堂さんは舟の上で首を吊っていた。これにみなさん、何か心当たりはありませんか?」

中村が言うと、みな一様に首をかしげ、沈黙になる。

「顔には赤いペンキが塗られていた。これに関してはいかがです?」

これにも返答はない。あれほど快活に話していた浅見も、言葉がない。

「浅見さん、いかがです? それほどの人が、どうして自殺なんぞしなくちゃあならんのです? しかもあんな異常なやり方で」

「いや……」

浅見は言って、腕を組む。

「見当もつきません。今みなとも話していたんだが、全然解らんよ、なあ」

するとみな、てんでに頷いている。

中村はそれからもあれこれ言って水を向けてみたが、この理由について、意見を持つ者はなかった。

仕方なく中村は、最後に長澤和摩の住所だけを訊いて礼を述べ、席を立った。すると浅見と陣内も立ちあがる。その気軽な様子は、とても戦中派とは見えない。

「あ、そのままそのまま」

中村は言った。

「いや、なんか、あんまりお役に立てませんで」

浅見は言った。

「いやいや、それにしても浅見さんはお若いですな。とてもお孫さんがいらっしゃるようには見えません」

中村は言ってみた。

「いやいや、もう老いぼれで」

笑いながら浅見は、手をひらひらと振る。

「何か秘訣などは？」

「秘訣……、まあ、毎朝の散歩は欠かしませんな」

「ほう、毎日ですか？」

「毎日です。夏でも冬でも、朝五時半には起きて、一時間ほど家の周囲を歩きます。雨の日は休みますが」

「なるほど、それでね。そうそう訊き忘れるところでしたが、みなさん、それぞれどちらのお部屋に？」

浅見はなでしこの間、陣内はすすきの間、秋島は藤袴の間に泊まっていると言った。中村はこれをメモした。

三人と別れた中村たちは、フロントに立つ大野ときよに挨拶をすると、想流亭を後にした。

表に出ると、冬の陽は早くも落ちかかっている。


中村たちは、急ぎ足で長澤和摩の家を目指した。この町での交番勤務が長かった渡辺は、さすがに道をよく知っている。迷いもせず、すたすたと先を行く。

ここから歩いて、ほんの十分くらいでしょうと彼は予想を言った。

想流亭の前の道を右に折れ、しばらく行くと左手に路地があり、それを曲がって踏切を越えると国道百四十号線に出た。角にコンビニエンス・ストアがある。

国道を右方向に行き、百メートルほどで左折。当分歩くと道は材木店のところで突きあたる。それを左に折れ、すぐ右に曲がると神社があった。欅《けやき》の大木が、社を包むようにして茂っている。

この神社をすぎると、先に朱色のトタン屋根を持つ小さな家があって、前まで行くと「長澤」と表札が出ていた。渡辺の言葉通り、想流亭を出て十分ほど経っている。窓のカーテンには、室内の明かりが滲《にじ》んでいた。在宅だ。

曇りガラスが填められた格子戸の玄関に、チャイムはなかった。それで中村は戸に手をかけ、開こうとした。しかし鍵がかかっており、びくともしない。仕方なく戸を叩き、長澤さんと名を呼んだ。格子戸の中で、ガラスが踊る音がする。そのまま一分ほども待ったが、反応がない。中村がもう一度ノックをしようとした時、曇りガラスの向こうにゆらと人影が見えた。

「長澤和摩さんですか?」

中村が大声で言った。

「そうだが」

中で横柄な声がした。ドアを開ける気はないようで、戸に近づいてくる気配さえない。

「警察の者です。藤堂さんについて……」

「話すことは何もないな」

中村の言葉が終わらないうち、和摩は遮るように言った。

「いや、しかしですな」

「お帰りくだされ!」

長澤は、侍のような口調で言った。とりつく島もない。相当な偏屈と見える。これは殺人の捜査だ、そんなことを言ってもいいのか? と脅そうかとも考えたが、まだその段階ではない。ここは帰るほかはなかった。

回れ右をした中村が歩きだそうとした時、ふいに線香の匂いを嗅いだ。

「線香の匂いだ」

中村が言った。

「そうですな」

渡辺も言った。

夕暮れの街を、渡辺と二人で駅に向かって歩きながら、中村はじっと考えた。藤堂の評判はよい。これなら地元の署があれを自殺と判断したのも頷ける。しかし、どう考えてもあれは、自殺とすれば奇妙奇天烈だ。舟を吊り、中で酒器を割り、顔にペンキを塗ってする自殺などというものがあるだろうか。聞いたこともない。

いや百歩を譲り、自殺に同意してもよい。そうなら何故あんな自殺のやり方をしたのか。あれには意味がなくてはならない。誰か一人くらい、その理由を知っていてもよい。あれは、なんらかのメッセージではないのか？

しかしメッセージなら、遺書に書けばよいとも思う。そんなことからも、あれが他殺に思えてくるのだ。

駅が見えてきた。

「渡辺さん」

中村は、隣の渡辺を向いて言った。

「私はこの藤堂さんの死が、何か大きな事件の始まりではないかと思えてしようがないんです」

この言葉に、渡辺はきょとんとした表情になった。この小さな町で、そんな大事件など起こるはずがないと彼は思っているのだ。

「大事件というと？」

「まだ解りませんよ。ともかく今日は、一日おつき合いいただいてありがとう。いずれにしろ何かあったら、すぐに私に連絡を下さいませんか。今女房の実家の電話番号など書きますから」

中村は立ち停まり、名刺を取り出して裏に番号を走り書きした。渡すと、渡辺はこれをじっと見ながら、

「承知しました」

と言った。

第2章　赤壁、黒焦げ死体

1

それはまたしても不思議な光景でした。岩の上に男の人が一人、寝ているのです。

さわさわと流れる水の綺麗な川。その川の中、岸辺からは少し離れたところに、大きな平べったい岩が、浮かぶように突き出しています。絶えず水がぶつかるから、流れは岩の突端では白くなり、じゃぼじゃぼといつも音がしています。

男の人は、その平たい岩の上に、あお向けに寝ているのでした。いつまでも、いつまでも寝ています。

日光浴のはずはありません。今は冬だし、まだ夜は明けていません。それに男の人は、さっきからぴくりとも動かないのです。

しゅう、しゅう――。

しゅう、しゅう――。

小さな音が聞こえます。岩の上から聞こえます。

男の人は全身真っ黒です。顔も体も、手も足も、みんなみんな、真っ黒に焼けただれています。

岩の上にはたくさんの灰が撒かれていて、風が吹くたび、これが舞いあがります。だから男の人の体も灰まみれです。何かのおまじないなのでしょうか。それとも無意味ないたずらでしょうか。

白い煙がゆらゆらと、空の高いところまで昇り、消えています。

男の人が死んでいる岩と岸との間には、小さめの岩が、いくつも流れから覗いています。その上に小さな花びらが載っています。桜の花びら？　でもおかしいです。近くに桜の木などありませんし、今は冬です。梅だってまだ咲いてはいません。それに、花びらはみんな真っ赤です。

よく見れば、それは血なのでした。赤い血が、点々と岩の上に落ちています。男の人の血でしょうか。

かすかな音が聞こえます。

しゅう、しゅう、しゅう——。

しゅう、しゅう、しゅう——。

翌朝、中村は遠い電話のベルでふと目を覚ました。枕もとの腕時計を見ると、蛍光塗料の塗られた針は、まだ六時二十五分をさしていた。あたりはまだ暗い。胸騒ぎを覚えた中村は上体を起こし、寒さに少し顔をしかめながら、布団の上にかぶせておいた半纏《はんてん》を羽織った。

妻の母が電話に出たようで、呼び出し音は途切れた。横に寝ている妻を起こさないようにそろそろと立ちあがり、中村はカーテンをちょっと持ちあげて表を見た。あと五日ほどで冬至を向かえる冬の空はまだ暗かったが、かすかに夜明けが始まっている。

足音が中村たちの部屋に近づいてきた。そして遠慮がちに襖が叩かれた。

「吉造さん、電話。警察から」

予想通り、電話は中村へのものであった。礼を言って廊下に出ると、中村は冷えた板の間を、電話の置かれた玄関へと急ぐ。

「はい、中村です」

「ああ中村さん、よかった、渡辺です。すいませんね朝っぱらから。私もたった今起こされましてね」

渡辺の声は、まだかすれている。

「中村さんの言われた通りですよ。また死体が出ました」

「死体？　誰です？」

息を飲んだ中村は、そう尋ねた。

「身元はまだ判明してません。というのは、黒焦げらしいんです」

「黒焦げ？」

「はあそうです、すっかり燃えておるらしくて……」

「焼身自殺とか……？」

「かもしれませんが、まだなんとも」

「男ですか？　女ですか？」

「男のようです、はい」

瞬間何故か、知り合いであるような悪い予感がした。

「殺しですか？」

「私もたった今署から連絡を受けたところですんでね、詳しいことは、まだなんも解りません」

渡辺は言う。

「場所はどこです？」

急き込んで訊く。

「金石水管《かないしすいかん》と呼ばれる橋のたもとです。私も今からすぐ現場へ向かいます。昨日中村さんから、何か起きたらお知らせをと言われていましたんでね、こうして取りあえず電話をしました」

「そうですか。ありがとうございました」

「で、どうされますか？　来られますか？　現場」

「行きます」

中村は即座に応えた。到底放っておく気にはなれない。

「場所、解るかな……」

「長瀞駅近くの金石水管橋と言うと、タクシーならたいてい知っております」

渡辺は言った。

礼を言って電話を切った中村は、寝室に戻ると急いで着替えを始めた。刑事という職業は、事件に入れば夜中でも呼び出される。そのため中村の妻は、翌日中村が着るための衣類や身の周りのもの一式を、枕もとにたたんで置いておくのを習慣にしていた。ここでもそれをしてくれているのがありがたかった。

着替えを終えた中村が、カルダンのハーフコートを洋タンスから引き出した時、妻が目を覚ました。どうしたのと問うから、簡単に事情を話すと、妻は戸惑ったような表情をした。無理もない。ここは管轄が違うし、今は休養に来ているのだ。しかし妻はじきにっこりと微笑み、こちらは気にしないで、心おきなく事件を調べてくださいなと言った。そんな妻に片手で拝むような仕草をしておいて、中村はベレー帽をかぶっていそいそと表へ出た。

冷えた十二月の空気が、中村の体をなぶった。かすかに白くなりはじめた東の空を見ながら、中村は西武秩父の駅へと急いだ。長瀞町へは秩父鉄道で行けるのだが、この時間だと電車は一時間に一、二本しかない。それなら駅前でタクシーを捕まえる方がよい。

幸い駅前に、客待ちのタクシーが三台ほど停まっていた。運転手に長瀞町の金石水管橋と言うと、やはり知っていた。乗り込み、車内の暖かさに中村はほっとひと息をつく。

秩父市から長瀞町へは、車なら国道百四十号になる。これは一本道である。早朝の国道には車の姿はほとんどない。時にダンプカーが、唸りをあげて対向車線をすれ違う。

十五分も走ると、タクシーは親鼻橋を渡る。これはマラソンをしていた学生が、藤堂の自殺死体を発見したという橋だ。橋の中ほどで右手に目をやると、荒川の流れの彼方に赤い鉄橋が見える。藤堂がぶら下がっていた橋だ。空はもうすっかり明けた。

あれが発端になったわけだが、案の定、これは一筋縄ではいかない事件になりそうだ。金石水管橋のたもとで見つかったという死体がもしも他殺なら、藤堂の方も、自殺という線は考え直す必要が出てくる。

橋をすぎると国道は、ほぼ直角に右にカーヴする。

曲がりきると、「ようこそ長瀞町へ」と書かれたアーケードをくぐる。するといくらも行かないうち、昨日斎場から送ってもらった上長瀞の駅前に出る。

上長瀞駅をすぎ、二、三分もすれば左手に大きな白い鳥居が見えてきた。これも憶えている。鳥居のところを右に曲がると長瀞の駅があるはずだ。

長瀞駅を越えると左手にカー・ディーラーがあり、タクシーはその先を右へ曲がる。途端に道は狭くなり、少し走ると秩父鉄道の線路が見えてきた。踏み切りでこれを越える。するといくらも行かないうちに並木道になった。

道の両側に、桜の木が延々と植えられていた。春になればさぞ美しい景観を観せてくれるのだろうが、今はまだ冬だ。葉を落とした枝が、早朝の北風にところどころ揺れている。

「金石水管橋は、あそこになりますね」

並木道を左に折れ、運転手がそう言って右手で示した。その方角を見ると、数台のパトカーが一列に停まり、こんな時間だというのに人だかりもしている。このあたりの住人は、朝が早いのだろう。

「あれ、事件かな、なんだろう……」

運転手は言ったが、中村は、これには何も応えずにおいた。

金石水管橋周辺は騒然としていた。橋のすぐ手前に、河原へ降りるためのやや急な下りの砂利道がある。その入口のところに警官が三人立ち、野次馬を入れないように頑張っていた。立ち入り禁止のテープも渡され、ざわめいている人々を、パトカーの赤色灯が照らしている。

「ここでいいです」

中村は言って、タクシーを停めた。車を降りると、途端に冷気が体を包み、中村はわずかに顔をしかめ、コートの襟を立てた。

2

人だかりにちらと視線を投げた中村は、ベレー帽を右手で押えながら、それに分け入ろうとした。すると、

「中村さん！」

背後から男の大声が聞えた。振り返ると誰かが全力で走ってくる。

「中村さん、昨日お会いした海老原です」

海老原は駈け寄ってくると、息をはずませてそう言った。

「おお、君か！」

中村は言った。

「中村さん、お願いします！」

海老原は言って、頭をさげた。

「なんだね？」

「ぼくも連れてってください、下の現場。必ずお役に立ちますから」

「何、君が？　いや、そいつはどうかな……。一般には現場の死体は見せない規則になっている」

「そこをなんとか。中村さんもこれは正式の捜査じゃないんでしょう？」

「まあそうだがね……」

「じゃ、例外ということで、お願いしますよ。この通りです」

海老原は深々と頭を下げる。そして中村が迷っているうちに二の腕を持ち、さっさと坂を下りだした。

「しょうがねえな」

「すいません、この埋め合わせはきっと」

「こんな事件が好きなのかい？」

「大好きです」

海老原は言う。肩をすくめた中村は、苦笑を浮かべると、歩きだした。

砂利道に立つ警察官に、中村は黒革の手帳を示しながらテープをくぐった。海老原も、涼しい顔でつ

いてくぐる。河原に降りるとちょうど渡辺がいて、背広姿の男と何やら話し込んでいた。

「中村さん」

渡辺はすぐにこっちに気づいてくれた。中村は会釈し、彼と話していた背広姿の男にも会釈した。すると渡辺が、中村を紹介してくれた。

「小林さん、こちら、警視庁の捜査一課の中村さんです。今たまたま休暇中でこちらに……。中村さん、こちら、秩父署の小林部長刑事です」

「中村です」

中村は言った。

「おお、本庁の刑事さんでしたか。いやあ、これは助かります。休暇中申し訳ないですが、是非ご協力をお願いしますよ」

小林は喜色を浮かべ、気さくにそう言った。

「そちらの方は?」

「ああこれですか、これは東京から一緒に来まして……」

「そうですか。本庁の方がお二人も。いや、これは心強い」

仕方なく中村は、曖昧に頷いた。小林は海老原にも頭をさげている。海老原も返した。小林が背を向けると、海老原は渡辺に向けて人さし指を唇に当てた。渡辺は一瞬むっとしたふうだが、すぐに笑顔になった。

男性の死体は岩の上で見つかったという。小林に案内され、中村たちは現場へ向かう。

「死体は、流れの中の、岩の上にありまして……」

小林は言う。

その岩は、岸からだいたい三メートルばかり離れた水面に突き出していた。岩の高さは水面からおよそ一メートルで、上部は平たく、畳二畳分ぐらいの広さを持っている。その上に、まだ死体はあった。死体は流れと平行になり、仰向けで、頭は下流側を向いている。岩の上に、鑑識のものらしい男が二人いて、しゃがんで何やら調べている。

流れを横断するかたちにロープが張られ、手前にボートがあった。河原に引き上げられている。制服警官が何人かいた。

「ちょっとこれに乗ってください、あ、しかし三人しか乗れんな」

小林は言う。

「あ、じゃあ君はここで待っていて」

中村は、海老原に言った。海老原は渋い顔で頷いている。

中村と渡辺、小林がボートに乗り、渡辺と小林がロープを引いて、ボートで岩に向かっていった。

「ここは、こういうふうにボートを使わないと？」

中村が訊いた。

「いや、これはたまたま近くにあったんで。あっちの上の方に、岩場の浅瀬があります。そっちを伝えば、多少は足が濡れるだろうがなんとか行けます」

小林が説明する。

「ふうん」

岩に着くと、三人はボートからは降りず、舟の中で立ったまま、死体と現場を見た。

死体は全身が赤黒く焼けただれ、頭髪はすべて燃え尽きている。熔けてしまったのか眼球はなく、目の部分には黒い穴が二つ、ぽっかりと開いていた。

岩の上には多量の灰があった。衣類の燃え残りにしては、少し量が多いように思える。

「人目から隠すためでしょうな、死体の上にはダンボールがかぶさっていたようです。それが燃えて、こうして灰になったようです」

中村の不審を察したのか、小林が説明した。

「なるほど。それでホトケさんの身元は？」

「まだですが。なにしろこのありさまですんで……」

言って小林は、焼けただれた死体に目をやる。

「所持品は？」

「いや、それなんですがね中村さん、遺体の臀部と岩の間から、財布の燃え残りが見つかったんです。

ズボンの尻ポケットに入っていたものです」

これは渡辺が言う。

「それ、拝見してもよろしいですか?」

中村が問う。

「もちろんです。……じゃ、ここはもういいですか?」

小林は言った。それで中村は、もう一度ざっと死体の周囲を見た。この時わずかに異臭を感じた。死臭でもないし、炭の臭いとも違う。むろんそれら臭いが強いから、ごくかすかなものではあるのだが。

「ここ、写真は撮っていますね?」

「撮ってます」

小林が言う。

「ではいいです」

中村は言った。それで中村と渡辺がロープを操り、三人はまた河原まで戻った。

「ああ、君」

河原に戻ると小林は、手近にいた係員を呼び、財布を持ってくるようにと指示した。係員は頷くと駈けだしていき、すぐに戻ってきた。見ると透明のヴィニール袋を手にしている。袋の中には、黒い炭になった財布らしい物体が入っていた。

「本革製のようです。だから燃え残ったんでしょうな」

係員から受け取ったヴィニール袋の口を開け、中身を中村に示すようにしながら、小林は言った。頷いた中村は、手袋を填めてからゆっくりと財布を取りだした。二つに折れるタイプの、ごくありふれたものである。海老原が寄ってきて覗き込んだ。

財布を手にした中村は、おやと思う。どこかで見た覚えがあったからだ。それもつい最近だ。どこでだったか――、そう考えながら中村は、ゆっくりと財布を開く。固形化した炭が、ぼろぼろと落下する。

財布の長辺側は、札を入れるために仕切られている。中には一万円札が三枚と、千円札が二枚、これはほとんど焼けている。小銭入れの中の硬貨も、みな色が変わっている。運転免許証やクレジットカードの類はなかった。

「カード挿しの中に写真が一枚入ってます」

渡辺が言った。それで中村は、カード挿しの中を覗き込んだ。なるほど写真が入っていた。そっと抜き出してみると、ぐるりはすっかり焼け、丸くなっている。これはもう戻さない方がいいだろう。

周囲が燃えたため、写真は長円形になっていた。吹いて炭を払うと、中央に雪だるまが見えた。雪だるまの横には、どうやら少女が立っているふうで、少女はVサインをしている。瞬間、中村は思い出した。

「渡辺さん！」

中村は言った。

「陣内だ、これは陣内恭蔵の孫だ！」

渡辺も頷き、言った。

「やはりそうですか、私もそうだろうと思ったんですが、ちょっと確信が持てなくて、ですな」

写真は昨日想流亭で、戦友慰霊会のメンバーである陣内恭蔵から見せられたものであった。彼の孫の写真だ。するとあの黒焦げ死体は、陣内恭蔵ということか。

中村は衝撃を受け、もう一度彼方の岩の上を見た。どこか神経質そうだった陣内の顔を、中村は脳裏に浮かべた。あの男が殺された。

「これは……、確か美佐ちゃんと言ったたな」

中村がつぶやくと、

「やっぱりそうですか」

渡辺が言い、中村は頷いた。中村は、昨日のことを小林に話した。事情を聞いた小林は警官を呼び、想流亭に陣内恭蔵がいるか、大至急確かめるようにと言った。係員は走りだす。

「ありがたい。中村さんのお陰でホトケの身元もすぐ特定できそうです」

走り去る係員の背中を目で追いながら、小林が言った。

「いやいや、これはほんの偶然で」

中村は顔の前で軽く手を振りながら応えた。

しばらくの間中村たちは河原にたたずみ、係員からの連絡を待った。十分近くもそうしていたら、無線が入ったのか、パトカーの中で待機していた別の警官が走ってきて、息を切らしながら小林に耳打ちをした。頷いた小林が口を開く。

「やはり想流亭に、陣内さんはおりません」

「そうですか……」

言って、中村も頷いた。そうならまず間違いはなかろう。被害者は陣内だ。するとこれで二人目ということになる。殺人などとはまるで無縁そうな冬の景勝地で、戦友慰霊会のメンバーがたて続けに二人殺された。中村は大きくひとつ息を吐くと、顔をあげた。

「しかし、まだこれでは不充分です。陣内さんの歯科医の治療記録などをあたる必要がありますな。歯型のカルテでも残っていて、これを死体と照合できれば、それで断定になる」

「カルテですな？」

「そうです。しかしこれは通常五年で焼却します。陣内さんが五年以内に地元で歯医者にかかっていたら、あるでしょうな」

「五年ですか」

「そう、これが一番手っ取り早いが、もしなければ体の治療記録です。陣内さんが持病を持っていて通院していたとか、最近入院したなんてことでもあれば、詳しい体の記録があるでしょう」

「陣内の地元というのは……？」

「宇都宮です」

中村は言った。小林は頷き、部下に指示した。

「死体を発見したのは誰です？」

中村は続いて訊く。

「はい。この近くに住む軽辺貞夫というご老人です。彼は毎朝六時頃ここへ来ては、鳥に餌をやるのを日課としていたそうです」

「ほう、鳥に」

「はい。毎朝決まって六時らしいです。それでいつも通りここに降りてきた軽辺さんは、岩の上に見馴れないものを発見したということで……」

「黒焦げ死体ですな?」

「いや、そうじゃないんです」

小林は言った。

「違う?」

中村はちょっと驚いて訊いた。

「はあ、ダンボールなんですね」

「ダンボール?」

「はい、下が膨らんでいて、何かを隠しておると。そして不審に思って軽辺さんが近づいた時、目の前の岩から、突然どーんと火の玉があがったと」

「火の玉が?」

「はい、爆発的に燃えあがったんだそうで」

「岩が燃えあがった?」

「はい、そのようです」

「誰かが火をつけたと、そういうことかな」

中村が言うと、

「それが……」

と小林は一瞬言いよどんだのち、口を開いた。

「その時このあたりには、誰一人人間はいなかったそうです」

「いなかった、人間が?　しかしそれじゃ、いったいどうして火が出たんです?」

「それなんですな」

小林は言って、考え込む。

「今時分の六時といえばまだ暗いです。それに軽辺さんとやらは、お歳を召してらっしゃるんでしょう。見逃したんでしょうな、人影を」

するとこ小林は、首を横に振った。

「いやこの老人、耳は遠いですが、目はいたっていいんです。自分以外に人など絶対にいなかったとはっきり言ってます。それに岩の周りは、これこの通り、ご覧の通りの川ですからな、人がいたとしても、身を隠す場所なんぞはありません」

中村もあたりを見廻した。そして頷く。

「確かに。あの岩の付近の水深は？」

「三メートルほどです」

「けっこう深いんですな。では何か、自動発火装置のようなものは見つかりませんか？」

言いながら中村は、ほんの二週間前まで、まる一年をかけて追い続けた東京都内の連続放火事件を思い出していた。

「うーん、特には……」

ではいったいどうやって火を噴くというのか。

「老人の言葉を信じるなら、自然に発火したとしか思えませんな」

小林は言う。そんなことはあり得ない。しかしさっき見た限りでは、岩の上に発火装置らしいものは見あたらなかった。ただの平らな岩場だ。だが考えてみれば方法だけではない、こんな人けのない場所で自動発火させる、いったいどんな理由があるというのか。

「死因は？」

見ると、検証が終わったのか、シートをかぶせられた死体はボートに載せられ、今運び去られようとしていた。その情景に目をやりながら、中村は訊く。

「頭蓋骨の一部に陥没が見られました。鈍器様のもので、頭部を強く殴打されたようです」

「それは、岩の上で殺されたのですか？」

「いや、河原です」

言って小林は、岩場から少し上流を指さした。そこにも小岩が点々と水に突き出し、手前のものは河原とつながっている。

「あのあたりの岩に、大量の血液が付着しています」

中村は、小林の右手が示す方向を見た。血の跡を見るため、そちらに向かって移動した。するとみながなんとなく歩きだし、全員でそっちに向かうことになった。近づくと、岩場のところどころが赤黒く染まっているのが見えてきた。

「すると犯人は、河原で陣内を殺害したのち、わざわざガイシャを大岩の上まで運んだと、こういうことですかな」

中村が言うと、小林は頷いた。

死体の置かれていた岩の上流側で、点々と流れから顔を覗かせている小岩は、おそらくひとつの大きな岩なのであろう。台風直後や梅雨時ならともかく、水位の低いこの時期なら、小岩を伝いたどれば水面から出ているあの平らな大岩までなんとか行くことはできそうだ。多少足は濡らすことになるだろうが。

これはさっきの小林の説明の通りだった。小岩に遺る点々とした血の跡は、死体を運んでいったルートも語るのであろう。

「引きずったような跡は見つかっていません。そのため犯人は、死体をかついで大岩まで運んだと思われます」

小林は言う。中村は頷く。

「ほかには、何かありましたか？」

「死体の頭部、頭の下に、扇子らしいものが挟まっていました。ほとんど燃え尽きていましたが」

「扇子ですか!?」

中村は頓狂な声を出した。またおかしなものが出てきた。

「ええ。燃え残りを鑑識が採取しました」

中村は考え込む。藤堂の死体は吊られた小舟と共に見つかり、舟の中には割れた酒器や、皿が遺留されていた。今度の陣内は扇子である。藤堂が自殺ではないとしたら――今やそれはもう間違いのないところだが――、そしてこの死体が陣内としたならだが、犯人はいったいなんの意図で、舟を吊ったり扇子を置いたりしたのか。

「思ったよりも早いんですね」

それまで黙っていた海老原が言った。見ると海老原は、河原にしゃがみ込み、手を川の水に浸している。

「早いって、何が？」

中村が訊いた。

「水の流れです」

海老原は応える。

「このあたりから少し先まで、川の流れはけっこうきついんです。でもそれが何か？」

小林が訊く。

「扇子は頭の下に挟まっていたんですよね？」

海老原は訊いた。

「ええ。頭と岩の間に」

小林は言う。

「具体的にはどういうふうにですか？」

「何しろもう燃えてしまって、ほとんど遺ってはいませんでしたからね」

「解りませんか」

しかしそれでも小林は、そばに来た鑑識の一人を捕まえると、扇子について質してくれた。彼は、断定はしたくないが、扇子は開かれており、紙の貼られた扇の羽根部分が頭の下になっていたふうだ、と説明した。

「では、扇の要《かなめ》と、骨の部分は挟まってはいなかったのですか？」

海老原は訊く。

「いないです、おそらく」

鑑識員は言った。海老原は礼を言った。そして続けてこのように小林に訊く。

「軽辺老人は、何か異音を聞いたとは言っていませんでしたか？　火の玉の時」

「さあ。先ほども申しました通り、軽辺さんは耳が遠いですからね」

小林は言う。

「ああそうですか」

海老原はそれでもう口をつぐむと、川の流れを見つめながら、右の拳で額をこつこつと叩きはじめている。中村はこの仕草を昨日も見ていた。考え込む時の癖らしい。

「さてと、じゃあお忙しいところ、大変お邪魔をしました。これから私はちょっと軽辺さんを訪ねて話を聞きたいんですが、よろしいですか?」

　中村は言った。

「むろんかまいませんとも。軽辺の住所はですな……」

　小林は急いで懐から手帳を出し、軽辺の住所を読みあげた。中村も手帳を出し、これを書き取った。

「藤堂さんの件もありますんで、これはもう私らの手には負えません。今県警から応援部隊がこっちに向かっています。間もなく到着します。捜査本部が置かれることになるでしょうな。こんな田舎町で、四日の間に死体が二つも出たなんてのは前代未聞のことで、これからも是非、ご協力をお願いしますよ」

　小林は謙虚に言った。

「はい、お役に立てるかどうかは解りませんが、できるだけのことはやります。いや、それにしてもすっかりお手間を取らせてしまいましたな」

　中村は頭を下げた。

「いやいや、かまいませんとも」

　小林は言った。それで中村は海老原をともない、荒川の現場を後にした。渡辺は小林と共に残った。

　砂利道をあがっていくと、まだ野次馬は大ぜい土手に残っていて、中村はその中に思いがけない顔を見た。浅見喬と、秋島重治だ。

「浅見さん！」

　人をかき分けながら二人に近づき、中村は声をかけた。浅見は驚いたようにこちらを見た。彼の顔色は悪く、昨日よりもずっと老けて見えた。秋島も同様で、表情が沈んでいた。こうして見ると、若く見えても二人は、やはり初老の者たちだった。

「ああ、中村さん」

　浅見は言った。まったく笑顔のないその暗い表情は、昨日は見ることがなかった。

「想流亭に来た警察官から今聞いたんです。陣内が死体で見つかったとか？　本当ですか？」

「まだ断定にはいたりませんが、どうもそうのようですね」

中村は言った。

「よろしかったら私らが確認しますが……」

中村は首を横に振った。

「いや、顔は解りません」

すると二人は、なんともいえず沈んだ表情をした。

「殺されたんで？」

中村は黙って頷く。すると浅見は天を仰いだ。

「そんな……。陣内がいったい何をしたっていうんだ。戦争で苦労して苦労して、その後は高度経済成長とかで、朝から晩まで働いた。孫ができて、定年を迎えて、ようやく少しのんびりした暮らしが始められてたっていうのに……」

唇を噛み、うめくように浅見が言った。その肩を、秋島が優しく叩いている。しかし、彼にも言葉がない。

「のちほど想流亭に行き、お話しできることはお話しします。だから、ご心配でしょうが一度宿に戻られたらいかがです。少し落ちつかれた方がいい」

浅見と秋島は頷いたが、その場を動こうとはしない。中村はさらに何か言おうかと考えたが、よして、二人から離れた。戦友が殺されたのだ。気持ちは解る。

「中村さん」

人だかりから離れると、海老原が口を開いた。

「なんだい？」

「ちょっとあそこへ行ってみませんか」

金石水管橋を指さしている。

「どうして？」

「橋の上から現場を見たいんです」

中村が頷くと、海老原はそっちに向かって歩きだす。中村はついていった。

　金石水管橋は、その名の通り、荒川に架けられた水道用の鋼管の上に舗装した道を載せたもので、幅はほんの二メートルほどだ。車は無理だが、人や自転車は充分通れる。

　橋の中ほどまで行って立ち停まると、海老原は欄干に両腕を載せ、遠くを見ていた。中村もそれにならった。

　橋の下には荒川が流れ、水に沿って視線をあげると、川は遥かな彼方でゆるやかに左へと折れていた。左右には、常緑樹に覆われ、縞模様を浮かせた岩が続く。

　しばらく眺めてから、中村は視線を足元に落とした。海老原の言う通り、橋からは現場が一望のもとだ。五十メートルぐらい上の右岸に、大勢の警官たちがひしめいていて、その一部はそろそろ撤収の準備を始めている。指揮を執る小林の姿も見える。陣内と思われる死体が焼かれていた平らな岩場は、岸から少し離れた水面に、浮かぶようにしてある。

　現場付近の河原の幅はそれほど広くはなく、現場の岩に覆いかぶさるようにして、背の高い木々が茂っていた。だからその影を受け、そこだけ水面は濃い緑色だ。

「さて、どうする、君も軽辺さんに会いにいくかね？」

　中村は訊いた。

「是非！」

　海老沢は元気よく応えた。

3

　先ほどタクシーで通った憶えのある桜並木をまっすぐ北に進むと、軽辺貞夫の家は道沿いにある。金石水管橋からは、徒歩ほんの五分ほどの距離である。道は、桜を眺めさせるためか広々とした舗道が設けられていて、散歩には最適の道だ。

軽辺家は二階建てで、なかなかしゃれた造りだった。庭は芝生で青々と覆われ、端には鉢植えの花が一列に並んでいる。門の脇に付いた呼び鈴を鳴らすと、すぐに家の中から女性の声が聞こえた。ほどなく玄関のドアが開き、中年の女性が笑顔で二人を迎えた。中村は会釈をしながら門扉を開けると、玄関に向かって歩いた。海老原もしたがってくる。

警察手帳を見せると、女性はすぐに用件を察したようで、軽辺老人を呼ぶ。娘なのだろうか。やがて軽辺貞夫が玄関に現れた。

「見たことは、もうすべてお話したつもりですが」

挨拶を終えると、軽辺貞夫は言った。少し鼻声だ。

「そうなんですが、念のためにもう一度と思いまして。お手数をおかけしますが、よろしいでしょうか。お時間はとらせませんので」

軽辺の耳が遠いことは小林から聞かされている。

中村は、それで普段より大きめの声を出す。

「それはかまわんが。まあ立ち話もなんです、どうぞお上がりくだされ」

老人は言い、中村たちは礼を言って靴を脱ぐ。

応接間に通されると、先ほどの女性がお茶を用意していた。あわててテーブルの上を拭きながら、二人にソファを勧めた。中村と海老原は、恐縮しながらソファにかけた。

「娘さんですか?」

女性が去ると、中村は訊いた。

「嫁です」

軽辺は言った。中村は頷き、こう訊いた。

「毎朝、あの河原に行かれているそうですな?」

軽辺はするとゆっくり頷く。

「うんまあ、半年ほど前からかな。雨の日以外は毎日です。なにせやつらが待っておるから」

「やつらというと、鳥ですか」

中村が言うと、軽辺は笑いながら頷く。

「はじめて河原へ散歩にいった時、周りの木の枝に鳥がいっぱいとまっておるのを見まして、次の日からは餌を持参です。近くのパン屋さんから、食パンの耳を分けてもらっておるんです。どうせ捨てるものらしいから」

軽辺の話に頷きながら、中村は茶を口にした。軽辺老人はボックスからティッシュを一枚抜き、鼻をかんでいる。

「風邪ですか？」

中村は訊いた。

「うん、なにやら鼻風邪らしい」

老人は応えた。

「鳥も、きっと可愛いんでしょうな」

中村は言ってみた。そういう趣味がないからよく解らないのだ。

「最初のうちは逃げるのもいたんだが、今ではもうみなすっかり馴れた。わしが行くと、いっせいに木から離れて近づいてくるようになった。可愛いものです」

「いっせいにですか？」

海老原が突然言った。中村が見ると、真剣な面持ちで、じっと軽辺の顔を見つめている。

「そうだとも。みなわしがやってくるのを心待ちにしているんだよ」

嬉しそうな軽辺の言葉に、海老原は何度か頷く。

海老原の質問は、それひとつきりのようだった。まだ何か訊くつもりかと中村は待ってみたが、何も言わず、俯いて考えはじめた。中村は本題に入ることにした。

「現場に行かれたのは何時頃ですか？」

「家を出たのが五時五十分だから、六時頃だと思うな」

中村の方に向き直りながら、軽辺が応えた。

「それはまたお早いですな」

「歳をとると、人間早起きになります。それに連中が腹を空かせていると思うと可哀想でね」

「しかしまだ表は暗いでしょう」

　中村は言った。

「目だけはいいからね、不自由はせんな」

　軽辺は笑って言う。頷き、中村は質問を続ける。訊きたいことはいくつもあるのだ。

「岩の上にかぶせられたダンボールには、すぐ気づかれましたか？」

「最初は何だか解らなかった、ダンボールだか何だか。暗かったしな。ただ岩の上の様子がいつもと違うなとは思った。わしは毎朝、たいていあの岩の前で餌をやっているものだから。だから、なんだか見馴れないものがあるなあと、そう思いましたな」

　老人は言う。

「それで岩に近づいてみたら、突然これが燃えあがったと」

「燃えあがったなんてもんじゃないな！」

　喉が渇いたのか、それだけ言うと軽辺は湯呑みに手を伸ばし、ゆるゆると茶をひと口すすった。老人の仕草は緩慢だ。核心部分なので、中村はちょっと気が急いた。湯呑みをテーブルに置くと、老人は続ける。

「あれはそんなもんじゃない。ありゃああんた、爆発です」

「爆発」

「もう、おったまげてな」

　今朝のことを思い出したのか、ちょっと興奮した様子で軽辺は言った。

「思わずその場にへたり込んだもの。それでその時、わしはあれを見た」

「あれ？　なんですか？」

「あんた、聞いていないのかな。岩の上に小さな火の玉が現れたんだよ」

「火の玉!?」

　中村は、思わず声を出した。海老原も軽辺を見つめる。

「さっき話した警察官も、そりゃあ目の錯覚でしょうとか言っとったが、錯覚なんかじゃあない、わしは確かに見ました」

「大きさはどのくらいです？　その火の玉の」

髪をかきあげながら、海老原が訊いた。

「そうだなあ、小指の先くらいかな……」

「小指の先？」

中村が言った。それはまた小さい。

「それで、その火の玉はどんな動きをしたんですか」

せわしない口調で海老原は訊く。

「ああ、岩の上から左の斜め上の方にすうっと動いてな。その後はまっすぐ天に昇っていった。だからあれは人魂かもしれんなあ。ま、人魂の割には小さかったが」

「左というと、下流側ですね!?」

海老原がやや大声を出した。その勢いに鼻白みながら、軽辺は頷く。

「その後火の玉はどうなりました？　ふいに消えたりはしませんでしたか？」

「うん、消えたな」

軽辺は言った。

「木の枝をかすめるように空に昇った後、突然消えてしまったなあ」

「そうですか、木の枝の近くを！」

海老原は嬉しそうに言ったが、すぐにむずかしい表情になり、うつむきながら右の拳で額をこつこつ叩きだした。

中村は現場を思い出していた。大岩のあたりは河原部分が狭く、そしてすぐ後方は森になっていた。背の高い木々が川面にかぶさるようにして茂っていたから、もしもその火の玉が、岩の上からほぼまっすぐ上空に向かって昇っていったのなら、張り出した木の枝にぶつかってしまうな、とそう考えていた。

「これは先ほど話をうかがった者も訊いたかと思うのですが、爆発的に火がついた時、あたりに不審な人物はいませんでしたか？」

話題を変えた。

「いやあ、誰一人おらんかったな」

老人は言いきった。

「しかし、それは確かですか？」

中村は、ついそう訊かずにはいられなかった。

「わしの視力は左右とも1.5です。いささか夜目も利きます。あの時は誰も姿を見なかったし、あたりに人の気配はなかった。これは絶対に間違いのないこと」

軽辺は断言する。

「そうですか……」

中村は言った。

ほかに聞いておくことはないように思えた。少しの間世間話をしたが、老人は風邪気味で少し苦しげだったから、中村と海老原は質問をきりあげて去ることにした。


「これから想流亭に？」

表に出ると、海老原が訊いてきた。

「いや、長澤和摩のところに寄っていこう」

中村は言った。

「長澤和摩？」

「うん」

「誰ですか？　それ」

そこで中村は、長澤について説明をした。戦友慰霊会のメンバーであった長澤和摩は、昭和三十七年頃にこの長瀞町に越してきた。以降はほぼ毎年慰霊会の会合に出ていたようだが、五年前突然脱会して、それからは会合に出ないのはもちろん、会員の誰が訪ねてもいっさい会おうとはしなくなった。理由は解らない。尋ねても誰も知らない。娘は、体が悪くなったせいと言っていた。

娘の汐織は、高校を卒業後、群馬県内の薬品会社にいっとき勤めたが、藤堂の勧めで三年前から長瀞町に戻ってきて想流亭で働いている。そんな話を道すがらすると、海老原は興味深げに聞いた。

「だがこの男は手強い。誰が行っても何も話そうとしない、けんもほろろの対応なんだ」

「ほう、じゃどうして行くんです？」

海老原は言った。

「今日はこれまでとはちょっと話が違うはずだ、やつの戦友が殺されたんだからな、しかも黒焦げだ」

中村は言った。

気づくと、見あげる空には雲ひとつない冬晴れの日である。日が高くなるにつれ、気分がよくなった。

長澤家には、それから二十分ほどで着いた。

さんさんと注ぐ陽光に晒された長澤家は、夕暮れ時に見た昨日の印象よりもみすぼらしく、まるで空家のようだ。閉ざされたカーテンがよそ者の訪問を拒んでいるようだが、これでも長澤は中にいる。昨日もそうだった。玄関に廻った中村は、戸を叩いておいてしばらく待つ。

やがて曇りガラスの向こうに人影が立った。しかし無言。これも昨日と同じだ。

「長澤和摩さんですかな。昨日おうかがいした警察の者ですが」

中村は声をかけた。

「またあんたか。話すことはないと言ったろう」

うんざりしたように、和摩は言う。その声は遠いせいでくぐもっている。

「そんなことを言っている時ではない、長澤さん、今朝の六時頃、陣内恭蔵さんと思われる死体が見つかったんです」

そこまで言うと中村は、言葉を切って中の様子をうかがった。和摩は沈黙している。この沈黙は何ゆえか。やがてスクリュウ錠の回る音がして、ガラス戸が開いた。

「やっと開けてもらえましたな」

中村は言った。長澤はなかなかの長身であった。彫りの深い顔だちで、肌の色は白い。胡麻塩頭は短く刈り込まれ、戸口に立ちふさがって、険しい表情を浮かべた。

中村が警察手帳を掲げても、和摩は見ようともしない。そして場を動かない。

「陣内はどこで？」

和摩は訊いてきた。それで、彼が強い衝撃を受けていたことを中村は知った。

「まだ陣内さんと断定されたわけではありませんがね……、ほぼ間違いないでしょう、孫の写真を持っていた」

「どうして解らないんです？　慰霊会の者に面通しをさせたらいいでしょう」

「黒焦げなんでね、人相は解らない」

「黒焦げ……」

「燃やされたらしい」

「どこで」

「野上駅と長瀞駅のちょうど中間あたりに、金石水管という名の橋がありますね？　ご存知でしょう。その付近の河原で見つかりました」

北から樋口、野上、長瀞、上長瀞と、長瀞町には四つの駅がある。

「殺されたのか？」

家の中から、わずかに線香の匂いが漂い出ている。昨日もこれを嗅いだ。中村は頷く。

「そうです」

「どうやって？」

「撲殺ですな」

「殴り殺された……。で、どこで燃やされた？」

「川に突き出た岩の上です」

これを聞いた瞬間、和摩は目を見開いた。奥歯を嚙みしめながら、虚空を睨みつけている。その様子を、中村はじっと見た。

「それであんた、わしに何を？」

しばらくの沈黙の後、和摩は言う。

「昨夜から今朝にかけ、どこかへお出かけになりましたか？」

「ずっと家で寝ていた。ほかには？」

「それを証明してくれる人は？」

「いない。だが俺は陣内を殺す理由なんてない」

「陣内さんを殺した者に関してお心当たりは？」

「ない」

「では藤堂さんを殺した人は？」

「知らん」

「こうなったら藤堂さんも殺しの線に切り替えだ。藤堂さんに怨みを持つ人に心当たりはありませんか？」

「あるわけない。もういいだろう、帰ってくれ！」

和摩はガラス戸に手をかける。中村がこれを留めた。

「あなたが慰霊会を脱会された理由は？」

「体が悪くなった。行く気がしなくなった。それだけだ、ほかに理由などない」

そして和摩は、中村の手を振り払ってぴしゃりとガラス戸を閉めた。せわしなくスクリュウ錠が回る音がする。とりつく島がなかった。


「藤堂さんは、どうして橋の下なんかで首を吊られたんでしょうなあ」

中村が、曇りガラスに顔を近づけて訊いた。

「知らん」

「顔が赤かった理由は？」

「知らん！」

そしてガラス戸の向こうから、和摩の気配は消えた。手をかけてみると、ガラス戸は硬くロックがされていた。

「やれやれ」

言って中村は、ガラス戸から身を離した。

「驚きも、否定もしなかったですね」

海老原が言った。

「何が？」

「藤堂さんですよ。中村さんは今、『藤堂さんを殺した人は？』と言われた。でも長澤さんは、これをすんなり受け入れて、『知らん』と言った。『あれは自殺じゃないのか』とは言わなかった」

「うん、そうだな」

　中村は頷いた。

「あの人、藤堂さんが殺されたと、知ってたんじゃないでしょうかね」

　海老沢は言う。

「うん、そうかな」

「少なくともその可能性がある、とは思っていたんじゃないですか？　自殺だとは思っていないみたいですよ」

　海老原の言葉に頷きながら、中村は想流亭に向かって歩きはじめた。

4

　想流亭に寄ると、ロビーには浅見喬と秋島重治がいて、背広姿の男二人と何やら話し込んでいた。彼らがいないかと思い、中村は寄ったのだ。ちょうど具合がよかった。

「あら、昨日の刑事さん」

　フロントに立つきよが声をかけてくる。その言葉に四人も振り向く。中村と海老原は、そこで彼らに軽く会釈をしながら四人に向かっていった。

　この道の同業者は、なんとなく匂いで解る。背広の男二人は、県警本部から派遣されてきた捜査一課の刑事であった。一人は名を川島秀仁《ひでと》といい、なかなか端正な顔立ちをしていた。スマートな長身に、濃紺の背広がよく似合った。少し立ち話をすると、歳はまだ二十六歳と若いが、埼玉県警の警視を勤めているそうだ。いわゆるキャリアというやつである。

　国家公務員の上級試験に合格した者は、警察庁一種職員と呼ばれる。彼らは警察大学校での研修後、警視庁で二年間ほど見習い勤務をし、その後は都道府県の警察本部に警視として派遣される。この任期は二年ほどである。

もう一人の刑事は、名を西宮伊知郎といった。こっちは四十代であろう。柔道経験者のような、がっしりとした体躯をしている。人の悪そうな風貌をして、白いものが混じりはじめた髪を真後ろへ撫でつけ、度の強そうな眼鏡をかけていた。

「秩父署の小林主任から聞いています。休暇で秩父市に滞在されているんですね」

人懐っこそうな表情で中村を見ながら、川島が言った。

「妻の実家が市内にありましてね」

そう応えながら中村は、コートを脱ぐと、手近の椅子の背もたれにかけた。

「そちらがお連れさん」

川島の言葉に、海老原はちょっと戸惑ったような笑みを浮かべた。

「本庁の先輩がご協力くださるとは心強い。事件の証拠品や資料は、いつでもご覧になれるように、私の方から秩父署に話しておきます。どうかひとつ、助けてください。お願いします！」

川島は二人に向かって少し大声で言い、丁寧におじぎをした。どこかユーモラスなその仕草に、中村と海老原は思わず笑った。一方西宮は、そんな三人を無表情で眺めていた。

六人で囲むには、テーブルは小さすぎた。きよに断って、中村は隣のテーブルを遠征させてきた。二つ付けて並べると、適当な広さになった。そうしておいて中村は、浅見と秋島を呼んだ。二人に挨拶をして、それからゆっくりと腰を降ろした。

聞けば浅見と秋島は、あれからもずっと金石水管橋にいて、ほんの少し前にここに戻ったばかりという。さっき会った時よりもさらに、二人は沈んでいた。肩を丸め、悄然とすわった。何も話そうとしない。わずか一日で、十ほども歳をとったようだ。

どうした理由からか、秋島は義足をはずし、車椅子に乗っていた。ズボンの右足の膝から下に足はなく、だから彼のズボンは、そこから平たくなっている。寒さのためか、腰のあたりを毛布で覆っていた。

「本日朝六時、陣内恭蔵さんと思われる死体が、金石水管橋付近の川に突き出た岩の上で見つかりました」

全員がすわると、妙に元気のよい口調で川島が言いだした。この男は、いつもこんな調子で捜査会議の発言をしているのだろう、と中村は思った。

「他殺です。頭蓋骨の一部に陥没が見られることから、鈍器様のもので頭部を強打され、即死したものと思われます。その後死体は、岩の上で燃やされております」

中村たちは、黙って川島の話を聞いた。

「さて、みなさんもご存知と思いますが、三日ほど前、この旅館のオーナーでもある藤堂菊一郎さんの死体が、秩父鉄道の橋の下で、吊り下がった小舟とともに発見されました。当初警察は、藤堂さんの死を自殺と判断しておりましたが、陣内さんと思われる男性の他殺体が見つかったことにより、考えをあらためる必要を感じました。私たちがこの街に派遣されたのはそのためです。これが連続的な殺人事件である可能性が濃くなってまいりましたので、秩父署に捜査本部を置くことにしました」

川島は、なかなか整然と説明をする。頭脳は明晰のようだ。

「今朝見つかった死体が陣内さんであるなら、亡くなった二人には共通項が発生します。それは両名ともが戦友慰霊会のメンバーであったことです。藤堂さんは主宰者でした。そこで、浅見さんと秋島さんにお願いがあります」

川島の言葉に、浅見と秋島は不安そうな様子で顔をあげた。

「しばらくの間、この地を離れないでいただきたいのです。むろんこれは強制ではありません。ただ警察としましても、すみやかに事件を解決したい。お二方も、同じ慰霊会のメンバー、お仲間のために同じお気持ちと思います。同じ会のメンバーであった浅見さんと秋島さんにはいろいろとお尋ねしたいこともありますので、捜査へのご協力も仰ぎたいのです。ご理解いただけますでしょうか」

言い終えて、川島は二人に穏やかな視線を送る。

「わしはかまわんです。仕事もしていないし……、秋島さんはどうだ？」

浅見の言葉に、秋島も無言で頷いた。

「よろしいんですね？　ご協力、感謝致します！」

川島が、丁寧に頭を下げる。

「さて、ではさっそくですが、いくつかお訊きしたいことがあります。こちらの西宮がお尋ねしますので、さしつかえなければお話しください」

少しの沈黙の後、川島が言った。

「まずは浅見さん、あんたにお尋ねしたい」

西宮が、そこではじめて口を開いた。ややかん高い声には、いささかの威圧感が漂よう。長年の刑事生活が、彼の口調をそうさせたのだろう。自分には、何年経ってもこれができない、と中村は思う。そしてこの二人組は、こういうコンビネーションかと納得した。川島は、どちらというとユーモラスで元気がよい。これで相手の気分をなごませておいて、西宮がやや暗く、威圧的に斬り込むのだ。

「藤堂の死体が見つかった日の朝四時半から五時の間、あんた、どこで何をしてた？」

告別式の席で渡辺巡査は、藤堂の死亡推定時刻は四時から五時の間だと言っていた。そして四時半に鉄橋付近を通った新聞配達の高校生は、吊られていた舟などは見ていないと証言している。そのため川島たちは、犯人は四時半から五時の間に藤堂を殺し、小舟とともに鉄橋から吊りさげたと考えているようであった。

質問の意味を感じ取った浅見は、黙って西宮に目をむいた。

「こっちが訊いていることに、すみやかに答えてもらった方がためなんですがね」

浅見を睨みつけながら、西宮は強い口調で言う。

こういったおいこら型の刑事を、中村はこれまでに何人も見ている。そして、どれほど威嚇したところで、それは関係者の心をかたくなにするだけで、得るものはないと知った。それでもごり押しをすれば、相手はただ行儀の嘘を口にする。そして事態はますます不明になる。だから中村は犯人に対し、一度もぞんざいな言葉を使ったことはない。

赤い顔でしばらく怒りをこらえていた浅見は、やがて投げやりな口調で言う。

「わしは前の晩からここに泊まっておった。その時間なら部屋で寝ていたはずだな」

「それを証明できる者は」

「いるわけがないだろう、こっちはあんた、一人で泊まってんだから」

「なるほど、そりゃ困ったな。さて、次は秋島さん、あんただ」

秋島の方を見ようともせず、浅見の言葉を手帳に書きとめながら、西宮は横柄に言う。

「私は家にいました。浅見さんと同じく、前の晩から泊まりたかったのですがね、用事があったもんですから」

「それから?」

「それからと言われますと?」

「家出たの?」

「はい、朝五時二十分頃に家を出て、こちらに向かいました」

「そりゃあまた早いな。あんた家はどこ?」

「群馬県の、館林市というところに住んでおります。長瀞町までは、東武伊勢崎線と秩父鉄道を使って来るのですが、乗り継ぎが悪いと二時間近くかかってしまいますので」

「何時の電車に乗った?」

「確か、五時三十四分の始発だったと思います」

「それを証言する者は」

「いや、一人でしたのでね」

秋島は、戸惑ったような表情を浮かべながら、じっと考え込んだ。

「ああ、そういえば」

思いついて顔をあげながら、秋島はこう続ける。

「駅のホームへ行ったら、列車が来ていたんです。あわてて乗ろうとしたら、車掌さんが『急がなくても大丈夫ですよ』と声をかけてくれました。義足の時はどうしても普通には歩けませんから、そんな私の姿を見かねたんでしょうな」

「ふんなるほど、館林駅の車掌が見たか。さて、では次の質問だが、今朝三時から五時の間はどうだ？」

どうやら陣内と思われる他殺体の死亡推定時刻は、そのあたりらしい。そしてこの質問には、二人とも部屋で寝ていたと応えた。どちらも証明できる者はない。これは当然であろう。朝の三時から五時頃、普通表をうろうろするものではない。

「では、朝の六時頃には何をしていた」


これは軽辺老人が、岩の上の死体に火がついたのを目撃した時刻である。

「ああ、その時間なら」

浅見が、安堵したように言った。

「ここのロビーで秋島さんと話しておった。なあ」

秋島も頷く。

「そんな早い時間にか？」

西宮が目をむいて言った。この男の目には、全員が被疑者なのだ。

「わしはいつも五時半頃には起きて、毎朝一時間ほど散歩をしています。その習慣は旅先でも変わらん。それで今朝もさあ行こうと思って廊下に出てみたら、秋島さんの部屋から明かりが漏れているのが見えまして、で、声をかけてみたんです」

「夜中に目が覚めてしまったんですわ。それで藤堂さんのことを考えていたら、どうにも眠れなくなりまして、朝五時頃から部屋でテレビを観ておりました」

浅見の言葉を継ぐように、秋島が言った。

「ふうん、そうか」

それから西宮は、藤堂の人柄や、戦友慰霊会について二人に質問した。浅見と秋島は、昨日中村に話したのと同じ内容を話す。

二人の話をすっかり手帳に書き終えた西宮は、黙ったままちらりと川島を見る。すんだぞ、という顔だ。頷いた川島が、こう口を開いた。

「戦友を亡くされたばかりでお気をお落としのところ、ご協力くださいまして、まことにありがとうございました。お腹立ちの質問もあったかと思いますが、迅速な解決のためとご理解ください」

そう言うと川島は、浅見と秋島に対し、丁寧に頭を下げた。なかなか絶妙のコンビだ、と中村は大いに感心した。

浅見たちはゆるゆると立ちあがり、川島にだけ挨拶をすると、さっさと部屋に戻っていった。秋島の車椅子は、浅見が押していく。

「中村さんたちがこちらに来られる前、同様の質問を従業員たちにもしております。よろしければ、結果をお報らせいたしますが」

「それは助かりますな」

中村が言った。

「まず、三日前の朝四時半から五時の間だが……」

手帳をせわしなく繰りながら、西宮が面倒臭そうに口を開いた。威張り役は、なかなか気分が戻らない。

「三井きよ、涌井英信、長澤汐織の三名とも、自宅、あるいは自室で寝ていたと言ってる。まあ時間が時間だから仕方がないがね。ただ大野幸助だけは、前夜十時すぎに想流亭を出て、秩父市内の友人宅へ行き、そのまま酒を飲んで泊まったと話しています。これはすぐに裏が取れるでしょうな」

「友人宅へですか」

「翌日の午前中が休みだったから、とのことです」

「ふむ、なるほど」

「今朝の三時から五時についても同様で、全員が寝ておったそうです」

「そりゃま、そうでしょうな」

相槌を打つ中村を見ようともせず、西宮は手帳をめくる。

「それから……、と、今朝の六時については、まずここの二階に住み込みで働いている大野幸助と涌井英信。この二人はちょうど起きたばかりの時間帯で、歯を磨いたり、トイレに行ったりしながら、互いに廊下で何度かすれ違ったと言っておりました。まあ、二人で口裏を合わせているのかもしれんがね。長澤汐織も似たようなもんです。自宅で朝食のしたくをしていたとか。それにしても、あれはなかなかいい女ですな」

西宮は、こういう時だけヤニのついた前歯を見せて笑うから、中村はちょっと驚いた。それから西宮はこう続ける。

「最後に三井きよですが、亭主がゴルフの約束をしていて、六時すぎに友人が車で家に迎えにきたそうです。……とまあ、こんなところかな」

中村は、西宮に礼を言った。

「で、これからどうされます？」

川島が訊いた。

「陣内さんと思われる死体が見つかった現場付近で、聞き込みをしようかと考えてます」

中村は応えた。そして、背後からコートを取った。

「そうですか。私たちは一度秩父署に戻らなくてはなりません。何か新しい情報が得られましたなら、是非お教えください」

「もちろんです」

「ひとつ、よろしくお願いします。ああ、それから陣内さんのご家族の方が、今こちらへ向かっております。まもなく到着される頃でしょう。電話で奥さんに確認しましたら、陣内さんはごく最近まで近所の歯医者に通っておったようですので、そこに遺されているカルテも取り寄せるように手配をしました。ですので、見つかった死体がもし陣内さんであるなら、数時間以内には、歯型から断定できるものと思われます」

言って川島は、中村たちに頭を下げた。中村と海老原は、笑顔で応じ、腰をあげた。眼下になった西宮も、中村たちに一応会釈を返したが、その様子はどこか冷たく、管轄外の刑事に対する思いをこちらに悟らせた。

中村たちは歩き出し、すると川島が再び口を開いた。

「ああ、そうだ！　陣内さんの見つかった岩なんですが、岩の上から微量のガソリンが検出されました。犯人は陣内さんや岩の上にガソリンを撒いたのでしょう」

そういえば岩に近づいた時、何かの異臭を感じた。あれはガソリンの臭いだったのか。そして軽辺老人が、岩は爆発的に燃え上がったと言ったことにもこれで得心がいった。多量のガソリンに引火すれば爆発のように燃えるであろう。

県警の刑事たちとそれで別れ、中村と海老原はロビーを横ぎって、想流亭を後にした。

5

想流亭から金石水管橋までは、おおよそ二キロほどの道のりだ。金石水管橋は、野上駅と長瀞駅の中間あたりに位置しているため、電車を使うとかえって遠廻りになる。タクシーを使うほどの距離とも思えなかったし、路線バスはない。

「のんびり歩こうや」

抜けるような青空を見あげながら中村が言うと、海老原は嬉しそうに頷いた。早朝に焼けただれた死体を見、二件ほど聞き込みに廻り、その後は刑事たちの尋問を聞いた。殺伐とした思いが溜まって、少し気分転換も必要であろう。刑事事件というものは、事件ばかりをずっと考え続けている時よりも、気を楽にして街の風景などを眺めている時、案外解明の糸口が得られる。二人は陽光の中を、散歩でも楽しむつもりで、金石水管橋の方に向かった。

　想流亭の前の道を右に曲がり、雑木林に見え隠れする荒川を東に眺めながら、まっすぐ北へ向かう。やがて左手に秩父鉄道の線路が近づき、ついには並んで走るようになる。右側には五、六メートルおきに桜の木が植えられ、木の間にはトタン屋根の民家が並ぶ。平屋が多い。道は舗装路ではなく、砂利道である。

　まもなく理髪店があった。木枠のガラス窓が通りに面していて、表から店内の様子が見える。主人が剃刀を砥《と》いでいた。客はいないようだ。店の前では二匹の猫がのんびりと昼寝をしている。すっかりビルばかりとなった都会から来た中村は、そんな景色を眺めると、二、三十年前の小石川を散策している気分になった。

　その時、遠くから汽笛が聞こえた。耳を疑い、線路を見ると、北の方向からＳＬが走ってきた。もうもうと黒煙をあげている。錯覚ではない。本当にＳＬがやってきた。まだこんなものが？　と思う。中村が青春時代をすごした昭和三十年代の風景が現れた。

「秩父鉄道は、日によって一往復のＳＬを走らせているんです」

　立ち停まって茫然と列車を見つめる中村に、海老原が声をかけてきた。中村は頷き、ほっとひと息をつく。

　ＳＬは、埼玉県北部の中心都市である熊谷市の駅から、終点の三峰口まで六十キロ弱の距離を、二時間半ほどで走るのだという。長瀞駅はその中途にある。

　懐かしい音と匂いをあたりにふり撒きながら近づいてくると、蒸気機関車は巨大なピストンを力強く動かし、大きな動輪を蹴たてて、すぐ目の前をすぎていく。中村はその様子をじっと見た。

すぎる列車を見送りながら、中村はふいに藤堂が吊られていた鉄橋を思い出した。あの橋は全体が朱色に塗られていた。その上を漆黒のSLが走る様はなかなか絵になるだろうと思った。晴れの日なら、そんな様子は足もとの荒川にも映えるであろう。

「いいもの、観せてもらった」

照れたようにそうつぶやいてから中村は歩きだす。前方三百メートルほどの先に、長瀞の駅が見えていた。

いくらも行かないうち、中村はまた立ち停まってしまった。頭の片隅に、なにごとか閃くものを感じたのだ。ヒントが脳裏に現れている。これまでにもよくこういうことがあった。そしてそれが、しばしば解決への糸口になってきた。ベレー帽のてっぺんを押さえて考え込む。黒煙を噴くSL、赤い鉄橋、その上を走るSL、それらが映る川面——。しかし閃きは徐々に光を失い、やがて消えてしまった。首を振って中村は、再び歩きだした。

長瀞の駅に着く。駅の手前は十字路になっていて、これを右に曲がると蕎麦屋や土産物屋が並び、先に行けば河原へと降りる石段がある。昨日、斎場への送迎バスを待つ間、ぶらぶらと歩いた道である。左に折れて線路を越えれば国道百四十号だ。中村たちは直進した。駅を越えると、メインの道は右へほぼ九十度にカーヴする。道沿いに店はなく、左右ともに広大な駐車場になっていた。「普通車五百円」などと書かれた看板が、ところどころに立っている。しかし利用している車の姿はほとんどない。

駐車場をすぎると道は突きあたり、中村たちは左に曲がった。あとは一本道で、これをまっすぐ北へと向かえば、一キロほど先の右手に、金石水管橋が見えてくるはずである。長瀞駅前で一度クランク状に折れ曲がりはするが、想流亭から現場までは、だから一本道といってもさしつかえない。

突きあたりの少し先に蕎麦屋が現れたので、中村たちは食事をとることにした。ガラス戸を開け、暖簾をくぐり、がらんとした店内に腰を降ろして、中村はきつね蕎麦を、海老原は月見蕎麦を注文した。

土地が痩せているということもあるのだろうが、秩父地方には蕎麦を名物にしている街が多い。秩父市内にもうまい蕎麦を食わせてくれる店が何軒もある。きつね蕎麦は期待通りにうまかった。江戸っ子で、蕎麦を食べ馴れている中村が感心するほどの味であった。

腹ごしらえがすんで店を出ると、桜並木をまたゆっくりと北へ向かう。このあたり、民家はまだない。道の右側には大きな家でもあるのか、白い塀が長く続く。空を見あげると、上空で折り重なる木の枝越しに、きらきらと太陽が輝く。肩に落ちる木漏れ陽が心地よい。

水管橋が近くなると、左右に民家が目だちはじめる。刑事の顔に戻った中村は、さっそく手近な家の玄関をノックする。犯人は被害者をただ殺害しただけではない、岩の上まで運び、ガソリンを撒き、火をつけている。それだけ派手なことをやっているなら、聞き込みで必ず何らかの情報が得られるものだ。死体やガソリンタンクを運ぶ姿、またガソリンやタンクを、どこかで入手していなくてはならない。だから中村は、このあたりの家をしらみつぶしに訪問しようと思っている。

冬場の聞き込みは、それほど辛いものではない。夏の暑い盛り、汗だくで歩き廻るのはこたえる。冬きついのは張り込みだ。寒風や雨の中、何時間も道に立つのは辛い。中村は聞き込みは嫌いではない。徒労に終わることも多いが、歩き廻ったあげく、ついに事件の核心と思われる情報を掴んだ時、その喜びは刑事という職業の醍醐味だ。

住宅の密集した都会とは違い、周囲の家の数は多くない。まだ午後になったばかりだから、時間も充分にある。一時間ほどをかけて五軒の家を巡ったが、目ぼしい情報はなかった。馴れている中村は、焦ることなく次の家を目指す。海老原ものんびりとした顔つきで、中村の後をついて歩く。

ようやく有益らしい話を聞くことができたのは、それから二十分ほどのちのことだ。八軒目に訪ねた家の主婦によれば、毎朝五時すぎ、犬の散歩で金石水管橋を通る人物がいるという。名を須田三郎といい、橋から一キロほど東の町道沿いに住んでいるということだった。こういう情報は、地方ならではだ。都会では、こういう人物は知られても、その住まいまでは解らない。主婦に礼を言い、中村は須田三郎の家に向かった。

金石水管橋を渡る。渡りながら望む対岸には、広大なオートキャンプ場があった。橋はキャンプ場と県道とを結ぶ道に合流している。だから渡り終えてから振り返れば、すぐ後ろにキャンプ場の入り口がある。冬場は閉鎖されているようで、柵が設けられている。しかしその高さは腰くらいまでしかなく、単に車の進入を防ぐためのものなのであろう。

入り口の左には受付窓口があり、その奥は売店になっている。右手には列車の客室車両が何台か置かれて、これは宿泊用に使われているらしい。しかしすべてがしんとして、人の気配などどこにもなかった。

キャンプ場に背を向けて歩くと、県道に突きあたった。道の向こう側は森だ。その中にはバーベキュー場があるようで、そう書いた大きな看板が出ていた。左折し、その先を今度は右に曲がると、町道に出た。その道を再び右折してしばらく行くと、須田家はあった。玄関先に五十がらみの、小太りで実直そうな男がすわり、靴を干していた。声をかけると、はたしてそれが須田三郎だった。

警察手帳を見せると、須田は一瞬険しい顔つきになったが、事情を話すと表情を和らげた。須田は秩父市内のホテルの支配人をしていると自分で言った。そのせいか、愛想笑いが板についている。

「金石水管橋を毎朝通られるとか」

上がり口に敷かれた座布団の上に腰を降ろしながら、中村は尋ねた。

「はい、犬の散歩です。二年ほど前、医者に糖尿病だと診断されましてね。医者から毎日一時間ほど歩くようにと言われました。それでただ歩くのも退屈ですんで、犬を飼いまして」

「なるほど。それで今朝も?」

「はい。雨の日以外は毎朝です。町道に出て、ずっと水管橋を渡って、並木道を北へ行きます。その先に高砂橋がありまして、それを渡って家に戻ると、ちょうど一時間くらいになるものですから」

「何時頃ですかな、今朝水管橋を渡ったのは」

「五時すぎです。今日は休みですが、いつもは七時半に出勤していますので、その前に散歩をします」

「水管橋やその付近で、何かいつもと違ったようなことはありませんでしたか」

中村の言葉に、須田は少し考え込んだ。

「いや、特には……。今時分は暗いですしね、五時は。それに毎日のことだから、意識して景色を見たりもしませんし……」

須田は腕を組むと、じっとうつむいた。今朝のことを思い出しているらしい。

「ああ、そういえば!」

言って、須田は顔をあげた。何か思い出したらしい。中村は須田を見つめる。

「こんなこと、別に意味はないかもしれませんが、あそこで、なにやら擦《こす》れるような音を聞いたなぁ」

「擦れるような?」

「はい。橋を渡りきろうとした時です。なんか、聞き馴れん音がしたなと……」

須田が橋を渡っていた時、河原に犯人がいたのかもしれない。その可能性はあると中村は思う。しかし擦れた音とは。いったい何と何が擦れ合ったのであろう。

「具体的にはそれは、どのような音でしたか?」

「いやあ、ほんの一瞬でしたから、しゅーっというような……。気のせいかもしれませんが……」

「犬の種類はなんです？」

その時、いきなり海老原が口を開いた。突然の質問に中村と須田は驚き、視線を海老原に向けた。

「お飼いになっている犬です」

再び海老原が言った。少し早口になっている。

「え、ああ、はい。スカイテリアといいまして」

「スカイテリア！」

海老原は言い、嬉しそうに頷いた。そして口の中で何度もスカイテリアと呟きながら、額をこつこつ叩きはじめた。中村は、犬のことにはあまり詳しくない。だから、種類を聞いてもピンとこない。

「お見せしましょうか」

中村の思いを表情から見てとったか、須田が言った。中村が頷くと、須田は腰をあげ、廊下を歩いて奥に消えた。まもなく須田は、小型犬を抱いて戻ってきた。


体長は五十センチほどであろうか、白に近い灰色の毛は、かなり長かった。特に頭から垂れる飾り毛が目立って長く、これは鼻の上から左右に分かれて垂れ、ずっと顎のあたりまでを被っている。だから、目がどこにあるのか解らない。ダックスフントほどではないが、胴長で、体長は体高の二倍ほどもありそうだ。外見の愛くるしさと違ってなかなか気が強いらしく、吼えはしないが、須田の腕の中で低いうなり声をあげ続けている。

「この犬種はもともと猟犬ですので、こう見えましても走り廻るのが大好きなんです。散歩の時なんか、私を引っ張るようにしてぐいぐい先を行きますしね。体毛が長いのも、害獣から身を守るためなんだそうです」

犬の頭を撫でながら、須田は説明する。

「見た目がこんなでしょう、子猫みたいなものかと思っていたので、だからはじめて散歩に連れていった時は、あまりの活発さに驚きました」

「中村さん！」
海老原が声を発し、見ると彼は立ちあがってい
る。
「ちょっとぼく、現場に戻ってもいいでしょうか。
確認したいことがあるんです」
海老原は、どうやら興奮していた。中村は優しげ
に頷く。すると海老原は須田に頭を下げると、大あ
わてて外に飛び出ていった。
中村の方はそれから須田と十分ほども話をした
が、特に目新しい情報は得られなかった。それで中
村は腰をあげると丁重に礼を述べ、須田家を出た。

6

海老原という青年は、一見茫洋として見えるが、
漫然と物ごとを眺めているわけではなさそうであ
る。もうすでに彼は、幾度か天啓を得ているらしい。
そうなると、額を叩く癖がある。まだ彼のことを知
らないから、果たしてそれが当を得たものであるか
否かは解らないが。
海老原の姿を求めて歩きながら、中村は彼がいつ
閃いたふうの様子を見せたかを思い出そうとした。
最初は、死体が見つかった河原で、秩父署の小林刑
事と話をしていた時だ。死者の頭部と岩の間に、扇
子の燃え残りが挟まっていたと聞いた彼は、川の中
に手を入れて流れをはかり、扇子がどのように挟ま
っていたかを根掘り葉掘り小林刑事に訊いていた。
その次に彼が額を叩いたのは、岩が突然燃えあが
ったのを目撃した軽辺貞夫という老人が、火の玉の
目撃談を語りだした時である。その後彼は、火の玉
がふいに消えたろうことを言った。
そしてついさっき、須田家でも海老原は額を叩い
ていた。犬の話をしていて、須田から犬種を聞いた
途端、彼はいたく嬉しそうな表情を浮かべた。川の
流れ、死者の頭部に挟まっていた扇子、空中に浮か

ぶ火の玉、そして須田三郎が飼っているスカイテリア。これらの事柄が、海老原の頭の中で、あるいはひとつに繋がったものであろうか。そうなら、それがどういう推理か聞いてみたい気がする。

道を見渡すと、三十メートルほど先に、バーベキューと書かれた大きな看板があった。そこを右に曲がれば突きあたりがオートキャンプ場だ。そしてこの入り口の左側に、金石水管橋が架かっている。左右に果物畑が広がる道を急ぎ、金石水管橋に着く。すると、行く手の橋の上に、海老原の姿があった。対岸の橋のとっつきあたりにしゃがみ込み、鼻先にした欄干部分をじっと見つめている。中村が来たことにも気がついていない。だから中村は、邪魔をしないようにその場に立ち停まり、欄干にもたれてしばらく彼の様子とか、足下の水面などを見ていた。

五分ほどして、海老原はようやく立ちあがった。そしてこの時はじめて中村に気づくと、笑顔を浮かべた。中村は手を上げてこれに応え、ゆっくりと近づいた。

「よう、ずい分熱心だったじゃないか。探しものかい？」

するとと海老原は、照れながら頷く。

「何か見つかったかい？」

首を横に振った海老原は、欄干にもたれかかると、川を見ている。少し落胆しているふうだ。中村も黙って川面を眺めた。見るたび、川は色を変える。足下を流れる荒川は、今はかすかに青みを帯びて、冬の陽光を照り返している。

「さて、俺はもう少し聞き込みを続けるつもりだが、つき合うかい？」

「もちろんですよ」

言うと、海老原は欄干にあずけていた体を元気よく起こした。

「是非ご一緒させてください」

それで中村は、海老原を連れてまた橋付近の家を一軒一軒廻ったが、これといった収穫はなかった。山間の家は不在も多く、気づくと冬の早い陽は、早くも西に傾きはじめた。

夕餉の時刻に近づくと、さすがに留守は少なくなる。みな帰宅するのだ。家々にも灯がともりだし、そうなると在宅か否かが表からひと目で解る。人が帰ったらしい家には、引き戻してまた訪問した。

六時をすぎる頃、聞き込みはほぼ終わった。もう家がなくなり、あとはキャンプ場の南にある数軒だけになったのだ。明日にするのもかえって面倒だったから、これらも今、一気に廻ることにした。

山間は、日が落ちるとすっかり闇となる。道路に人の姿はなくなり、時おり車がかなりのスピードで走り去っていく。店や自動販売機にも明かりは入らない。足もとがだんだん不安になる。

県道を南に少しばかり行くと、家が三軒並んでおり、そのうちの二軒に明かりがともっていた。中村は一番北寄りの家から始めることにして、チャイムを鳴らした。

外灯がつき、すぐに玄関の戸が開いた。三十代と思われる主婦が玄関先に現れ、警戒するような視線を中村たちに向けた。夕食の準備をしていたのか、エプロン姿である。三歳くらいの男の子がついて出てきて、ふいの来訪者をじっと見つめた。

警察手帳を見せ、訪問の意図を手短かに告げると、中村はすぐに質問を始めた。主婦は、男性の死体が金石水管橋近くの岩の上で見つかったことを知っていた。噂は一帯に広まっているらしく、今日一日、知人と会うたびにその話をしたと彼女は言う。

主婦は、自分は昨日の夕方四時半頃に買い物から帰った後、今朝九時すぎに子供を保育園に連れていくまで、一歩も家から出てはいないということを早口で話し、だから夜中に近所で人が殺されたなどまったく知らなかったし、朝六時頃、何かが爆発するような異音を聞いた以外は、特に変わったことはなかったという。

彼女が耳にした異音というのは、死体と岩の上に撒かれたガソリンに火がついた時のものであろうか。そう尋ねると、彼女は解らないと言った。

礼を言って家を出た。隣はやはり留守だったので、その横に建つ小さな平屋を訪ねる。呼び鈴はなかったので、ガラス戸を叩く。少しの間寒さに震えながら、東京の倍ほどもある星の数を見ていると、曇りガラスの向こうに人影が現れ、戸が開いた。老婆が顔を覗かせる。事情を話すと、老婆はすぐに家へ迎えあげてくれた。表は寒かったから、この誘いはなかなかありがたかった。

居間に通されると、そこには丸い卓袱台があり、勧められるまま、中村たちは腰を降ろした。老婆は名を安川よしといい、七年ほど前、夫に先立たれたと語った。それからはずっと一人暮らしをしている、息子夫婦は名古屋にいて、そろそろ一緒に住まないかと言ってくれるが、生まれ故郷の長瀞町を離れたくないのでずっと迷っている、などといった話を、お茶を淹れながら中村たちにしてくれた。

「さて、先ほどもちょっとお話しましたが、今朝六時頃、金石水管橋付近で男性の死体が見つかりました」

よしが卓袱台の向こうに正座をするのを待ち、中村は切りだした。

「ええ、ええ、知っておりますとも。このあたりはもう、その話で持ちきりですんで」

「ああそうですか」

老人の話はゆっくりしているから、少し気が急く。

「何でも急に岩が燃えだしたとか……。軽辺さんがそう言うとったです」

「お知り合いでしたか、軽辺さんとは」

「はい。そりゃもうご近所ですし、老人会でもよくお会いしますんで」

言われてみれば、ここから軽辺家までは一キロと離れていない。

「それで、昨夜から今朝にかけ、このあたりで何か変わったことには気づかれませんでしたかな。おかしなものを見たとか、聞いたとか」

「さあねえ……」

よしは首をかしげる。

「特に、何にもなかったと思いますがのう」

「ああそうですか」

「はい。だけんど、どうして火がついたのかは知っております」

「えっ、何ですって！　それはどういう……、いや、どうしてです!?」

中村は思わず身を乗りだす。

「狐火です」

「狐火!?」

中村は、よしをまじまじと見た。よしはにっこりして頷きながら、話を続ける。

「わしらが小さい頃は、あれがしょっちゅう出たもんでな。『お狐さまの嫁入りだあ』と誰かが言うからね、急いで表に出てみると、山の中腹や川岸を、小さな火の玉が揺れながら行列して行くんだわ。それはもうきれいでなあ、われを忘れて眺めたもんです。最近はもうすっかり見ることもできんようになってしもうてなぁ。お狐さまは人や車が大嫌いだから、このあたりからいなくなったんかと思うとったんですが。ところが……」

よしはそこでいったん言葉を切ると、茶をすする。

「数年前からあの大岩近くで、夜中に小さな火が出るようになっとってな。たいていは冬場だけんど、小さな火の玉がぽっと光る。それで見た者が不思議に思って近くに行っても、誰あれもおらん。このあたりはまだ家も少ないから、お狐さまも安心して嫁入りができるんか、しれんわなあ」

「冬場だけですか、狐火が見られるのは」

海老原が口を開いた。

「ああそうだとも。夏はここいら、観光客がたんと来るから、お狐さまも姿を隠しておるんじゃないですか」

よしの言葉に、海老原は黙って頷いている。

ほかに目ぼしい情報はなかったし、狐火と聞いて中村は相当がっかりしていた。早く帰ろうと思ったら、一人暮らしで退屈なのだろう、帰ろうとする中村たちの興味を引こうとして、よしはあれこれいろんな話をする。夕食まで勧められたが、さすがにそれは断った。するとよしは悲しそうな表情を浮かべるので、それからさらに小一時間、中村たちは孤独な老婆につき合うことになった。しかし海老原は、ずい分と楽しそうに、昔の長瀞町のことなどを尋ねていた。

なんとか、よしの家を脱出すると、その先には町道があり、そこにも三軒、道に沿って家がある。幸いすべて家人は在宅していたので、訪ねた。しかし、これといった話はそこでも得られなかった。

終わると、もうすっかり夜更けで、県道でさえ街路灯もまばらなこのあたりは、まるで闇の中だった。音と呼べるものもほとんどない。これなら人の悲鳴も、異音も、よく聞えるであろう。そういう静かな集落を、二人は想流亭に向かってとぼとぼ戻った。

道々中村は、海老原が得ているらしい推理についてて質した。海老原は恐縮したように笑い、もうちょっと待ってくださいと言った。一部自分の思い違いもあって、今はうまく組みあがっていない。できたらすぐに言いますから、もうちょっとだけ待ってくださいと言う。中村は笑って承知した。

海老原とは想流亭の前で別れた。一人になった中村は、早足で駅を目指した。想流亭の前の道には街路灯はいっさいなく、闇の中に木立がひっそりと立ちつくしている。

博物館を越え、駅前の通りに出ると、さすがに周囲が明るくなった。夜道に目が馴れはじめていた中村には眩《まぶ》しいくらいである。しかし人里の気配に、気分はどこかほっとする。やはり自分は東京者だと思う。

　土産物屋はすべて閉まっていたが、飲食店のほとんどは開いていた。しかしどの店にも客の姿はなく、店主は暇そうにテレビを見たり、外で煙草をふかしたりしている。

　妻や義母の手をわずらわせたくなかったから、中村は夕食をすませて帰ることにした。近くの蕎麦屋に入ると、山菜と川魚の甘露煮をつまみに、熱燗を一杯やってから、仕上げに鴨南蛮を注文した。どれも充分に旨く、体も温まった。地方の食い物には、それがどれほど素朴なものであっても、どこか都会にはないこくがある。

　駅に着き、構内に掲げられた時刻表を見あげた。次の列車が来るまで、二十分ほどありそうだった。それで中村は、公衆電話へ向かった。秩父署にいるはずの川島に、聞き込みの結果を知らせようと思ったのだ。

　電話はすぐにつながった。聞き込みの内容を話すと、たいしたものでないのに、川島はとても助かると言い、何度も礼の言葉を繰り返した。

　一方川島からの情報には、なかなか需要なものがあった。まず今朝見つかった他殺体は、歯型から陣内と断定された。次に陣内の死亡推定時刻だが、やはり今朝の三時から五時の間であるという。中村たちが現場を離れた後で、川島たちは陣内の死体があった岩付近を徹底的に捜索したが、自動発火装置の類《たぐい》はいっさい見つからなかったという。

　戦友慰霊会の会員、及び想流亭従業員たちのアリバイも、すべて確認されたそうだ。まず藤堂菊一郎の死亡推定時刻である十二月十五日の朝四時半から五時の間だが、秋島重治は五時三十四分館林駅発の始発列車に間違いなく乗車している。車掌が秋島の顔や姿を記憶していた。藤堂が殺されていた現場から館林駅までは、直線にしても四十キロ以上離れていて、車を使ったとしても二時間近くかかる。

　次に大野幸助であるが、前夜から秩父市内の友人宅へ遊びにいき、市内の飲み屋を三軒ほど廻っている。その後は友人宅へ戻って深夜二時頃まで飲み、そのまま雑魚寝をした。飲み屋の店主や友人が、そう証言しているらしい。

岩が突如燃えだした今朝六時の時間帯は、三井きよの在宅が確認された。彼女はゴルフに向かう友人とご亭主を、自宅前で送りだしている。

それらを話し終えると川島は、中村の要請があればどんなことでも調べますから、と言った。すぐには何も思いつかなかったから、あれば連絡すると言い、そちらも何かあれば、すぐ連絡をくれるようにと頼んだが、深夜や早朝に電話が鳴るとその都度妻の両親を起こしてしまう。それで中村はポケットベルの番号を川島に教え、早朝や深夜なら、これを鳴らしてくれるように言った。

電話を終えた中村が、がらんとした構内を横切ってホームに向かって歩きはじめたら、ちょうど具合よく、列車の到来を告げるアナウンスが聞こえた。

第三章　甌穴、首なし死体

1

　冬の朝の不思議な光景でした。流れの近くの砂地は乾いてさらさらで、強い風が吹けば表面の砂が舞いあがります。そういう時、遠くからだと地面全体が少し波うつようにも見えます。

　砂漠のように乾いたそんな砂の真ん中で、一匹の蟻が溺れているのでした。目の前の川から、水が流れ込んできたのでしょうか。そうではありません。周りの砂は濡れていないからです。ここのところお天気続きで、雨も降ってはいません。

　けれど蟻は苦しそうです。細い黒い足をばたばたさせ、とても苦しそうです。広い砂地の中で、蟻のいるそこだけが水溜まりになっているのです。

　ぽとり、ぽとり。

　ぽとり、ぽとり。

　蟻のすぐ横に雫《しずく》が降ってきます。この水は透明ではありません。何故だか色がついていました。真っ赤な、少し粘った色水。だからできた水溜まりは、赤黒い色をしています。

　水溜まりのすぐ近くには、ごつごつした大きな岩がありました。岩は、上に行くほどに尖っています。

　その岩の端に、一人の男の人が腰を降ろしていました。のんびり対岸でも眺めるような格好です。でも男の人は全然動きません。それもそのはずで、その人は鎖で岩に縛りつけられていました。

男の人には、何かが足りません。手？　足？　いいえそれはきちんとついています。その人には頭がないのでした。頭は砂地に転がっていました。顔は薄目を開け、うつろな表情をしています。

そうして、何故か顔は真っ赤なのでした。男の人に髪の毛はなく、首には赤黒い肉の断面が覗いていますから、気味が悪いほどに大きなざくろの実がひとつ、砂地に落ちているように見えました。

どうして水溜まりができたのか、ようやく解りました。岩の端にすわった男の人の、首のつけ根から流れ出た血が、体をずっと下まで伝って、靴の先から砂地に落ち続けているのです。

血溜まりの脇には、この国ではあまり見かけないかたちの大きな刀が落ちていました。半分砂に埋もれています。鎖は、刀にも巻きついていました。

小さな血の池地獄。蟻はもうあきらめたのか、動くのをやめてしまいました。首から上だけになってしまった男の人の顔が、そんな蟻をじっと眺めています。

少しずつ少しずつ、血溜まりは大きくなります。

ぽとり、ぽとり。

ぽとり、ぽとり。


翌日の朝、ポケットベルや電話に起こされることもなく、中村の目は自然に開いた。枕もとの腕時計を見ると、七時三十七分である。カーテンの隙間から、ぼんやりした朝日が侵入していた。

妻はもう起きている。横に布団はなかった。どうやらぐっすり眠れた。目覚めは爽快で、頭の芯も軽い。念のためポケットベルの液晶画面を覗いたが、着信の表示はなかった。ゆっくり立ちあがって、カーテンを開いた。昨日とは違い、空には雲が多い。時おり顔を出す太陽が、弱々しい光を放っている。

洗顔をすませると朝食となり、妻の両親と、四人で食卓を囲んだ。妻は、中学校時代の友人たちと近くの寺を巡る計画を立てたらしく、どこに行こうかと義母に相談していた。義母は橋立寺観音堂を勧めた。橋立寺は切りたった岩壁を背に建てられていて、一般には橋立堂と呼ばれている。秩父地方に三十四ヵ所ある観音霊場のひとつで、本尊は馬頭観世音だそうだ。呼び物は鍾乳洞で、これは観音堂のすぐ下に入り口がある。義母は、妻にそんなような説明をしていた。

橋立堂には秩父鉄道で行く。秩父駅から下り列車に乗り、三つ目の浦山口という駅で降りる。そこから歩いて十五分ほどで着くのだそうだ。日帰りのささやかな旅だが、体のあまり丈夫でない妻にはそのくらいの距離が適当のように、聞きながら中村も思った。

ほかにも義母は、秩父市郊外にある金昌寺や、橋立堂の少し西に位置する長泉院、秩父駅から北西へ二キロほどのところに建つ音楽寺なども勧めている。金昌寺は観音霊場の中では一番人気といってもよく、千三百体を超える石仏が境内を埋め尽くす様は圧巻らしい。また長泉院は、寺を覆う苔の美しさが有名で、本堂には葛飾北斎作と伝えられる桜図もある。

音楽寺は小高い丘の上にあり、秩父盆地を一望できる。晴れた日の眺望は格別だ。この寺には半鐘があり、明治時代に起きた「秩父事件」のおりにはこれがうち鳴らされた。「秩父事件」とは、明治十七年の農民の蜂起のことで、あまりの貧困と高利貸しの過酷な取りたてに反発し、農民を中心に集団が結成されるようになって、いつの頃からかこれが「困民党」と呼ばれた。「困民党」は自由党党員らと結束して高利貸しと直接交渉をしたが、一向に埒《らち》が明かないため、とうとう武装蜂起をした。一万人近い「困民党」は高利貸しの家を襲い、郡の役所や警察署などを占拠した。しかし国は治安維持のために軍隊までを出動させ、圧倒的な武力でこれを鎮圧した。

この町にはそういう歴史もある。妻は疲れもとれたようで、母の話に頷く顔色はよかったから、中村はずいぶんと安心し、気も楽になった。

朝食を終えると、中村は急いで外出のしたくをした。事件はまだ何ひとつ解決していない。長瀞町でやるべきことは無限にあった。家を出ようとしたら、ポケットベルが鳴った。液晶表示を見ると川島からだ。どうやら何か起きたらしい。公衆電話から秩父署へかけようと考えた中村は、ベレー帽をかぶるといそいそ表に出た。

すると、秩父の町は寒かった。冷気が頬を打ち、早足になると首筋が冷えた。いつ雪がちらついてきてもおかしくないほどで、吐く息も白い。コートの襟を重ね合わせた中村は、昨日の朝と同じように西武秩父の駅へと向かった。あの町へ行くには、タクシーの方が早い。

二分も歩くと煙草屋があり、店先にピンク電話が置かれてある。歩み寄り、受話器をとり、中村はダイヤルを回す。電話に出た秩父署の男性職員に用向きを話すと、すぐに川島につないでくれた。

「中村さんですか。昨日はどうもありがとうございました」

川島の声は、予想に反してのんびりとしている。やれやれ、これならまた誰かが殺されたというわけではなさそうだ、中村はそう思って安堵した。

「いやいや。それより何かありましたかな。ベルが鳴ったようですが」

「はい。今度は浅見です。浅見喬が……」

「浅見が？　何かありましたか？」

「いや、ちょっと姿が消えたらしくてですね、なんでもないとは思うが、こんな折ですんでね。先ほど、想流亭の大野幸助から連絡がありました」

「いつ頃からです、消えたのは」

「はい、浅見は毎日の散歩を欠かさないらしいんですが、今朝も早くに出かけたようです。ところが朝食の時間になっても姿が見えない。心配した大野が、廊下から浅見の部屋へ声をかけたんですが、応答がないと」

「それで」

相槌を打ちながら、中村は足踏みをした。身を切るような朝の冷気だ。電話ボックスに入らなかったことを後悔した。

「寝てるんじゃないんですか？」

「はあ、まあそうですね。このところ戦友たちの死が続いたから、疲れて部屋で寝てるんじゃないかと、そう考えた宿の者たちが、それから一時間ほど放っておいたそうです。それで八時すぎにフロントに立ってみたら、いつもあるはずの刀がなかった」

「刀が？」

言いながら中村は思い出していた。想流亭のカウンターには、奥の壁には宿の名が彫られた大きな額が掲げられており、その下に刃渡り八十センチほどの、恐らくは中国製の刀がひと振り、ガラスケースの中に飾られていた。

「はあ、青龍刀です。フロントのガラスケースの中にあるんですが、これがなくなっておりました」

「それは本物ですか？」

「本物です。刃が付いております。まあ浅見が持ちだしたのかどうかは解りませんが、これは事態が尋常でないと思って大野が、マスターキーで『なでしこの間』を開けると、部屋はやっぱりも抜けのカラだったそうです」

「ふむ、なるほど」

言って、中村は少し考えた。

「私はこれから外へ出て捜索隊の指揮をとりますが、中村さんはどうされますか？」

中村は思案した。このまま川島に同行しようかとも思ったが、大野やきよから、刀や、これが盗まれた状況について訊きたかったし、海老原にも会わなくてはならないと思った。

「私はこれから想流亭へ向かいます。何か見つかりましたらすぐに連絡をください」

「はい、解りました」

中村はそれで電話を切りかけたが、思い直して川島に言った。

「ああ、そう、川島さん、はじめに川の近くを探してくださいますか」

「川ですか?」

「そうです。藤堂さんや陣内さんは荒川付近で殺害されています。ですから、もし犯人が同一犯ならだが、浅見さんをどうかしようとするなら、また川の中か、河原でやる確率が高いと私は思う」

「はあ、確かにそうですね。解りました。じゃ川沿いをまず調べます」

「そうしてください。ではのちほど」

そう言って受話器を置いた中村は、足早になって駅を目指した。寒さはもう気にならなかった。

2

タクシーはすぐに捕まったから、想流亭へは九時前に着くことができた。玄関のドアを開けると、中にいる者たちの視線がいっせいに集まる。空気が緊張している。三井きよと涌井英信がカウンターに立ち、秋島重治、海老原浩一、大野幸助の三人が、ロビーの椅子に腰かけていた。大野が、あわてたふうの様子で、今立ちあがろうとしている。

「浅見さんが姿を消したとか」

その大野に声をかけながら、中村はロビーに向かった。

「詳しい話をお聞かせいただけますか?」

近寄りながらコートを脱いだ中村は、大野に勧められるまま、目の前の椅子にすわった。

ほかに客はなかったから、五人は集まると、中村を囲むようなかたちで手近な椅子に腰を降ろす。

「朝食の時間になっても、浅見さんが姿を見せなかったのですな?」

「はい」

大野が応える。

「浅見様は雨の日以外、朝の散歩を欠かしません。それから戻られるといつも、朝食の時間までずっとロビーにいらっしゃいます。新聞をお読みになっていることが多いです。それが今朝はロビーに姿が見えませんでしたから、おかしいなとは思ったのですが……」

中村は無言で頷き、先をうながす。軽く咳払いをして、大野は説明を続ける。

「うちは、朝食はいつも七時からご用意させていただいております。広間で召しあがっていただくのですが、やはり浅見さんはおいでになりませんでした。それで部屋の前の廊下から声をおかけしたのですが、ご返事がなくて」

「お休みになっているのよ、と私が言ったんです」

きよが口を開いた。

「ご主人様と陣内さんが相次いで亡くなられたものですから、だいぶお疲れだったようです。夜もよく眠れないとおっしゃっていました。それでしばらくの間、お声がけするのをやめようということになって……、朝食は、浅見さんが起きてこられてからご用意すればいいですしね。ところが……」

言いながらきよは、カウンターの奥に目を走らせる。

「青龍刀ですな?」

中村が言った。

「はい。八時を少しすぎた頃、カウンターに立って何となく後ろを向いたら、あれって思ったんです。何かいつもと違うなって。それでよく見てみますと……」

「ガラスケースの中の刀が、なくなっていた」

中村の言葉にきよが頷く。

「ガラスは割られていませんでしたか?」

「いいえ、それは……」

「ケースに鍵は?」

「小さな南京錠をかけていましたが、見るとかんぬきが切られていました」

町の金物屋で売られているような小型の南京錠であれば、逆U字型のかんぬき部分を切断するのはそれほど手間ではないだろう。屈強な男がペンチなど工具を使えば、ほんの数秒であろう。

「その時、ガラスケースに触れた方は?」

大野ときよが小さく手をあげた。

「解りました。ケースやカウンター付近は、のちほど鑑識の者が指紋の採取を試みるはずです。ですので、なるべくカウンター内部には立ち入らないようお願いします。まあ業務上必要な場合は仕方ありませんが」

「今日は、新規のお客様もありませんから大丈夫です」

きよが言った。シーズンオフの観光地、しかも経営者と宿泊客がたて続けに殺されたような宿に泊まろうとする者は、今はいないのであろう。想流亭の今後ははたしてどうなるのか。

「のちほど指紋の提出を求められるかもしれませんが、その際はご協力をお願いします」

中村が言うと、五人は揃って頷く。ちょっと頭をさげ、中村はこれに感謝の意を示した。少しの間沈黙になり、中村はふと窓外に目をやった。相変わらずの曇天である。

「そういえば、汐織さんを見かけませんな」

中村は気づいて言った。

「汐織ちゃん、今日はお休みなんです」

きよが応えた。

「ところで、何故ここには中国の刀を飾ってあるんです? ずいぶんと珍しいように思うが」

中村は、きよに訊いた。

「あれは、所用で横浜に行かれたご主人様が、中華街で見つけて買って戻られたんです。最初は錆だらけだったんですけれど、磨いたらぴかぴかに光るようになって……。重さもありましたから、本物だったようです。模造品だと思ってお買いになったようだから、ご主人様もずいぶん驚いていました」

「それはいつ頃のことです？　買ってこられたのは」

「十五、六年前ですかね」

「どうしてまた藤堂さん、青龍刀などお求めになったのでしょうな」

中村は訊く。どうも青龍刀というものが腑に落ちなかった。

「日中戦争で中国に行かれていた時、御主人様が中国人に、危く斬り殺されそうになったことがあるんだそうです」

「青龍刀で？」

中村が訊くときよは頷く。

「本当に危機一髪のところで、部下の人が中国人から刀を奪ってくれて、それで九死に一生を得たようなことを、おっしゃっていました」

「ふうん、それを忘れないために？」

「はい。青龍刀を飾ってらしたんだと思います」

頷き、中村は言葉を続けた。

「話を戻しましょう。それで、刀がなくなっているのに気づいた大野さんが、浅見さんの部屋を開けたのですな」

「はい。その頃はもう八時半をすぎていましたから、いくら何でもお起きにならないのはおかしいと思いまして……。何度かノックをしたあと、マスターキーを使って開けました」

大野は言う。

「そしたら、部屋には誰もいなかったと」

中村の言葉に、大野は頷く。少し顔色が冴えない。

「室内の様子は？　荒らされたような跡なんぞありましたか？」

「いいえ、別に……」

「その時お使いになったマスターキーは、いつもどちらに保管されておりますか？」

「各部屋の予備キーとともに、事務室のキーケースの中に入れてあります」

「キーケースに鍵は？」

「むろんかけてあります。普段その鍵は私が預かっております。休みの日や、出かける時なんかはきよさんに渡しますが」

するとこの二人は、比較的容易に各客室への出入りができたということか、中村は考える。

「浅見さんがいないと解ってから、すぐ警察に連絡をとられたのですか？」

「はい。秩父署の電話番号が解らなかったものですから、一一〇番へ通報しました」

「なるほど。ほかに何か異常に気づいた方はおられますか？」

言って中村は五人を見廻したが、誰も口を開こうとはしない。

「さてと、ではさしつかえがないようでしたら、浅見さんのお泊まりになっている部屋を見せていただけませんか」

大野が頷いたので、中村は腰をあげた。きよたちも立つ。何となく全員が立った。留める理由もないので、中村もそのままにした。大野を先頭に、全員でぞろぞろと廊下へ向かう。

廊下に踏み込むと、そこには窓はなく、照明も控えめだったからずい分暗く感じた。各部屋の前に置かれた十三の行灯《あんどん》が、儚《はかな》げな光を放っている。

浅見が泊まっている「なでしこの間」は、そういう廊下を五十メートルほど進んだ右側にある。中村が部屋の前に立つと、どうぞと言うように、大野がマスターキーをさし出してきた。客間は全室がオートロックになっているらしい。

一応ハンカチをかぶせてからノブを包んだ中村は、鍵穴にキーを差し込んだ。ゆっくりとひねりながらドアを開ける。すると小さな上がり口が覗き、その先の左右はドアになっていた。正面は襖で、これは閉じられている。頭上の欄間から、表の曇天の光が落ちていたから、廊下がわずかに明るくなった。

　大野たちにはその場で待ってもらい、中村は一人で部屋に入った。上がり口で靴を脱ぐ。室内側から振り返ると、たった今開けたドアは、中央に突起のないタイプのノブが付いていていた。

　左手のドアを開けると、そこは浴室だった。誰もいない。浴室を出て右側のドアを開けると洗面台があり、電気剃刀が置かれている。浅見のものであろう。その奥はトイレになっていた。

　洗面所を出た中村は、次に襖を開ける。廊下の者たちがじっと注目している。客間は十畳ほどで、白い壁と、かすかに青さを残す畳とが清潔そうな印象だ。

　布団を敷くためか、大きめの座卓は部屋の隅に押しやられていて、その横に布団があった。ふたつに折られている。浅見が片づけたのであろう。左奥は床の間になっていて、テレビと金庫が置かれてある。一輪挿しの山茶花《さざんか》が、壁に掛けられた水墨画に映えていた。

　突きあたりは明かり障子で、これを開けるとガラス戸の向こうに森が見えた。眺望はなかなかのもので、手前の木々の間から、遠く荒川の水面を眺めることができる。

　ガラス戸はすべて閉まっており、施錠もなされていた。鍵は耳にかたちが似たクレセント錠である。外側にはヴェランダがあり、スチール製の白い小さなテーブルと、椅子が二つ置かれていた。

　ガラス戸の前で振り返った中村は、反対向きに室内を見渡す。部屋の隅には茶色のボストンバッグがあり、脇には着替えや帽子、文庫本などが整然と並んでいる。荒らされた様子や、争った形跡はまったくない。襖の彼方に目をやると、廊下に鈴なりになった大野たちが、遠慮がちにこっちを見ている。

　部屋を出ようと、中村が彼らに向かって歩きはじめた時、遠くで電話が鳴るのが聞こえた。きよが背中を見せ、消えた。カウンターへと急いだのだ。

中村が上がり口まで戻った時、きよもまた、駆け脚で戻ってきた。電話は川島からで、中村さん宛ですよと言う。嫌な予感を覚えた中村は、急いで靴を履き、早足になってカウンターに向かった。電話を耳にあて、名乗ると、川島の興奮した声がいきなり言った。

「浅見ですよ、中村さん！　浅見喬の死体が河原で見つかりました。それもこれ、普通じゃないですよ、すぐ来てください！」

叫ぶように言う。中村は無言で息をひとつ吐き、唇を噛んだ。静かな冬の田舎町に、三人目の死者が出たのだ。中村は受話器を置いた。

3

川島は、パトカーを想流亭へ廻すと言った。それに乗って、浅見喬の死体が発見された現場へすぐ来て欲しいという。寒空の中を延々歩くのは気重だったから、この配慮はありがたい。

ロビーに戻り、すぐ行かなくてはならなくなったとみなに断って、コートを手にした中村は、玄関の、ガラス戸の手前に立って待つ。いったん部屋へ戻った海老原も、急いで外出のしたくを整えて戻り、中村の隣りに立った。二人は無言で並び、ガラス越しに玄関先を眺めていた。

五分もしないうちに制服姿の警察官が三人、敷石の上に姿を現した。足早でこちらへ歩いてくる。ドアが開き、北風とともに警察官が入ってきた。

年かさの男が敬礼をしながら、秩父署に勤める巡査長で、堀川だと名乗った。迎えにきたのはこの男だけで、あとの二人はこのまま想流亭に留まり、盗まれた青龍刀の現場検証をするという。

コートに袖を通した中村は、ドアを開けた。曇天のせいか、気温はほとんど上がっていないようだ。軽く身震いをしながら駐車場へと急ぐ。

パトカーはセドリックであった。駐車場の入り口近くに停められていた。赤色燈は回っていない。小走りに中村を追い抜いた堀川は、うやうやしく後部座席のドアを開ける。中村は恐縮し、急いで乗り込んだ。海老原も隣にすわった。駐車場は砂利敷きだったから、堀川はひどくゆっくりとセドリックを発進させた。

「浅見さんは、どこで見つかったのですかな」

舗装路に出るのを待って、中村は訊いた。砂利道は騒音もしていたし、揺れもあった。

「はい。ここから北に少し行くと、オートキャンプ場があります。その先の甌穴《おうけつ》付近で発見された模様です」

川底の岩の窪みに、何かの拍子で小石が入り込むことがある。すると小石は窪みの中で、流水の圧力によって踊り、回転しながら徐々に岩を削っていく。たいていすぐに流れ出てしまうが、まれに窪みの内に長く留まって回転を続けるものもあり、そうなると長い年月で、岩に深い筒状の穴が開く。これが甌穴である。以前に新聞の日曜版か何かで、中村はそんな記事を読んでいた。

「あそこの甌穴は日本一です。直径が一・八メートル、深さは四・七メートルもありますから」

堀川は少し自慢げに話す。その大きさに、中村は驚いた。どれほどに長い間、小石が岩をうがち続けたのであろう。

「発掘された時には、なんでも甌穴を作った原因と見られる玉石が百五十個と、洪武通宝《こうぶつうほう》二枚が発見されたそうです」

「洪武通宝？」

それまで興味深げにパトカーの中を眺め廻していた海老原が言った。

「中国で作られた銅銭じゃなかったかな」

海老原の方を向いて、中村が言った。

「これはお詳しい。なんでも明の時代のものだそうです」

堀川は言う。

「明というと、確か六百年ほど前ですよね。なんだってそんなものが」

海老原は言う。

「さあ、そこまではちょっと……」

堀川は言い、海老原は続いて中村を見た。

「洪武通宝自体は、室町末期の日本で広く流通していたらしい。だから当時の人にとっては、そんなに珍しいものでもなかったようだぜ」

「ふうん、室町時代か……」

呟《つぶ》くように言った海老原は、窓の外に目を転じた。

想流亭の前の道を右折したパトカーは、そのまま北上して長瀞駅前をすぎる。これは昨日歩いた道だ。駅の先をクランク状に曲がり、並木道を左に折れると、たちまち金石水管橋が見えてくる。さすがに車だと早い。もうそろそろキャンプ場だ。

「このあたりですか？」

「いえ。浅見さんが見つかったのは対岸ですので、先の橋を渡ります」

ギヤを入れ替えながら、堀川は応える。

金石水管橋を越え、桜並木をすぎると、ちょっと瀟洒なホテルが見えた。それをすぎてから、信号を右に曲がるとすぐに橋があり、やがて道は突きあたった。

突きあたりを、堀川は右折する。少し戻る格好で南に向かうと、左手に「バーベキュー」と書いた大看板が見えてきた。そこを右に曲がれば、キャンプ場の入り口である。

中村は黙って車窓の風景を眺めていた。無線からはひっきりなしにくぐもった声が聞こえる。しかし声は割れていて、内容は聞き取りづらい。

キャンプ場に着いてみると、昨日とは違い、入り口の柵は取り除かれていた。パトカーを通すためであろう。入り口の少し先に「立ち入り禁止」のテープが張られ、その横に制服姿の警察官が三人、寒そうに立っている。

その警察官たちがすぐにテープをはずしてくれたので、堀川は敬礼し、そのまま車を乗り入れる。キャンプ場内に入ると、正面にトイレや水道といった施設が見えた。道はそこで突きあたり、右へと直角にカーブしている。ゆるやかな下りだ。それをすぎて百メートルほど行くと、今度は左へ曲がる。すると整地された広大なキャンプ場が目に入った。

百台を越える車が楽に駐車できそうな場内には、テントやタープを張る時に使うためなのか、五、六メートルおきに整然と木が植えられている。しかし今は大半枝を払われ、残った枝はカラスの止まり木となっている。川の対岸、山裾にはバンガローが点在する。スピードを落としたパトカーは、北へと向かう。

振り返って南に目をやると、金石水管橋が見えている。橋は、キャンプ場の上空に架けられているのだ。キャンプ場はずっとその先まで続いており、陣内恭蔵が殺された河原の、対岸あたりで終わっている。

「甌穴はこの先です」

堀川が言ったので、中村は正面に向き直った。

五百メートルほども行ったろうか、キャンプ場はそこで終わっていた。堀川が車を停めたので、中村たちは降りた。それからキャンプ場の端まで歩き、ぐるりの景色を眺めた。

河原が眼下にあった。造成時に盛り土でもしたのか、キャンプ場は河原よりも二メートルほど高い位置にある。河原は砂地だった。大ぜいの警察官が動き廻っているが、ずいぶんと歩きづらそうだ。

六十メートルほど北に、大きな灰白色の岩があった。高さは五メートルを軽く超えている。ほとんど垂直に切りたっていて、とても登れそうにはない。岩の上は平らだったから、ちょうど巨大な切り株が、地面からせり出しているようだった。

その手前には小さな岩があり、浅見の死体はそこで見つかったようだ。岩付近に、まるで蟻のように警官たちが群がっているから解る。係員の焚くストロボが、時おり光っている。

左手を流れる荒川は、キャンプ場の終点付近で大きく右へとカーヴするが、すぐ左へと、クランク状にうねっていく。流れは速いらしく、水は白く波だっている。しかしそれも大岩のあたりまでで、その先はもう穏やかになっているようだ。

砂地は、大岩から三十メートルほど北で終わっていた。その先にはもう河原はない。川のすぐ脇は森になっていて、常緑樹が生い茂っている。冬でも葉を持つ木々が、濃い緑色の影を流れの上に落としていた。

視線を右に移していくと、「日本一の甌穴」と書かれた看板が目に入った。今年の三月に立てられたもので、甌穴の詳細な説明も記されている。長瀞付近には、大小さまざまの甌穴があるのだそうだ。

「では、私はこれで」

声をかけられたので振り返ると、堀川が直立不動で敬礼をしていた。中村が会釈を返すと、堀川は去っていった。その後ろ姿を見送ってから、中村は海老原の方を向く。

「さて、じゃ行くかい」

海老原が頷いたので、中村は先にたって歩きはじめた。

しかし中村の表情は暗い。陽気な川島が、怒ったように興奮していた。藤堂菊一郎は顔を赤く塗られ、舟とともに鉄橋から吊り下げられていた。陣内恭蔵は岩の上で燃やされ、無残な焼死体だった。今度のホトケはどんな姿なのだろう。まともな死体とは思えなかった。歩きながら中村は、胃のあたりが少し収縮するのを覚えた。

4

河原へ降りる道などなかったから、中村たちは急坂になって落ち込む砂地を、なかば滑るようにして降りていった。大岩の近くに川島の姿を認めた中村は、そちらへ向かった。砂地はなかなかに深く、柔らかく、普通に歩いているだけで靴がめり込んだ。砂は乾いているから足跡の採取は不可能だ。

やがて川島の方でも二人に気づき、中村たちに向かってやってきはじめた。彼も歩きづらそうにしている。横にいた西宮も、渋々といった様子で歩きはじめた。四人は小さな岩の少し手前で合流した。

「ご指示ありがとうございました。おかげで浅見喬さんの死体を、早くに見つけることができました」

川島が笑顔を浮かべながら口を開いた。この砂地へ出るにはキャンプ場を通るか、深い森を抜ける以外に道はないそうだ。森にはしっかりした道はなく、けもの道さえ途切れがちのようで、だからここへはキャンプ場からしか来ることができないといっても間違いではない。キャンプ場は現在冬期閉鎖中で、しかも浅見の死体は北のはずれにあったから、通常なら発見までにかなりの時間がかかっただろう。

「休暇中でらっしゃるのにね、しかも管轄外の事件というのに、ご丁寧な指示を助かりますな」

西宮が言う。この男の声の調子では、どこか嫌味のように聞こえた。

「死体はどんな様子でしたか？」

そんな西宮に軽く会釈を送ってから、中村は川島に訊いた。

「いや、それが」

川島が珍しく言いよどむ。わずかな逡巡ののち、こう続けた。

「電話でもお話ししましたが、酷いもので、ちょっと普通じゃないんですよ。長年殺人事件に携わっているこっちの西宮も、あのような死体を見たのははじめてだと言っているくらいで……」

西宮がかすかに頷く。彼の表情も険しい。

「現場、発見時のままにしてあります。中村さんがお見えになるまでそのままにしておきました。じゃ、ご覧になりますか？」

「それはどうも。是非お願いします」

中村が言うと、川島は背後を向き、警察官たちが取り巻いている岩山に向かって歩きはじめた。西宮は無言だった。川島のこういう処置も、彼は気に入らないのだ。自分らは中村の部下ではない、と彼の顔が語っている。

問題の岩は川岸から二メートルほどの砂地に突き出していて、底辺の長さは二メートルというところであった。ゆがんだ四角錐で、上にいくほどに細くなり、先端は尖っている。だからいびつなピラミッドだ。そして何故かは不明だが、岩には幾重にも鎖が巻きつけられている。

「鎖？」

中村は言った。


「はい」

川島は短く応える。犯人がやったものか、中村はそう尋ねようかと思ったが、川島も応えようがなかろうと思ってよした。

岩に近寄っていくと、そこに青いシートがかかっている。シートの下から、二本の鎖が出ている。これらはまっすぐ川へと伸び、先端は水中に没していた。だから鎖の正確な長さは解らない。シートはもう一枚あり、これは地面に広げられていた。二枚あるのか、何故だ？　と中村は思った。

川島が声をかけると、中村たちの場所を空けるため、係官たちが岩から少し離れた。中村たちはさらに岩に近づいていく。そうしながら見ると、シートは奇妙なかたちをしていた。真ん中が大きく盛りあがっている。

川島が頷くと、二人の係官が進みでて、ゆっくりとシートを剥いでいった。まず靴が目に入った。その下の砂地には血溜まりができている。靴に続き、茶のコーデュロイのズボンが現れた。そして中村は息を呑んだ。

浅見は対岸を向いて、どうやら岩に腰をかけているのだった。その姿勢で、彼の膝下と腿、そして腰の部分が、鎖で岩に縛りつけられていた。鎖から抜けられないよう、綿ロープであちこちが補強される徹底ぶりだった。

シートがさらに剥がされていって、胸部にも鎖が巻かれているのが解った。そして中村は、さらに驚くことになった。浅見は、両腕を前方に突きだした格好で死んでいる。体育の時間に小学生がよくやらされる、前へならえの姿勢だった。だからシートが盛り上がっていたのだ。

伸ばした腕は水平ではなく、斜めやや上方にあがっている。この角度は、水平からは十五度くらいであろうか。川まで伸びる長い鎖の先端は、手首につながっていた。しかしこの鎖が浅見の両腕を持ちあげているわけではない。死者の両手は、何の手も借りず、自分でぴんと前方に伸ばされている。

「もう硬直してます」

川島が小声で言った。それは、この不可解な死体に戸惑っているからだ。

係官がすっかりシートを剥がし終え、中村は絶句した。

「これは……」

と思わずつぶやいた。死者のすべてがあらわになり、中村は口の中が渇いた。死者には頭部がなかったからだ。

胴体だけの死体は、岩に縛りつけられ、二本の腕を前方に突き出していた。両手首からは長い鎖がぶらさがり、二メートルほど先の川面に没していた。

「首は地面に落ちていました」

川島が言うと、係官が地面を覆ったシートを取り除く。

生首は岩の手前に転がっていた。砂地を濡らす血溜まりを眺めるかのように、瞼を薄く開いている。

そしてその顔は、異様なことに真っ赤であった。乾いた血がこびりついているものかと中村は思ったが、それにしてはあまりに色が明るく、鮮やかだ。顔に塗料が塗られているのだ。中村が無言で川島を見ると、

「浅見さんの顔面には、赤いペンキが塗られていました」

と彼は応えた。

藤堂菊一郎の時と同じである。宙吊りにされた彼の顔にも赤いペンキが塗られていた。同一犯ということか。

川面から風が渡ってくるようなので、中村は黒いベレー帽のてっぺんを押さえる。それから地面に目を落とすと、頭部のかたわらに奇妙なかたちをした刀があった。赤黒い血にまみれている。これが、浅見の首を切断した凶器なのであろう。

刀は半分砂に埋まっていた。長さはだいたい一メートルほどで、刃渡りは八十センチというところか。柄は極めて短かく、刃の幅は広く、ゆるやかに弧を描いている。

日本ではあまり見ない刀物だ。しかし中村には見覚えがある。どこで見たのだったか——。そして思い出した。想流亭のカウンターに飾られていた青龍刀だ。間違いなかった。

中村が言うと、

「川島さん、これは想流亭の……」

「やはりそうでしたか」

と川島が応じた。そして警察官の一人が、パトカーに向かって走りだした。想流亭の刀が現場で見つかったことを、無線で仲間に告げるつもりであろう。

中村は、再び地面に目をやる。青龍刀にも鎖が付いている。鎖の先端は柄の部分に紐で結ばれている。刃先には装飾のためか、峰の部分に丸い穴が開けられている。鎖の他の一方は、先端の環がここと紐で結ばれていた。

刀を弓に見たてると、鎖はゆるゆるに張られた弦というところだ。川島の指示で係官が鎖を掴んで持ちあげると、刀も重そうにぶらんと宙に浮く。鎖は厳重に結ばれている。そしてその刃にわずかな刃こぼれがあるのを中村は認めた。

死体に寄っていき、中村は切断面を覗き込んだ。面は綺麗な平面を成して、鮮やかだった。すっぱりと一撃でやられている。そして首の後ろの岩に傷がある。これはかなり深い。この姿勢のまま、横払いにやられたということだ。しかしそれは奇妙だった。浅見がすわっている岩棚はやや高く、中村の位置からは、刀を水平方向に横払いには動かしにくい。さらには足場も悪い。

浅見の手首に巻きついている鎖の先を見ようと、川から引きあげた。先が水中に没した鎖を慎重に引くと、二本ともすぐにあがった。河原に並べて測ると、鎖は二本ともほぼ同じ長さで、十三メートルほどあった。

「死亡推定時刻は？」

そういった作業が終わり、死体が運ばれていくと、中村は川島に訊いた。

「正確なところは今後ですが、死後硬直の状態や温度、皮膚や目なんかからみて、おおよそ今朝の七時から八時くらいだろうと、連中は言ってます」

「死因は？」

「そりゃ、首の切断です」

川島は、当然だろうというように言った。中村は、川島の言葉を手帳に書きとった。

それからしばらく現場付近を見て歩いたのち、中村と海老原は、対岸へ行ってみることにした。浅見の両腕が向けられていたあたりを見てみたいと海老原が言ったのだ。もっともだと思ったから、中村もすぐ同意した。川島はそんな遠い場所に興味はなさそうだったから、二人は川島に挨拶をしておいて、現場を離れた。

キャンプ場に戻ると、入り口に向かって歩いた。

これはかなりの距離がある。木の枝にとまるカラスが、そんな二人を目で追っている。

キャンプ場を出て、金石水管橋を渡る。橋の中途で足を停め、中村は上流側を見た。海老原も立ち停まり、横に来た。昨日の未明、陣内恭蔵の死体が見つかった岩が見える。しばらくそれを眺めてから、今度は下流側の欄干に寄って身を預ける。そこから見える川は、彼方で大きく右にうねっているから、ここからはもう浅見が殺されていた岩を見ることはできなかった。

藤堂菊一郎が亡くなったのは四日前である。以後のわずかな間に、ごく接近した場所で、奇妙な死に方をした死体が次々と見つかった。どうやら尋常な事件ではなさそうだ。休暇の延長を主任に願い出ようか。そんなことを考えながら中村は、再び歩きだした。

橋を渡り終えた二人は、桜並木へ折れて北へと向かう。道は荒川から離れた。進むほどに離れていくふうだ。五百メートルほども歩いたら、さっきパトカーの車窓から眺めたホテルが右手に見えてきた。さっき車は、あの先を右に曲がり、突きあたりでもう一度右折をしたから、このあたりで川に向かえば、浅見が殺されていた現場の対岸あたりのはずだった。

しかし右手は森になっている。道などありそうではない。けもの道らしいものを見つけた二人は、これをたどりながら、木々に分け入って歩いていった。木漏れ日もほとんど射し込まないようで、足もとは湿っている。進むほどに急な坂になり、これを百メートルほども登ったら、中村にはいささかきつかった。肩で息をしながら、せめて運動靴でもあれば少しは楽に登れただろうにと思った。先を行く若い海老原は、軽快に歩いている。

やがて木々が途切れ、ふいに視界が開けた。崖の上に出たのだ。崖は、水面からの高さ七、八メートルというところか。荒川の雄大な流れが眼下にあり、二人を迎えた。

息を整えながら中村が見渡すと、川は遥かな下流で右にうねっている。流麗な眺めだった。長瀞には常緑樹が多いようで、こんもりと茂ったこれらが、川の左右を彩っている。川の中央では白く波だって見える流水も、岸辺に行けば濃い緑色に変わる。常緑樹の陰になるためだ。遠くに連なる山々は、曇天の下で、墨絵のように淡く浮かびあがる。六百メートルほど下流の左岸に、船着き場が見えた。この町の呼び物であるライン下りの、これが終点のようだ。しかし寒空の下、船着き場に人の姿はない。

対岸に目を転じると、思った通り、ほぼ正面に問題の岩があった。浅見が殺害された現場だ。見当は当り、うまく対岸に出た。彼方の現場まで、遮るものが何もない。

岩にはもう死体はない。川島たち警察官は、まだ図面を描いたりしながらそこにいる。こちらに気づく様子はない。中村と海老原は、崖の上に立って、そういう対岸をじっと見つめた。浅見はあの岩で、ちょうど今二人が立っているあたりを指さすかのように、両腕を前方上方に突き出して死んでいた。だからここには何かがあるはずだ。二人は自分たちの周囲を見廻した。しかし、何もなかった。

中村は付近を丹念に見て歩く。必ず何かがあるはずだ。その時、海老原が声をあげた。見ると、彼は対岸の大岩を指さしていた。中村は視線をそちらに向け、目を凝らした。浅見が死んでいたのとは別の岩である。足下でなく、対岸に異常を見つけた。

ここは高さがあるから、その大岩の頂上を見ることができた。さっきまでいた河原の現場では、とても大岩の頂上までは見えない。ここから見ると、垂直に切り立つふうの大岩も、頂上は平らで、ところどころにある窪みには土が溜まり、そこに背の低い木々が何本か生えているのも見える。しかし、その大半は枯れていた。そしてその足もとに、奇妙なものがあった。刀だ。どうやらこれも青龍刀のようだ。

　登ることがむずかしそうな垂直の壁を持つ大岩の頂きに、一本の青龍刀が柄を上にして突き刺さっているのだ。中村は、この異様な光景の意味を考えて、しばらく動けずにいた。しかし、ともかくあれを急いで調べなくてはならない、そう思った彼は、海老原をうながして現場に戻ることにした。ここから声をかけても、川島は気づきそうではない。彼らは仲間同士で会話しているし、流れがたてる音もある。

　あたりは濡れていたから、足を滑らさないよう気をつけながら、二人は今来た道を戻った。桜並木に出ると、せいぜい足を速めた。キャンプ場に入ると、ほとんど小走りになった。川島たちが帰ってしまうと面倒だった。砂地に降りる。川島の姿が見えたからほっとし、大声をあげて名を呼んだ。

　この大岩の上に、もう一本青龍刀があると川島に告げると、彼も驚き、一瞬考えこんだが、機敏に動いてくれた。この付近には車は入れないので、消防署に梯子車を要請することもできない。岩の頂上には、ヘリコプターが着陸するほどの広さもない。登るほかはないが、何の道具もない自分らに、今岩を登ることはむずかしいし、強行すれば危険だ。怪我人も出かねない。そう判断した川島は、秩父署に連絡をして登山用具一式を取り寄せさせ、この中に岩登りの心得のあるものはいないかと部下たちに尋ねた。さすがに地方の署ということか、一人の手があがった。

　しかし用具が届いても、作業は難航した。ビル三階分ほども高さのありそうな岩は、垂直に切りたっているだけでなく、ところどころでオーヴァーハングになっているのだ。下で見ていると、登山靴を履いた一人の警察官は、ひさしのように突き出た岩にこんこんとペグを打ちながら、指だけでこれにぶら下がり、難儀をしながら越えていく。手に汗を握るような眺めで、気をつけろ、慎重に、と川島がしきりに下から怒鳴る。ようやく彼が頂上に立つと、あちらこちらから安堵のため息が洩れた。

　グラブを填めた手で刀を持ち、彼はゆっくりと降りてきた。刀はやや南寄りの、土の埋まった窪みに突き立っていたという。川島は彼の労をねぎらいながら、刀を受け取った。

　中村たちも寄り、じっと刀を見つめた。驚いたことにそれは、想流亭に飾ってあったものとすっかり同じかたちをしていた。柄の部分の模様が違うだけで、全体の長さも、刃渡りも、みねに開けられた穴も、まるで同じであった。同じ鋳型で鋳造されたものなのだろうか。

　刀は綺麗に磨き込まれ、錆の類はまったく浮いていない。ちょっと預かって手に持ち、中村が川島に戻すと、川島はこれをいったん地面に置いた。すると刀は、雲間から顔を出した陽光を反射し、ぎらりと光った。

　西宮は関心を示さず、ちらと眺めたばかりで手に取ろうともしない。所轄違いの者に発見されたことが、あまり楽しくないふうだった。

　それから一時間ほどしたら、現場検証はすっかり終わった。それ以上にもう目新しい発見もない。係官たちは、撤収の準備を始めた。

　腕時計に目をやると、十二時少し前である。中村は海老原を誘い、ちょっと喫茶店にでも入ろうかと考えていた。パンとサラダでも胃に入れたい。冷えきっていたから暖もとりたかったし、若干思いついたこともある。海老原を相手にそれを話してみようかという思いもあった。

　海老原に言うと、彼も同意した。それで川島にいとまを告げ、キャンプ場の出口に向かって歩きだしたら、川島が後を追ってきて、誰かにパトカーで送らせようと言う。さんざん歩いて疲れていた二人だから、これはありがたい申し出だった。素直に厚意を受け、中村は川島に礼を言った。

5

中村と海老原を乗せたパトカーは、キャンプ場を後にすると県道を右折した。そうして、小さなトンネルを抜ける。やがて道はほとんど直角に左へ曲がり、すぐに突きあたって再び右折。すると一キロも行かないうちに国道百四十号へ出た。熊谷市からはじまる百四十号線は、花園町、長瀞町、秩父市など、埼玉県の北西を通る、この地域の幹線道路である。

中村は、どこかに感じのよい喫茶店はないかと、運転の警官に尋ねた。警官はちょっと考えていたが、駅の近くに知っている店があると言う。ではそれを教えて欲しいと中村は言った。

パトカーは国道を右に曲がる。親鼻橋を渡り、上長瀞の駅を通りすぎた。そのまま二、三分も走ると、警察官は路肩に車を寄せて停めた。この道の先に、自分が行きつけの喫茶店があるという。ランチもなかなかいけるそうだ。店先まで行きましょうかと訊かれたが、パトカーで喫茶店に乗りつけるのは気が進まなかったから、中村たちは礼を言って車を降りた。

二分ばかり歩くと、国道の右側にログハウスふうの建物が見えた。この土地らしいたたずまいだ。扉の上に「沙羅」と彫られた木の看板がかかっている。右手にはホワイトボードが置かれ、ランチメニューが記されていた。

扉を開けると、カウンターの中の髭を生やした中年男が、笑顔になって迎えてくれた。十人ほどがすわれるカウンターと、四人がけのテーブルが六つ。正午すぎの店内はなかなか盛況で、テーブル席は二つしか空いていない。

中村たちは、その窓際の席を占めた。脱いだコートを椅子の背もたれにかけ、腰を降ろす。すぐにウエイトレスが水を運んできた。ランチを二つ、と中村が言い、お飲み物はと問い返されたので、中村はコーヒーを、海老原はホットミルクを注文する。

注文が運ばれてくるまでの間、二人は黙ったままでいた。店内には上品なピアノの旋律が遠慮がちに流れていて、中村の方はこれを聴いていた。五分もしないうち、二人の前にはまず飲み物が置かれた。

「ホトケさんを見たのははじめてかい」

コーヒーをひと口すると、中村は訊いた。

「いえ、以前両親が死んだ時に」

ホットミルクの表面にできた膜をスプーンですくいながら、海老原が応える。そういえば海老原は、十七歳の時、事故で両親を亡くしたという話しだった。

「でも首がない死体ははじめてですけどね」

彼は言う。

「悪いことを聞いちまったかな」

中村が言うと、海老原は首を横に振った。

「いや、そんなことないです」

それで中村は、言葉を続けた。

「さて、と、少し落ち着いて、これまでの経過を考えてみたいんだ」

幾分あらたまった口調で中村が言うと、海老原は真剣な面持ちで頷く。中村は、懐から手帳を出して開いた。

刑事は通常二人一組で歩く。一人が好きな中村だが、彼もまたこういうコンビ仕事が長かった。だから捜査の途中でこんな話ができる相手がいるのはありがたい。こういうスタイルに馴れているから、仕事にリズムが出る。秩父の地に来て、思いがけず殺人事件に巻き込まれたわけだが、この地にもこういう相手がいてくれたのはよかった。

「まず最初は藤堂菊一郎さんだ。この人だが、これはもう他殺と断定していいだろう、ここまで来れば。死亡推定時刻は十二月十五日の午前四時から五時の間。長瀞町南部、親鼻橋やや下流の秩父鉄道鉄橋から、ロープで吊りさげられていた。

五時すぎに親鼻橋を通った学生により発見されているわけだが、それより三十分ほど前、新聞配達の高校生が親鼻橋を渡っていて、彼はこの時点では鉄橋には何もぶらさがっていなかったと言っている。この証言は極めて信憑性が高い、腕時計見ながらの仕事らしいから。だから藤堂さんが鉄橋下に吊られたのは、四時半から五時の間ということになる」

「はい」

海老原は応じる。

「鉄橋は十の橋脚で支えられていて、親鼻橋からはそのうちの五本だけが見える。後は左右の森に隠れているんだな。顔に赤いペンキを塗られた藤堂さんは、見える五本のうちの、左から二本目と三本目の間にぶらさがっていた。死因は、首を吊られたことによる窒息死で、当初は自殺と目されていたくらいだから、これといった外傷はなかったんだろうな。

そしてだ、鉄橋からは小さな舟も吊られていた。ちなみに舟は全長二百七十センチ、幅七十五センチ、高さ六十センチほどのもので、重さは約十五キロだ。またその小舟の中や、線路の枕木の上には、割れた酒器や皿があった」

「空中に浮かぶ舟から、人がふわりと舞いあがったように見えた。あの人は天にでも昇るつもりなのかな、それとも自分は鳥人間を見ているのかな……」

海老原がつぶやくように言った。

「何だい、そりゃあ」

中村は尋ねた。

「第一発見者のコメントです。ある夕刊紙に載っていました」

小さな町で、たて続けに奇妙な死者が出たのだ。そろそろマスコミが騒ぎはじめる頃だ。コーヒーをひと口すすった中村は、手帳に目を落とし、先を続ける。

「ふうん、天に還る舟か……。さて、次は陣内恭蔵さんだ。この人は十八日の未明、三時から五時の間にこの町のほぼ中心、長瀞駅と野上駅の間にある金石水管橋のたもと付近の河原で殺された。鈍器のようなもので頭部を殴られている。撲殺だ。直接の死因はそれだな」

　言いながらふと店内を見廻すと、隣のテーブルにすわるOLらしき三人組は、メニューを覗き込みながら楽しそうに会話していた。彼女たちは殺人事件などと無縁の世界にいる。焼けただれた死体や、宙に吊られたホトケなど、生涯見ることもないであろう。自分の存在は場違いだなと中村は思う。それでさらに声を落とし、中村は、再び口を開く。

「その後犯人は、川の中に突き出ている岩の上までホトケさんを運ぶと、ガソリンをたっぷり撒いたというわけだ。その上にはダンボールをかぶせ、死者の頭部と岩の間には扇子がはさまっていた。岩が燃えあがったのは朝の六時だ。目撃した軽辺老人によると、その時現場には人っ子一人いなかったそうだ。つまり火をつけた者はない。現場から自動発火装置の類は見つかっておらず、自然に火がつく条件もない」

「狐火は？」

　海老原が言った。

「狐火だって？」

「はい」

「じゃおまえさん、安川よしさんだったか、あのお婆さんの言うことを信じているのかい？」

「信じてはいないです、あのままは。でも狐火かどうかはともかく、あのお婆さん、何かは見ているんです」

　あの老婆は独り暮らしで、非常に孤独で、ふいの来訪者であるわれわれにも喜んで、引き留めようとして夕食にまで誘った。引き留めるためにはなんでもやりそうだったが、見ていないものまで見たとは言わないだろう。狐火の嘘までつくとは考えられない、中村は思う。

　ちょっと一服という感じになった。こうしている今も、あの老婆はあの家に一人でいるだろう。どんなふうにして長い一日をすごしているのか。中村は、コーヒーカップを手にすると、視線を転じて表を眺めた。風が出てきたのか、表では木々の葉が寒そうに揺れている。同窓生たちと、ささやかな日帰り巡礼旅行に出かけた妻の身を、中村はふと案じた。

「三人目は浅見喬さんですね」

沈黙に堪えられないように、海老原がそう言ってうながしてきた。

「そうだ、そして浅見だ」

視線を海老原に戻し、また手帳にも戻しながら、中村は応える。

「浅見さんはオートキャンプ場の北のはずれで、今朝死体となって発見された。凶器は想流亭に飾られていた青龍刀で、これにより首を切断されている。当然即死だ。ほかに目だった外傷はない」

海老原はホットミルクにほとんど口をつけず、熱心に話を聞いていた。中村は続ける。

「浅見さんが鎖で縛りつけられていた岩にも刀傷があった。首の裏のところだ。だから浅見さんはあの格好のまま、つまり、岩に腰かけるようにして、両腕を前方斜め上に突き出した状態で殺されたということだ。また、凶器と浅見さんの両手首にも鎖が巻きついていた」

中村はコーヒーをすする。そして考える。犯罪者は、徹底して証拠隠滅をはかりたいなら別だが、一刻も早く現場から立ち去りたいものだ。殺人という大罪であればなおのことだ。ところがこの犯人は――同一の連続犯であるならだが――殺した後も現場に長々と残り、舟を鉄橋から吊りさげたり、死体を岩の上まで運んだり、手首や凶器に鎖を巻きつけたりしている。何故そんなことをするのか。今のところ、中村に浮かぶ答えはひとつしかない。

「犯人はな」

中村は言った。

「三人の死体を、何かに見立ててやがるんじゃねぇかと思うんだ」

ちょっと沈黙になった。中村は、思いきった発言をするような時、よくべらんめえ口調になった。

「見立て――ですか」

　わずかに首をかしげながら、海老原は訊いた。中村は頷き、さらに言う。

「殺すだけなら山の中へでも相手を誘い出して、包丁なんぞでひと突きにするのが手っとり早い。わっと首を絞めるのもいいだろうさ。そうしてだっと逃げる。

　ところがこの犯人は、捕まる可能性が飛躍的に高まることを知りながら、その場に残って死体や現場に様々な細工を施している。だから三つの死体の今言ったような様子は、犯人にとって、非常に重大な意味を持っているんじゃないか。ただ殺すだけでは、犯人の中の何かが満足しないんだろう」

「だとすればですね……」

　やや興奮した調子で、海老原が口を開こうとした。

「そうなんだよ、これらは大変なヒントのはずだ」

「ですよね」

「犯人に迫る大変なヒント。三つの死体が何に見立てられているのか、それが解れば自然と犯人の姿も見えてくるんじゃねえかな」

　そこまで言うと中村は、すっかり氷が溶けてしまったグラスの水をぐいと飲んだ。そして背もたれにぐいと身をあずけながら、遠くの窓外を見た。室内だが、自然の中にあるせいだろう、匂いが違う。緑と水の匂いだ。滞在の間中、この匂いに包まれている。これは悪くない。都会の喫茶店ではこんな匂いはしない。秩父だなと思う。

　ＢＧＭは弦楽四重奏に変わっている。店内はざわついていたから、その気になって真剣に耳をそばだてないと、何の曲だか解らない。そうしていたら、ミックスフライのランチがやっとやってきた。混んでいるからだろう。簡単なサラダも付いていた。二人は黙ってこれを胃におさめた。

「中村さん、気になることがあるんです」

　食べ終わり、海老原が言いだす。

「さっき、中村さんの話には出てこなかったもので」

「なんだい」

中村は、サラダを片づけながら言う。

「浅見さんの手です。あれ、どこにつながっていたんでしょう」

「鎖だろ?」

「だからその鎖の先です。浅見さんの両手はこう……、水平よりちょっとあがった状態で硬直していた。あれは鎖で持ちあげられていたからでしょう? その状態で死んだから、そのままの姿勢で固まったんです」

「うん?」

中村はちょっと意表を衝かれた。

「その後、鎖が落ちた。じゃ死んだ時、その鎖はどこにつながっていたんでしょう」

「じゃ何か? おまえさん、あの死体は死んでから鎖巻きつけられたりしたんじゃなく、巻きつけられてから殺されたと?」

海老原は頷いた。

「そうですね」

「じゃあ藤堂さんや、陣内さんの場合とは違うと?」

「うん、そう思いますね」

「ふうん」

中村はしばらく考え込んだ。

「解った、よく考えてみよう。さて、俺はこれから長澤の家を訪ねてみようと思うんだ」

中村は言った。

「あの親子は、浅見さんが殺されたことをまだ知らない可能性がある。聞いたらどういう反応を示すか、ちょっと見てみたいんだ。それから想流亭に廻るつもりだ。おまえさん、つき合うかい?」

「もちろんです、ご一緒させてください」

海老原は言う。

6

曇天の中を歩いて長澤家へ行き、中村は玄関のガラス戸を叩く。昨日や一昨日と同じように待たされるのを覚悟したが、思いがけず戸の向こうにすぐに人影が立った。汐織だった。そういえば今日は休みだときよが言っていた。汐織はガラス越しに中村たちを認めると、鍵を回して戸を開く。するとほのかに線香の匂いも漂い出てきた。この家に来ると、いつも線香の匂いがする。

今日の汐織は白いセーターにジーンズ姿で、ごく淡い化粧をしていた。そして戸を開けたものの汐織は、父の和摩がいつかしたように、戸口のところに立ちつくし、動こうとはしなかった。この娘も中村たちを招き入れる気はなさそうである。仕方なく中村は、寒空の下、和摩について尋ねた。在宅してはいるが、今は奥で寝ているという。

浅見喬が死体となって見つかったことを話すと、やはり汐織は知らなかったようで、内心相当な衝撃を受けたのが解った。

中村は、ぶしつけであることは百も承知で、浅見の死亡推定時刻、今朝の七時から八時の間は何をしていたかと彼女に尋ねた。すると博多人形を思わせる汐織の白い肌に、一瞬朱がさした。これはどういう感情のゆえかと、中村は思案した。

汐織は無口な娘である。そしてこの質問は、彼女の口をいよいよ重くさせた。父と二人で食事をしていたと応えた後は、もう何を訊いても必要最小限のことしか話さなくなった。気分を害させたのかもしれないが、こういうところは父に似ている。あきらめた中村は、早々に長澤家を辞した。

午後に入っても、気温はいっこうに上がらない。コートの襟を立てた二人は、足早に想流亭へ向かった。そんなふうに早く歩くと、体が少しは温まる。十分足らずで想流亭に着いた。

館内に足を踏み入れると、カウンターには三井きよが一人、所在なげにぽつねんと立っていた。訊くと大野幸助は出かけ、涌井英信は各部屋の清掃をしているという。戦友をたて続けに亡くした秋島重治は相当疲れているようで、ずっと部屋で寝ているらしい。検証は終わったと見えて、警察官の姿はなかった。

カウンターの奥には、指紋を採取する時に使った粉末が、ところどころに黒く残っていた。拭かなくてはならないのだけれど、何故だか手が動かない、そう言ってきよは笑う。それでなくてもシーズンオフで、夏場に較べるとぐっと少ない予約客たちも、事件が知れるとキャンセルの電話が相継いだと言う。反対にマスコミの連中は取材に押し寄せ、きよたちの思いには無頓着に、根掘り葉掘り質問を浴びせては去っていった。彼らも仕事だから仕方がないのだろうが、こちらは今悲しんでいるのだ、ときよは言う。

いつもは陽気なきよだが、さすがに疲れているのか、どこか投げやりな様子でそんなことを話す。聞き終えた中村は、マスコミ連中と同じにならないよう言い廻しに気をつけながら、朝七時から八時の間、この旅荘の人たちはみな何をしていたかと問う。きよは大野や涌井たちと、配膳などのために厨房と大広間を往復していた。秋島は、海老原とともに大広間で食事をしていた。だからこの五人はその時間帯、一歩も宿の外には出ていない。これはまず間違いないときよは言う。

きよへの質問を終え、涌井にでも会おうかと中村が廊下に向かって歩きはじめた時、ポケットベルが鳴った。液晶画面を見ると、川島の名と、秩父署の電話番号が浮かんでいる。何か動きがあったのだろうか。

中村は売店脇の公衆電話に行き、秩父署の番号を回した。川島はすぐにつかまった。ちょっと面白い目撃者が引っかかったので、もし中村がじかに話を聞きたいのであれば、それまで引きとめておくという。中村はすぐにそちらに行くと言い、礼を述べて電話を切った。そして海老原をうながし、想流亭を出た。

上長瀞駅の構内に入り、改札口の上に掲げられている時刻表を仰ぎ見ると、五分も待てば列車は来るようだ。秩父鉄道は単線で、一時間に二、三本しか運行していないから、これは幸運といえた。

海老原をともなって改札口を抜けた中村は、小さなプラットフォームに出た。木製の長椅子が二つあったので、これに並んで腰を降ろした。すると前方に秩父連山が来た。しかし山々は、重く垂れ込めた雲に隠れがちだ。冷えた重い空気も、どこか水や緑の匂いをたたえる。血なまぐさい殺人事件は、この空気や風景にはそぐわない気がして、中村は列車を待つ間事件のことは口にしなかった。

秩父市とその周辺、一市三町二村を管轄する秩父署は、秩父駅から六百メートルほど北東にあり、国道百四十号に面している。列車を降りて秩父駅を出た中村たちは、身にしみる寒風の中、秩父署へと急いだ。着いてみると、署の前には木刀を手にした警察官が、寒さにひるむ様子もなく立っている。

建物に入り、とっつきの交通課で婦人警官に問うと、長瀞町の事件の捜査本部は三階に設置され、川島はそこにいるはずという。一基だけのエレヴェーターは三階にいて、ボタンを押しても全然動かない。降りてくるのを待つのももどかしく感じて、中村たちは階段を使った。

三階の廊下に出てみると、捜査本部はすぐに解った。南の角部屋に、「長瀞町殺人事件捜査本部」と書かれた大き目の看板が立っていたからだ。廊下を進み、ドアは閉じていたのでノックをしてから開いた。部屋にいた警察官たちがさっと、どちらかといえば険しい目でこちらを見る。陣内恭蔵が殺害された現場で会った小林刑事の顔も見える。川島は正面奥のデスクにいて、横には西宮伊知郎の顔もあった。中村たちを認め、川島は笑顔を浮かべてすぐに立ちあがった。ゆっくりとこちらにやってくる。西宮もまた面倒そうにゆるゆると腰をあげ、軽く会釈をしたが、すぐにすわった。そして書類に目を落とす。

川島は、中村と海老原を空いている窓際の席に案内すると、中村たちがコートを脱いですわるのを待ち、向き合う席に腰を降ろす。

「面白い目撃者が見つかったとか」

中村がきりだした。

「はい。若いアヴェックでしてね。浅見喬の殺害された現場付近で、不思議なものを見たというんです」

川島は相変わらず快活で、元気がよい。

「不思議なもの？　何を目撃したんです」

「それがですね……」

言って、川島は少し笑った。

「小さな光る竜だそうです」

「光る竜？」

「私も言葉通りには受け取ってません。西宮などは、ガキのたわ言だといって鼻も引っかけません。でも中村さんにはお報らせしておいた方がいいだろうと思いまして」

たて続けに三人が殺されたというのに、犯人どころか、死体への奇妙な細工の意図さえ見当がついていない。今はどんな情報でも欲しいところだ。中村は川島の配慮に礼を言った。

「目撃者の二人には、今応接室で待ってもらってます。お会いになりますか？」

「ええ、むろんです」

中村が頷くと、川島は身軽な調子で立ちあがる。川島を先頭に部屋を出て、三人は廊下を行く。歩きながら川島は、浅見喬の死亡推定時刻が今朝の七時から八時の間に完全に絞れたと言った。凶器はやはり現場近くに落ちていた青龍刀で、これに付着していた血液が浅見のものと一致した。刃にこびりついていた微量の肉片のDNAも、浅見のもので間違いない。青龍刀はやはり想流亭に飾られていたもので、しかし指紋等の検出はできなかった。これは想流亭のカウンターや刀の飾られていたガラスケースも同様で、きよと大野の指紋以外は採れなかった。また浅見の体には、やはり頸部以外にこれといった外傷はないという。

もう一点、浅見はどうやら薬を嗅がされていて、このために殺害の数時間前にはもう意識はなかったと思われる。抵抗もせずに岩に鎖で縛りつけられ、続いて自分の首が刎ねられるまで、何の抵抗もしないでそのままじっと待つ者はいないから、これは納得のいく話だ。なるほど薬か、と中村は思う。

そんな説明を聞きながら、中村たちは二階に降りた。応接室はエレヴェーター脇に三室並んであり、川島は右の部屋の前に立ってノックをし、ドアを開けた。返事があり、中村たちは室内に入る。

ソファとテーブルだけが置かれた小さく簡素な部屋には、川島の言うように一組のアヴェックがいた。三人がけのソファに、二人は並んで腰を降ろしている。二人ともまだ若く、二十歳を少し超えたというところだろう。男は派手な柄のスカジャンに身を包み、髪をリーゼントふうにしていた。しかしその顔には、まだにきびが目だつ。女はというと、これはポニーテールで、細身の体に赤いジャンパーを、袖を通さず羽織っていた。あどけなさの残る顔に、薄いピンクの口紅は、どこか微笑ましい。

「なんだよう。こんなに待たせやがってよぉ！」

中村たちを見ると、若い男はソファに反り返りながら言う。彼女の手前、どうやら格好をつけているのだ。

「まあ、まあ、勘弁してください。お二人の証言が大変貴重なものなので、ほかの担当者にも聞かせようと考えたんです。それで少しお時間をいただきました」

「こっちも急がしいんだよぉ。また話せってぇの？　なんか、面倒くせえなあ」

口ではそう言うが、若者はまんざらでもない表情になった。若いが、川島もなかなか人あしらいがうまい。

「ぜひもう一度お願いしますよ」

川島は軽く頭をさげ、中村たちもそれにならった。そしてアヴェックに向かい合うような格好で、ソファにすわった。

「これでよぉ、もう最後だぜ」

男は大きく足を組むと、ポケットから煙草を出して火をつけた。

「その不思議なものを見たのはいつですか？」

中村が尋ねた。

「一昨日の夜中」

若者は言って、煙を吐いた。

「何時頃です？」

「あれ、二時はすぎてたよな？」

彼は、彼女を見ながら言った。娘はこくんと頷く。

「場所はどちらで」

「だからライン下りの船着き場だよ、終点のとこ」

船着き場の終点は、浅見喬の死体が発見された現場から、およそ六百メートル下った西岸にある。対岸の崖で、大岩に突き立った青龍刀を発見した際、これを見て心得ている。

「その時のこと、詳しくお聞かせ願えませんかな」

「またぁ？　しょうがねえなあ」

煙草をゆっくりと揉み消し、彼はせいぜい威張って言った。

「あの日はよ、こいつとスカGでドライヴしてたの。首都高ぐるぐる廻ってさぁ。そいで夜中になって首都高降りて、この町戻って、こいつを家まで送る途中に、あの船着き場行ったんだよ。川でも見ながら、少し話かなんかしようかなぁと思って。あそこ、川のすぐ脇まで車が入れるしよ」

両手でリーゼントを整えながら彼は言う。中村は、先をうながすつもりで頷いた。

「船着き場の駐車場に車停めて、川のすぐ近くまで歩いてったの。寒かったけどよ。そいで川岸すわってちょっと話してたら、上《かみ》の方で何か音が聞こえた気したんだよ、なぁ？」

「どんな音でしたか？」

「そんなん憶えちゃいねぇよ、いちいち。聞こえたかどうかも怪しいくらい小さかったんだもん」

「それで？」

「だから音のした方に目やったの、こいつと二人で。でもあの夜は雲多くて、月も隠れちゃってたからさぁ、真っ暗でよく見えなかったの」

「でしょうな。で、その後は？」

「何となく、そのまま上流を眺めてたの、しばらく。そしたら突然、空中に光が見えたんだよ」

「光？　どんなかたちでした？」

「どんなって、だから小さな蛇みたいだったんだよなあ。川の上」

「どのくらい上です？」

「どのくらいって……」

「何メートルくらい上？」

「五メートルくらいかな」

川面の五メートル上空で、真夜中に何が光ったのか。

「光った場所は、船着き場からどのくらい離れていました？」

「よく解んねえけど、六百メートルくらいかな、六百メートル上流」

事実そうなら、それはまさしく今朝、浅見喬の死体が見つかったあたりである。何か関係があるのかもしれない。中村は、二人が見たという光についてさらに質そうとしたが、海老原が先に言った。

「その後どうなりました？　光」

海老原は身を乗り出している。興奮しているふうだ。

「斜めにこうね、川へ向かって走った後で、空中で一回転して消えちゃった」

「空中で一回転？」

中村は言った。

「そお」

彼は言った。

「その後は？」

海老原はさらに訊く。

「それでおしまい。しばらく眺めてたけど、もう二度と光らなかった。あ、そういえば光が消えたすぐ後、川に何か落ちる音がしたな」

「音だって⁉」

海老原が大きな声で言った。

「うん、じゃぼんって」

すると海老原は俯き、例によって右の拳で額を叩きはじめた。そしてそのまま黙ってしまった。中村も何か訊こうとしたのだが、あんまり突飛な話なので、とっさには何も思いつけない。しばらくして、竜ということを思い出した。

「竜だって言ったのは……」

「それはこれ」

彼は彼女を指さした。

「竜のようでしたか？」

中村は彼女に訊く。

「うん、小さい竜」

ポニーテールの娘は言った。

二人が見たものはそれだけだったので、中村は一応二人の電話番号を訊き、礼を言って帰ってもらった。

中村たちは応接室を出た。三階の捜査本部に戻り、先ほどすわった窓際の席に再びすわった。

「小さな光る竜か……」

中村はつぶやくように言った。アヴェックは、十八日の午前二時すぎにそれを目撃している。これは陣内恭蔵の死体が発見される四時間ほど前である。そして不思議な光が現出したまさにそのあたりで、三十時間後に今度は浅見喬が殺されている。

いったい彼らが見たものは何なのであろう。事件に関係があるものか。それとも偶然で無関係の何かか。いずれにしろその時、甌穴付近で何かが起きたことは間違いなさそうだ。

「ああ、そういえば……」

川島が口を開き、中村は思考を中断して顔をあげた。

「検死を終えた浅見喬の死体は、本庁の霊安室へ送ることになりました。あそこなら冷凍保存ができますからね。もう少し事件が見えてきてから、時間をかけて慎重に解剖しようかと考えています」

「慎重に解剖？」

中村は言った。あまり聞かない話だった。川島は苦笑した。

「いや、実情をお話しすれば、陣内が昨日殺害されたばかりですので、解剖が追いつかないのです。それに藤堂の件もありますし……」

当初自殺と判断された藤堂菊一郎の死体は、ろくに検死も行なわれないまま、火葬場で荼毘《だび》に付されてしまった。今となっては痛恨事である。何か重大な痕跡を見逃したかもしれなかった。

「死体が出すぎている……」

中村はつぶやいた。

「そういうことですな」

川島は言う。

「いずれにしろ、また何かありましたらすぐにご連絡しますので、どうか引き続き、ご協力をお願いします」

言って彼は頭をさげた。

「もちろんですよ、是非」

言って中村は、ちらと室内を見廻した。この地方で、こんな連続殺人が起こることなどはまずあるまい。川島はそれで慎重になっており、不手際を演じたくないから、経験のある東京の警視庁の者の協力を仰ごうとしていた。しかし室内の捜査員たちの様子は、みな一様によそよそしかった。彼らにもプライドがある。彼らの気持ちもまたよく解る。しかし中村としても、もうこの事件を途中で放り出すことはできそうもない。

「ありがとうございます」

そう言って川島は立ちあがり、丁寧におじぎをする。中村と海老原も席を立って頭をさげた。

「こんな事件の時、ちょうど中村さんたちがいてくださって、私どもは大助かりです。これからどちらへ？」

川島は訊く。

「甌穴にでも行こうかなと」

アヴェックに面白い話を聞いたので、もう一度浅見が殺された現場に行ってみようと中村は考えていた。

「では送らせますよ」

「ああいや、それには及びません」

顔の前で手を振り、中村は即座に言った。これ以上手を煩《わずら》わせては、署の者たちの敵意がますます強くなる。そして自分にこれほど低姿勢にふるまい、川島があとでこの部屋の者たちに突きあげられなければよいがと思った。また同時に、そういうことだから、自分はこの事件を必ず解かなくてはならないとも思う。

7

秩父署を出てみると、雲間から弱々しい光を放つ冬の太陽は、早くも西に傾きはじめている。川島にはああ言ったが、寒空の下でまた電車を待つのは気が重く、またそんなことをしていたら、現場は暗くなりそうだった。陽が落ちる前に現場を見たかったから、中村と海老原は、タクシーを停めて長瀞町へ向かった。オートキャンプ場の手前で車を降りる。

キャンプ場の入り口まで歩いてみると、立ち入り禁止はすでに解除されている。しかし冬のキャンプ場に、人の姿はない。マスコミの連中もいないようだ。柵を越えて場内へ足を踏み入れた中村たちは、そのまま北へと向かう。腕時計に目をやると、もう四時を廻った。風が冷たさを増した。

　キャンプ場を北の突端まで行くと、中村はそこで立ち停まり、荒川の下流を眺めた。三百メートルほど下に、今朝パトカーで渡った橋がかかり、その先には船着き場の終点があるはずだ。しかしうねる川やせり出した岩に邪魔されて、そのあたりはよく見えない。

　中村は足下に目を向け、今朝と同じやり方で河原へ滑り降りた。海老原もついてきた。砂地へ降りた二人は、浅見が縛られていた岩まで行き、そこで立ち停まる。無言で岩を見つめた。死体も鎖も取り除かれ、ほんの八時間ほど前、ここにあのむごたらしい首なし死体があったとは信じられない。しかしよく見ると、岩には真新しい刀傷がひとつあり、これが無言で事件を語る。傷はかなり深い。

　中村は膝を折り、その場にしゃがみ込んだ。岩の前の砂地は窪んでいる。凶器の青龍刀はここに落ち、半分ほど砂に埋まっていた。窪みにぼんやりと目をやっていた中村は、あっと声をあげると、そのまま放心した。視線は宙をさまよい、口がなかば開いた。天啓が訪れたのだ。寂寥《せきりょう》とした夕刻の砂地が、中村に閃きを与えた。

「折戟《せつげき》、砂に沈んで、鉄《てつ》未だ銷《しょう》せず」

　呟くように、謡《うた》うように、中村は言った。言葉が自然と口をついて出た。中国の詩人杜牧《とぼく》の、「赤壁《せきへき》」という漢詩である。

　杜牧は晩唐を代表する詩人で、「風流才子」などと呼ばれ、数多くの浮き名を流した反面、孫子の研究家としても名を馳せている。「赤壁」は彼の代表作のひとつで、揚子江沿岸の古戦場である赤壁を題材に作られたものだった。漢詩には珍しく、もし——であったらと、仮定の世界を詠んでいる。

　赤壁は三世紀初頭、いわゆる三国志の時代に、当時大勢力を有していた曹操《そうそう》と揚子江の東に根を張る孫権《そんけん》が、大陸の覇を競って水戦を行った場所である。今も訪れる人が多く、中国では有数の観光名所だ。杜牧はそんな赤壁の地を訪ねた時、いにしえの英雄たちに思いを馳せながら、七言絶句のこの詩を作った。刑事には珍しいかもしれないが、中村は絵画以外に、音楽にも芸能にも趣味がある。漢詩にも割合精通している。

そうだ、漢詩だ！　一人頷き、中村は心の中で快哉を叫んだ。だから青龍刀なのだ。この事件を貫く奇妙な要素、それは現場に遺る不可解な細工だが、そのどれも、漢詩に関係があるのではないか。砂に埋もれた青龍刀は、杜牧の「赤壁」の、「折戟、砂に沈んで」という部分に見立てられているのではないか。

中村はベレー帽のてっぺんを手で押さえ、「赤壁」の続きを思い出そうとした。すぐには浮かばず、もどかしかった。この詩は七言絶句で、だから七文字の句が四行並んでいる。最初の一行は解った。杜牧は、「折れた剣が砂地に埋もれていた」、と詠むのだ。そして「その刃の鉄は、まったくすり減っていない」と続く。

これに見立てるため、犯人は凶器の青龍刀をわざわざ砂に埋めたのではないか。問題はその後だ。その後杜牧は、何と詠んだのだったか。うずくまり、中村は記憶をたどる。しばらくそうしていると、まるで天から降り注ぐように、文字が脳裏に飛来した。

「みずから磨洗《ません》をもって、前朝を認む」

そうだ、これだ！　見つけた剣を洗うのだ。すると剣は、三国志の時代のものだと解る。これが二行目だ。そして漢詩は、さらにこう続く。

「東風、周郎《しゅうろう》がために便ならずんば」

周郎とは孫権軍に属する周瑜《しゅうゆ》という武将を指し、彼こそが赤壁大戦の立役者だった。赤壁付近で曹操軍は西岸に、孫権軍は東岸に陣を張り、揚子江をはさんで睨み合いを続けた。二十万を超す曹操軍に対し、孫健軍はわずかに三万。正面切って戦闘を仕掛けたら、まず勝ち目はない。

季節は冬で、戦場は北からの冷たい風に絶えず晒されていた。しかし周瑜は知っていたのだ。この時期、まれに東風が吹くことを。周瑜はその日を待って曹操軍の船に火を放ち、火は折からの強風にあおられ、あっという間に燃え広がる。東風が吹くはずはないと油断していた曹操軍の船は、次々と炎に呑み込まれて、灰となって揚子江に沈む。曹操軍は大敗を喫し、孫権は奇跡とも言える勝利を収めた。

杜牧はそんな当時に思いを馳せながら、あの時、周瑜のために東風が吹かなかったらと詠む。そしてこの詩をこう締めくくるのだ。

「銅雀《どうじゃく》、春深うして二喬《きょう》を鎖す」

孫権には孫策という兄がいた。周瑜はこの孫策と二人して、当時絶世の美女と謳われた喬という名の姉妹を娶《めと》っていた。孫策は姉を、周瑜は妹を妻にしている。二喬とはそのことを指す。

もしもあの時、東風が吹かなかったら――。杜牧はそう空想する。恐らく孫権軍は負け、喬姉妹は敵に捕らえられてしまっただろう。そして曹操が築いた銅雀という名の高楼にでも閉じ込められたに相違ない。

そうだ！　だから鎖なのだ。岩に浅見を縛りつけるのなら、ロープの方が自然だし、手にも入りやすい。しかし犯人はわざわざ鎖を使った。それは「赤壁」の最後の一行が、「銅雀春深鎖二喬」となっていたからだ。これに見立てるため、犯人は浅見をあえて鎖で縛ったのだ。

そして中村は、あることに気づいて身震いした。犯人は何故浅見の首を切断したのか。それは浅見が「喬」という名だったからではないか。首を切断すれば、浅見の死体はふたつになる。つまり二喬である。これに見立てるため、浅見は首を斬られたのではないか――。

もしそうなら、藤堂菊一郎や陣内恭蔵の死体も、杜牧の詩に見立てられている可能性は高い。そして死者の顔が赤く塗られていたのは、これは京劇に模されていたのではないか。つまり犯人は、この殺人劇に向き合う者の連想が、京劇から中国、そして漢詩へと向かうよう、犠牲者の顔を赤く塗ったのだ。

何ということだ。中村はほぞを噛む思いがした。藤堂が殺された時点で、われわれの鼻先には、見立てを解く鍵がすっかり突きつけられていたのだ。これは急いで杜牧の漢詩を調べる必要がある。中村は顔をあげ、たった今の思いつきを海老原に話した。しかし海老原は、どこか浮かないふうの表情で、中村の着想に違和感を覚えているらしい。

しかし中村は気にしなかった。この付近で漢詩の本を手にできる場所といえば、秩父市の図書館であろう。腕時計を見ると、時刻はもう四時半に近い。図書館は通常五時に閉まるから、タクシーを飛ばせば何とか間に合う。現場に残りたいという海老原とはそこで別れ、中村は早足でキャンプ場に戻った。坂をあがり、振り返ると、海老原は腰をかがめ、浅見の首があったあたりの岩を熱心に見つめている。

8

都内と違い、この街で流しのタクシーなど期待できない。そのため中村は徒歩で長瀞駅へと急いだ。そこでタクシーを拾うつもりだった。

金石水管橋を渡って桜並木へ出ると、駅へと急ぐ。そうしている間にも、雲の向こう側にいる太陽は西に傾き、遙かな秩父連山に隠れようとしている。水に落とした墨のように、急速に闇が広がっていく。中村はほとんど駆け足になって駅へ向かった。長瀞駅へ着いた時にはすっかり息があがっていた。客待ちのタクシーの先頭に乗り込み、行き先を告げると声がかすれていた。腕時計に目をやると、針は四時四十分を示している。何とか間に合う。中村はシートに身をあずけ、息を整えた。

夕暮れ時ではあったが、都内と違って道に渋滞がない。車は順調に走り、皆野町を抜けようとしていた。もうすぐ秩父市である。ところが秩父市に入り、国道二百九十九号線との交差点を越えたあたりで、車は動かなくなった。近くでサイレンの音が聞こえる。事故だ。中村は舌打ちをした。窓から身を乗り出して見ると、数珠つなぎになった車のブレーキランプが、街並みを朱に染めていた。

事故は起きたばかりだった。交通整理もなされておらず、車の列はまったく動こうとしない。運転手に訊くと、図書館はこの先一キロほどの県道沿いにある。中村はタクシーを降り、駈けだした。

息がきれ、早足になった中村が図書館に着いたのは、五時を十分すぎていた。正面玄関のガラス扉はすでに閉まっている。しかし館内には係員の姿があり、中村はドアを叩いた。その音に気づくと、係員は迷惑そうに顔をしかめ、こちらに向かって歩いてくる。

鍵を開け、ガラス扉を細めに開いた係員は、返却ならそこのポストに、貸し出しなら明日にしてくださいと早口に言い、ドアを閉めようとする。中村は少し迷ったが、胸ポケットから警察手帳を出し、開いて見せた。すると係員の態度が変わり、続いて中村が、時間は取らせません、漢詩に関する本を借り出したいと言うと、どこかほっとした表情になり、しかし係員は自分には判断できないと言って、内線で責任者に連絡を取った。

上の返事を得た係員は、ようやく中村を館内に通した。まもなく館長が来るので、ここでお待ちくださいと言う。ロビーの入り口近くに立っていると、階段の方から足音が聞こえ、五十がらみの痩せた男が姿を現した。銀髪を七・三に分けている。男は丁寧に頭を下げると、中里と名乗り、この図書館の館長だと言った。

幸い中里は親切な男で、中村の話を聞き終えると係員に指示を出し、開架だけではなく、書庫からも本を集めてくれた。たちまちカウンターに九冊の本が積まれ、秩父図書館の蔵書の中で、漢詩に関する本はこれですべてだと中里は言った。中里や係員に大いに礼を言い、中村は図書館を後にした。表はすっかり暗くなっていて、中村はせかせかと家路を急いだ。

実家の前まで戻ると、中村たちが使っている客間には明かりがともっていた。妻はもう帰っているらしい。中村は玄関のガラス戸を開けた。すぐに義母が出迎えてくれる。しかし彼女の顔色は、どこか冴えない。訊くと妻が寝込んだという。やはり寒空の中の寺巡りがこたえたのだ。熱も高く、三十九度を超えてしまったようだ。妻はよく扁桃腺を腫らし、高熱を出す。中村はあわてて部屋に向かった。

部屋に入ると、卓袱台は部屋の隅に片づけられ、布団が延べられていた。妻が臥せっている。どうやら眠っていた。義母が用意したのだろう、枕もとにはタオルと、氷水の入った洗面器が置かれていた。

中村は枕もとにすわり、妻の顔を見た。寝苦しいのか、妻は顔中に汗を浮かべていた。中村はタオルを洗面器の水に浸して絞ると、それで顔の汗を丁寧に拭った。そうしていると、ふいにすまないという気持ちが湧いて、心の中で詫びた。

義母とも話し、夕飯はそのままこの部屋でとることにした。妻から離れない方がよいと思ったのだ。中村が一人食事をしていると、妻が目を覚ましたから、義母に粥を頼んだ。食欲はないと妻は言ったが、上体を起こさせ、レンゲを手にした中村が、息を吹きかけて冷ましながら口もとまで運ぶと、彼女は照れくさそうに、しかしまんざらでもなさそうな表情で、五、六口は粥を食べた。

食後の薬を呑んだ妻は、再び横になり、五分もしないうちに寝息をたてはじめた。食事を終えた中村は卓袱台の上を片づけ、代わりに図書館から借りてきた本を置いて、さっそく一冊目を開いた。その本は文庫サイズで、年代順に、時代を代表する詩人たちの漢詩を載せていた。

杜牧は唐の時代の大詩人である。九世紀初頭の西暦八〇三年、現在の中国でいうと西安市に生まれている。杜牧が生を受けるより五十年ほど前、この国で大規模な反乱が起き、時の皇帝は亡命していた。楊貴妃が宦官《かんがん》に縊《くび》り殺されたのもこの時である。隆盛を極めた唐も、斜陽に向かっていたのだ。だから彼の生きた時代は晩唐と呼ばれる。

そんなことを思いながら、中村はページをめくる。目次を見ると晩唐の項目の一番はじめに、杜牧の詩が十ほど並んでいた。そのページを開き、中村は時間をかけて慎重に読んだ。原文と読み下し文、そして訳注も付いているので、非常に親切であり、内容を理解しやすい。しかし何度か読み返したが、藤堂菊一郎や陣内恭蔵の殺され方に似た詩はひとつもなかった。

あきらめず、中村は二冊目に手を伸ばす。その本は、唐の時代の詩を集めたものであった。しかし結果は同じで、杜牧の詩の中に、二人の死を連想させるような表現は見つからない。

すべての本を調べ終えるまでに二時間近くかかった。杜牧の詩は、これでほとんど読んだはずだ。しかし藤堂や陣内、あるいは浅見の死に関係しそうな表現は、「赤壁」以外にひとつもない。九冊目の本を閉じ、中村はしばし呆然とした。これは違ったか、と思う。てっきりそうだと思ったが、あるいは自分の誤解で、三つの死体は漢詩などとは無関係なのかもしれない。

しかし、と中村は考え直す。少なくとも浅見喬の死体は、杜牧の「赤壁」を意識したものとしか思えない。そうだ、この考え方で、大筋は合っているのだ。しかしどこかで道を誤った。それはどこか。中村は思いを巡らす。

浅見が殺された現場で、閃くように杜牧の詩を思い出した。砂に埋もれた青龍刀、鎖で縛られた死者、そして首の切断。これらはことごとく「赤壁」を暗示していた。だからそこまでは間違っていない。浅見は漢詩の「赤壁」に見立てられたのだ。問題はその先である。

中村は浅見と同じように、藤堂や陣内の死体も杜牧の詩に見立てられているものと考えた。これが間違いではないのか。藤堂と陣内の死体は、別のものに見立てられているのだろう。ではそれは何か。杜牧以外の漢詩である可能性が高くはないか。そうだ、おそらくそうだと思う。しかし、ひと口に漢詩といっても何万首とある。そのすべてを調べることは不可能に近い。しかし、もしも漢詩でいいとしたなら、三人が見立てられた漢詩には何らかの共通項が必ずあるはずだ。

中村は身じろぎもせず、そのまま三十分ほども考え込んだ。しかし解答は浮かばない。妻が咳き込み、それで中村はわれに返った。見ると彼女は、再び寝汗をかいている。中村は洗面器を持って台所へ行き、中の水を替えた。部屋に戻り、再び妻の顔をタオルで拭いた。拭き終えたらタオルを戻し、両手を枕にして畳に寝転がった。少し頭を休めた方がよさそうだった。

天井板の節目を数えながら、中村は横に伏せる妻のことを思った。警察官の女房はさぞ大変だろう。刑事の休みは不規則だったし、大きなヤマにぶつかれば盆も正月もなくなる。昼夜を問わず駈けずり廻る。身の危険も絶えずある。だから気苦労が絶えない。

ようやく休暇が取れてもこの通りだ。管轄外の事件に首を突っ込み、家に帰らない。自分はまるでよい亭主ではない。首を横に向け、中村は妻を見やる。そういえばこの休暇中、できたら長瀞町へ行きたいと妻は話していた。冬の岩畳を一度見たいのだそうだ。長瀞町は夏の観光地というイメージが強いが、冬の、特に雪の岩畳は格別な風情だという。岩畳の対岸は、高さ三十メートルほどの岸壁で、どうした加減かその岩の一部が赤みを帯びている。それはなかなか珍しい景色だったから、「秩父赤壁」と呼ばれているらしい。それも見たいと妻は言っていた。

うん、と中村は上体を起こした。ここにもまた「赤壁」が出てきた。頭のてっぺんを押さえながら中村は考え込む。これこそが共通点ではないのか？　三人は、「赤壁」を詠う漢詩に見立てられていたのではないか？　中村は卓袱台の前に戻り、あわててまた本を手にする。「中国、漢詩の旅」というような題名の本があったはずだ。これには、詩人別でなく、詠まれた場所別に漢詩が紹介されていた。

すぐに見つかった。目次を開くと、やはり思った通り、詠まれた場所別に漢詩が並んでいた。この本に杜牧の詩は「赤壁」しか載っていなかったため、さっきほとんど目を通さなかったのだ。

赤壁という項目もあり、そこには四篇の詩が収められていた。ほかにも赤壁を詠んだ漢詩はあるのだろうが、高名なものはどうやら四首だ。中村はページをめくる。最初に載っていたものは、蘇軾《そしょく》の「赤壁の賦《ふ》」という漢詩であった。蘇軾は宋代随一の詩人で、その作は日本人にも非常に好まれている。「春宵一刻値千金」からはじまる「春夜」など、特に有名であろう。蘇軾の才は詩に留まらず、書や画の世界でも名を馳せている。また政治家としても一流で、宰相を務めたこともあった。

「赤壁の賦」は、彼の代表作ともいわれるもので、月明かりの揚子江を、蘇軾は客とともに酒を飲みつつ小舟で下る。すると客は、三国志の時代の英雄たちに思いを馳せ、やがて時の移ろいを哀しむ。そんな客に対して蘇軾は、今この時をすごしていることの素晴らしさを語る、そういった内容である。中村は「赤壁の賦」を読みはじめる。見事な韻を踏むこの詩は前後二編からなり、かなり長い。

七月の夜。蘇軾は赤壁の近くに小舟を浮かべ、客とともに酒や歌を楽しむ。やがて月が出たので遠くを望むと、川は月光にきらきらと輝きながら、彼方で空と接していた。そこまでを読み、文字を追う中村の目が停まった。その先を、蘇軾はこう詠っていたのだ。

——葦のような小舟を自在に操り、彼方へと乗りだす。止まることを知らないかのように、舟は風に乗り、空を行く。もう俗世間のことはすっかり忘れてしまった。舟の上に立つと、まるで仙人になったようで、このまま天にでも昇るような気がした。

これだ！　中村は思った。小舟が空を行き、人が天に昇る。これだ、ようやくたどり着いた！　藤堂の死体は、「赤壁の賦」に見立てられていたのだ。小舟が鉄橋の下に吊られていたのは、空を行く舟を表現するためのものだったのだ。舟は藤堂の真下に吊られ、藤堂はまるで空中に浮かぶ舟から、ふわりと舞いあがったように見えた。事実最初に藤堂を発見した学生は、夕刊紙にそう語っていたではないか。

間違いない。今度こそ自分は正しい道を進んでいる、中村は思った。理由はまだ解らないが、この犯人は、「赤壁」を詠う漢詩に見立て、三人を殺したのだ。中村は「赤壁の賦」のさらに先を読む。それはこうだ。

客の中の一人が、三国時代の英傑である曹操《そうそう》のことを思い出し、人の世の儚さを嘆くと、蘇軾は人生を川の流れにたとえる。川の水は流れ去ってしまうが、それは去っていくだけで、決してなくなるわけではない。そう諭す。すると客はこの言葉に喜び、二人はあらためて飲みはじめる。そして「赤壁の賦」は、こう結ばれていた。

——客と酒を酌み交わしていると、肴《さかな》はやがてすっかりなくなってしまった。舟の中には杯と皿が散乱している。そんな中、お互いを枕に眠り、東の空が白々と明けていくのにも気がつかなかった。

読み終え、中村は顔をあげる。またひとつ解った。藤堂とともに吊られていた小舟、その中の割れた酒器や皿。これは蘇軾の詩の、このくだりを表すためのものだったのだ。もう間違いない。藤堂菊一郎は、蘇軾の「赤壁の賦」に見立てられて殺害されたのだ。

そうなると、あとひとつ残るものは陣内恭蔵である。中村はページをめくる。次の詩も蘇軾のものだった。「赤壁懐古」という題名で、先の「赤壁の賦」に較べると、かなり短い。揚子江を訪れた蘇軾がその流れを見ながら、三国志の時代を思うといった内容になっている。

蘇軾が揚子江から赤壁のあたりを眺めてみると、たくさんの岩が雲を突き崩すかのように乱立し、怒涛が岸を打っていた。遥か昔、この地で周瑜が曹操軍を迎え撃ったのだ。若き周瑜の勇姿を想像しつつ、蘇軾はここでこう詠む。

――頭巾を被り、羽扇《うせん》を手に談笑していると、その間に曹操率いる敵の水軍は火に包まれた。そして灰が飛び散る頃には、みな煙のように消えてしまっていた。

羽扇とは、鳥の羽で作った扇のことで、三国志の時代には多くの人が愛用していたらしい。秩父署の小林は、陣内の頭部と岩の間に、扇子のようなものがはさまっていたと言った。燃えてしまって解らなかったが、それは羽扇だったのではないか？

それとも犯人は、羽扇を手に入れることができず、扇子で代用したのかもしれない。また犯人はダンボールを岩にかぶせていたが、あれは死体を隠すためではなかった。いやむろんその効果も期待はしたろうが、そんなことより、陣内の死体を「赤壁懐古」に見立てるためには「灰」が必要だったのではないか。これで解った。三つの死体に施された奇妙な細工の意味が、ようやく解った。

そこまで考え、中村はしばし放心する。もう十時が近い。義母たちは寝てしまったようで、家の中はしんとした。時を刻む柱時計の音が、妙にはっきりと聴こえる。ずいぶん解ったが、まだ解らないことがある。何故犯人は、三人を「赤壁」がらみの漢詩に見立てて殺す必要があったのか——。

日中戦争時、藤堂たちは中国大陸へ従軍している。四十年以上昔のことだ。これに関係があるのはまず間違いなかろう。おそらく、戦地で何かがあったのだ。三人の共通点といっても、ほかにはなさそうである。そこまで考え、中村は愕然とした。胸が激しくざわめく。

三人ではない。「赤壁」を詠う漢詩は、四つあるではないか！　だとすれば、この事件はまだ終わっていない。犯人は今殺害計画の途上にいて、虎視眈々と残りの一人、四人目を狙っている、そういうことにならないか!?　中村は再び本を読みはじめた。

四つめの漢詩は、高名な李白のものである。貿易商人の子として生まれた李白は、唐はおろか、中国を代表する大詩人で、放浪の一生を送り、酒をこよなく愛した。詩風奔放。「詩仙」とも彼は称される。

載っていたのは彼の「赤壁歌送別」という詩で、旅立つ友を前に、李白は赤壁大戦の激しさを詠みあげ、もし長江の方へ行くことがあれば、その情景を手紙に書いて報らせて欲しいと頼むのだ。

この詩の中で李白は、曹操と孫権を二匹の竜になぞらえている。二匹の竜——!?

若いアヴェックが深夜目撃したという、小さな光る竜と何か関係があるのかもしれない。いずれにしろ漢詩は四つで、殺害されたのは現在のところ三人である。そうならもう一人、誰かが殺される可能性が極めて高い。そうなるとこれは、戦友慰霊会の会員である秋島重治か、かつて会に所属していた長澤和摩だろう。

張り込んでいた方がいいかもしれない。気づいてよかった。さっきもし図書館に入れなければ、今夜にはまだ気づけていない。立ちあがって中村は、コートを出すためにタンスに向かった。すると、妻の咳き込む声が背後で聞こえた。中村は振り返り、様子を聞いていた。咳はすぐにやんだが、妻は苦しそうな寝顔をして、相変わらず寝汗をかいている。

　こんな時間、こんな状態の妻をおいて出かけるのは、やはり気が引けた。今夜だけは横にいて、看病してやろうと考えた。中村はもうタンスは開かず、代わりにそっと部屋を抜け出し、玄関に向かった。

秩父署の川島に電話し、漢詩の見立てのことを話し、秋島と長澤の警護は、彼に頼もうと考えたのだ。

　秩父署に電話をすると、あいにく川島は不在であった。県警本部で会議なのだという。こんな時間に会議か？　と思った。そのため、まずいことに西宮が出た。

「これは遅くにご苦労様です。何かございましたか？」

　西宮は慇懃に言った。気が進まなかったが中村は、藤堂たち三人の死体が「赤壁」を詠う漢詩に見立てられていて、その漢詩は四つあり、そのためあと一人、恐らくは戦友慰霊会のメンバーが殺される可能性があると話した。

「ああそうですか」

　中村の話をろくに相槌も打たずに聞いていた西宮は、ちょっと鼻で笑うような声音で言った。見立てだの、漢詩だのが三文小説的だと言いたいようであった。

「それで、どうしたらいいんでしょうかねぇ」

西宮は、無感動な声で言う。興奮していた中村との気分の落差は大きかった。

「張り込んでいただきたいんです。想流亭と、長澤和摩の家に」

　中村は言った。相手の思惑を思ってはいられなかった。殺されてからでは遅いのだ。

「張り込み？　これからですか？」

　驚いた声で西宮が言う。

「ええ」

「うーん」

西宮は溜め息を漏らと、言った。

「ご指導は大変ありがたいんですが、しかしそれは、確かなことなんでしょうか」

西宮は言い、中村は言葉に窮した。そう言われれば、確かに一言もない。あまりに前例のないことであり、まだ確信にはいたれていない。

「漢詩ねぇ……、脅迫状でも届いておるのなら別ですがねぇ」

西宮はまた苦笑しながら言う。

「しかしですな」

中村が言いかけると、

「まあ川島には伝えておきますが。当人たちに用心するように言っておいてはどうでしょう」

それですめば警察は要らない。

「ほかにご用がなければ失礼してもよろしいでしょうか。ちょっと私、今大事な仕事がありまして。では、ご連絡ありがとうございました」

そう言うと、中村の応えも待たず、西宮は電話を切ってしまった。中村も溜め息をついた。人の命がかかっているこれ以上に、いったいどんな大事な仕事があるというのか。やむなく中村は、想流亭の番号を回した。大野幸助が出た。夜分の非礼を詫び、海老原の部屋に繋いでくれないかと頼んだ。こうなれば素人も動員するほかはない。海老原は起きていて、すぐに電話に出た。

中村は事情を話し、秋島の部屋に注意を払っていて欲しいと頼んだ。海老原は解りましたと即答し、一晩中ずっと目を離しませんよと言う。

自分も明日朝一番で想流亭に行くことを伝え、中村は電話を切って部屋に戻った。汗をかいた妻の顔を冷たいタオルで拭いてやり、布団を敷いて自分も横になった。枕元にポケットベルを置き、目を閉じてみるが、頭が冴えて眠れない。ざわざわとした胸騒ぎも、まるでおさまる気配がない。

第四章・岩畳、脚なし死体

1

冬の夜の光景です。ここは岩畳と呼ばれる大きな大きな崖の上で、遥か下には川が流れています。さらさらと水の音も聞こえます。

崖の上にはあずまやが、ぽつんぽつんと建っていました。そのうちのひとつに腰かけ、お巡りさんが一生懸命何かを見張っています。

掏摸《すり》でしょうか、泥棒でしょうか。それとも怖い人殺し？　でもあたりには誰もいません。それもそのはず、今は真夜中、真っ暗闇です。お巡りさんは、そんな時間にたった独りで、いったい何を見張っているのでしょう。

びゅう、びゅう。

びゅう、びゅう。

強い風が吹き抜けます。岩畳の上を吹き抜けます。でもお巡りさんは仕事熱心。身じろぎひとつせず、ずっと前方を見つめています。瞬《まばた》きさえもしようとしません。

これは大変、瞬きしないと目が乾いて、すぐに痛くなってしまいます。でもその心配はないのでした。何故ならお巡りさんはもう死んでいるのです。死んだ人は目が痛くはなりません。

よく見ると、お巡りさんのズボンの右足、腿のところに、大きなとらばさみが挟まっていました。何かのおまじないでしょうか。それともただのいたずらでしょうか。

強い風が吹き抜けます。
びゅう、びゅう。
びゅう、びゅう。

冬の夜の悲しい光景でした。川に浮かぶ船の中で、男の人が寝ています。たったひとりで寝ています。川はそこだけ流れがなくて、船はほとんど動きません。強い風に揺れるだけです。あたりは夜中で真っ暗なのに、船はずいぶん明るいです。それもそのはず、船はぼうぼう燃えています。ぼうぼう、ぼうぼう燃えています。

そんな船の中で、男の人は寝ています。平気な顔をしています。炎が熱くはないのでしょうか。このままだと大火傷《やけど》してしまいます。でもその心配はないのでした。何故なら男の人はもう死んでいるからです。死んだ人は熱さを感じません。だから火傷なんかへっちゃらです。

ぷしゅう、ぷしゅう。
ぷしゅう、ぷしゅう。

小さな音が聞こえます。船の中から聞こえます。男の人のお腹が破れ、腸が飛び出しているのです。それが時折はぜるのでしょう。おかしな音が聞こえます。

男の人は船の中、仰向けに寝ています。でも何か変です。どこか様子がおかしいのです。よく見ると両足が、膝のすぐ上で切られ、腿から少し離れているのでした。何かのおまじないでしょうか、それともただのいたずらでしょうか。

男の人も燃えています。二本の足も燃えています。

ぷしゅう、ぷしゅう。
ぷしゅう、ぷしゅう。

耳もとの異音に、中村は目を覚ました。枕もとのポケットベルが規則的に振動している。まだ夜明け前らしく部屋は真っ暗で、布団の中でゆっくりとうつ伏せになった中村は、手だけを伸ばしてスタンドの明かりをつけた。その眩しさに目を細めながら、ポケベルの液晶画面を覗いた。秩父署からだった。

ベルを停め、中村は脇に置いた腕時計に目をやる。午前四時五十分だった。よほどのことがなければ、ベルを鳴らすのをためらう時間帯だ。だからこの着信は、重大な事件発生を意味している。このまま寝ていられるような事態ではないということだ。

中村は上体を起こし、横で寝ている妻の額に手をやってみた。熱はすっかり下がっていた。ほっと息を吐いた中村は、寒さに顔をしかめながら布団を出た。音を立てないように、それでも手早く外出のしたくをする。やはり出かけることになった。

妻に書き置きを残そうと思ったが、どこか気恥ずかしくて、これはよした。代わりに義母へメモを残した。そうして忍び足で玄関に出て、そろそろとガラス戸を開ける。途端に冷たい風が音をたてて土間に入り込み、中村は思わずかぶっていたベレー帽を左手で押さえた。そういえば夜半から風が出ていた。夢うつつでガラスが鳴る音を聞いていた。

表の通りに出て、風の強さを知った。上空で低く唸るような音がして、闇の中で見えない竜が踊っているようだ。中村は足早に歩きはじめた。西武秩父の駅前にはタクシーの営業所がある。そこでなら、こんな時間でも車は何とかなる。駅へ急ぎながら中村は、公衆電話のボックスを探した。しかし結局行く道では見つからず、駅前のボックスに入った中村は、秩父署のダイヤルを回した。電話に出た係員に事情を話すと、少し待たされてから川島の声が出た。

「夕べ遅く、会議だったんですね」

中村はいきなり訊いた。自分の吐く息が白い。昨夜川島が会議でさえなければ、展開は少し違った。少しだけ、怨みの気分があった。

「よくご存知ですね。県警本部での打ち合わせは、夜の十一時すぎに終わったんです。だからその後、こちらに戻りました」

川島が言った。いつもの元気な様子はなく、寝不足のせいか声もかすれていた。

「何かありましたね？」

「はい。秋島重治の死体が、つい先ほど見つかりました」

「くそっ！」

中村は低く毒づいた。予想していたのに防げなかった。昨日の図書館へのダッシュが無駄になった。

「場所はどこです？」

中村は、悔しさを胸にたたんで訊いた。

「岩畳です。少し前に連絡が入ったばかりで、私も詳しくは解りません。とにかく岩畳の上に建つあずまやの中で、発見されたようです」

「解りました。私もすぐそこへ向かいます」

「中村さん、今どちらにおられるのです？」

川島は訊いてきた。

「西武秩父の駅前のボックスです」

「では駅に車廻しますよ。今何台も現場に向かっていますから、一台をそっちに廻します」

「それは助かります。こんな時間、タクシーがいるかどうか解らないんで」

「じゃあ駅で、お待ちください」

礼を述べて電話を切った中村は、そのままボックス内で待った。表は冷える。すると三分もしないうち、一台のパトカーが駅前に入ってきた。赤色燈は回していたが、サイレンは鳴らしていない。

パトカーは電話ボックスのすぐ先で停まり、中村はボックスを出て早足でそちらに向かった。助手席の警察官が身軽な調子で車を降りると、中村に声をかけてきた。中村は礼を言い、後部座席に入る。車内は暖かで、ようやく人心地がついた。

パトカーはすぐに走りだし、次第に速度をあげて岩畳を目指す。道は空いていたからサイレンは鳴らさない。秩父市を抜けたあたりで無線が入った。中村は後ろの席で身を乗りだし、耳を澄ます。無線の声は割れていて、その上やけに早口だった。盗聴の防止をもくろんでいるわけでもあるまいが、まったく聞き取りづらい。それでも断片は解った。岩畳の下流で何かが見つかったらしい。そこでいったん無線は切れたが、すぐに続報が入った。岩畳の下流で見つかったのは船で、これが川の中で燃えているという。

船だと？　中村は思った。あずまやに加えて船――？　秋島の死と何か関係があるのだろうか。中村は次の無線を待ったが、連絡はなかなか入らず、親鼻橋をすぎた頃に、ようやく続報が入った。今度は全車両宛の緊急連絡だった。車内が緊張する。無線は、燃えた船の中から焼死体が見つかったことを告げた。今度ははっきりとした口調で、二度ほどこれを繰り返す。岩畳へ向かうパトカーのうちの数台に、予定を変更して焼死体の見つかった現場へ向かうようにと指示を出し、それで無線はぷつりと切れた。中村は考え込む。

「赤壁」を詠う漢詩は四首である。藤堂菊一郎は蘇軾の「赤壁の賦」、陣内恭蔵は同じく蘇軾の「赤壁懐古」、そして浅見喬は杜牧の「赤壁」に見立てられている。残る漢詩はひとつで、だから秋島は、李白の「赤壁歌送別」に見立てられて殺されたのだとばかり思っていた。しかし今の無線は、もう一人別の誰かが死んだという。また秋島のあずまやというのも、李白の詩とは違うように思える。

解らなくなった。船の被害者が、まったく別の事件の結果とは考えづらい。ではこの一連の事件、漢詩見立てではないのか。ようやくたどり着けた出口が、袋小路への入り口だったような、そんな嫌な気分がした。しかし同時に、静かな闘志も湧く。迷路が、まだこの先も続くものならそれでもよい、進むまでのことだ。

中村を乗せたパトカーは、予定通りに岩畳へ向かうようだった。長瀞駅のあたりで国道を右折し、線路を渡り、参道に連なる土産物屋や蕎麦屋の軒先をかすめるようにして走った後、河原へと続く石段の、数十メートル手前で停まった。先着のパトカーがずらりと並んでいて、その先にはもう行けない。ドアを開けると、北からの川風が容赦なく襲ってきた。

中村は、目を細めながら車を降りた。

2

石段の先は立ち入り禁止になっていた。夜明け前にも関わらず、野次馬の数が多いからだ。静かなこの土地だが、事件の噂は相当に浸透している。彼らをかき分けるようにして中村が進むと、人の中に海老原浩一を見つけた。大野幸助と、三井きよも一緒だった。

「よう！」

海老原の肩を叩き、中村はそう声をかけた。吐く息がさっきよりも白い。川べりは冷える。風もある。

振り向いた海老原は、中村を認めると人懐こい笑みを浮かべ、すぐに真顔に戻った。大野ときよも、中村に向かって頭を下げてくる。

「昨夜は悪かったな、遅くに」

中村は二人に会釈を返したあと、海老原に向き直ってそう言った。彼を責める気はなかった。なんといっても彼は素人なのだ。責は自分にある。自分の考えにもっと自信を持ち、自分が動くなり、無理をしてでも川島を動かすべきだった。

「いいえ、まだ起きていましたから。ところで何があったんです？」

海老原が言ったから、中村は驚いた。

「知らなかったのか？　秋島重治さんが死体で見つ

かったんだよ」

　中村の言葉に、海老原は目をむいた。今度は彼が驚く番だった。大野たちもまた、驚きの表情を浮かべる。

「そんな、まさか……」

　海老原はうめくように言った。

「まさかって？　どうしてだい、いったい」

　中村は言った。

「だってぼく、中村さんに言われて電話を切ったすぐ後に、ロビーまで行って、椅子を廊下まで持ってきたんです。秋島さんの部屋を見張ろうと思って。そうしたら藤袴の間から明かりが漏れていたから、ぼくは秋島さんを訪ねたんです」

「うん、そしたら？」

　緊張して、中村は訊いた。

「秋島さんはまだ起きていて、少し立ち話をしました。その後ぼくは持ちだした椅子にすわって、ずっと廊下にいました。もちろん少しは居眠りもしましたが、それでも廊下を誰かが通れば必ず気がつきます」

　中村は闇を睨《にら》んで考えた。それはどういうことか？　それが事実なら秋島は、廊下でなく、暗いヴェランダを伝って想流亭を出たという話になるのか。右足のない秋島が、自発的にそんなことをするとは考えられない。誰かに連れ去られたということか。しかし室内で争うような物音が起きれば、廊下の海老原が気づくのではないか。いずれにしろこれは、後で秋島の部屋を調べる必要がある。

「でもよかったです。ここで中村さんにお会いできて」

　海老原が言い、中村は頭をかいた。

「よかったって？　じゃあおまえさん、また現場を見たいと？」

「是非お願いしますよ。連れていってください」

　海老原は言う。

「しょうがねえな。まあ昨日の夜、頼みごともしちまったし……」

中村が言うと、海老原は嬉しそうに頷いた。そして、

「必ずお役にたちますよ」

と言った。

中村は、それで海老原をともない、大野たちと別れて歩きだした。石段の先は河原で、左手にライン下りの船着き場があった。もやいに繋がれた四艘ほどの船が、風と波に揺れている。水の強い匂いがした。

そういえば藤堂の告別式の日、ここに立ってしばらく河原を眺めた。あの時は河原にアヴェックが一組いただけで、ずいぶん寂しげなところだと思った。それがこんな派手な連続事件だ。

そんなことを考えながら顔をあげると、対岸では強風におあられる木々が、ごうごうと凄い音をたてている。足もとをうねる川は真っ黒で、呑み込まれそうな暗がりだ。流れの手前にはライン下りの案内所が立っていて、どうしたわけか三メートルほどの長さの看板が、河原に横たわっていた。

「行きましょう」

海老原にうながされ、中村は石段を降りていった。砂の河原に立ち、あずまやはどこかと左右を眺める。

「中村さん」

声をかけられたのはその時で、振り返ると石段に川島が立っていた。制服姿の警察官二人とともに、こちらに向かって歩いてきた。

「私も今着いたばかりなんです」

川島の顔色はすぐれなかった。いつもの元気がない。

「ああそうですか……。それで、秋島さんの見つかったあずまやはどこです?」

中村は訊いた。

「あちらのようですな」

川島は右手を指さす。

「あの岩畳の先で。あずまやといってもただの休憩所ですよ」

船着き場の二十メートルほど南から、岩畳と呼ばれる独特の地形が始まっている。そこにはもう砂はなく、かわりに灰白色の平たい岩が、何枚も折り重なるようにして雄大な岩場を形成している。岩は先へ行くほどに重なる枚数が増し、段々に高くなっていくから、中村たちのいる場所からだと、巨大でゆるやかなな階段のようだ。確かにこれは奇観である。

「ここからだと、現場は見えませんね」

川島が言った。

「それにしても、よく見つかりましたな」

名勝とはいえ風の強いこんな冬の夜中、岩畳などを観に訪れる者はいないであろう。河原沿いには民家もない。

「はい。実はこの風で、ライン下りの案内所に掲げられていた看板が飛ばされましてね。凄い音がしたんだそうです。そのことを聞きつけた船頭さんの一人が、岩畳を歩いてこちらに向かう途中に、秋島さんの死体を発見したというわけです」

「なるほどね。ところで車の中の無線を聞いたのですが、もうひとつ死体が見つかったとか？」

「そのようですな」

頷く川島の顔が、悔しそうに歪む。川島は、昨夜自分がした電話を西宮から聞いているのだろうか、中村は思った。しかし、自分から言う気はない。

「死体で見つかったのは誰です？」

「そこまではまだ……。そちらの現場には今西宮刑事が向かっています。ここからはそう遠くないですので、秋島さんの見分が終わったらご案内します」

言い終えると川島は、岩畳を登りはじめた。中村たちも続く。岩畳の傾斜はとてもゆるやかで、登るのにそれほどの苦労はない。二人の警察官をしたがえるような格好で、中村たちは無言で歩く。

しばらく行くと、どうやら崖を登りつめたようで、広々とした景色がひらけた。中村は足を停める。岩畳とはよく言ったもので、灰白色の岩が、まるで巨人が敷きつめた畳のように、遥か先まで整然と並ぶ。

あずまやは、そんな岩畳の三十メートルほど南にあった。岩間に根を張る木々の向こうに、ひっそりと隠れるようにして建っている。夏の早朝や冬の夕暮れ時など、人のいない頃合いを見はからってすわりに行きたいような、そんなたたずまいだ。しかしそんな場所で、今しも眩しいほどにストロボが焚かれ、集まった大ぜいの警察官たちをシルエットにして浮かびあがらせている。中村たちは足を速める。

四本の柱の上に屋根を載せただけの木造で、確かにただの休憩所だ。二坪ほどの広さを持っている。屋根の下には、向かい合うようにして長椅子がしつらえてあって、田舎町などで時おり見かける、バスの待合所のようなものだ。

中村たちが近づくと、川島を認めた係員らは鑑識作業の手を停め、三人のために場所を空けた。すると、それまで係員たちの背中に隠れていた秋島の死体が姿を現した。警察官たちの懐中電灯が、これを煌々と照らしていた。静かなこの街に現れた四つ目の死体は、陣内恭蔵や浅見喬のものに較べると、外観は原型を留めていて、ずい分まともであった。血は流れていたが、燃やされてもいないし、首が刎ねられてもいない。しかし、それでも中村は息を呑んだ。

どうしたわけか秋島重治は、警察官の制服を着ているのだった。制服姿の秋島は長椅子に浅く腰かけ、背もたれにもたれかかって、あたりを睥睨《へいげい》するようにかっと目を見開いている。奇妙なのはそれだけではなかった。秋島が着ている制服のズボンの右足、腿部分には、小動物を捕獲する時に使われるような、鉄製のとらばさみがはさまっていた。そのため制服は、腿部分がところどころ破け、服を突き破ったとらばさみは、秋島の大腿部の肉に深く食い込んでいるらしい。

　とらばさみをはさまれた警察官。そんなものを詠んだ漢詩など、世界中のどこにもない。どうやら漢詩見立てと踏んだのは早計だった。中村は、敗北感とともにそう思った。

　そして中村は、死体に強い違和感を覚えた。原因はすぐに解った。秋島の穿いているズボンの、ちょうどとらばさみがはさまっている右の腿から膝にかけてが、気味が悪いほどに平たいのだ。

　中村の疑念を察して、係員の一人がズボンの裾に手をかけ、川島を仰ぎ見る。川島は無言で頷いた。係官は、ズボンの裾をゆっくりと持ちあげていく。たちまち義足があらわになる。義足はずい分精巧にできていて、暗い中では本物の素足のように見えた。最近の義肢の技術は、ずいぶん進化しているらしい。

　さらに裾をあげていく。膝のすぐ下までがすっかり見えた。すると不思議なことが起こった。義足が風に揺れ、倒れそうになったのだ。中村は首をかしげた。義足は秋島の足に固定されていなくてはならない。風に揺れるはずがない。

　その時ふいに強い風が吹き、中村は目を細めた。すると義足はあっさり横向きに倒れ、小さな乾いた音をたてた。中村は目を見張った。

　秋島は戦争の時、右足を膝のすぐ上で切断したという話で、義足はだから膝部分までのものだった。

「ガイシャは……」

　再び首をかしげた中村たちに向かって係官が言いはじめ、裾をさらに引っ張っている。あとは腿があるからもうあげるのはきついはずだ。しかし裾は意外にも抵抗なく、とらばさみのところまで持ちあがった。

「大腿部のちょうど中間あたりを、斧のようなもので切断されておりました」

　見ると秋島の右足は、腿の下半分がなかった。大腿部が、ちょうど中間あたりでばっさりと切断されているのだ。そして赤い筋肉の筋や、ゼラチン状の脂肪を見せる切断面のすぐ上に、とらばさみがはさまっていた。

「切断された部分は？」

川島がかすれた声で言った。

「まだ見つかっていません」

係官は首を横に振った。そして倒れた義足をもとに戻す。そうしたら、なんとも奇妙な制服警官ができあがった。ほかはすっかり揃っているのに、右の腿の中途から膝にかけての十数センチだけが欠落している。

またどうしてなんだ？　中村は思った。どうして足を、たった十数センチだけ切って、持ち去らなくてはならない？　しばらく黙って考えたが、すぐには何も浮かばないので別のことを訊いた。

「だいたいの死亡推定時刻は解りましたか？」

「肌や目の状態、また体温なんかから見て、殺害されたのはおよそ四時間前。つまり十二月二十日未明、午前一時から二時の間といったところでしょう。検死をしても、これとそれほどの差異は出ないと思いますよ」

年配の係官が、自信ありげに応えた。経験を積んでいるのであろう。

「死因は？」

「脳挫傷でしょうな。見てくださいこれ、後頭部の真ん中にひどい陥没があるでしょう。頭蓋骨が割れて、すっかり落ち込んでいる。これほどの傷だと、ほぼ即死でしょうな」

係官は秋島の頭部裏側を指さす。中村たちも、死体に触らないよう注意しながら覗き込んだ。盆の窪の十センチほど上に、大きな傷があって、骨がわずかに露出していた。傷口には赤黒い血がこびりついている。

「そうですか。では鈍器様のもので殴られたと？」

川島が問い、係官は首を横に振る。

「いや、それが違うんですな。実はすぐ近くの岩場に血痕が付着していまして……。おそらくガイシャのものでしょう。ご覧になりますか？」

川島が頷き、中村たちは彼に案内されてあずまやを出た。係官を先頭に歩く。平坦に見える岩畳も、ところどころに数十センチから、時には一メートルを超える段差がある。警察官たちが照らしてくれる足もとを見ながら、四人は慎重に進んだ。

あずまやの三十メートルほど南西の地点で、係官は足を停めた。そして足下を指さす。警察官たちの懐中電灯がいっせいに集中し、これを照らした。灰色の岩の一部がわずかに尖り、そこだけが赤黒く染まっているのが、複数の光の中に見えた。よく見れば、髪の毛らしいものもこびりついている。

「髪の毛だけじゃなくてね、ごく微量の肉片も岩に付着しています。だから最近流行のＤＮＡ鑑定で、すぐにガイシャのものだと解るでしょう。いずれにしろガイシャはここで……」

と言いながら、係官はしゃがみ込む。

「転倒した拍子に頭を強く打ったか、あるいは仰向けの状態で頭を掴まれ、岩に強く叩きつけられたか、そのどちらかでしょうな。ここにはそれほど血が散っていない。状況にもよりますが、通常鈍器様のもので頭部を殴られた場合、もっと広範囲に血が飛び散ります」

言い終えた係員が立ちあがる。川島は黙って頷いている。

その時、制服警察が急ぎ足でこちらに近づいてくるのが見えた。警官は中村たちに目礼し、川島に寄って何やら耳打ちをする。すると川島の顔に、みるみる落胆の色が浮かんだ。

「中村さんが先ほど無線で聞かれたという死体なんですが……」

川島は中村を向いて言う。

「燃やされた船の中で見つかったという、あれですな？」

中村が訊く。
「はい。その死体は、老年男性のものと思われるそうです」
ため息とともに川島は言った。長澤和摩の顔を思い出しながら無言で頷く中村の脇を、強い風が音をたてて吹き抜けていく。

3

男性の死体が発見されたのは、岩畳から六百メートルほど下流だった。平坦な砂地の河原は船着き場の少し北で終わり、その先はごつごつとした岩場になっている。その岩場を通って現場に行くこともできたが、あまりに足場が悪いため、中村たちは迂回することにした。参道の途中の路地を抜け、例の金石水管橋へと続く並木道を通れば現場に行ける。

パトカーに乗るほどの距離でもなかったので、中村たちは徒歩で現場へ向かった。参道を右へ抜けて並木道に出てみると、五百メートルほど先に数台のパトカーが停まり、そこに人だかりがしていた。パトカーの赤色燈が、人々の顔や桜の枝を赤く染めている。中村たちは足を速めた。

パトカーが停まっているところまで行くと、脇に立っていた警察官の一人が川島に向かって敬礼をし、現場へ案内すると言った。道の右手は林になっていて、その中の小道を行けば、河原に降りられるようだ。警察官を先頭に、中村たちは腰をかがめるようにしながら、林の中に分け入る。小道は狭くて急坂で、革靴では歩き辛かった。

苦労して河原に出ると、そこは荒涼としていて、何とも寂しげな世界だった。三十メートルほど先に川が流れ、そこまでずっと、ごつごつとした岩場が続いている。岩の隙間からひょろりと伸びた草木は枯れ、あるいは力なく頭を垂れていた。対岸は切りたった崖で、その上に白いガードレールが見える。

どこか人を拒絶するような景色だった。

　川の近くには数人の警察官がいて、西宮の姿もあった。中村たちに気づいた西宮は、ゆっくりとした足取りでこちらに向かってくる。河原の中ほどで合流した。

「いやあ、ひどいもんです」

　軽く頭をさげながら、西宮は言った。

「ホトケはライン下りに使われる船の中で、燃やされていました。さっそくご覧になりますか？」

　頷いて、川島はすぐに歩きだした。中村も続く。すると西宮が目配せを送ってきたので足を停めた。川島が不審げな表情で振り返る。海老原も立ち停まった。

「ああいや、何でもないです。先に行ってください。すぐ追いかけます」

　そう言うと西宮は、中村の肩を抱くようにして、耳に口を近づけてきた。煙草呑みに特有のヤニの匂いがした。

「すみませんな、昨夜せっかくご連絡いただいたのに」

　中村の耳もとでそうささやいた。中村が口を開こうとすると、それを遮ってさらに言う。

「いや、川島警視には中村さんのお話を伝えようと思っていたんですが、忙しさにかまけてしまって、なんとなく言いそびれましてねえ」

　中村が無言でいると、西宮はさらに言った。

「それでまあ昨夜のことは、中村さんの胸の内にでもしまっておいてもらえたらと……」

　なるほど、と中村は思った。この刑事にとって一番大切なものは、どうやら保身のようであった。

「ああ解りました。そんなことより現場へ、ご案内願えませんかな」

　中村がそう応えると、西宮は安心したような顔になり、いつもの無表情に戻って歩きはじめた。

　川に近づくと異臭が鼻をつくようになった。人が焼かれた際に特有の匂いである。焼死体も少なからず見てきた中村だが、馴れることはない。中村はわずかに顔をしかめながら歩く。

　船は岸近くの水面に浮かんでいた。全体が黒く焦げ、煤けている。消火作業は終わったらしく、火はもう消えていた。しかし白い煙が、今も薄暗い空に立ち昇っている。船はもやいに繋がれているわけではなかったが、揺れるだけでほとんど動かない。

　川はこのあたりで「く」の字に曲がり、浸食作用で岸が削られ、船が浮かぶそこだけ、小さな池のようになっていた。だから流れはまったくといってよいほどなく、水面は静かだ。澱んだ水面には点々とペットボトルが浮かび、川岸には弁当の空き容器や花火の燃え残り、あるいは錆びた空き缶などが流れ着いていた。川に投げ捨てたごみは、消え去るわけではなく、こうして必ずどこかに集まっている。

　中村は、岸から身を乗り出すようにして船の中を覗いた。老年と思われる男の遺体を見る。そしてたちまち顔をそむけることになった。それは、これまでに見たどの死体よりもむごいものだった。黄水が湧きあがってくるような感覚を覚えて、中村は唾液を呑んだ。そして再び死体に目を向ける。

　男は船のほぼ中央で、仰向けに横たわっていた。全身が真黒く焦げている。燃え尽きてしまったのか、あるいはもともと生えていないのか、頭髪がまったくない。陣内同様眼球はすっかり溶けてしまい、目のあたりには、ふたつの黒い穴が不気味に口を開けているばかりだ。死線時の苦悶を示すように、どす黒く変色した唇はおかしなかたちにまくれあがり、隙間からは噛みしめた前歯が見えている。そしてこれも、黒く煤けている。

　着衣はほとんど残っていない。燃えてしまったようだ。だから死体は裸だが、肌は感じられない。真っ黒に焦げているからだ。腹の上には、黒い蛇がとぐろを巻くようにして、何かが載っている。凝視すれば、それはどうやら腸だ。腹から引きずり出された腸が、これも真っ黒に焦げ、死体の上に乗っているのだった。よくよく見れば、腹部の脇が、長さ十五センチほど切り裂かれている。顔をしかめずにはいられない眺めだった。

　下半身に目をやれば、これもひどい。死体は両足ともに、膝頭のすぐ上の部分で切断されているのだ。切断された二本の足は、胴体と同じく黒焦げだった。脇腹を斬る時に使ったものか、死体の脇には一本の包丁があって、これも黒く煤けていた。

「川からたち昇る煙に気づいた新聞配達員が、通報してきたんです。最初は、浮浪者が焚き火でもしているのかと思ったらしいんですが、このあたりの河原には、そう人は立ち入りませんし、おかしな匂いもするので、自転車を停めて川を覗き込んだんだそうです。それで燃えている船を見つけたと言います」

　近くに立つ係官が言った。

「それにしても全身、よく燃えていますな」

「船にガソリンをかけて、火をつけたようです」

　陣内恭蔵の時と同じ手口だった。中村は黙って頷いた。

「身元は？」

　川島が口を開く。

「なにしろこのありさまです。すぐに判明はしませんよ」

　西宮が応える。

「所持品の類は？」

「目だったものはないですな。ああそういえば、ホトケは左手の薬指に指輪を嵌《は》めていました。結婚指輪でしょうなあ。ごくありふれたものではありますが、ご覧になりますか？」

　川島が頷くと、西宮は係員の一人に目配せをした。係員は指輪の入ったヴィニール袋を川島にさしだす。川島は手袋を填め、袋の中から指輪をつまみ出すと、少しの間それを眺めた。それから、ゆっくりと中村に手渡してきた。中村はもう手袋を填めていたので、そのまま受け取り、寄ってきた海老原にも見えるよう、ようやく明けはじめた空にかざして指輪を眺める。

なるほど西宮が言うように、既婚男性の薬指によく見かけるタイプのものだった。十八金だろうか。焼死体の指に嵌っていたものだから、全体に黒く煤けている。宝石の類は付いておらず、派手な装飾も施されてはいない。中村はリングの裏側をひと通り見た。イニシァルの刻印もなかった。

「死因は？」

指輪を係員に返しながら中村が訊くと、西宮は薄ら笑いを浮かべながら首を横に振る。

「それもまだです。死亡推定時刻の絞り込みも、これからです。まあじきに解るとは思いますが。それにしてもデカなんていうのは、まったく因果な商売ですな。これじゃ、飯が食いたくなくなる……」

「長澤家へは？」

愚痴りかける西宮には取り合わず、中村は川島に向かって訊いた。これまでの経緯や、死体が老年の男性であることを考えれば、これが長澤和摩である可能性は高い。そのため、和摩が在宅しているかどうかを早急に確認したい気分が湧く。

「そうですな、すぐに係官をやります。いつもありがとうございます」

川島が頭を下げ、中村は顔の前に手をあげ、首を横に振った。

「私たちは、しばらくここに残って検証を続けますが、中村さんたちはどうされます？」

このまま現場にいても、やることはあまりなさそうだった。それよりも早く想流亭へ行き、秋島の部屋を見たい。川島にそう告げると、彼は頷いた。

「では、死因や死亡推定時刻などが解りましたらご連絡します。ああそれから、今朝見つかった二つの遺体も、検死を終えたら本庁の霊安室へ送ることになると思います」

頷くと、中村は歩きはじめた。海老原も黙ってついてくる。

4

想流亭へ向かう途中で夜が明けた。見あげれば、昨夜来の強い風が秩父盆地の上空から雲を吹き払ったようで、空はよく晴れていた。寝不足の目には痛いほどの青空が、徐々に広がりはじめる。

想流亭へ着き、ガラス扉を開けると、いつものようにカウンターには三井きよの姿があった。秋島重治が死体で発見されたことを知った大野ときよは、警察官の来訪にそなえ、中村たちと別れてすぐに想流亭へ戻ったという。

「それで大野さんは今どちらに？」

中村はきよに訊く。

「はい。少し前に警察の方がお見えになりまして、秋島さんの部屋をご覧になりたいとおっしゃるものですから、その立会いで、今は客室に行っています」

「ああそうですか」

言って中村は、客間の方へ歩きはじめた。海老原も続いてくる。廊下に出てみると、突きあたりに近い客室のドアが開け放たれ、暗い通路にそこだけ陽が射している。秋島が泊まっていた「藤袴の間」だろう。

「お前さんが椅子を持ちだしてすわっていたのはどの辺だい？」

歩きながら、中村は海老原に訊いた。

「秋島さんが泊まっていた部屋の、十メートルぐらい手前です。だから、ちょうど『なでしこの間』の前あたりです」

廊下の先を指さしながら、海老原が応える。こういった木造の和風旅館の多くは、それほど防音性に優れてはいない。秋島の部屋で、争う声や大きな物音がすれば、海老原はまず気づくはずである。そんなことを考えながら、中村は隣を歩く海老原を見た。目の下から頬にかけて、疲労の色が濃い。ほとんど寝ていないのであろう。

「昨夜は疲れただろう？　すまなかったね」

中村が言うと、海老原は照れたように小さく首を横に振った。

秋島が泊まっていた「藤袴の間」の前まで行くと、部屋の中には二人の警察官がいた。大野の姿も見える。

警察官の一人がすぐこちらに気づき、顔を向けた。昨日浅見喬の死体発見現場までパトカーで送ってくれた、堀川巡査長だった。

「これは中村殿、朝早くからお疲れ様です」

堀川は直立不動の姿勢をとり、敬礼をしながら言った。その言葉に、ほかの二人も中村たちの方を向く。

「あんまり気を遣わんでください、私たちは管轄外の事件に首を突っ込んでいるだけの部外者です」

中村が言うと、

「そういうわけにはまいりません」

と堀川は、生真面目な表情のままで応える。

「部屋の中には、何か異常はありましたかな」

中村は話題を変えた。

「特にはありませんです。はい」

中村は頷き、上がり口に踏み込んだ。すると脇に、たたんだ車椅子が置かれているのが見えた。そこから室内を見渡すと、室内はきれいに片づいているふうだった。部屋の造りは、浅見喬が泊まっていた「なでしこの間」とまったく同じである。客間の片隅には三つ折りにされた敷き布団が置かれ、その上には掛け布団、シーツ、枕が整然と載っている。座卓の上には湯飲みのセットや、テレビのリモコンが、これもきれいに並んでいた。秋島は几帳面な性格であったらしい。

「争った形跡もなさそうですな」

中村の言葉に、堀川が大きく頷く。靴を脱いで部屋にあがった中村は、手袋を填めながら突きあたりまで行き、障子を開けた。四枚ある窓はすべて閉まっている。施錠もされていた。それを見た中村は、ちょっと首をひねる。

「窓に施錠したのはどなたですかな?」

誰にともなく、中村は訊いた。昨夜から今朝未明まで、廊下にはずっと海老原がいて、この部屋を見張っていた。海老原は、秋島は部屋を出ていないと断言している。これは信用できるであろう。すると秋島は、この窓のどれかを開け、ヴェランダを使って室外へ出たはずである。「おみなえしの間」と納戸にはさまれたこの部屋には、ほかに出入り口はいっさいない。そうなると窓のロックは、どこかが解除されたままになっていなくてはおかしい。

「障子の向こうには、まだ誰も立ち入ってはいません」

堀川が応え、

「何だって!?」

と中村は、思わず大声になった。堀川が目を丸くする。海老原が廊下にいたことを知らない堀川にすれば、窓の施錠の有無は、それほどの意味を持たない。

「大野さん、あなたが窓に鍵を?」

中村は、部屋の隅に立つ大野に声をかけた。

「え、いいえ。そんなことは……。私、警察官の方が来るまで、この部屋には入っていません」

顔の前で手を振りながら、当惑したような表情で大野は言う。中村は窓に顔を寄せ、ふたつのクレセント錠を観察する。鍵やその周りに、細工されたような痕跡はいっさいない。窓を揺すってみる。錠でしっかりと固定され、まったくといっていいほどに動かない。そこまで確かめた中村は、堀川に礼を言って部屋を後にした。

「昨夜秋島さんと話をしたのは、何時頃だい?」

ロビーに戻って窓際の席を占めると、中村は海老原に訊いた。

「十時半、ちょっとすぎです」

「確か、最初にロビーに行って、椅子を借りてきたんだったよな?」

「はい。カウンターには大野さんと英信がいて、ちょっと事情を話して椅子を借りて、すぐに廊下に戻りました」

「秋島の部屋を訪ねたのは、その後だよな？」

「そうです」

中村の言葉に、海老原はしっかりと頷いた。

「訪ねると秋島がいて、少し話をした、そうだよな？」

「そうです……。なんだか尋問を受けているようだなあ」

「まあそう言わずに、ちょっとつき合えよ。ここ、大事なところなんだ。さて、秋島と別れたお前さんは、そのまま廊下に持ちだした椅子にすわった。そうだな？」

「はい」

「そして岩畳の現場へ行くまで、ずっとすわっていた。間違いないな？」

「はい、間違いないです」

「岩畳の現場へ行こうとして、ここを出たのは何時頃だい？」

「ええと……、確か午前四時五十分頃だと思います」

中村がポケットベルで起こされた時刻である。だからその時間には、秋島はもう死体で発見されている。

「こう言っちゃあなんだが、お前さんがうとうとしている隙に、秋島がそっと外に出たということは？」

「さっきも言いましたけど、深い眠りに落ちたことは一度もなかったので、誰かが廊下を通れば必ず気がつきます」

「途中廊下を離れたことは？」

「一度もありません。あ、そうか！」

言って海老原が顔をあげた。

「秋島さんは、どこから外へ出たのでしょうね」

徹夜がこたえ、思考力がにぶっているのか、海老原はようやくそのことに気づいたようだった。

「そうなんだよ。出入り口はお前さんがずっと見張り、室内の窓にはすべて内側から錠前がかかっていた。さっき見たが、窓のクレセント錠に細工の跡はまったくない。こんな推理小説まがいの言葉、あんまり使いたくはねえが、つまり秋島は、密室状態の客室から姿を消し、岩畳の上で死体となって見つかったってわけだよ」

しかし、と中村は首をひねる。これがもしも犯人の小細工であるとしたら、何故秋島の部屋を密室にしたのかが解らない。実際の犯罪捜査でも、犯人が小細工を弄して部屋を密室に見せるということが稀にはある。しかしそれは他殺を自殺に思わせるとか、死体の発見を遅らせたい時などだ。今回はそのどちらにもあてはまらない。秋島の死体は野外で見つかっているのだ。その秋島の部屋を密室にしたところで意味はない。

「虚ろな密室だな……」

中村がぼそりと呟き、海老原がえ？　と訊き返した。

「ああいや何でもない。ところで岩畳の現場で会った時、大野さんたちと一緒だったよな」

「そうですよ」

「どこで会ったんだい？」

「ぼくが廊下の椅子にすわっていたら、ものすごいサイレンの音が聞こえてきたんです。それでどうしようかと思っているうちに、大野さんがやってきました。大野さん、大きな音に飛び起きたんだそうです」

「それで？」

中村が訊いた。

「はい。大野さんと廊下で少し話をして、二人で外へ出ました。現場に行ってみようということになったんです」

「きよさんとはどこで？」

「岩畳へ行く途中で会いました。きよさんもサイレンの音に目を覚まして、家を飛び出したそうです。その後は中村さんに声をかけられるまで、三人一緒でした」

「なるほど」

そこまで訊くと中村は、海老原との会話をいったんきりあげ、今度はきよに、石段の近くで中村たちと別れたあとのことを質問した。きよと大野の二人は、すぐに想流亭に戻ると、警察官が訪ねてくるまでの間、ずっと事務所にいたという。その間、どちらかが席をはずしたことはなかったそうだ。

話が終わると、きよはコーヒーを淹れてくれた。しばらくの間、中村たちは黙って熱いコーヒーをすする。そうしていると、少しばかり疲れがとれたような心地がした。

「さて、俺はこれから長澤の家を訪ねるつもりだ。そのあとは岩畳や、焼死体が見つかったあたりを中心に聞き込みをする。この町の地理にもだいぶ馴れたし、たまには一人歩きもいい。だからお前さん、少し休んだらどうだい？ 眠いだろう？」

中村が言うと、海老原はすぐに顔の前で手をひらひらと振った。

「ひと晩やふた晩の徹夜ぐらいへっちゃらですよ。中村さんと違ってまだ若いですから」

「おやそうかい」

言って、中村は苦笑した。ゆっくり立ちあがり、

「そいじゃあ行こうか」

と言った。きよにコーヒーの礼を言い、想流亭の少し重いガラス戸を右手で押し開けた。また、長い一日になりそうだった。

外に出てみると、風はだいぶおさまっている。空を見ればやはり雲はない。この分なら、小春日和になることも期待できる。そうなれば、聞き込みも少しは楽だ。そんなことを思いながら、中村たちは長澤家へと向かった。想流亭の前を右へ曲がり、先の路地を左に折れる。国道を少し歩いて左に入ると、けやきの大木が見えてくる。長澤家の隣りに立つ、

社の神木である。この道はもう、すっかり憶えた。

　着いてみれば、長澤家は相変わらずカーテンに閉ざされていた。中村は玄関のガラス戸を叩き、そのままましばらく待ってみた。しかし、応答はなかった。玄関の上の電気メーターに目をやると、回っていない。やはりあの焼死体は長澤和摩のもので、娘の汐織は、身元確認のために秩父署に呼ばれたのかもしれない。それとも二人でどこかへ出かけたものか。そうならよいのだが。念のため、家のぐるりを巡ってみたが、やはり内部に人の気配は感じられない。

　国道に戻った中村たちは、快晴の空の下を北へと向かう。五、六分も歩くと、左手に大きな鳥居が見えてきた。長瀞駅前に出たのだ。鳥居のところには信号機があり、中村はそこでいったん立ち停まる。国道の向こうに長瀞駅が見えた。歩行者用の信号は赤だったので、中村は押しボタンを押して、後ろを振り返った。鳥居の向こう側はこれも参道になっている。参道の奥には小さな山があった。


「ほど山ですよ」

　海老原が言った。

「宝に登る山と書きます。確か標高は、四百九十七メートルです。山頂付近には梅園やつつじ園、それに小さな動物園もあって、麓《ふもと》からはロープウェイも出ていますので、夏場は家族連れなんかでけっこうにぎわうそうですよ」

「よく知っているんだな」

「はい」

「宝登山か」

　なかなか縁起のよさそうな名前である。海老原が続けて言う。

「そうそう、宝登山には面白い伝説がありましてね。今から千九百年ほど前、日本武尊《やまとたけるのみこと》が東北地方を平定する際、あの山に立ち寄ったのだそうです。ところがそれを知った賊が山に火をつけて、日本武尊は窮地に追い込まれた。すると何頭もの山犬が突然どこからか現れ、日本武尊を救うために、みなで火を消したといいます。だから昔は、火を止める山と書いて火止山と呼ばれていたらしいですね」

「えらい詳しいな」

「英信に聞いたんですよ。あいつはこの手の話が大好きですから。そういえばあの山の麓の神社には、日本武尊が体を清めたといわれる井戸もあるようですね」

いずれ妻を誘ってあがってみようか。海老原の話を聞きながら、中村はそんなことを思っていた。標高五百メートル足らずの山なら、時間さえかければ妻にも登れるだろう。むずかしければ、ロープウェイに乗るのも悪くはない。たぶん眺めもいいだろう。

顔をあげると、信号はもう青になっている。さらに軽く左右を確認し、国道を渡った中村たちは、参道をまっすぐに進んだ。河原へ続く石段の近くまで行くと、立ち入り禁止はまだ解除されていなかった。野次馬に向き合うように、二人の警察官が立っている。こんな状態では商売にならないのか、付近の商店主たちもほとんどが店の前に立ち、河原の方を眺めていた。そんな参道の一軒一軒を、中村たちは訪ね歩く。

こうした商店街の聞き込みは楽である。不在ということがまずないからだ。ただ店主の中には話し好きの者も多く、気をつけないと時間ばかりをとられる。この町の店主たちもそうで、どうかするとこっちが質問攻めにあう。それらをうまくかわし、聞き込みを続ける。

そんな調子で、駅から石段までの三百メートルほどの参道をひと通りやってみたが、有力と思われる情報には行きあたらなかった。昨夜は風が強く、風の音に消されたのか、不審なもの音を聞いたという者もない。

参道の中途に、南へ折れる道があった。中村たちは、そっちへ行くことにした。参道を出て、幅三メートルほどのその道に入ると、とたんに建物がなくなった。左手は林で、少し先には、荒川のものなのか、かすかなせせらぎが聞こえた。道の右側はというと、果物畑や駐車場ばかりである。道の先にはいくつか旅館が見え、中村たちはそこを目指す。

三軒ほどの旅館を訪ねたが、どこも宿泊客はほとんどいないようだ。そんな状態だから、従業員も仕事を終えると早々に自宅へ帰ったらしく、ここでもこれといった話には行きあたらない。

次は焼死体が見つかった現場付近の聞き込みである。しかしあの周辺には、あまり民家はなかった。だから金石水管橋を渡り、対岸側へ出ようと中村は考えていた。新聞配達員が、川からたち昇る煙を見つけたあたりだ。

そんなことを海老原に話しながら参道に向かっていると、中村のポケットベルが鳴った。見ると秩父署からだ。焼死体の身元でも判明したのか。それとも新たにまた何かが起きたか。足を速め、中村は参道へと急ぐ。土産物屋の軒先には公衆電話が置かれていたはずだ。参道に戻り、左右を見廻した。すると斜め向かいの、間口の広い土産物屋の店頭に電話があった。道を横切った中村は、公衆電話の受話器を取りあげ、秩父署にダイヤルする。すると、すぐに川島に繋がった。

「中村です。何かありましたかな？」

「ああいや、先ほどの焼死体なんですが、身元が判明しました。やはり長澤和摩さんでした」

「ふうむ……」

なかば予想していたとはいえ、やはりこの言葉は苦いものだった。藤堂菊一郎、陣内恭蔵、浅見喬、秋島重治、長澤和摩。これで今年集まった戦友慰霊会の会員と元会員は、全員が死んでしまったことになる。そして五つの死体には、すべてに奇妙な細工がなされている。これは見立てか、そうなら五人はいったい何に見立てて殺されたのであろう。漢詩見立てが間違いだと解った今、まだそのヒントさえ掴めていない。むなしさと苛立ちが、中村を苦しめる。

「断定の理由なんですが……」

川島の言葉に、中村はわれに返る。

「まず指輪です。これ、娘の汐織さんに確認してもらいました。和摩さんのものに間違いないとのことです」

「そうか」

やはり汐織は、秩父署に行っていたのだ。

「それと歯なんですが、汐織さんによりますと、和摩さんは七年ほど前、左下の奥歯二本と右下の奥歯一本を、部分入れ歯にしたそうなんです。これもうカルテは残っていませんでしたが、焼死体の歯を調べたところ、汐織さんの証言通りの特徴が見られました」

「それ以外に、通院や入院は?」

和摩は、五年前に体を悪くしたと言っていた。そのため慰霊会も脱退したのだ。長瀞町に越してから、毎年出席していたのにもかかわらずだ。であればその時期、医者にかかっているはずだ。

「ないそうです」

「ない?」

「はい」

川島が応え、中村は首をひねった。六十代後半の、しかも五年前から体を悪くしている男が、歯医者以外、入院も通院もしていないというのか。

「まったくですか?」

「はい。汐織さんはそう言っています。私も念を押しましたが……」

中村は、黙ったまましばらく考え込んだ。

「もうひとつありまして」

先をうながすために中村が沈黙したと思ったのか、受話器の向こうで川島は言う。

「和摩さんと断定した理由ですな」

「はい。中村さんもご承知と思いますが、日中戦争当時、和摩さんは大陸に渡っておりまして、そこで左手に怪我をしたんだそうです」

「左手にですか?」

和摩が大陸に渡っていたのは浅見から聞いて知っていた。しかし怪我の話は初耳だった。思えば、和摩とまともに話したことは一度もないのだ。娘の汐織も、中村の前ではいたって無口だった。

「はい。手榴弾の破片が顔の前に飛んできて、それをこう左手で防ごうとしたらしいです。そのために、破片のいくつかが手に食い込んで、小指がちぎれかかってしまったらしい。まあ幸いすぐに手当てを受けることができて、大事にはいたらなかったらしいですが、ただ、爪がですね……」

「爪が?」

「はい。それ以来、左手の小指には爪が生えなくなったそうなんです」

「ふうん」

そういう話を聞いたことがある。

「汐織さんからその話を聞いて、すぐに焼死体を調べたところが、確かに左手小指には爪がありませんでした」

「燃えてしまったのでは?」

念のため、中村は訊いた。

「ほかの指の爪はすべて残っているんです。だからそれはちょっと考えられません。無理に剥いだような跡もありませんでしたし」

「なるほど」

「以上三点の理由で、今朝船の中で見つかった焼死体は、長澤和摩と断定しました。それで汐織さん、今署に来ているんですが、もし何かお尋ねになりたいことがあるようでしたら、引きとめておきますが。どうされます?」

「では是非お願いします」

強い口調で中村は言った。本当に和摩は七年もの間病院へ行っていないのか、そのあたりを汐織に訊きたかった。

「解りました。ではすぐパトカーをそちらに廻しましょう。今どちらに?」

「岩畳近くの参道です」

「解りました。少々お待ちください」

「参道でなく、長瀞駅前にしましょうか」

参道にパトカーが入ってきては大袈裟になる。

「解りました。あと、和摩の死亡推定時刻や死因も判明しましたので、ではこれはのちほど、お会いしてから、ご説明しましょう」

「お願いします、大変助かります」

「とんでもない！　それはこちらのセリフですよ。ああ、そうだ。長澤と秋島の遺体も、やはり解剖はせず、そのまま本庁へ送ることになりました」

「そうですか」

中村は言った。川島は、もうすっかりいつもの元気を取り戻していた。中村は受話器を置き、海老原をうながして、駅に向かって歩きはじめる。

5

秩父署にはすぐに着いた。三階の捜査本部へ行くと、川島秀仁は先日と同じように正面奥のデスクにいた。出かけたのか、隣りに西宮の姿はない。中村たちを認めた川島は、すぐ立ちあがり、手で示しながら窓際の席にと向かって歩きはじめる。それで、中村たちもそちらへ向かった。

「参道では聞き込みを？」

席の前で落ち合うと、川島がそう訊いてくる。中村は軽く頷く。

「寒かったでしょう、お疲れ様です。さあどうぞ、おすわりください。今、熱いコーヒーを用意させます。インスタントですが……」

川島は近くにすわる若い係員に、コーヒーを淹れるようにと頼んだ。

「ああ、お気遣いなく。風もおさまって、天気もよかったですからな、楽でした。汐織さんは？」

「二階の応接間で待ってもらってます。お会いになる前に、長澤和摩の検死結果をご報告しましょうか？」

　川島が言ったので、中村は頷く。

「ご存知の通り、死体の損傷がひどいものでね、検死にも時間がかかりました。はっきりしていない部分も多少あります。まず死因ですが、腹部脇が十五センチほど切り裂かれていました。これにともなう出血多量が直接の死因で、外傷性の失血死です。また傷口の様子から、腹部は包丁様のもので斬られたと思われます」

「そうすると……？」

「はい。長澤は、死んだ後に燃やされております」

　陣内恭蔵の時と同じだった。陣内も殺されてから岩の上に運ばれ、そこで火をつけられた。犯人は、死体を燃やすことに意味を感じているのか。そんなことを考えていると、コーヒーが運ばれてきた。中村は礼を言い、さっそくひと口する。

「死亡推定時刻は本日未明、午前二時すぎから三時半の間です」

「ずいぶん絞れましたな」

「はい」

「秋島の死亡推定時刻は、確か午前一時から二時でしたな？」

「そうです。長澤は、秋島より後に死んだということになります。ああ、秋島といえば、死体の腿にはさまっていたとらばさみは、想流亭の納屋に置かれていたものと解りました。昔はあのあたり、狐が出ては悪さをしたんだそうです。最近は使う機会もないと、大野さんが言っていました」

「では一般の者はなかなか知らんでしょう」

「はい。とらばさみが納屋の中にあることを知っていたのは、ま、想流亭の従業員だけと考えていいでしょうな」

「ふむ。そういえば藤堂菊一郎の顔に塗られていたペンキも、ここの納屋から持ち出されたものでしたな」

　コーヒーを飲みながら中村が言う。

「そうです。それと秋島が着ていた警察官の制服ですが、これは本物で……」

「本物？」

「はい。長瀞駅近くの、想流亭へ行く道の途中の派出所から盗まれたものだと解りました。普段は刑事事件と無縁の田舎町ですのでねぇ、派出所勤務の者たち、どうやらすっかり油断しきっていたようで。手帳や短銃は肌身離さず携帯しておるんですが、まさか制服を盗まれるとは思わなかったと、反省しきりに言っておりました」

「ふうん、盗まれたのはいつです？」

「本日の午前零時から午前四時の間です」

「ほかに盗まれたものは？」

「ありません」

「盗人の指紋なんぞは？」

　念のためにそう訊くと、川島は首を横に振った。

「駄目です」

　ほかに新しい情報はなかったので、中村たちはもうそれで席を立ち、二階の応接室へと向かった。父の死に遭遇し、痛手を受けている娘をあまり待たせるのも悪いと思ったのだ。

　川島がノックをして応接室のドアを開けると、汐織はソファの一番端に悄然と腰を降ろしていた。中村たちを認めると、すぐに立ちあがる。

「どうもこのたびは、ご愁傷様です」

　中村は汐織に向かってそう言い、まずは深く頭をさげた。川島と海老原もそれにならう。汐織もまた、深々とお辞儀を返した。すると漆黒の髪がぱさと揺れ、前方に落ちた。

「お父様がお亡くなりになって、さぞお力落としとは思いますが、いくつかお尋ねしたいことがあります。ご協力願えますかな」

　汐織は小さく頷く。

「ま、おすわりください」

中村が言い、汐織は再び頷いて、ソファに浅く腰を降ろす。中村は、汐織の正面にすわった。見ると、汐織の目の下には涙の跡がある。目も赤く、どこかうつろな瞳が、彼女の内面を悟った。

「さてと、昨夜、和摩さんはどうされていました」

「夜の七時頃に二人で夕食をとりました。その後少しテレビを見て、入浴をして……、九時すぎにはもう、床に就いたようです」

「お父様、その時何か変わった様子はありましたかな？」

「いいえ、特には……。ただお風呂に入っている時間が、いつもより少し長いかなとは思いました」

俯きがちの姿勢で、汐織は応える。

「ふむ。それであなたは？」

「え？」

「あなたはその時、どうされていましたか？」

「夕食のあと片づけをして、そうしているとお風呂が空いたので、入浴しました」

「ふむ、そのあとは？」

「三十分ほど音楽を聴いて、寝ました」

「何時頃です？」

「十一時頃……、だと思います」

「夜中に、何かもの音を聞いたりは、しませんでしたか？」

汐織は黙って首を横に振る。

「何も聞いていない？」

「はい、特には……」

「目が覚めるようなことは何も？」

「はい。朝六時半に起きるまで、一度も目を覚ますことはなかったです」

するとと和摩は、娘に気づかれないように、自分からそっと家を出たという話になるのか。犯人が強引に連れ出したということではない。あの狭い家だ、争えば娘が気づく。薬か何かで昏睡させて運び出したとしても、汐織が気づかないはずはない。

「それで、朝起きたらお父さんがいなかったんですな？」

「はい。いつも私より早くに起きている人ですから、おかしいなと思って、部屋に行きました。そうしたら父がいなくて……」

汐織の唇が震える。下の瞼に涙が盛りあがった。

「その時お父さんの部屋の様子、どうでしたかな？」

「いつもと変わらないように思えました。布団もきちんと畳んでありましたし……」

「誰かと争ったような形跡はなかった？」

「ないです」

「それで、その後は？」

「滅多に外出しない父がいなくなったので、とても心配になりました。探しにいこうかと、そう思っていたら警察から電話が……」

テーブルに、涙がひと粒落ちた。俯く姿勢でいたからだ。汐織は、あわててハンカチを取り出し、それを拭った。それから、ハンカチを目もとにあてた。

細い肩が、小刻みに震え続けている。独りぼっちになり、これからどうしていいのか解らないと言っているようなその様子を見て、中村は少しの間質問を控えた。

少し落ち着いてきたふうなので、中村は再び口を開く。

「前にもお訊きしましたが……」

「はい」

娘は鼻声で応える。

「和摩さんは、五年前に慰霊会を脱退されたのでしたな？」

「はいそうです。体調をくずすことが多くなりましたので……」

「外出するのがおっくうになったと？」

すると汐織は頷いた。

「しかし和摩さんはその頃、入院も通院もしていない。その頃だけではない。七年前、お父さんは歯医者に通院して、いくつか歯を部分入れ歯にされましたな？」

「はい」

「しかしそれ以降、医者には一度もかかっていない。六十をすぎているのにです。そして、外に出るのか嫌になるほど体調が悪かったというのですね？　これ、少し妙ではありませんかな」

言って中村は、じっと汐織を見つめた。汐織は視線を床に落とした。気まずい沈黙が座を包んだ。

「どうです？」

中村はさらに尋ねた。しかし汐織は、俯いたきり、口を開こうとはしない。しばらく待ち、中村はあきらめた。

「まあいいでしょう。ところで和摩さんの脱会理由なんですが、体を悪くされたという以外に、何かありませんでしたかな？　たとえば会員の誰それと不仲になったとか、言い争いでもして、会に出るのが嫌になったとか」

「そんなことはありません」

顔をあげた汐織は、この質問ははっきりとした口調で否定した。

「みなさん、優しくていい方ばかりですから」

「いい人ばかりね……」

中村は、少し皮肉を言いたいような心地がした。

「しかし脱会後の和摩さんは、慰霊会の人たちが訪ねていってもいっさい会おうとはしなかった。何故かね？」

「それは……」

汐織は再び俯くと、また黙り込んでしまった。この娘は何かを隠している、中村は確信する。

中村たちが訪ねたおり、玄関先に出た汐織も和摩も、自分を土間にさえ入れようとしなかった。家の中に、何か見られてはまずいものがあるのかもしれない。

「どうして長瀞町に？」

突然海老原が口を開いた。そうして、笑みを浮かべながら汐織を見つめている。汐織は控えめな視線を海老原に向け、わずかに首をかしげた。その様子に、海老原はさらに問う。

「越してきたのですか？　前は神奈川の方に住まわれていたと聞きましたが」

「その頃は私、まだ小さかったので、事情はよく解りません。引っ越したのは母が亡くなって間もなくなので、あるいは母と暮らした家にいるのが、父は辛くなったのかもしれません」

そういう汐織の説明に、海老原は黙って頷いた。

汐織は沈黙し、もうほかに聞くことはなかった。和摩の通院や入院については、何度訊き返しても結果は同じだろう。従順でおとなしいと思っていた汐織だが、なかなか手強わい。丁重に礼を述べ、中村は立った。海老原も続く。すると汐織が言った。

「もう帰っても？」

「ああどうぞ」

中村は言った。それで汐織も立ちあがった。四人で廊下に出た。

川島は汐織に帰り道を教え、急いで中村たちのところに戻ってきた。

「これからどうされます？」

川島が言った。しばらく廊下に立って話した。

「陽のあるうちは聞き込みを続けます。そのあとは……、そうですな、少し事件のことを考えてみます。何故戦友慰霊会の関係者ばかりが死んだのか、死体に施された奇妙な細工は何を意味しているのか。まだ解らないことばかりだ」

すると川島は頷く。

「ご協力、本当にありがとうございます。何か解りましたら、またすぐに連絡しますんで」

川島は言って、何度も頭を下げる。それから三人で秩父署の玄関に向かった。

歩きながら中村は、昨夜から今朝にかけて、秋島重治の部屋が一種の密室になっていたことを話した。密室という言い方は妙かもしれない。施錠された、無人の空き箱になっていたのだ。

川島は、興味深げに中村の話を聞いていた。川島とは、秩父署の玄関前で別れた。

6

秩父署を出た中村は、そのまま長瀞町に戻ろうとして、ふいに昨日のことを思い出した。秩父図書館の中里館長は、秩父市民でもない自分に、独断で本を貸してくれた。この誠意に応えるため、早めに本を返した方がよかろうと考えたのだ。

妻の実家までは歩いて十分ほどだった。横にいる海老原にその旨話すと、ではつき合うという。そこで中村たちは、秩父駅の方に向かって歩きだした。妻の実家は駅から見て、秩父署とは反対の方角にあった。

道すがら、妻が臥《ふ》せっていることを海老原に話すと、彼は心配そうな表情を浮かべ、今日はそのまま帰られた方がいいのでは、と言ってくれたが、中村は首を横に振った。いい加減焦りを感じていたのだ。小さく平和な田舎町で、奇妙で、しかも残酷な死体が次々に五つも見つかった。ところが未だに犯人の目星どころか、その背景や動機らしきものさえ解っていない。こんな時は、とにかく動いてものを考えたかった。じっとしている気になれない。

実家に着くと、病気の妻に気遣ったのか、海老原は玄関の外で待つと言う。それで中村は、一人で家の中に入り、部屋に戻った。妻は目を覚ましていた。すっかり熱も下がり、自分はもう起きたかったのだが、今日一日は寝ているように母から言われ、しかたなく布団の中にいると言い、笑った。ほっとした中村は、手短かにこれまでの状況を話し、昨日図書館で借りた本を返してくると言って、部屋を後にした。

家の外に出てあたりを見廻すと、海老原は少し先の陽だまりの中に立っていた。待たせたことを詫びると、海老原は顔の前でひらひらと手を振り、気にしないでくださいと言った。

図書館はそこから一キロほど南にある。中村たちは肩を並べ、江戸の昔には絹商人の往来でにぎわったという旧秩父往還を行く。この道はかつて、秩父と甲州を結んでいた。江戸の面影を残す秩父の町並みを、海老原は興味深げに眺めて歩く。中村は途中で書店に寄り、長瀞町の一枚地図を買った。

図書館へ着いてガラス戸を開け、カウンターの係員に事情を話すと館長に取り継いでくれ、中里館長はすぐに降りてきた。中村は丁重に昨日の礼を述べ、借りていた本を中里に手渡した。

「そんなに急いでいただかなくてもよかったですのに」

と中里は言った。昨日同様、紳士的で穏やかな態度だった。

「いえ、ちょうど近くを通りかかったものですから」

そう中村が言うと、

「そうですか。お早いご返却、ありがとうございました。事件、大変なのですか？」

館長は問う。

「はい……、何か？」

中村も問い返すと、

「いやお二人とも、ずいぶんお疲れのご様子だから」

中村と海老原は、それで互いに顔を見合わせた。海老原は、確かに寝不足という顔をしている。

「ご心配をかけます。私のような仕事、大きな事件にぶつかりますと、どうしても生活が不規則になりがちでしてね」

中村は言った。

「ご苦労様です。例の長瀞町の事件ですか？」

館長は言い、中村は黙って頷く。

「何でも、五人もの方が亡くなられたとか」

中村はまた無言で頷いた。警察官として、屈辱を感じた。五人もの連続殺人、しかし捜査に目立った進展はない。館長はため息をつく。

「大変なお仕事ですね。私などには何もできませんが、まあどうかお体、ご自愛下さい」

「ありがとうございます、ではこれで」

中村は頭を下げ、踵を返して出口に向かう。

「ああそうだ。中村さん」

ガラス戸を開けたところで、中里に呼びとめられた。中村と海老原は、同時に振り返った。

「せっかくいらしたのですから、新聞をご覧になってはいかがでしょう」

図書館長は言う。

「新聞？　ああいや、そんな時間は……」

中村は言った。

「地方版です。もしかしたら、刑事さんたちのご興味をひくような記事があるかもと思いまして。こちらの地方版、なかなか変わった記事が出ていることあります。ひょっとして何かのヒントが……。いや、これは差し出がましいことを申し上げたかな」

中里の言葉に、中村は少しの間考えた。今回の事件は衝動的なものではなく、よく練った計画のもとに行われている。この点は間違いない。ということは、犯人は周到な準備をしているということだ。それは、この土地をよく知っているということではないのか。舟、鎖、青龍刀、こんな奇妙な道具だては、この地域と何らかの関係があるものかもしれない。

「確かにそうですな。いや、これはよい助言をいただいた。ではちょっと調べてみましょう」

「それはよかった」

中里は穏やかな笑みを浮かべ、

「じゃ、新聞は三階です」

と言って、先にたった。

秩父図書館は、一階には児童書が置かれ、二階は一般向けの開架となっていて、新聞雑誌類の閲覧室は三階にあった。中里に案内され、二人は閲覧室に入った。

閲覧室は五十畳ほどの広さで、入ってすぐがカウンターになっている。カウンターの中にすわる女性の係員が、中里に気づいて立ちあがる。その女性に、小声で簡単に事情を説明した館長は、中村たちに会釈をすると閲覧室を去っていった。

中村は、書架が整然と並んだ室内を歩く。本棚は日本や世界の地図、事典類、県史や郷土史に関する書籍などで埋まっていた。秩父事件を扱ったものが目立つ。この地では、これは未だ語り続けられる大事件だったのだろう。

カウンターの裏手には閲覧用のデスクが十六ほど置かれ、新聞の縮刷版はその奥にあった。全国紙三紙と、埼玉県の地方紙であるS新聞が、縮刷版になって硬表紙を付けられ、十年前のものから月ごとにずらりと並んでいる。係員に訊くと、その以前のものは書庫に保存しているという。

犯人が、もしも殺人のための下調べを行うとしたら、本番と同じ季節を選ぶ可能性が高い。そこで中村たちは、手はじめに昨年十二月の新聞に目を通すことにした。中村は全国紙のA新聞を、海老原は地方紙のS新聞を手にデスクに行き、向かい合うような格好で椅子に腰を降ろした。

閲覧者は中村たちのほかに一人だけで、室内はとても静かだった。デスクの広さも照明も申し分がなく、こういった調べものをするにはすこぶる具合がよい。中村は第一と第二の社会面、そして埼玉支局制作のページを中心に本をめくる。

しばらく、そうして活字を追ったが、昨年十二月の記事で特に目をひくものはなかった。席を立った中村は、一昨年の十二月分の縮刷版を書架から抜き出し、再び読みはじめる。その要領で五年前まで調べていったが、結果は芳《かんば》しくない。海老原の方も同様だった。中村たちは、方法を変えた。十二月にこだわらず、最新の縮刷版から過去へと遡ることにした。

縮刷版は、今年の九月分まで揃っていた。それが一番新しく、十月や十一月のものはまだない。中村は九月分の縮刷版を手にすると、デスクに戻って作業を再開した。室内は静寂に包まれ、自分がページをめくる音が聞こえるくらいで、調べものによく没頭できた。

三十分ほどもそうしていると、館長がコーヒーを淹れたという。係員がそっと声をかけてきた。館長がコーヒーを淹れたというのだ。活字を追い続け、そろそろ目に疲れを覚えていたので、この申し出はありがたく、中村は海老原をうながして、静かに席を立った。年齢が上がってくると、縮刷版の細かな活字を追うのは辛い。

閲覧室の向かいは視聴覚室になっていて、その隣りに休憩室があった。休憩室は館内で唯一食事ができる場所で、持ち込んだ飲食物をとることができる。中里はその脇に立っていた。奥のテーブルには、白いコーヒーカップが三つ置かれている。

「いかがです？　何か見つかりましたか？」

中里が口を開き、中村は首を横に振った。すると中里はすまなそうな表情を浮かべ、さらに言った。

「どうやら見当違いの提案をしてしまったようですね」

中村は笑って首を横に振った。

「そんなことはありません、まだ調べはじめたばかりですから。これからですよ」

「そう言っていただければ……。さあ、冷めないうちにコーヒーなど召しあがってください」

礼を言い、中村と海老原は、中里に案内されるまま、休憩室に入った。椅子に腰を降ろし、黙ってコーヒーをすする。そしてしばらく館長と、とりとめのない雑談をした。

そんなふうにして十分ほど目を休め、中村たちは館長と別れて閲覧室に戻った。作業を再開し、書架とデスクを往復しながら縮刷版を調べていく。一時間ほどが経ち、壁の時計の針は、午後の三時を廻った。いつの間にか閲覧者は、中村たちだけになっている。

「中村さん」

ふいに海老原が小さな、しかし鋭い声をあげた。見ると、開いたページの一点を指で示している。

「ちょっとこれ」

彼は言う。席を立った中村は、海老原の脇へ廻って、広げられた新聞を上から覗き込んだ。海老原は、小さな囲み記事を指で押さえていた。「現代に甦《よみがえ》った民話？」という見出しがついていた。今から三年前の夏、昭和五十五年七月二十一日の紙面だった。中村は記事を目で追った。要約すれば記事は以下のようなものである。

長瀞町の本野上に在住している清原光夫という男性が、荒川沿いの岸壁の上で木の手入れをしていた際、使っていた斧をうっかり川の中に落としてしまった。

落とした斧は安物ではなかったし、また季節が夏ということもあって、清原は河原まで降りると、川の中まで入って斧を探した。川はところどころ深かったが、清原が斧を落としたあたりは、せり出した岸壁が水を堰き止めていて、流れはさほどでもない。水泳に熟練している清原は、川に沈み、深く潜《もぐ》った。

鉄製の斧は、五キロほどの重さがあるから流されるはずはなく、川底に沈んでいるはずだった。そう考えた清原は、川底まで潜って探した。すると大きな窪みに斧が落ちているのを見つけた。しかしこれは、清原の落とした斧ではなかった。しかも驚いたことに、川底を探すと、窪みの中に斧が何本も落ちているのだった。清原は驚きながらもすべての斧を川底から引き揚げた。揚げてみると斧は五本もあり、どれもが新品らしく、刃こぼれひとつしていなかった。

最後に自分の斧も見つけた清原は、家に帰ると、斧を落としたら川の神様が新しい斧をくれたと、近所の者たちに言った。そして拾った斧を近所に見せて廻った。人をだますためにわざわざ新しい斧を何本も買うとは思えず、清原は嘘をつくような人物ではなかったから、話題の乏しい田舎町のことで、この話はぱっと周囲に広がった。

　噂を聞きつけたS新聞の記者が清原宅を訪ねると、彼は川の底から拾ったという斧を、誇らしげにすべて見せてくれた。秩父地方には、淵に斧を落とした樵《きこり》がそれを探して水の中へ入り、機《はた》を織《お》る姫に水中で出遭って斧を返してもらったという伝説がある。さながら現代に甦った民話のようだ、と記事は結んでいた。

　これは事件に関係がある、読み終えた中村は、そう直感した。誰かがその場所に斧を落としたか、あるいは隠したのだ。現場へ行く必要を感じた。できればこの清原という男にも会い、話を聞きたい。新聞社の電話番号を手帳にメモし、中村は閲覧室を出て、図書館の外に置かれている公衆電話に向かった。新聞社に電話をかけ、こちらの身分と事情を話して、清原家の住所と電話番号、清原が斧を拾ったという場所の詳細などを尋ねると、記事が古いので、調べるのに二十分ほどはかかるという。ではその頃またかけ直すと言って、中村は受話器を置いた。

　閲覧室に戻り、海老原と二人で縮刷版を元あった場所に戻した。もう少し調べたいとも思ったが、後廻しだと考えた。新聞を片づけた後、館長室に中里を訪ね、礼を述べた。そのまま少し立ち話をしていると、二十分ほどが経ったので、中村たちは部屋を辞して公衆電話のところまで戻り、S新聞社に電話を入れた。

　調べは終わっていて、新聞社は斧を見つけたという現場の位置と、清原家の電話番号を教えてくれた。礼を言って中村はいったん電話を切り、聞いたばかりの清原家のダイヤルを回した。幸い清原光夫は家にいて、直接電話に出た。訳を話し、ちょっと会いたいのだがと言うと、清原は快諾してくれた。そこで三十分後に、斧を拾ったという現場近くの橋で待ち合わせることにした。

これが何かのきっかけになるような気が、中村はした。二人は図書館を後にして、タクシーに乗るために西武秩父の駅前へと急いだ。

7

駅前で客待ちをしていたタクシーに乗り込む。清原光夫が斧を拾ったのは、昨日年若いアヴェックが不思議な光を見たという、ライン下りの船着き場の対岸あたりだった。これにほど近いという、清原指定の橋まで行ってもらうことにする。

タクシーは、国道百四十号に出て北へ向かった。秩父市を抜け、長瀞の隣町である皆野町で国道をそれ、右に曲がった。これは昨日、パトカーに乗って喫茶店へ行くため、通った道である。やがてタクシーは小さなトンネルをくぐり、オートキャンプ場の入り口をすぎた。さらに五百メートルほど行くと、前方に橋が見えてきた。中村たちは、この橋のたもとでタクシーを降りた。

長瀞町に車で渡ることのできる橋は、この高砂橋《たかさご》と、三キロほど上の白鳥橋《しらとり》、この二つきりだった。親鼻橋はもう隣町である。江戸の昔から多くの橋が造られてきた東京を思えば、この数は何とも少なく感じる。橋を歩いた。寒風を感じる。清原はまだ来ていない。中村たちのほかには、橋の上に人の姿はない。中村と海老原は橋の中途で立ち停まり、欄干に身をあずけながら、前方の風景を見つめた。このあたりの流れは速いようで、川のところどころで水が白くはぜている。

この水勢なら斧も流されそうに思えるが、そうではない。目を上げると三百メートルほど下流に、ライン下りの船着き場が見える。船着き場対岸の岸壁は、川に向かって五、六メートルほどもせり出し、川の水はその分だけ堰き止められた格好になっている。清原が斧を落としたのは、あのあたりのはずだった。あそこなら一種の淀みで、流れは速くない。

「中村さんかい？」

ふいに背後から声をかけられた。振り返ると、がっしりとした体格の、背の低い熟年男が立っていた。冬にもかかわらず、しわの勝ったその顔は陽によく焼けている。作業ズボンの上に、長袖のシャツを一枚着ているだけだった。

「清原さんですな？」

中村が言うと、清原は人のよさそうな笑顔を浮かべ、深く頷く。中村は、わずかな意外を感じた。素潜りとか織姫の民話、などという言葉から、中村はなんとなくもっと若い、長身の男を連想していた。

「急にお呼びだてしてしまってすみません。ご協力ありがとうございます」

言って、軽く頭をさげた。

「いや、そりゃかまわんが……。なんでまた今頃になってわしの話を聞きたいんだ？　ありゃあもう三年も前のことだが……」

清原は言う。これはもっともであった。

「いや、ある捜査に必要でしてね」

中村は言う。

「そりゃあ、あれかい？　藤堂さんたちが亡くなった事件のことかい？」

清原は眉間にしわを寄せ、そう訊いてきた。中村は曖昧に頷く。

「応えづらいようだなぁ。まあいい、じゃあさっそく行くかい？」

「お願いします」

すると清原はくるりと背を向け、すたすたと歩きだした。橋を戻り、県道へ出て、北へ向かっていく。歩きだしたら清原は無言になった。三百メートルほども行ったところで、清原は左手に続いている森の中に分け入った。ずいぶん馴れた足取りだ。

清原について、中村たちも森に入る。清原に導かれ、陽がほとんど射さない小道をしばらく進んでいたら、ふいに視界が開けた。河原に出たのだ。対岸の船着き場が、思ったよりも間近に見えた。足元は硬い砂場で、ゆるやかに傾斜しながら川面へと続いている。

すぐ右手に、切りたった崖がそびえた。川に向かってせり出したそれは、流れを妨害する格好になっているから、水勢に削られ、一部は深くえぐられて、だからそのあたりから岸にかけて、川はまるで小さな池のように静かで、流れがほとんどなかった。

「あの上で木の枝を切っておったらな、手が滑ってな、斧が下の川に落ちてしまった」

立ち停まった清原は、岸壁の上を指さしながら言った。

「そんでまぁ、あの日は暑かったからなぁ、汗も流せると思って、ここから川に入ったんだよ」

清原はこともなげに言う。

「ほう、あの水にね」

「子供の頃から何度も潜っておるもの」

土地の者にとって、川はそれほど身近な存在なのであろう。

「その時、この河原に足跡などはなかったですか？」

中村は訊いた。清原は、すると天を仰いで思案する。

「どうかなあ……。まあここいらは、滅多に人も来んからなぁ、そんなもんがあれば気づいたとは思うが……」

腕を組みながら、清原は応える。記憶がはっきりとはしないようだ。

「なるほど。それでどうされました？」

「ああ。川に潜って斧を探していたら、川底に窪んでいるところがあってな、そこに……」

「斧があったと」

中村の言葉に、清原はうんうんと二度ほど頷いた。

「それは、どのあたりですかな？」

清原は、川岸からだいたい三メートルほど離れた水面を指さす。

「あのあたり？　ふむ……」

「あそこは深いですか？」

海老原がいきなり言った。

「そうだなあ、二メートルはあるだろうな。わし、ガキの時分からこの川で遊んでいたから、よく知っておるよ」

自慢げに清原がそう応えると、海老原はくるりと背を向け、砂地を歩きはじめた。岸壁近くの川岸まで行き、清原が指さしたあたりの水面をじっと見つめている。しばらくそうしたあとで顔をあげ、今度は上流に向かって目をやる。すると何かが見えたようで、海老原の視線がある一点で停まった。

「中村さん！」

そう大声で呼んできたので、中村は海老原の立つ場所へ向かっていった。清原もついてきた。

「あれ、見てください」

海老原は、中村が横に来るのを待ってから、上流を指さして言う。

「ここからだと、対岸の、浅見さんが殺された現場がよく見えるんです」

「おう、確かにそうだな」

中村は同意した。確かにこれは発見だった。

川は、浅見の死体が発見されたあたりから船着き場にかけ、ごくゆるやかに、右へ向かってうねっていた。そのためこの場所から上流を見れば、高砂橋の方角に、浅見が殺害された対岸の現場が見えた。昨日海老原と登り、大岩の上に突き刺さる青龍刀を見つけた場所だ。

上流に向かってしばらく目を凝らしていた海老原は、やがて俯き、右の拳でこつこつと額を叩きはじめた。こうなると海老原は考えに夢中になってしまうから、中村は声もかけずにしばらく放置した。そして当時の様子などについて、清原と世間話をしていた。

そうしていたら海老原がわれに返り、

「どうします?」

と訊いてきた。ほかに見るものもなさそうだったから、戻ることにした。

中村たちは歩きだし、もう一度森を抜け、県道に戻った。

「あんた方、俺が拾った斧を見るかい。ここから十分も歩けば家だが……」

清原がそう言ったので、中村たちはその足で彼の家に寄ってみることにした。

小春日和の中、中村たちは清原と世間話をしながら歩いた。清原は、地元の中学を出て以来、ずっとこの町で林業をやっているという。彼が働きはじめた昔に較べれば、このあたり、それなりに家も増え、その分林が減ったという。言われて中村が周囲を見廻せば、しかしそれでも長瀞の町は緑にあふれている。都会でせわしない日々を送る者にとっては別天地だ。

清原の家へ着いた。玄関扉はガラスの引き戸になっていた。清原は、それをがらりと無造作に開ける。鍵はかかっていない。

「女房が留守でな、家には誰もおらん。だから何ももてなしはできんけど、まあ遠慮しないであがってくれ」

「お出かけの時、施錠はしないんですか?」

中村が訊いた。これでは泥棒の天国である。

「施錠? ああ、鍵か。そんなもんかけたことないな」

あっさり言って、清原は靴を脱ぐ。中村たちもそうした。

家にあがると、清原は廊下の突きあたりまで中村と海老原を導いた。突きあたりには納戸があり、五本の斧はその中にしまってあった。拾った当初は縁起がいいかと思ってしばらく床の間に飾っていたが、女神様という言葉が気に入らないのか女房に邪魔にされ、いつしか片づけたと清原は言った。

「ああそうですか」

と中村は言った。

「神様からの授《さず》かりもんだからなぁ、まだ一度も使ってねえ」

清原は言う。納戸の下段に茶箱があり、斧はその中に入っていた。蓋を取り、清原は大事そうに斧を取り出すと、一本、また一本と中村に手渡してきた。中村と海老原は、五本の斧を一本ずつ丹念に見ていった。

斧はすべて同じかたちで、清原に巻尺を借りて測ってみたら、全長は七十センチほどで、刃渡りは十八センチほど、すべてほぼ同じサイズだった。思っていた以上に刃の部分が大きく、長い。

「斧にもいろんな種類があってなあ、これは『刃広よき』と呼ばれておるものよ」

「刃広よき?」

「そうだ」

斧の中でも大型のものを「まさかり」と呼び、比較的小さなものは「よき」と呼ぶのだそうだ。これは都会者は知らない知識である。

清原の言葉に頷きながらも、中村たちは斧から目を離さなかった。S新聞の記事にあったように、五本ともほとんど新品で、刃こぼれひとつしていない。錆も浮いていない。

「これはあなたが手入れを?」

「ああ、もちろんだ」

清原は頷いた。

ただ五本のうちの三本には、刃とは直角の方向に、こすれたような線状の傷が、無数に認められる。これはなんの傷か。

斧が落ちていた水底の窪みは、水深二メートルとなかなか深く、岸からも三メートルほど離れていた。重い斧が川の水に押し流され、淀みのあそこまでやってきたとは考えにくい。素潜りで水中まで斧を置きにいくのは大変だろう。とすれば、誰かが川に、おそらくはあの崖の上から、新品の五本の斧を落としたことになる。誰が、いったい何のためにそんなことをしたのか――。

8

清原と別れた中村たちは、県道を少し南へ戻り、長澤和摩の死体が見つかった現場の川向こうで、聞き込みを開始した。冬の陽は早くも暮れはじめ、そうなると先ほどまでの暖かさが嘘のように、気温は急激に落ちた。

まばらに建つ家々を、六時半頃まで訪ねて廻ったが、特に目新しい情報は得られない。そこでこの仕事はきりあげ、想流亭に戻ることにした。聞き込みの途中で海老原が連絡をしておいたため、二人分の食事が広間に用意されていた。川魚や山菜を上品にあしらった会席料理だったが、これからまだやることもあったため、中村と海老原は、酒抜きで手早く食事をすませた。

食事を終え、海老原とロビーに行って腰を落ちつけると、今朝と同じようにきよが、淹れたてのコーヒーを運んでくれた。それをすすりながら中村は、先ほど秩父市内で買い求めた長瀞町の一枚地図を、テーブルいっぱいに広げた。五人の死体が見つかった場所を、地図上で、俯瞰《ふかん》的に把握しようと考えたのだ。

地図で見る長瀞町は、縦長の、いびつな楕円形をしていた。町のほぼ中央を南北に荒川が流れ、その西側を秩父鉄道と国道百四十号が、これも南北に走っている。だから鉄道を中心に言うと、右に川が、左に国道がある。鉄道は川に沿って走り、長瀞町の南端で荒川と交差していた。

長瀞町は全体を等高線に囲まれた格好で、こうして見ればここが、川と緑の町であることもよく解る。五つの死体はすべて、そういう長瀞を貫く川の中か、その流域で見つかっている。この連続殺人は、川とともにある。言ってみれば、「荒川流域、長瀞五連

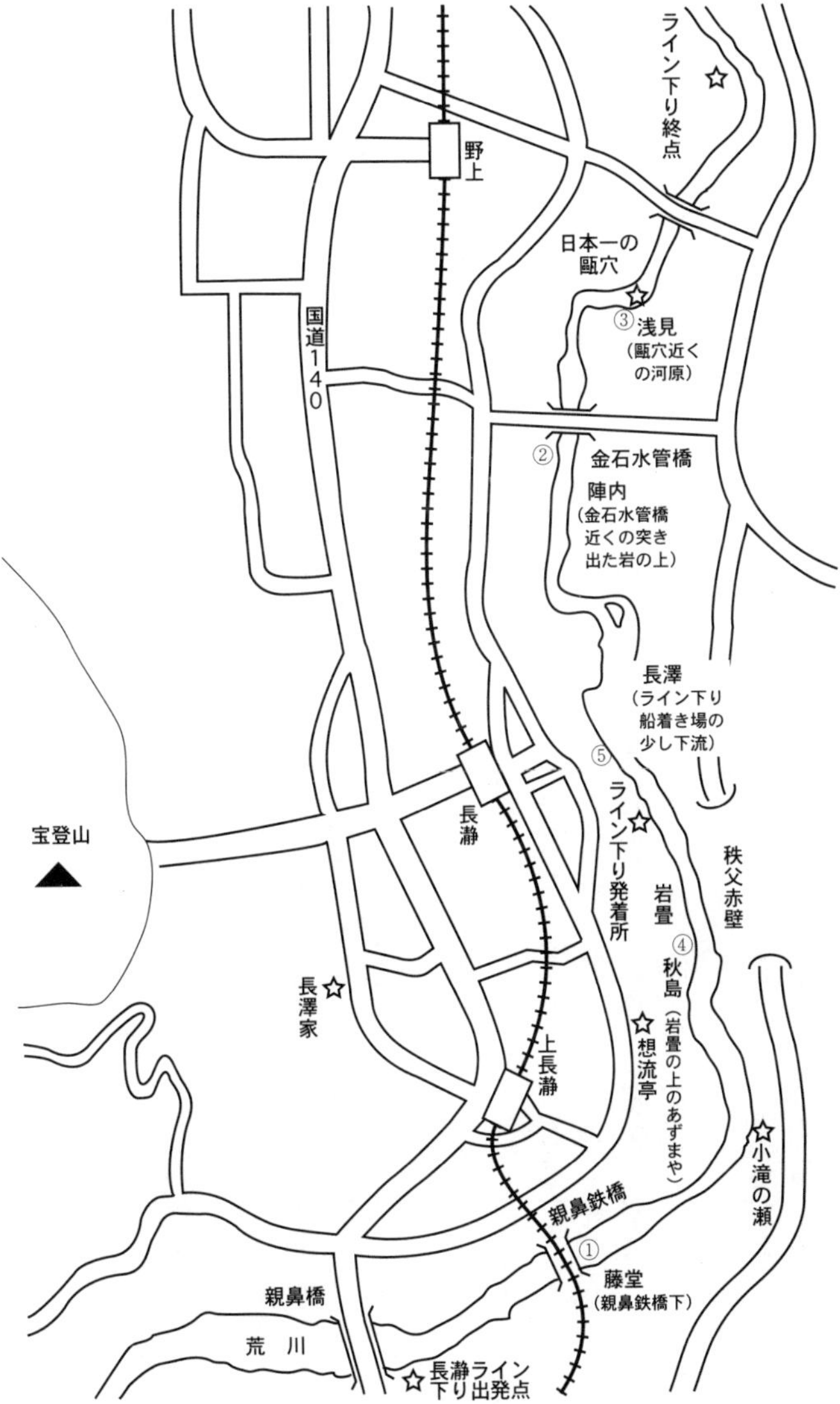

ライン下り終点
野上
日本一の甌穴
③浅見（甌穴近くの河原）
国道140
②金石水管橋
陣内（金石水管橋近くの突き出た岩の上）
長澤（ライン下り船着き場の少し下流）
⑤ライン下り発着所
宝登山
長瀞
秩父赤壁
岩畳
④秋島（岩畳の上のあずまや）
長澤家
想流亭
上長瀞
小滝の瀬
親鼻鉄橋
①藤堂（親鼻鉄橋下）
親鼻橋
荒　川
長瀞ライン下り出発点

続殺人」とでもいうべきしろものだ。

川は南から北へ向かって流れている。だから中村は上流側、つまり南の方から順に、現場の印をつけていくことにした。まずは長瀞町最南端の、鉄道と川とが交差しているポイントである。この鉄橋下に、藤堂菊一郎は舟とともに吊りさげられた。中村はサインペンで、川と鉄道の交差部分に赤い丸をつけた。

次はどこか。中村は、脳裏にある、歩き憶えたこの一帯の地理感覚を、眼下の地図に重ね合わせながら指で川をなぞった。藤堂の死体が見つかった現場から、二キロ近くも川を下ると岩畳があった。秋島重治が警察官の制服姿で死んでいた場所だ。中村は、次にここに印をする。

岩畳の終わりにはライン下りの船着き場があり、川はその先でほぼ直角に左折する。そしてすぐにまた右へうねる。つまりクランク状に折れているのだ。だから川自体の向きはさほど変わらず、その後もほぼ真北へ向かって流れていく。

次は長澤和摩だ。長澤は、川がすっかり左へ曲がりきったあたりで発見された。中村は赤ペンを手にして、このあたりにも丸を描く。三つ目の印だ。

そしてこの五百メートルほど下流には、陣内恭蔵の死体が置かれた岩があった。中村はその地点にペンを近づけ、ここにも丸を描く。四つ目だ。

金石水管橋をすぎ、オートキャンプ場の終点あたりで、荒川は再びクランク状に折れるかたちになる。右へ九十度近くうねってから、さらに左へ曲がる。その左カーブの少し先に甌穴があり、浅見喬の死体は、その付近で見つかった。中村は、そのあたりにも赤ペンで印をつけた。五つ目。これですべてだ。荒川に沿い、五つの赤い丸が点々と並んだ。

赤ペンのキャップを閉じた中村は、上体を地図から離し、全体を眺め降ろした。こうして見ると、五つの赤い丸は想流亭や長澤家からさほど離れてはいない。一番遠いものは浅見喬の発見場所だったが、それでもこれは、想龍亭から二キロ半ほどの距離である。

ふと気づいた。赤い丸はすべて、長瀞のライン下りのコース内にある。ライン下りは、A、B二つのコースに分かれる。Aコースは親鼻橋のたもとを起点に、岩畳の先の船着き場までを下る。Bコースはそこから始まって、高砂橋の先の船着き場が終点だ。A、Bの両コースを一気に下る全コースというものもある。

ライン下りの船に乗ってみるか、中村は思う。今はシーズンオフで、ライン下りは休んでいる。が、船は船着き場に繋がれたままだった。船頭に頼み込んでみれば、なんとかなるのではないか。陸でなく、川から各現場を眺めれば、視点が変わって何がしかのヒントが得られるのではないか――。

「ここの番頭の大野さんが、ライン下りの船頭さんたちとずい分懇意にしているようですよ」

同じことを考えていたのか、海老原が言った。顔をあげ、中村は黙って頷く。悪くない考えだった。

少し思案し、再び地図に目を落とした。蛇のようにうねる川に沿い、点々と並んだ赤い丸をぼんやり眺めながら、中村は見立てについて思いを巡らす。

第一の被害者、藤堂菊一郎は、無数のガラス片を乗せた小舟とともに、鉄橋の下に吊られていた。その顔にはペンキが塗られ、真っ赤であった。

第二の犠牲者、陣内恭蔵は河原で殺されたあと、川に突き出た岩の上に運ばれて燃やされた。陣内の頭部と岩の間には扇子がはさまり、ダンボールの大量の灰が、岩全体を覆っていた。

第三の被害者である浅見喬は、鎖で岩に縛りつけられ、両腕を前に伸ばした格好で、首を切断されて死んでいた。そしてこの浅見もまた、顔を赤く塗られていた。

ここまでの段階で、中村は漢詩見立てではないかと疑った。調べてみると、三つの死体の態様は、赤壁を詠う漢詩の内容と奇妙に符号した。ところが翌日には、警察官の格好をした秋島重治が、岩畳のあずまやで死体となって発見された。

第四の犠牲者、秋島重治の右足は、腿のところで切断され、そのつけ根にはとらばさみがはさまっていた。切断された大腿部は、まだ見つかっていない。赤壁を詠んだ漢詩に、警察官が出てくるはずもない。この時点で中村は、漢詩見立てという発想が間違いであったと気づいた。そしてこちらがやや自信喪失の時、続いたものが長澤和摩の凄惨な死体だった。

第五の犠牲者、長澤和摩は、船の中で黒焦げになるまで燃やされ、刃物で裂かれた腹からは、腸がはみ出していた。燃えた腸の残骸は、腹の上でとぐろを巻く黒い蛇のようだった。そして膝のすぐ上のところで、左右の腿を切断されてもいた。

こういう五つの奇怪な死体は、いったい何を物語っているのだろうか？　何故犯人は、死体に次々にこういう狂気の細工を施しているのか？　この事件を解く鍵は、たぶんそこにあるのだろう。


そして——、腕を組み、中村は考える。

死体の細工ばかりではない。この事件には発見時、いくつか奇妙な現象がともなっている。まずは藤堂の死体だ。あれは朝五時すぎに発見されたが、その三十分前に親鼻橋を渡った新聞配達員は、鉄橋には何もなかったと証言している。そして五時すぎ、ジョギングをしてきた学生が親鼻橋を通ろうとして、宙に浮かぶ舟と死体を発見した。とすれば犯人は、わずか三十分ほどの時間で藤堂を殺害し、その顔を赤く塗り、舟とともに鉄橋から吊り降ろしたという話になる。そんなことが果たして可能なのであろうか。準備を万端に整えておき、せいぜい急げば何とかなるかもしれないが、どこか腑に落ちない。

次に陣内恭蔵だ。鳥に餌をやるために河原を訪れた軽辺老人の目の前で、陣内の死体が置かれた岩が急に燃えあがったという。しかしこの現場から、自動発火装置の類はまったく見つかっていない。ではどうして無人の岩の上で死体に火がついたのか。

また軽辺老人は、この時宙に舞いあがる火の玉を見たとも言った。近所に住む安川よしという老婆は、この火の玉を狐火だと言った。

浅見喬の場合はさらに妙だ。彼の死体が発見された河原には、すぐ近くに高さ五メートルを超える大岩があり、この頂上には凶器とほとんど同じかたちをした青龍刀が一本突き立っていた。岩は垂直に切りたち、これを登るのは容易ではない。事実、岩の上の青龍刀を回収するのはひと苦労だった。どうしてあんな突飛な場所に、青龍刀が突き刺さっていなくてはならないのか。しかもこの青龍刀は、浅見を殺しても、傷つけてもいない。

浅見が殺される前日、六百メートルほど下流にいたアヴェックが、このあたりで小さな光る竜に似た不思議な光を目撃している。あれはいったい何なのか。

さらに加えて、先ほど会った清原光夫だ。彼が三年前の夏に川底から拾ったという五本もの斧は何なのか。あれもまた、この一連の事件に関わっているものか――。

中村は溜め息をついて腕組みを解き、カップに三分の一ほど残っていたコーヒーを飲み干した。解らん、と思った。いったいどういう事件なのだ。海老原の顔を見ると、彼もまた、首を左右に振っている。

無力感とともにひとつ伸びをして、首をくいくいと左右に回し、それから空のコーヒーカップを手に立ちあがると、中村はこれをカウンターまで戻しにいった。

「おいしかったですよ。ありがとう」

カウンターに立つきよに声をかけながら、カップを返した。

「わざわざすみません。もう一杯召しあがりになりませんか？」

笑顔を見せながらきよが問う。しかし中村は首を横に振った。たて続けにコーヒーを飲むと、苦味ばかりを感じるようになる。

ロビーに戻ろうとし、中村は廊下の手前でついと立ち停まった。まっすぐ続く廊下に、十三の行灯が一列に並び、いずれもが淡い光を放っていた。日本的な、なかなか美しい光景だな、中村はそう思い、足を停めてしばらく見入った。木と和紙と、これを越えてくる淡い光とで作られる世界。長い廊下に一歩足を踏み込めば、民話の国にでも迷い込んでしまいそうだ。

民話の国——!? 瞬間、中村の頭の中で何かが閃いた。狐火、小さな光る竜、川の中の斧——。そうだ、民話だ! 今回の事件は、民話に現れそうな、そうした要素で満ちているのだ。そしてこの地こそは、民間伝承の宝庫ではなかったか。

きよに平将門の伝説を聞き、海老原からは日本武尊の話を聞いた。つまり五つの死体は、中国産の漢詩でなく、この地に伝わる国産の伝説や民話に見立てられているのではないか?

たとえば藤堂や浅見だ。彼らの顔がペンキで赤く塗られていたのは、二人を赤い鬼に擬《ぎ》すためではないのか。中村は急ぎ足で席に戻ると、この思いつきを海老原に話した。彼は頷き、言う。

「だとしたら英信ですよ。あいつは民話や伝説が好きで、この土地のもの、蒐集《しゅうしゅう》しています。英信に聞けば、これらの五つの死体に似た民話がこの地にあるかどうか、すぐに解るはずです」

「きよさん!」

中村は即刻大声をあげた。立ちあがり、カウンターへ向かう。

「涌井さんはどこです?」

中村の大声に、きよは驚いたような表情を浮かべた。

「ちょっと彼に、お聞きしたいことがあるんです」

「はい、それが……」

「どうしました?」

「英ちゃん今日はお休みで、ずっと部屋から出てこないんです」

「部屋から出ない？　では自室にはいるんですな」

「はい多分……」

「二階にあがってもいいですか？」

涌井英信は住み込みで働いている。従業員の部屋は、二階にあった。

「それはかまいませんけど……、あの、私呼んできましょうか？」

きよは言う。お客に、従業員の部屋は見せてはならないと思っているのだろう。

「いいえ、いいんです。こちらから出向きますから」

かまわず言って、中村はすぐに歩きだした。海老原もむろんついてくる。二人はいったん想流亭の外に出て、垣根の脇のくぐり戸を抜けた。外階段はその先にあるのだ。

外階段は鉄製で、靴音がやけに響いた。登りきってドアを開けると、屋根裏のような二階には、従業員用の部屋が四室並んでいる。廊下を進んだ突きあたりは、洗面所とトイレになっているらしい。涌井の部屋はその手前、三つ目の右側である。涌井の部屋の前まで行き、海老原がドアをノックした。しかし返事はない。

「英信、聞きたいことがあるんだ。開けてくれないか」

言いながら、海老原が再びドアを叩く。

「うるさいなぁ」

ややあって、ドアの向こうから、ふてくされたような涌井の声が聞こえた。

「今日体調悪いんだ。誰とも会いたくない！」

「涌井さん、急ぎで聞きたいことがあるんです。疲れているところを申し訳ないが、どうぞご協力を」

中村が声をあげた。

「今回の事件に関することです。お願いできませんか」

すると涌井は沈黙した。中村たちはじっと返答を待つ。

「中村さんもご一緒でしたか。体調がすぐれないいんです。とても人と話せるような状態ではありません。悪いけど帰ってもらえませんか」

やがて涌井はそう言ってきた。

「ほんの少しでいいんです」

「お願いだから帰ってください！」

「お手間は取らせません」

「しつこいな。いい加減にしてください。とにかく今日は誰とも会いませんし、話もしません！」

とりつく島がなかった。中村は肩をすくめながら、涌井のどこか頑固そうな顔を思い出していた。これ以上頼んでも、ドアが開くことはなさそうだ。

「あいつ、言いだしたらきかないところがありまして……」

海老原が、すまなそうに言った。

「まあしかたない、出直そうや」

中村は自らを励ますように言って、海老原の肩を軽く叩いた。涌井の部屋のドアに背を向け、廊下を戻って表に出た。外階段を降り、一階ロビーに戻ると、カウンターに立つきよが、心配そうな顔を向けてきた。

「英ちゃん、会えましたか？」

「いや。やっぱり体調がすぐれないようで」

中村は言った。

「そうですか。一日部屋にこもりっきりなんてはじめてなんですよ。体、そんなに悪いのかしらね」

「声の様子ではそうも思えませんでしたがね。ところできよさん、どなたかこの土地の民話に詳しい人、ご存知ないですか？」

「民話、ですか？」

「そうです」

突然の話題に、きよは少し戸惑った表情を浮かべ、それからすぐに思案顔になって、しばらく考え込んだ。

「駅の向こうに大塚さんというお宅があって、そこのお婆さんが、以前に語り部のようなことをやっていましたね。名前は確か……」

「うん、名前は？」

それは具合がよいと思い、中村は勢い込んで訊いた。

「そう、千代さんです、千代さん、思い出した。二十年くらい前かしら、私も一度息子を連れて民話を聞きにいったことがあります。でもその時でももう六十をすぎてらしたから、まだご健在かどうかは、ちょっと解りませんが……」

「連絡はつきますか？」

中村は訊く。

「はい、それはもう。電話帳で調べればすぐです。ちょっと待ってくださいね」

言ってきよは事務室に入り、すぐに戻ってきた。両手に分厚い電話帳を抱いている。カウンターに電話帳を広げ、ページを繰って大塚家の番号を調べ、あったと言う。

「かけてみますか？」

きよは訊く。

「お願いします」

それできよが電話をしてみると、幸い千代は健在だった。電話を代わった中村は、自分は各地の民話を蒐集している者なのだがと言い、この地に伝わる昔話を聞きたいと頼んでみた。千代は怪訝そうであったが、今日はもう遅いから、明日の朝にでも来てくれればいくらでも話す、とゆったりした口調で言った。老人の夜は早いのであろう。是非お願いしますと言い、では明日の朝うかがいますと言って、中村は電話を切った。

海老原とは翌朝九時にこのロビーで待ち合わせることにし、きよに深く礼を言ってから、中村は想流亭を出た。真っ暗な道を、早足で駅へと向かう。五時前にポケットベルで起こされてから一日働き通しだ。さすがに疲れていた。

第五章・長瀞、殺人ライン下り

1

　翌朝、中村は六時すぎに目を醒ました。妻はもう起きだしていて、隣の布団は片づけられている。どうやら妻が布団をあげる物音にも気づかず、眠りこけていたらしい。疲れていたのだ。

　昨夜は、帰宅してすぐ風呂にだけ入り、十時前には寝てしまった。八時間ほどの熟睡で、昨日の疲れはすっかり取れていた。捜査のこれまでを考えたら、たちまち新たな気力が湧いた。起きあがった中村は、いつもそうするように、カーテンに寄っていって裾を少しめくった。夜明け前の秩父の空に雲はなく、今日もまたよく晴れそうな気配だった。

　妻が用意しておいてくれた枕元の洋服に手早く着替え、中村は居間に向かった。妻はすっかり風邪が治ったと見え、義母と二人、台所と食卓をせわしなく往復しながら朝食の準備に追われている。その様子を見て中村はいたく安堵し、思わず顔がゆるんだ。妻が元気でさえいてくれたなら、仕事にも力が湧く。

　朝食を終えた中村は、七時前に家を出た。海老原と、八時に想流亭のロビーで待ち合わせていたから、それで十分間合う。中村はゆったりとした足取りで、旧秩父往還を歩いて秩父駅に向かった。秩父地方をぐるりと取り巻く山々を縫うようにして、黄ばんだ光線が秩父の町に射し込んでいる。早朝の大気はよく冷えているが、かえって身が引きしまった。

　深呼吸したら、胸ポケットに入れていたポケベルが振動した。あわててポケベルを取り出す。また事件かと思ったが、液晶画面を覗いてみたら、振動は電池がなくなったことを示すものだった。軽く舌打ちをした中村は、ポケベルを内懐に戻した。このポケベルはコイン型のリチウム電池を使っているので、替わりの電池が手に入りづらい。しかしそれでも駅前の店をあちこち探せば、どこかには置いてあるだろうと思い、千代からの昔話を聞き終えた後にでも買おうかと考えた。

再び歩きだした。秩父駅の改札を入り、秩父鉄道を待って乗り、中村が想流亭に着いたのは七時五十分だった。想流亭の玄関の厚いガラス戸を押し開けると、海老原は最初に会った時と同じように、ロビーの椅子にぽつねんとかけて新聞を読んでいた。

「昨日、あれだけ図書館で新聞を読んだんだぜ。もういい加減飽きたろう」

そう中村が声をかけると、海老原は笑いながら立ちあがった。そして、

「スポーツ欄、読んでいたんですよ」

と言った。その顔つきが、昨日とは全然違ってすっきりとしている。

「よく眠れたようだな」

中村が言うと、

「中村さんも、だいぶ疲れがとれたようですね」

と海老原は言った。

「こう見えてもまだ若いからな」

中村が強がると、いつもの人懐っこい笑みを浮かべ、海老原は椅子の背もたれにかけていたコートを取って羽織った。

「行くかい？」

「ええ」

それで中村は、海老原に背を向け、先にたって想流亭を出た。以前に語り部をしていたという大塚千代の家は、上長瀞駅の向こう側にあったから、想流亭の前の道を左に折れると、まずは駅の方角を目指していく。

蕎麦屋や土産物屋が並ぶ駅前通りを抜け、二人は

上長瀞駅のすぐ南にある踏切を渡る。そうして百メートルも歩いたら国道百四十号に出るから、これを右折し、ひとつ目の路地を左に入った。そこに、昨日きよに教えてもらった千代の家はある。

大塚家は広い敷地を持つ平屋の造りで、ずいぶん古めかしく見えた。庭の柿の木には、誰も採る者がいないのかオレンジ色の実が鈴なりで、縁側に置かれたざるにはそれでも柿が並んでいる。

軒先には紐で結ばれた漬物用の大根が何本も吊されて、中村の年代には、なかなかに郷愁を感じさせるたたずまいだった。昔は東京にもこういう家があった。

敷地内に足を踏み入れると、庭にいた数羽の雀が、ふいの来訪者に驚いていっせいに飛びたった。

雀たちを目で追いながら玄関まで歩き、呼び鈴を鳴らした。そうしたら、すぐに中年の女性が出てきた。それでも若いから、これは語り部の千代ではなかろうと思いながら名乗ると、女性は満面に笑みを浮かべ、

「昨夜のお電話の方ですか。このあたりの昔話にご興味がおありとか……？」

と言った。

「はあそうなんです」

言いながら中村が頭を下げると、

「それはよくお越しくださいました。私、千代の娘で加代と申します。母は、久しぶりに民話のお話しができるということで、もう朝早くから起きてお待ちかねですよ。さあさあ、どうぞお上がりください」

と言った。

少し迷ったが、中村は警察手帳を出さずにおいた。言えばよけいな気を使うであろうし、千代の口も重くなる恐れがある。民話好きの、在野の趣味人で通そう決めた。ただそうなると、手ぶらで来たのは失礼という話にもなりそうだった。しかし、ここはもう気にしないことにした。

礼を言って家にあがった中村たちは、加代を先頭に廊下を進む。歩きながら庭を見たら、さっきの雀たちが戻ってきていて、懸命に何かをついばんでいる。ここには、連中にとってのうまいものがあるらしい。

突きあたりまで廊下を行くと、加代は立ち停まって板の間に膝をつき、左手の襖を静かに開けた。

そこは十二畳ほどの和室大広間で、奥の床の間を背に、一人の老婆がぽつんとすわっていた。部屋があまりに広いから、なんだかずいぶん小さく見えた。千代であろう。娘同様、こちらも柔和な笑みを浮かべていた。刑事といえども、笑顔で迎えられれば助かる。

「急なお願いで、本当に申し訳ありませんでした。私、中村と申します。こっちは海老原です。私ども、地方の民話が大変好きなもので、いろいろな地方の昔話を集めては分類しておるんです。それで、おたくさんが語り部をしていらしたと聞いたものですから、これは是非、このあたりの昔のお話をいくつかうかがわせていただければと、そう思って参上したような次第でして……」

中村はそうきりだした。茶でも淹れようとしてか、加代はすぐに立ち、部屋から出ていった。

「それはそれは……、さて、ご興味をひくようなお話がこの地にありますかどうかねぇ……」

もと語り部の老婆は言った。それから記憶をたどるようにしながら、

「それにしても、民話を語るのはずいぶんと久しぶりのことでしてなあ」

と言った。

「はあはあ、さようでござんしょうなぁ」

中村は言った。

「昔はね、そりゃ、そこいら近所の子供さんらがよく聞きにきたもんですわ。それで、どんなお話をから始めますかなあ」

そう言ったら、隣室に用意でもしていたのか、加

代が茶を盆に載せ、持って入ってきた。一人一人の目の前に湯呑み茶碗を配り、また出ていった。千代は、ゆるゆるとした動作で湯呑み茶碗に手を伸ばし、ひと口すすり、それで中村が言った。

「実は私ども、全国の鬼の話を蒐集しておりまして、だからまずは鬼が出てくる土地のお話をひとつ、お聞かせ願えませんかな」

藤堂菊一郎と浅見喬の顔が赤く塗られていたのは、鬼に見立てられた可能性があると思っている。だから中村は、そう言ったのだった。横にすわる海老原も、深くひとつ頷いている。

「鬼……。鬼のう……、はて……」

中村の言葉に、千代は一瞬困ったような表情を浮かべ、少しの間黙った。宙を見つめるのは、記憶をたぐっているのであろう。

「秩父には、それはたくさんの民話や伝承があるんですがなぁ。だけんども、どうしたわけかな、鬼に関する話は少ないんですがなぁ」

「ああそうですか」

中村は言った。これは多少意外な気がした。

「ああ、そうじゃ！」

俯いて考え込んでいた千代が、思いついたようについと顔をあげ、言った。

「あの話には鬼が出てくるわなあ……」

「どんな民話です？」

中村は、思わず身を乗り出した。

「『逃げだした鬼』と言うてなぁ、酒好きな鬼の話ですわ」

「酒好き!?」

中村と海老原の声が揃った。藤堂菊一郎とともに鉄橋から吊られていた小舟には、酒器の破片が落ちていたのだ。目指すものかもしれない。期待で胸が高鳴った。

「是非それを聞かせてください」

中村は言った。

「ええとも、ええとも」

　そう言って、少し姿勢を正してから語り部の千代は、特有の節をつけて語りはじめた。

「昔、昔のこと。それはお酒の大好きな、おっきな鬼がおったそうな。鬼は時おり里に降りてきては、村人たちにお酒をねだった。それで酒を呑んだら酔っ払い、田んぼの中で寝てしまう。お酒がなければたいそう怒って、家や農具を壊してしまう。だから村人たちはとっても困っておったんだと。

　そんなある日、村にいつものように鬼が現われた。名主さんは一計を案じて、鬼を家に招いたんだそうな。名主さんの家に行くと、座敷にはずらっと料理が並んで、村人らがみなうち揃うて、鬼を待っていた。

　上座に鬼をすわらせた名主さんは、鬼にどんどんお酒を勧めたそうな。喜んだ鬼は、大きな瓶に何杯も何杯もお酒を飲んで、たちまちへべれけになってしもうた。お酒に飽きた鬼があたりを見廻したら、村人たちはうまそうに竹の子を食べておった。見たら鬼の目の前のお膳にも、とびきり大きな竹の子が置いてあったから、鬼はそれを口に入れた。するとじゃ、がりという音がして、鬼の奥歯が欠けてしまった。

　青くなった鬼は、もう一度村人たちを見わたしてみた。そうしたら、みなにこにこ笑いながらおいしそうに竹の子を食べている。首をひねった鬼は、竹の子の横に並んでいる白くて四角いものを指さし、こう訊いたそうな。

『これは何だ？』

『それは豆腐と言いましてな。とっても柔らかくて、おいしいものです』

　自分の膳の豆腐を箸で切りながら、名主が応える。そこでこれなら安心だろうと、鬼は豆腐にかぶりつく。そうしたら、やっぱりがりがりっと大きな音がして、今度は前歯が欠けてしまったんだと。

　人間どもはこんな硬いものを、平気で箸で切ったりして食べておるのかと、そう考えた鬼は、怖くなってぶるぶる震えだし、すごすごと山へと逃げ帰ってしもうたそうな。それから以降、もう二度と里へは降りてこなかった、いうてな。名主さんは、村人たちのお膳には本物の竹の子とお豆腐を並べておいて、鬼の前のお膳には、竹の根っこと白くて四角い石を置いておいたんよな」

ほう、と中村は感心して見せた。長い間語り部をしていただけのことはあり、千代の語りは巧みだった。思わず引き込まれる。しかし、この民話は求めるものではないようであった。五つの死体のどれにもあて填らない。事件とは無関係のようだ。

「いや、面白かったですな。もっと聞きたいです。もっと鬼が登場するような話はありませんか?」

中村は言った。

「鬼の話ですな?」

「はいそうなんです。鬼の話を探しておるようなわけで……」

中村は言った。老婆は頭を垂れた。じっとそうしたままで言う。

「はて、これは困りましたなあ……。私が知ってある土地の鬼の話は、今のぶんだけですなあ……」

「ああそうですか」

中村は、落胆しながら言った。これは無駄足だったかと考えた。

「鬼、鬼と……」

千代は、記憶をたどりながらそう呟き、首をひねって考えていた。その様子を見ていた中村は、申し訳ないような気分になって、要求を変えた。

「それでは、舟の出てくる民話はありませんか?」

その言葉に顔をあげた千代は、ぱっと喜色を浮かべた。

「舟、おお、おお、思い出した! 舟と、それから鬼が出てくるお話がありましたわ」

「舟と鬼? それだ!」

海老原も、喜んで言った。

「私もな、子供の頃に一度か二度聞いただけじゃから、すっかり忘れておりましたわ。さて、あれは確か、こんなお話じゃったかの」

　言って、千代は語りはじめる。

「昔、昔。長瀞と呼ばれる川の村でのこと。樵《きこり》のお爺さんが仕事に疲れてちょっと一服、切り株にすわってぼんやり天を眺めておるとな、大きな空の真ん中に、小さな黒い点がぽちんと現れた。まるで空の一点が、針の先でつんと突かれたような、そういうふうに見えたんだと。

　おや、と思うてお爺さん、じっと空のそこのところを見ていたら、黒い点はどんどん、どんどんと大きくなる。まるで布に染みが広がるように。やがて黒い点は、舟のかたちになったんだと」

「舟！」

　海老原が声に出し、中村もまた緊張した。

「うん、舟に姿を変えたと。それでこの舟は、ゆっくりゆっくりと、こっちの地面に向かって降りてくるんだと。びっくり仰天してお爺さんは立ちあがり、橋の方へ向かったそうな。舟はどうやら、荒川にかかる大きな橋のたもとに降りようとしているらしかったから」

「ほう！」

　中村が言った。ついに、捜し求めていたものに出遭えたように思ったからだ。

「うん、そう見えたんだと。お爺さんが、走って橋のところまで行ってみたら、もうそこには村人が大勢集まってな、わいわいわいわいわいわい大騒ぎしながら空を向いて、そろりそろりと降りてくる黒い舟を見あげていたと。

　やがて空から来た舟は、静かに地面に着いた。それで村人たちが、周囲から恐る恐る舟に近づいてみたら、舟の中には大きな大きな人間が一人、高いびきで寝ておったそうな。でもその人間は、どこかが変だった。えろう大きな男だったし、顔は真っ赤で、頭には二本の角が生えていた。人ではなくて、赤鬼だった。

村人の一人が驚いてなぁ、思わず大きな声をあげてしまったんだそうな。すると鬼はその声に目を覚ましてな、むっくりと起きあがった。気持ちよく寝ているところを起こされたもんだから、たいそう不機嫌な顔をしておったそうな。

鬼はゆるゆるあたりを見廻すと、ゆっくりと舟から降りて、大声を出した村人に向かって歩きだした。どしん、どしん、それはそれは、大きな音がしたそうなよ。その村人はびっくり仰天して腰を抜かした。全然動けんようになってしまった。鬼はその村人にゆっくり近づくと、ひょいと掴みあげて、手足を引きちぎってむしゃむしゃ、それはおいしそうに食べてしまったんだと。それを見ていた村人たちは悲鳴をあげて、蜘蛛の子を散らすように逃げだした。でも逃げ遅れた何人かは、鬼に捕まって食べられてしまったそうな。

それから村人らは、鬼に隠れ、ひっそり暮らすようになったんだと。鬼は村はずれに住みついてしまったからね。そうして、お腹がすいたら村に出てきて、人間を捕まえては食べてしまった。

ある日。鬼はいつものように食料の村人を探しながら川べりを歩いていた。足音をたてると村人たちは逃げてしまうから、音をたてないように気をつけてなぁ。そうしたら、河原から大ぜいの子供らのにぎやかな声が聞こえてきたそうな。

鬼は、舌なめずりをしながらそっと河原に降りた。物陰から見てみたら、大勢の子供らが輪になっておる。輪の真ん中には小さな子供が一人おって、顔を手で覆ってしゃがみ込んでいた。みんな夢中になっているから、近寄ってきた鬼には気がつかない。鬼は今度は大きな木の陰に隠れ、そっと様子をうかがっていた。

『やーい』

『やーい』

言いながら子供たちは、ごっつん、ごっつんと、手に持った棒で輪の中にすわった子を叩いている。

でも男の子は逃げもせず、手で顔を覆いながら、じっとすわったままで叩かれている。その様子を見ていた鬼は、だんだんに腹がたってきた。それで、こう大声をあげたそうな。

『こらーっ！　お前ら、何をしているか！』

雷のように大きな声。驚いた子供らは、振り返って鬼の姿を見つけると、全員が一目散に逃げだした。でも真ん中で虐められていた子供は、背を向けていたし、目をふさいでいたものだから鬼が来たとは知らない。だからそのままじっとすわり続けていたんだと。そうして鬼を見たら、

『おじちゃんありがと。おいら《足なえ》だから走れんし、いつもみんなに泣かされるんだ』

涙を拭きながら、そう言ってその子は鬼にお辞儀をした。鬼は可哀想に思ってその子を食べるようなことはせず、

『早く行きなさい』

と言って逃がしてやった。するとその瞬間、鬼の角が二本ともにぽろりと取れ、地面に転がった。真っ赤な顔もみるみる白うなる。鬼というものは、人にうっかり善《よ》い行いをしたら、神通力というものがなくなって、たいそう弱くなってしまうんだと。

それから鬼は、橋のたもとに隠れて暮らしたそうな。鬼が弱くなったことを知った村人が、威気高になって鬼を殺そうとしたからだ。これまでの復讐のため、みなでさんざんいたぶってから、よきや鉈でうち殺してしまおうと相談していた。鬼は一生懸命隠れたけれども、やっぱり見つかってしまって村人たちにひきすえられた。村人の一人が、鬼の首に向かってよきを振り降ろそうとしたその時、

『待って！』

というかん高い声が遠くでした。見ると、鬼に助けられた子供が、橋の向こうの道を一人でゆっくり歩いてきていた。

ゆっくりなのは、この子の足が悪いこともあるけれども、鬼が乗って空から降りてきた黒い舟を、ず

るずる、ずるずると引きずっておったせいだ。なえて動かん片方の足も引きずりながら、小さな子が、一生懸命に重たい舟を引っ張って歩いてきた。

やがて橋のたもとまで来ると、子供は鬼を取り囲んだ村人をかき分けて輪の中に入り、鬼の目の前に舟を置いた。舟を引いていた手は、あちこち擦り切れて血だらけになっていたが、それでも子供はにっこり笑い、

『おじちゃん、これに乗って空に帰りなよ』

と言った。

その様子を見た村人たちは、ちょっとの間みなで相談したけれども、やっぱり許すことはできないという結論になって、予定通り鬼を殺すことにした。子供を輪の外に無理に追い出し、一人が、鬼に向かってまたよきを振りあげた。

その時だった。ふわりと、舟が宙に浮いたんよ。続いて鬼の体もふわりと浮かびあがって、ゆっくりと舟の中に入ったそうな。村人はびっくり仰天して、また蜘蛛の子を散らすように逃げだした。後には、また足の悪い子供だけが残った。

鬼を乗せた舟は、ゆっくりと天に向かって昇りはじめた。一人だけ残った足の悪い子が見たら、不思議なことに舟には、神様が乗っておったそうな。善い行いをして神通力を失った鬼は、その上に人間に善いことを返されたら、今度は神様になれるのだぞうな。

神に姿を変えた鬼は、空に浮かぶ舟の上でさっと杖をひと振り。すると鬼に殺された村人たちが、みんな生き返って戻ってきたそうな。そうして不思議なことに、鬼を助けた子供の足も、この瞬間にすっかり治ったそうな。そして鬼は、舟とともに天に還《かえ》っていったんだというお話」

中村は、拍手をしたい思いと闘った。話を聞き終えた中村は、心の中で快哉を叫んでいた。とうとうたどり着いたぞ、とそう思ったのだ。もうあきらめかけていた。だが見つけた。藤堂菊一郎は、この民

話に見立てられ、殺されたのだ。疑問の余地はない。

「今のお話、題名は何というのです？」

内心の興奮を押し隠しながら、中村は努めて冷静な口調で尋ねた。千代は天井を見あげた。まるでそこに、小さな舟でも浮かんでいるようだった。

「これは天に……、うん確か……『天に還る舟』、言いましたかなぁ。もううろ憶えよね、割と古くから伝わっておるお話だったようだけどなぁ。私でさえ忘れかけておったような話ですから、もう憶えておる人は、ほとんどいないんじゃないかいのう」

「ああそうですか」

言いながら中村は、もしそうなら、なんともいい人に巡り遭えたものだと考えていた。

「いやぁ、いいお話を聞かせてもらいました」

中村は言った。実際、話の内容にもしみじみと感動していた。それから言う。

「ところで千代さん、この『天に還る舟』というお話には、酒器や皿は出てきませんかな」

「酒器や皿？」

「粉々に砕けたガラスでもいいんですが……」

この点が、まだひとつ気になっている。藤堂がこの民話に見立てられたのだとしたなら、話のどこかに酒器やガラスが登場しているはずではないか。そうでなければ、犯人がガラス片を小舟の中に撒いた理由に説明がつかない。

「さぁてなあ。そんなものは出てこなかったと思いますがのう」

千代は言った。

「ああそうですか」

中村は言い、そうして腕を組んで考えた。民話というものは、歳月とともにストーリー内部がいくらか変化する。あるいは、昔は出てきていたのかもしれない、そんなことを思った。

「いいんじゃないでしょうか、中村さん」

控えめな口調で、海老原が口をはさんできた。

「いいって、何が？」

中村は訊いた。

「ガラス片ですよ。あれらの小細工が、すべて民話に合致する必要はないように思うんです。そういった民話と合わない点こそ、ぼくはむしろ大切なような気がします。だからどこが民話と違うのか、それをよく憶えておきましょうよ」

中村はしばらく考えてから、これに頷いた。

「そりゃあかまわんが、ではもうちょっと具体的に話してくれんか？」

「いや、それはちょっと、今は勘弁してください。ぼくの思い違いかもしれないし……」

言って海老原は頭を掻く。中村は苦笑し、千代に向き直った。

「千代さん、申し訳ないです、ちょっと内輪の話をしてしまって」

「いやいや、気にせんでええよ」

千代は言った。


「なんぞ、お探しのようじゃな」

「そうなんです。では次なんですが、たとえば人が燃やされるというような民話は、ここにはありませんか？」

「人が燃やされる？」

口をもごもごさせ、千代は言った。驚いたようだった。なにやら残酷な話ばかりで恐縮だった。

「そうです。黒焦げになるような話でもいい、きっとあると思うんです」

中村は言った。見当をつけたこの方向が正しかったと今解った、そうなら、きっと黒焦げ男の話もあるはずだ。すると千代は、案の定今度はすぐに頷いて寄越した。

「ああ、うん、それでしたらこんなお話がありますよ。『石になったじじとばば』、言いましてな」

「ほう、それはどんな？」

中村が言うと、笑みとともに千代は語りはじめた。

「昔、昔。秩父地方の横瀬というところに、とても怠け者のお爺さんとお婆さんが住んでいたそうな。ぐうぐう、ぐうぐうと、いつも昼すぎまで、大いびきかいて寝ていたんだと。

そういうある日のこと、そんなお爺さんとお婆さんが、珍しく田の草取りを始めたそうな。でも夏だったからな、お日さまぎらぎら、その暑さといったらなかったんだと。すぐに二人は草取りをやめ、木陰で居眠りを始めたそうな。涼しくなってから働こうと思った。

ところがお日さま、そしたら西へ。お日さまはどんどん西へ。二人が眠っている間に、お日さまはとうとう西の山陰に引っ込んでしまった。日が暮れて、あたりは真っ暗になった。その頃にようやく起きたお爺さん、あわてて、

『やれお日さまよ、なんとけちくさい』

と言った。その声にあわてて起きたお婆さんも、

『も一度出てこい、お日さまよ、できるもんならなぁ！』

と二人は、自分の居眠りを棚にあげ、お日さまにさんざん毒づいたんだと。

すると怒ったお日さまが、一度沈んだ山の向こうからまた顔を出して、二人をぎらぎら、ぎらぎら照らしたんだそうな。いやその暑いこと、暑いこと。お爺さんとお婆さん、なんとか逃げだそうとしたけれど、お日さまは許さなかった。じりじり、じりじり照りつけて。ぎらぎら、ぎらぎら照りつけて。やがて二人は燃えだして、真っ黒焦げになって焼け死んでしまった。そしてそのまま、黒い二つの石になっちまったんだと」

中村はぽんと膝を打った。これだ！　陣内はこの民話に見立てられたのだ。だから犯人は、陣内の死体をわざわざ岩の上にまで運び、燃やしたのだ。陣内の体にはたっぷりガソリンがかけられていたから、もし軽辺老人の発見が遅れていれば、死体は黒焦げになって、黒く煤けた岩と一体化して見えたか

もしれない。そうなっていれば、陣内が岩になってしまったようにも見えたろう。

中村は、さっき海老原が言った言葉を思い出した。民話と違う部分こそが大事だ、というあれだ。彼もそんな気がしたのだ。民話と違う点、陣内の場合のそれは、まず「扇子」である。それか「灰」だ。しかし灰は、陣内の死体を隠すためのダンボールが燃えたから出たのであって、民話と合わなくても問題はなかろう。

そこまで考え、中村ははっとして顔をあげた。民話と合わない点が大切だと言った、海老原の真意が解ったのだ。「民話と違う部分」にこそ、犯人の側の特別な事情や、それゆえの動きが現れているのだ。たとえば「灰」だ。これは民話のストーリーとは別の、「死体を隠す」という犯人側の必要性によって発生したものだ。だからこの「灰」によって、「いっとき死体を隠す必要があった」という犯人の事情が読み取れる。

とすれば「扇子」だ。これも民話には現れていない事物で、重要ではないか。藤堂の場合、それは「ガラス片」となる。これらも、あるいは犯行を成す上での何らかの特殊事情、それゆえの犯人の風変わりな行動の結果として、生じた可能性はないか。もしそうなら、ここをしっかり突き詰めていけば、犯人の素性や、常人と異なる事情も推察が可能かもしれない。そうなら、これは犯人の特定につながる。

「ふむ。そういうことだったのか」

中村は海老原に言った。

「え、何です?」

海老原は言う。

「いや。さて千代さん、お疲れではありませんかな。いかがです? 少し休まれますか」

中村は、今度は千代に向かって言った。しかし千代は、笑みを浮かべて首を横に振る。

「大丈夫ですよ。昔はひと晩中語ったこともありましてなぁ」

「では続けてお願いしましょうか。次は、そうですな……、刀か何かで首を斬られる男の話があれば、是非お聞かせ願いたいのですが」

「刀で首を斬られた男の話？　うーん、そういったお話は知りませんです、はい」

　すまなそうに千代は言う。中村は、なおも言葉をつくし、追及しようかとも思ったが、やめて別の話にした。

「そうですか。では岩か人などが、鎖で縛られるといった民話はどうです？」

　すると千代は、すぐにひとつ頷いた。

「ああ、ああ、それなら『鎖につながれた竜』というお話があります。これは秩父地方に伝わる民話の中では、最も有名かもしれません。何しろ今でも見ることができますんで」

「見る？　それはどういう……」

「竜です。秩父駅から歩いて二、三分のところに、秩父神社というものがありましてな。このあたりの総社で、創建は二千年以上も昔といわれております」

「ほほう、では紀元前ですな」

「まあ、そう伝えられておりますなあ。今ある社殿は権現造りで、なんでも家康公がお建てになったとか」

　本殿と拝殿を、「石の間」や「相の間」と呼ばれる小さな部屋でつなぐというのが、権現造りの特徴である。この権現造りは平安の頃に始まり、桃山時代から盛んになったといわれている。日光にある東照宮本殿がその代表格である。

「秩父神社の本殿や拝殿には、人や動物など、様々な彫刻が施されていましてな、どれも極彩色で、それは美しいもんです。つながれた竜というのは、そんな本殿の東側の軒下にありますんです」

「ある、とは？」

「彫刻のひとつなんです」

「ああ彫刻」

「はい。青いうろこと、黄金色の腹を持つ大きな竜が欄間に彫られておりましてなぁ、左甚五郎の作とも言われております。この竜、鎖に縛られておるんです」

そういえばずっと以前、妻からそんなような話を聞いた記憶が中村にもある。秩父の鎖につながれた竜。

「どうして縛られているんです？」

「それは、このお話を聞いてもらえれば解るだろうて」

「そうですな、ではお願いします」

千代はそこで、「鎖につながれた竜」という民話を語りはじめた。

「昔、昔。秩父地方に天ケ池という、それはそれは大きな池があったそうな。村の人たちは、その近くにたくさん畑をこさえては、それは幸せに暮らしていたんだと。

ある夏のことじゃった、真夜中にでっかい音がしたそうな。村の人たちが家の外に出てみると、畑はみんな荒らされて、まるで大きな台風でも通った跡みたいだったんだと。

次の日も、そのまた次の日も、夜中になるとでっかいでっかい音がするそうな。そのたび畑は荒らされて、やがてあたりはすっかり荒れ地になっちまったんだと。作物はみんな駄目になってしまった。

『化け物だ。化け物が毎晩、天ケ池の水を呑みにきているんだ』

村の一人がそう言ったから、みな震えあがった。どうしようかと村の衆、あわてて寄り合いを開いて相談した。

『ありゃ化け物だ』

そういう男の言に、

『そうだそうだ、その通り』

『そうにちげえねえ』

みな口々に同意した。

『そんな化け物、みなで退治すべえ』

　誰かが言い、これに勢いを得てある腕自慢が、

『よし、わしがとっ捕まえてしまうべえ』

　そういう話になった。

　次の晩、男を中心にして、村の腕自慢の三人が、池の近くで身を寄せて見張っていた。でもみんな強がり言っていたけれど、真夜中になったら、みな恐ろしくなってがたがた、がたがた震えておった。なにしろ相手は、誰も見たことのない化け物だからなぁ。

　その夜は晴れていたけれど、夜が更けるにつれて黒い雲がずんずん湧きだし、やがてお月さんをすっぽり覆ってしまった。

　その時、じゃぼっ、じゃぼっ。なま暖ったかい風が吹いてきて、池の黒い水が波うった。

　じゃぼっ、じゃぼっ。

　やがて空の雲が真っ二つに割れた。そしてそのすき間から、それはでっかい竜が現れたんだと。

　竜はどおん、と池のほとりに降りてくると、大きな口でがぶりがぶりと水を呑みはじめた。すんだら、ひとしきり畑地の上をのたうち廻って大暴れするんだそうな。三人の男は、大口もどこへやら、捕まえるなんぞ思いもよらなくて、ただ見ているだけ。怖くて怖くてとっても動けない。

　さんざん暴れた後、竜はどこかに帰っていくんだと。それで三人は、どしんどしんと歩いていく竜を、おっかなびっくり跡をつけた。そうしたら竜は、秩父神社の近くでふいに姿を消してしまったそうな。

『あれは、もしかすると、秩父神社に納められている竜じゃあんめえか、なにしろあの竜は、左甚五郎が彫ったもんらしいからなぁ、生き返っても不思議はねぇぞ』

　一人が言い、残りの者も次々に頷いた。

『そうだ、そうだ、そうにちげえねえ。そんなら明日の朝、みなで神社に行ってみるべぇ』

　それで翌朝、また三人で神社に行ってみたら、彫

り物の竜は、全身が泥で汚れていたそうな。

『やっぱりそうだ。まちがいねぇ』

というとことになって、それならどうするべきかと三人でさんざん知恵を絞った。そうしたら、一人に名案がひらめいた。

『この彫り物の竜、昼間のうちに縛ってしまうべぇ！　そしたら、夜になって生き返っても動けねぇだ』

この妙案にみな感心し、膝を打って同意した。それで村人らは家にとって返し、力の強い竜でも切れないような、太くて頑丈な鎖を持ってきて、竜をしっかりと縛りつけたんだと。鎖につながれた竜は、それからはもう二度と、里へ来て悪さをすることはなくなったそうな」

感心し、中村は深く頷いた。これだ、これに間違いない。犯人がわざわざ鎖でもって浅見の体を岩に縛りつけたのは、この民話に見立てるという事情があったためだ。そのため、鎖を使ったのだ。


そういえば浅見の死体が見つかる前日、若いアヴェックが現場付近で不思議な光を見たと証言していた。娘の方はそれを、「小さな光る竜だ」と表現していた。

中村がそんなことを考えていたら、海老原が横で、何やらせわしなく手帳にペンを走らせている。すぐに終え、彼は開いたままの手帳を中村に見せてきた。そのページには、「砂に埋もれかけた青龍刀、前方に突き出した両腕、両手首に結ばれた鎖、赤く塗られた顔」、と箇条書きふうに記されていた。

一見し、中村にもこのメモの意図が解った。海老原は、民話との相違点を書きだしているのだ。中村は頷き、ちょっと俯いて、しばし浅見の死体が見つかった現場の様子を脳裏に描いてみた。すると、気づくことがあった。

「大岩の上に突き刺さっていた青龍刀もそうだな」

小声で言った。海老原はすぐに頷き、そのように手帳に記す。海老原が書き終えるのを待ってから、中村は千代に声をかけた。

「さて千代さん。次なんですが、警察官がとらばさみに足を挟まれる、というような民話はありませんか？」

言いながら中村は、これはいくらなんでも、ちょっとなさそうだなと思った。警察官という存在が、民話に似あわない気がしたのだ。これは明治以降の職業である。ところが千代は、すぐに頷いてきた。

「はいはい、ありますよ。比較的新しい話でしてね、明治の頃に伝わりはじめたようです」

「ありますか⁉」

かえって驚いた。

「はい」

「何という民話ですか？」

「『ばけ狐』、言いましてなぁ、こんなお話です」

そしてまた語りはじめる。

「昔、昔。秩父地方の両神というところに、それは狐捕りのうまいお医者さんがいたそうな。餌を置いて、それを食べた狐が帰る道の中途に、とらばさみを仕掛けておくんだと。いやぁそのうまいこと、うまいこと。何十匹も、何百匹も、たんとたんと狐を捕ったそうな、そのお医者さん。

ある日のことじゃ。先生は河原にとらばさみを仕掛けておいて、家に帰ろうとしていた。すると目の前に、いきなりお巡りさんが現れたんじゃ。腰にサーベル挿している。

『おいおまえ。そんなところで何をしている。まさか、狐を獲るためのとらばさみを仕掛けたのではあるまいな？』

お巡りさんは問うた。お医者さんは、とらばさみを仕掛ける許可をお上から取っていませんでしたから、

『いえいえそんな。私はそんなものは仕掛けませんよ』

と急いで応えた。

『嘘をついたら舌を抜くぞ』

お巡りさんが言うので、

『嘘などついてはおりませんよ』

そうお医者さんは応えました。

『そうか。ではこのあたりにとらばさみはないな?』

お巡りさんが言い、お医者さんがまた頷くと、お巡りさんは河原へ降りていくんだそうな。不思議に思った先生は、そうっとお巡りさんの跡をつけたんだと。

すると河原に降りたお巡りさん、先生が置いておいた狐の餌を手にすると、それはおいしそうに食べはじめた。あれれと思って先生が見ていたら、すっかり食べ終えたお巡りさんは、さっき先生がとらばさみを仕掛けておいたけもの道に向かっていったそうな。

やがてがしゃんと音がして、お巡りさんの右足に、とらばさみが深く食い込んだそうな。深く、深く食い込んでしもうた。

痛さにもがくお巡りさん。もの陰から先生がずっとそれを見ていたら、お巡りさんに尻尾が生えてきてな。先生、なおもずっと見ていると、お巡りさん、だんだんに大きな狐に姿を変えていった。それでとうとう大狐、先生に捕まったんだと」

聞き終えた中村の脳裏に、瞬間秋島重治の死体が浮かんだ。秋島はこの「ばけ狐」に見立てられたのだ。殺害された場所も、民話にあるのと同じ河原である。

俯いた中村は、またしばらくの間、無言で考えてみた。しかし「ばけ狐」の秋島もまた、民話とは大きく異なる部分がある。秋島の右大腿部は切断され、膝上から腿の部分が持ち去られていた。海老原流に言う民話との違いは、まずはこれだった。秋島のケースでは、ほかにはもう相違点はなさそうである。

強いて言えば、あずまやにすわらされていたことくらいか。民話にあずまやは出てこない。

中村は顔をあげた。

「千代さん、これが最後になります。男が両足を切断されるような、あるいはその後燃やされてしまうような、そんな民話はありませんか？」

中村が言うと、千代はこれにもゆっくりと頷く。

「男の人が両足を斬られてしまうというお話、ひとつだけありますよ」

しめた、と中村は思った。

「ではひとつ、それをお聞かせください」

「はい解りました。ではその前に、お二方は『ごぜ』というものをご存知ですか？」

若い海老原は、すぐに首を横に振った。中村の場合、少し考えてからこう口を開いた。

「目の不自由な女性たちが集団になり、全国あちらこちらの里を巡る旅をしながら、義太夫などを唄って一夜の宿と食事を得る。そうした芸能の女性たちのことを、『ごぜ』と称していたような覚えがあります。かなり昔の記憶ですが……」

「よくご存知ですね。おっしゃる通り、それが『ごぜ』です。昔はずいぶん数も多かったと聞きます。秩父は山間の盆地で、娯楽も少ないですからなぁ、この土地の人たちは、たまに訪れるごぜさんらに、全国各地の話とか、義太夫語りを聴くのを楽しみにしておったようです」

「ほう、そうですか」

「このお話は、『ごぜの怨み』、言いましてなぁ」

千代は膝の先に置いていた茶碗を取ってゆるゆると飲み、少し居住まいを正してから、語りはじめた。

「昔、昔。いっつもいっつも水不足に苦しんでおる村があったそうな。田んぼも枯れて、米も獲れん。村人たちは一年中、ひえや粟を食って飢えをしのいでいたんだと。そこで村人たちは、ある日こう考えた。土手を造って川の水を引こうではないか、そうして溜め池を造ろう。そうしたらその水で田も造れ、米も獲れる。

ところがじゃ、何度土手を築いてやってみても、水の力が強すぎて、土手はすぐに決壊してしまう。

そこで村人はまたこう考えた。今度ごぜが来たら訊いてみよう、よその土地ではこういう時、いったいどうしておるのかと。

しばらくしてごぜの一団が村はずれの道を通りかかったので、安兵衛という村の者が女たちの集団に寄っていって、こう尋ねたんだそうな。

『ちょっとちょっと、ごぜの娘さんたち。ちょっとだけ教えてくだされ。この村には水がなくてな、わしらはいっつも困っております。だけんどいくら土手をこさえて池を造ろうとしても、すぐに流されてしまう。よその土地ではこんな時、いったいどうしておるのかなぁ』

一人の若いごぜが振り返り、こう教えてくれた。

『人柱です。それをすれば土地の神さまが納得し、土手は決して流されません』

安兵衛はびっくり仰天し、問うた。

『それは人間を？』

『そうです、できれば若い娘がよいのです』

ごぜは教えてくれた。

安兵衛は村の寄り合いに戻り、みなに報告した。そして、いったい誰を人柱にするかということを、村全体で話し合うたんだと。でも進んで人柱になろうとする者などいるわけもない。それに村には、今は年頃の若い娘がいなかった。

『こうなったらもう仕方があんめえ。あのごぜの娘を一人さらって、人柱に立てよう』

安兵衛がそう言っても、とめる者はなかった。

その夜、仲間と一緒にごぜの泊まる家に忍んで入った安兵衛は、若い娘を一人さらうと、逃げられないように娘の両足を斬ってから、土の中に埋めてしまったんだと。

そうやってから土手を造ってみたら、ごぜが言った通り、今度はちっとも流されない。やがて立派な池ができあがった。できた池から水を引き、村の田んぼには、みなが夢にまで見た稲穂が、とうとういっぱいに揺れた。

それから時が経ち、仕事を終えた安兵衛が、ある日溜め池のほとりで休んでおった時だ。水面がふいにゆらゆらと波だったかと思うたら、水の中から一匹の美しい蜘蛛が現われた。

いやその蜘蛛の美しいこと。安兵衛がぼうとなってすっかり見とれておると、蜘蛛は安兵衛のそばにやってきては両足の親指に糸をかけ、池に入ってはまた出てくる。これを何度も何度も繰り返すんだと。やがて何本もの糸が安兵衛の、足の指に結ばれた。結ばれた糸を見ながら安兵衛が首をひねっていると、

『よいさ、よいさ』

そういう声が池の中から聞こえてきて、強い力で糸が引っ張られる。安兵衛を、池に引きずり込もうとしているようだった。はっとわれに返った安兵衛は、あわてて近くの木にがっしと抱きついた。だけども蜘蛛の糸は全然切れもせず、安兵衛をぐいぐい池に向かって引っ張り続けるんだと。とうとう安兵衛の両足は、二本とも膝のところでぷっつりちぎれてしまったそうな。

安兵衛は、あまりの痛みに大声で悲鳴をあげたが、苦痛の内で、こうかろうじて考えた。

『ああやれやれ、足はなくなったが、それでも命だけは助かった』

と思ったその瞬間、にわかに雲が天に満ちて、空は真っ黒、雷がごろごろ。あっと思った時には、安兵衛が掴まっていた木に雷が落ちて、安兵衛は真っ黒焦げになって死んでしまったんだと」

中村は、大きくひとつ頷いていた。これか。長澤和摩はこの民話だったのか。長澤と思われる死体が発見された際、あれもまたひどいものだったから、どうしてこんな残酷を、と思ったものだった。両足を切断され、足も体も黒焦げだった。あれは、この民話の内容に合わせるためだったのか。

大きく息をついた中村は、次に民話との相違点を探してみる。それは、まずは船だ。「ごぜの怨み」

の中で、安兵衛は池のほとりで死んでしまうが、船は出てこない。これは大きな違いだ。それから長澤の腹部は横方向に斬り裂かれ、腸が引きずり出されていた。これも民話とは違う。

横で海老原が書き込んでいる手帳を覗き込むと、やはりその二点を彼も記している。この相違点は何を語るのか——？　たぶん犯人に、どうしてもそうしなくてはならない事情があったのだ。民話の見立て、以外にだ。

中村は顔をあげる。そして千代に言った。

「いや千代さん、どうもありがとうございました。お疲れになったでしょう」

「いやいや。ご興味をひくようなお話は、ありましたかな」

中村は深く頷き、

「ありましたとも」

と力強く応えた。この訪問の実りは、実に実に大きかった。

「ああ、それはよござんした」

笑みを浮かべ、千代は言った。

中村たちは、千代に向かって深くお辞儀をしてから立ちあがった。廊下で加代にも丁重に礼を述べ、大塚家を辞した。

表に出ると、急ぎ足になって想流亭に向かう。今回の事件に土地の民話が深く関わっていると解った、涌井英信にも話を聞く必要があった。昨夜の彼の態度も気になる。歩きながら腕時計に目をやると、九時半を少し廻ったところだ。

2

急ぎ足で戻ってみると、想流亭の前には、道をふさぐような格好で三台のパトカーが止まっていた。野次馬も集まっていて、パトカーの屋根の上で回る赤色燈が、彼らの顔を朱に染めている。

「おい何だ？　今度は」

中村が言い、二人は駈け足になった。野次馬の脇を抜け、パトカーの間も抜けて、亭の玄関扉を開ける。すると、亭内の空気が張りつめているのが解った。何かがあった。カウンターの中には三井きよがいて、二人の警察官と立ち話をしている。

「きよさん」

遠くから声をかけると、三人がいっせいに中村を振り返った。二人の警察官とは、浅見喬の死体が発見された現場で会っている。彼らも中村たちのことを憶えていて、姿勢を正して敬礼をしてきた。中村は軽く頭を下げながら、カウンターへと向かう。

「どうしました？」

「英ちゃんが……」

言ってきよは、わっと泣きだした。あとはもう言葉にならず、カウンターにすがってなんとか立ってはいたが、今にもしゃがみ込みそうだった。

中村は、警官の方に向き直った。この事態の説明を受けたかったからだ。

「涌井英信の部屋を任意で捜査しましたところ、被害者の一人である、秋島重治のものと思われる右大腿部及び、血液の付着したナタが見つかりました。そのために涌井英信を、今回の事件の容疑者として連行しました」

警察官は言った。

「英信が!?　そんな馬鹿な！」

興奮した声をあげ、海老原が警察官に詰め寄ろうとする。中村は彼を手で制した。

「涌井さんの部屋を見たい、よろしいかな？」

海老原に聞かせるため、中村はあえて冷静な声で言った。警察官はすぐに頷く。それで二人は想流亭を出て、昨日と同じように、外階段から二階へと上がっていった。外気にあたった海老原は、少し頭が冷えたようだ。

二階の扉を開けると、廊下には大野幸助の姿があって、茫然といったふうで立ちつくしていた。涌井の部屋のドアは開け放たれている。廊下を進み、涌井の部屋の上がり口で立ち停まってみた。八畳一間の部屋には三人の警察官がいて、さほど広くもない部屋のあちらこちらを、ずいぶんと熱心な様子で調べていた。警察官たちはすぐに中村に気づき、作業の手を停めて敬礼してきた。三人ともこれまでの捜査で見知った顔だった。

頭を下げておいて中村は、部屋の全体を見廻した。上がり口の脇は簡単な台所になっていて、小さな冷蔵庫がある。室内のほぼ中央にはこたつが置かれ、壁には本棚が並び、突きあたりの窓辺にはカラーボックスがあって、上にテレビとラジカセが並んでいる。金目の所持品といえば、そのくらいのものだった。

「秋島の大腿部はどこから?」

誰にともなく、中村は言った。

「押入れの、茶箱の中からです。ごみ袋で三重に包まれていました」

年配の、眼鏡をかけた警察官が応える。

「犯人が、そんなものを自分の部屋に置いとくって?」

海老原が、不満を押し殺した声で言う。

「凶器も。しかもそれを任意で警官に見せると? 山の中で、棄てる場所なんていくらでもあるのに」

中村は海老原に頷いて見せてから、

「ああそうですか」

と大声で言った。それから靴を脱ぎ、部屋に上がった。友人の部屋に、無断で入ることをためらうのか、海老原は上がりぶちに立ったままだ。中村が振り返ると、

「ここにいます」

と静かに言った。

中村は頷き、本棚に体を向けた。そこには、見事なくらいに民話や伝承に関する書物ばかりが並んでいた。この様子から見て、涌井が「天に還る舟」や、「化け狐」の民話を知らないとは思われなかった。

本棚の反対側は押入れで、上段には衣類が吊るされ、下段には四つの茶箱があった。戸が開け放されているので、これらが見えている。

「大腿部やナタのほかには、何か出ましたかな」

「今のところ、何も見つかってはおりません」

先ほどの警官が言った。頷き、それでもう中村は部屋を出た。これ以上見るものはなかったからだ。廊下を戻り、表に出る。

「涌井さんがやったと思うかい？」

階段を降りながら、中村は海老原に訊いた。

「いいえ」

首を横に振りながら、海老原は断定的に言う。

「訊くまでもなかったか？」

「はい」

「よし。じゃあ今から秩父署へ行くぜ」

中村が言い、海老原は強く頷く。

階段を降り、玄関のガラス戸越しにロビーを覗くと、きよはまだ泣いているふうだ。かける言葉も思いつかなかったから、二人はそのまま想流亭を後にして、上長瀞の駅に向かった。急ぎ足で駅前に出て、客待ちのタクシーに乗り込み、秩父署へ、と告げた。

車が走りだし、中村は振動に身をまかせながら、涌井英信に五人を殺すことができたかについて、思いを巡らした。

まず藤堂菊一郎である。藤堂の死亡推定時刻は十二月十五日の午前四時から五時の間で、この間のアリバイに関して涌井は、自室で寝ていたと言っている。時間が時間だからそれも当然だろう。そしてこの夜、同じ想流亭の二階で暮らす大野は不在だった。友人と二人、秩父市内を飲み歩いていたのだ。だから涌井が、誰にも気づかれないように寮と自室を抜け出し、藤堂を殺害し、再び部屋に戻っておくということは造作もない。だから物理的には犯行は可能だ。

次の陣内恭蔵は、十二月十八日の午前三時から五時の間に殺害されている。藤堂の時と同じく、涌井はその間も自室で寝ていたと言っている。これも時間帯を考慮すれば当たり前の話だ。こんな時間に証人がいる方が不自然というものだ。大野もまたこの時、同じフロアにある自室で寝ていた。しかし涌井が、大野に気づかれずに寮を抜け出すことは、それほどむずかしくはなかろう。だからこの時も、陣内殺しという犯行は物理的には可能だ。

しかし三人目は問題だ。三人目の被害者、浅見喬の死んだ時刻はその翌日十九日の朝七時から八時の間となっている。もしも涌井を犯人としたいなら、この浅見殺しだけは大いなる難関だった。中村はベレー帽のてっぺんを押さえ、しばし考え込む。

この一時間は、旅荘にとっては非常に忙しい時間帯にあたる。朝食準備の時間だからだ。だから涌井も、この間はずっと想流亭にいて、朝食の用意をしていた。だからこの間の彼の姿は、海老原をはじめとした複数の人間に終始目撃され続けている。よって朝の七時から八時の間、涌井は想流亭から一歩も出ていないことは証明される。だから涌井は、少なくとも浅見だけは殺せない理屈になる。

秋島重治と長澤和摩の死体は昨日未明、相次いで発見されている。死亡推定時刻は秋島が午前一時から二時、長澤が同じく二時すぎから三時半の間である。この間涌井がどこで何をしていたのかは中村もまだ知らない。訊けていないからだ。これは今秩父署に行けば解るだろうか。

そんなことを考えている間にタクシーは秩父署に着いた。車を降りた中村たちは、秩父署に入ると急ぎ足で階段を登り、三階へと行った。捜査本部になっている部屋のドアを開けた。しかし部屋を見渡しても、川島秀仁の姿はなかった。西宮伊知郎だけは席にいて、中村たちを認めると、無表情のままで立ちあがった。

「川島さんはどちらへ？」

大股で西宮の席に近づきながら、中村は言った。

「ようやく被疑者逮捕にこぎつけましたんでね、今県警本部で今後の打ち合わせをしています。帰りは遅くなるでしょうな」

やや横柄に言って、西宮は椅子にすわった。中村たちは西宮のデスクの前に立つ。

「そうですか。涌井なんですが、今どこにいるんです？」

「署内で取り調べ中です。もう少ししたら私も行くつもりです。まあきっちり締めあげてやりますよ。何なら道場で取り調べてもいい」

「会わしてもらえませんかな？」

「今はまだ無理ですな。ひと通り調べが終わってからでしたらかまいませんが」

書類に目を落としながら、西宮が応える。

「秋島と長澤の殺害時刻のアリバイに関しては、どう言ってます？」

「今調べてます。しかしどうにでもなるでしょう、そんなものは。深夜の時間帯だ、みな寝ている」

「ご承知とは思いますが、浅見喬が殺害された時間帯は、涌井はずっと想流亭にいました。大勢の旅館のスタッフと一緒に、朝食の準備中だったんです。それでも彼が犯人と？」

中村が言うと、西宮は驚きの表情を浮かべて中村を見た。

「すると中村さんはあれですか、涌井がホシではないと考えておられるんですか？」

「その可能性もあるでしょう」

「しかしですな、やつの部屋からは切断された被害者の大腿部が出てきたんですぞ、ガイシャの血が付いた凶器も。これはもう涌井がやったに決まっているじゃないですか！」

西宮は、やや声を荒げた。

「ガイシャの血とはまだ解らんでしょう」

「ガイシャのに決まっているでしょうが！」

「それにしても、誰かが置いておくことはできる」

すると西宮は笑った。

「そんなことを言ってりゃきりがない。いったい誰がそんなことを？　そんなことやるのはテレビだけです。私は経験したことがない」

「動機はなんです？」

「ああそれでしたらね、どうやら涌井のやつ、汐織とかいう娘と恋仲だったらしいんです。ところがやつには両親もなければ、旅館に住み込みの貧乏暮らしだ。それで汐織の父親の長澤和摩や、ほかの慰霊会の会員たちからさんざん、別れるようにとでも言われていたんじゃないかな。慰霊会を主宰していた藤堂は、想流亭のオーナーでもあったから、これにはやつも逆らえない。ま、そんなところでしょう」

「そんなことで五人も殺しますかね」

中村は冷静な声で言った。人を五人も、それもあんな残忍な方法で一人一人を殺しておいて、女と新婚生活に入るというのか。それこそテレビドラマだ。

「だから今調査中なんです、もっと出ますよ」

西宮は言う。

「人殺しの動機なんてね、たいていは金か女です」

こんな計画的な匂いのする事件も、そんな十羽ひとからげで片づけられるのか。

「色と欲、そんなもんですよ、それが人間。そうならみっともないからまず吐きゃしない。まあ、あれだけの物的証拠が出たんだ、動機なんて解らなくても送検できますがね」

「検察庁に送るのですか？」

すると西宮は顔をあげ、中村を見た。そして盛大に口をとがらせた。

「当たり前でしょうが。こんなひどい事件、一刻も早く解決しませんとね、市民が安心して生活を送れない」

「ちょっと待ってもらえませんか」

中村は静かに言った。

「なんですって！　待て？　いったいなにを待つんです？　こんな凶悪事件なんですよ、世間も新聞も大注目している、あなたなにを言っているんですか」

　西宮は、目を丸くして中村を見ていた。

「世間が大注目している事件だからです。もしも間違えたら大変なことになる」

「市民はどうなります？　彼らは一刻も早く安心したがっている、われわれにすがっているんです」

「間違えた犯人を送っても、彼らの生活が安泰にはなりません」

「冗談じゃない！　テレンコテレンコやってたらこっちは赤恥だ、県警にも面子というものがある」

「だから言っているんです。こんな注目事件、間違えたら大変な赤恥だ」

「間違えたりなんぞしない。われわれプロに、ど素人みたいなのろまな仕事をしろと？」

「それでも冤罪者を出すよりはマシですよ」

「馬鹿な、これが冤罪だと？　動機もあって、部屋から凶器も出て、被害者の体の一部も出てきた、それでも冤罪だと？　そんな話、聞いたこともない！」

「涌井が五人を殺していないという可能性がわずかでもある以上、もうしばらく捜査を続けるべきではありませんか？　少なくともまだこの段階では、涌井が本ボシだと決めてかかるのは危険です」

　西宮は、仲間うちから出たこの非常識発言に対し、心底あきれてしまって、大袈裟な溜め息をついて見せた。

「中村さん、私は謙虚を自認している警察官なんです。いいですか？　考え違いをしてはいけない」

「同感ですな」

「われわれはスーパーマンじゃない、神でもない、事件解決のための、単なる下っ端です。私はこれを忘れたことなんかない、ほんの一瞬もです。私は分を心得ている、われわれはただ容疑者を検察庁に送ればそれでいいんだ。こいつが本当にやったのか否か、それを決めるのはあんた、裁判所でしょうが」

「裁判官は犯罪捜査のプロじゃない、彼らもまた私らに頼りますよ」

中村は言った。

「私らに頼るとは？」

「だから互いに責任は相手に押しつけて、それぞれが分を心得た、控え目で無難な仕事をして、そんなふうにして冤罪が起こることは時にあります」

「冤罪、冤罪と簡単に言われますな」

西宮は苦々しそうに言った。

「警察官にあるまじき言動ではありませんか、中村さん。私は警察官の職種に誇りを持っている、あなたは違うんですか？」

「私も持っています。だから間違いを犯したくないんです。世間の警察への信頼感を損ないたくないから」

「どうして損なうんですか。まるで警察官がしょっちゅう犯人を間違えているような言い方だ。私はですな中村さん」

「はい」

「世間に、冤罪なんてものはただのひとつもないと思っております。あんなのはあんた、被告の大嘘の口車に乗った者、それもアカが、日本に怨みを持って騒いでいるだけなんだ、私怨ですよありゃ。あの恩知らずら、スパイじゃないですか、みなしょっぴきゃいい。そんなにこの国が嫌なら、日本出ていけって言うんだ。鑑定や司法の専門家が大勢集まって、何十年もかけて裁判やって、間違えるわけがないでしょうが。考えてもみてください」

「しかしこのケースを、またひとつ冤罪疑惑のケースにしたいんですか」

「どういう意味です？」

西宮の顔が、怒りでみるみる赤く染まる。

「ああ、いや、これは言いすぎました」

中村は頭を下げた。そして言う。

「確かにあの青年は、事件に深く関わっている。これは間違いのないところでしょう。事実、ガイシャの体の一部も部屋から出てきたわけだし。でもですな、どうしても私にはピンと来ないんだ」

「そりゃあなたがでしょう？　私は来ている」

「この事件がこれで決着とは、到底思えないんですよ。まだやらなければいけないことがいくつもある。まだ調べなければならないことがある。お願いしますよ、もう少しだけ待ってもらえませんか」

西宮は大きな溜め息をつきながら、背もたれにそり返った。腕を組み、しばらく考え込む。中村たちは立ったまま、西宮の返答を待った。

「まあねぇ、本庁の刑事さんがそこまで言われるんなら、送検を待ってもいいです。ただし一日だけ、それ以上は無理だ。われわれも、もうそろそろマスコミから叩かれはじめているんでね」

「これはありがたい、助かります」

中村は言った。本心ではあと三日欲しいところだった。しかし、これはもう言っても無理であろう。

「明日の朝九時頃、従業員への聞き込みのため、川島とともに想流亭へ行く予定です。その時までに涌井が犯人でないという確証が見つかっていなければ、すぐにやつを送検します。それでいいですな？」

中村は頷き、

「けっこうです」

と言った。そしてさらに礼を言い、部屋を出た。

海老原と二人、廊下を階段へと向かう。

「まずはなにをしましょう？」

海老原が訊いてきた。

「時間がないです。無駄のない動きをしなくては」

「ライン下りに乗ってみねぇか」

せかせかと歩きながら、中村がそう応えたので、海老原は目を丸くした。

「ライン下りですって？」

それこそ無駄の極致だと言いたげに、彼は中村を見た。

「まだ時間はある、焦りは禁物だ。前から気になっているんだ、川から現場を眺めれば、何か得られる気がするんだよ。想流亭の大野さん、ライン下りの船頭さんたちと懇意にしているんだよな？　あの人から船頭さんに頼んでもらえば、船を出してくれるかもしれない」

十二月から三月中旬まで、長瀞町の名物であるライン下りは運行を休止している。しかし船は今も川にあって、船着き場につながれたままだったから、交渉次第では何とかなりそうに思えた。海老原も、見ようによってはしぶしぶ横で頷いている。

一階に降り、署内の公衆電話で、中村は想流亭の大野に電話を入れた。事情を話し、仲のよい船頭にかけあってもらうように頼んだ。大野は快諾してくれた。冬場でも、若い見習い船頭の練習のため、船を出すのはままあることなのだそうだ。受話器の向こうで大野は、今日は天気もよいからまず大丈夫でしょう、と言った。礼を言い、中村はいったん電話を切る。秩父駅まで歩き、そこからまた想流亭にかけて結果を聞くつもりだった。秩父署を出ると、中村たちは駅に向かって急ぐ。

秩父駅に着いてもう一度想流亭に電話をすると、また大野が出た。知り合いの船頭が船を出すのを承知してくれたので、準備ができ次第、船頭たちと一緒に親鼻橋たもとの船着き場へ向かうという。中村は、では自分もこれからすぐに親鼻橋に行くことを約束し、電話を切った。

腕時計を見れば十時半だ。さっきはああ言ったが、時間はもうそれほど残されてはいない。

3

次の長瀞方面行きの列車は十時五十八分の発だったので、待っていられず、中村たちはタクシーを使うことにした。道は相変わらず空いていたから、二十分とかからずに親鼻橋に着くことができた。橋の手前でタクシーを降り、橋の脇の坂道を下ってたもとへ出る。しかし、大野たちの姿はなかった。

　中村は、ひとわたり周囲を眺めてみた。親鼻橋下の河原は一面が砂利に覆われ、サッカー場のひとつも造れそうな大きさだ。全体になだらかで、大きな岩もそれほど突き出てはおらず、天然の駐車場といったところだ。それともこれは、駐車場にするために整地をしたのだろうか。駐車料金を徴収するための小さな建物も見えるが、この季節、車は一台も停まってはいない。

　荒川はそんな河原の向こうをゆったりと流れ、冬で水量が少ないせいか、水面のあちこちに大小の岩が突き出し、川の水はそこだけ白く見えている。岸辺には、川の水を引き込んで船溜まりが造られている。ここが船着き場で、船溜まりの中にはライン下り用の船が十五艘ほど浮かび、時おり吹く北からの風にゆるく揺れている。中村はこれに向かって歩きだす。海老原も続いた。

　近くで見ると、船は思った以上に大きく、三十人は楽に乗れそうだ。両側面に折りたたみ式の椅子があり、艫には救命用の浮き輪がぶら下がっている。海老原が舳先に手をかけ、ちょっと船を揺すってみると、静かだった水面にゆっくりと波紋が広がる。

　背後で車のエンジン音が聞こえた。振り返ると、一台のマイクロバスが坂道を下ってきていた。車の横腹には「想流亭」と書かれている。大野幸助がハンドルを握っていて、中村が軽く右手を上げると、大野はクラクションで応えてきた。

　車は中村たちの目の前で停まり、運転席から立ちあがった大野が、後方に行ってスライド式のドアを開いた。大野に続き、がっしりとした体格の初老の男性が二人、ゆっくりと降りてくる。印半纏に身を包み、中村たちと目が合うと、柔和な笑みを顔に浮かべた。

「お待たせを致しました。少し準備に手間取ったものですから」

　大野が言った。

「いやとんでもない、無理を申してすみませんでしたな。助かります」

「いえいえ、お役にたつことができて嬉しいです。この人が私の知り合いの船頭さんで、矢部さんと、磯田さんと言います」

　印半纏の男たちが軽く会釈を寄越してきた。それで中村と海老原も、揃って頭を下げる。

「では行きますか」

　大野が言い、船頭たちは船に寄っていき、馴れた手つきで乗船の準備にかかった。

「さあどうぞ。今日は貸し切りです」

　用意はすぐに整い、船頭の一人がそう言った。中村を先頭に、三人は船に乗り込む。舳先に向かって右側に中村がすわり、左側の椅子には海老原と大野が並んで、中村と向かい合うように腰を降ろした。艫と舳先にそれぞれ立った船頭たちは、客たちがすわるのをじっと待っていたが、三メートルもある長い竹竿を持ちあげ、

「では出発です」

　と磯田が宣言した。

　船尾側の船頭によってもやい綱がはずされ、想像していたよりもずっと軽やかに、船は動きだした。上流側に船首を向けて進み、船溜まりからの出口で、川の流れに乗るようにしてぐうっとターンする。スリルを感じる一瞬だ。後は流れに乗っていく。水はなかなか速い。

　五百メートルほど彼方にまず秩父鉄道の鉄橋が見える。赤く塗られた五本の橋脚が、渓谷の緑によく映えている。藤堂菊一郎が小舟とともに吊られていた橋だ。中村は黙って赤い橋を見つめた。海老原も見つめている。

　流れに乗った船はさらに速度をあげ、緑の水面の、ほぼ真ん中を行く。朱塗りの鉄橋がみるみる近づく。水面にはいくつも岩が顔を覗かせるが、船頭は長い竿を操って船首の向きを操り、巧みにそれらを避けていく。

橋桁の鋼材は一メートルほどの太さで、アルファベットのHを寝かせたようなかたちをしている。それが流れの中央からはよく解る。そういう橋桁を支える橋脚は、間近で見るとずい分太く、幅は二メートルに近い。それが等間隔で五本並んでいる。船足は速く、橋脚がぐんぐん迫る。

「船が橋脚にぶつかったりはしませんか?」

中村が思わず船頭に訊いた。船頭は笑った。

「まあ、あれに当たるようなら船頭失格ですわなあ」

竿を操りながら、のんびりした口調で矢部は言う。まあそれは、確かにそうであろう。

船は、五本ある橋脚の、右から二本目と三本目の間に針路を取る。藤堂菊一郎が吊られていたのも、やはり二本目と三本目の間だった。

「船は必ずここを?」

ちょっと気になり、中村は訊いた。

「はい。船の通る場所はここと決まっております。ここだけ、川底を少し掘ってあるんです」

船頭は応えた。

船が鉄橋の真下に入っていく。中村と海老原は、揃って頭上を見上げた。えんじ色をした二本の橋桁の上、枕木が行儀よく並ぶのが見える。真下からだと、枕木の裏側が見えるのだ。この枕木のどれかに藤堂や小舟が吊られていたわけだが、下から見ても特に変わった様子はない。ただ、ずいぶん高いなと中村は感じた。

橋の下を抜けると、先で川の流れが激しいものに変わった。激流というほどではないが、水面の全体が白く波だっている。あちらこちらで岩に当たったた水がはぜ、上下に揺れながら進む船の舷側を濡らした。

「夏になるとね、カヤックというんかいな。小さな舟に乗った人たちがね、いつもここで遊んでいますよ」

船頭が言う。川はゆったりとした曲線を描きながら、ゆるやかに左へとうねっていく。しかし速い流れは続き、水のはぜる音も続く。船首に立った船頭は、常に数メートルの先を見つめているふうだ。そして、竿一本で巧みに船の向きを決める。

カーヴを越えると、荒い水面がようやく鎮まった。川幅もぐんと広がり、ゆったりとする。それからの川は当分まっすぐで、ずっと先までが見通せた。川の右手には岸壁が続き、左岸はというと、砂と石に覆われた河原で、これもまたずっと先まで続いている。

「私どもの旅館はあのあたりになります」

言いながら、大野が河原の先の方を指さした。林の向こうに、想流亭がちらちら見え隠れしている。中村は少しの間想流亭を眺め、それから後方を振り返ってみるが、もう鉄橋は見えなかった。

さっきの鉄橋に吊られていたはずの、藤堂菊一郎の死体を、中村は脳裏に描いてみた。水面から線路は、おおよそ十五メートルほどの高みにある。ずいぶん高い印象だった。線路が渡されているだけといったふうの橋は、枕木を歩いて作業をしようとする者には、極めて足場が悪かったはずだ。足下の流れは速く、しかも遥かな眼下だ。足を滑らせて転落すれば、たぶん大怪我ではすまない。恐怖も湧いたろう。犯人はそうした危険を冒してまで、わざわざ舟と藤堂を枕木から吊った。そこまでして、犯人は「天に還る舟」という民話の見立てにこだわったのだ。この理由は何故なのか——？

もうひとつある。これは前にも感じたことだが、事件当日、午前四時半頃に親鼻橋を通った新聞配達の高校生は、その時鉄橋には何もなかったと証言している。そして藤堂の死体は、午前五時すぎに発見された。つまり犯人は、このわずか三十分ほどの間に、藤堂と舟を鉄橋から吊り下げたことになる。このあたりは単線で、鉄橋の幅は狭く、足場も悪い。かといって照明の類を使うわけにもいかないだろうから、すこぶる困難な状況下、たった三十分という時間で、はたしてそんなことができるものだろうか――？

「では、そろそろこれを」

大野が言うので、中村はわれに返った。見ると大野は、椅子の脇に置かれていた透明なヴィニール・シートを手にしている。

「この先、流れが急なところを通りますので、このシートを肩口までかぶるようにしてください。そうしませんと、服が濡れてしまいますんで」

船はもうかなり進んだようで、先ほどまでは見えなかった中州が、すぐ目の前にあった。川面のほとんどを占領するように、堆積した土砂や奇怪なかたちの岩々が、あちらこちらで大きく盛りあがっている。そのため、堰き止められた格好になった川は、ここで左と右の二股に大きく分かれる。中州の岩が邪魔をして、下流の様子はまったく見えなくなった。ただごうごうという音だけが途切れることなく続くので、だんだん不安になる。

「そんなにすごい流れなんですか？」

中村は尋ねた。川はごくゆるやかに流れていたし、先ほどの速い流れも、格別激流と呼べるほどのものではなかったから、大野の言葉がにわかには信じられない。

「はい。この先は小滝と呼ばれる激流で、きつい瀬がいくつか続きます。ライン下りの一番の見せ場です」

言われて船頭を見ると、船首に立つ方の磯田は前かがみになり、真剣な眼差しで行方を見つめている。先ほどまでの、のんびりした様子が消えた。ごうごうという音がどんどん大きくなる。

「さあ、行きますよ！」

船頭が叫び、船は左方向に進んだ。ようやく中州に隠れていた下流が見えた。

大野の言う通りで、そこはまさしく激流だった。急に船が上下に激しく揺れだした。高い波に覆われ、行く先の水面は、どこまでも真っ白である。あちらこちらで水しぶきが高く上がり、白い水面に黒い岩が見え隠れする。

「これはすごいですね!」

海老原が大声で言った。大声でないと、水のはじける音に消されて聞こえないのだ。目の前に最初の瀬が迫る。船は船首から大きく沈み込み、その反動でたちまち飛びあがるように浮かぶ。若い娘たちが乗っていれば、今頃は悲鳴の渦であろう。

そんなふうにしながら、船はその瀬を越えた。しかしさらに大きな瀬が、眼前に迫っていた。瀬の内に船が入ると、また激しい上下動が始まる。船べりより一メートル近くも高くあがった波が、白いカーテンになって中村たちの視界を奪う。ばらばらと大きな音がして、ヴィニール・シートに水が降りかかる。

その瀬を越えると、川は急激に落ち込んでいた。船は舳先からぐうっと下方に沈み込んでいく。落ち込みの先では、水が上流に向かって逆巻いている。ばしゃんと音をたて、落ち込みの真上を通過した船は、そのまま川のほぼ中央を突き進んで、そして瀬は途切れた。

「さらにもうひとつ、最後に大きな瀬が待っています」

大野が言った。行く手には、一メートルを越すような高い波が一面に立っている。船からだと、波はずいぶん高く見える。ごうごうという音が周囲を圧倒し、船はまるで呑み込まれるように、最後の瀬に突入していく。水が、白い壁となって船を包む。

瀬のただ中では、船は波に持ちあがり、ほんの一瞬空中に浮かんでは、たちまち落下する。続いてばらばらと大きな音がして、シートに水しぶきがかかってくる。まさに波に翻弄されるといったふうだ。

ようやく瀬を抜けた。瀬の先は正面が高い岸壁で、川はこれにぶつかり、避けるようにして、ほぼ直角に右へと曲がる。このカーヴを越えたら、流れはようやく静かなものに変わった。

「いかがでしたか?」

かぶっていたヴィニール・シートをはずしながら、大野が言った。

「いやぁ、なかなかすごいものでしたな。特に最後の瀬では、船が垂直に二、三メートルも落下したように思えましたよ」

と言った瞬間、中村ははっとした。知らず、立ちあがっていた。大野が驚いたように見ている。海老原が危険ですよと言ったが、中村は無言だ。無言で考え続けている。

落下した? 落ちた? 中村はそんなふうに考えていたのだ。天啓を得たのだ。中村のただならぬ気配に、磯田が船を岸に寄せて停めた。中村のそれにも気づかず、中村は突っ立ったまま、ベレー帽のてっぺんを押さえて考える。

藤堂を乗せた舟は、午前四時半から午前五時の間に鉄橋下に吊られたのではなく、その間に、鉄橋から落下しただけではないのか? つまり四時半に新聞配達の高校生が親鼻橋を通った時、小舟はすでにもう枕木の下に吊られていたのではないか——?

これなら話は解る。短時間でも可能になるのだ。鉄橋にかかる橋桁の太さは一メートルほどで、小舟の高さは約六十センチほどだから、枕木に密着させて橋に吊れば、舟は橋桁の陰におさまり、隠れる。ついさっきの自分のように、川の上から鉄橋を見あげでもしない限り、見つかることはない。

舟の艫と舳先には、もやいを通すための大きな穴が開いていたというから、これにそれぞれ長さの違うロープを二本ずつ通せば、それも可能だ。まずはじめに、長さ八十センチ以内のロープを舟の艫と舳先の穴に通す。そしてこれをそれぞれ輪状に結び、線路の枕木にかける。すると舟は鉄橋の真下、四十センチ以内に浮かぶことになる。これで舟は橋桁の間に隠れる。

こうして鉄橋下に浮かべた舟をロープを引いてたぐり寄せ、今度は現場に残されていたという十メートルほどのロープを、これも艫と舳先の穴に通し、輪になるように結んで枕木に引っかける。そして新聞配達の高校生が親鼻橋を去った後、短い方の二本のロープを切断すればよい。すると舟は落下し、残された二本の長い方のロープによって、橋の下五メートルほどの位置にぶらさがる。その後、さらに藤堂を橋から吊る。これだけの作業であれば、三十分以内に行うことは可能ではないか。

しかし——。

まだどうにも腑に落ちない。何故そんな面倒をする？　その理由が解らないのだ。そんなことまでして、四時半から五時の間に舟を吊る必要というものが何かあるだろうか——？

ないように思えるのだ。例えば夜中の二時でも三時でも、人通りの途絶えた時間にゆっくり作業をすれば、それでいいではないか。どうして四時半から五時の間にこだわったのか。

中村は虚空を睨む。藤堂殺しの全体像は、おそらくこれで合っている。しかし、まだ何かが足りない。それは何か——？

中村はふと思い出した。そういえば陣内恭蔵の死体が発見された日、聞き込みに行こうとして、想流亭から現場付近へと向かう途中、中村はたまたま、この日に一本だけ運行するという蒸気機関車を見た。この時、何故か藤堂が吊られていた鉄橋が瞼に浮かんで、あの橋は全体を朱色に塗られているから、その上をこういう漆黒のSLが通過すれば、さぞや絵になるだろうなと想像した。

そして次の瞬間、何かの閃きを感じたことを中村は憶えている。が、すぐに消えてしまった。この閃きが何を意味するのかさえ、あの時は解らなかった。今思えば、あの時点で自分は、まだ舟の落下に気づいていなかったのだ。だからあの閃きも、まるでかたちにはならなかった。しかし今ならもううまくつながりそうな気がして、中村は、あの時脳裏に見た情景を、もう一度甦らせようとした。

白い蒸気をもうもうと吐きながら、黒々とした機関車が鉄橋にさしかかる。きらきらと陽光を照り返す川の左右には、木々の緑がたっぷりとあり、これが朱塗りの鉄橋をより美しく見せる。やがて蒸気機関車は汽笛を鳴らし、鉄橋を渡りはじめる。白い蒸気が青い空に吸い込まれ、それらが水面に映り込む。鉄橋――？　その上を走るＳＬ――？　この情景から自分は、あの時何を感じたのか？

あっと思った。車輪だ！　黒々と重量感のある機関車の車輪！　ロープは犯人によって切断されたのではなく、走ってくる始発列車の車輪に轢かれて切れたのではないか⁉　あの時自分は、無意識のうちにこれを感じたのではないか。

つまり、それはつまり――、中村はベレー帽越しに頭を押さえ、考え込む。つまりこうだ。犯人は短い方のロープを舟の艫と舳先の穴に通し、これを枕木でなく、線路の上を渡してから輪状にし、結ぶ。次に長いロープを同じように舟に通し、こちらは線路でなく枕木の、鉄橋から左右にはみ出している部分にかけておく。こうすれば、やがて通る始発列車の車輪が、線路上に渡された短いロープのみを切断し、舟は落下するが、長いロープによって宙に留まり、橋の下に浮くというわけだ。

では藤堂自身はどうしたのか？　始発列車が通った後で鉄橋下に吊られたのか――？

それはない。ジョギングをしていた学生は、始発列車が鉄橋を渡った直後、藤堂の死体を目撃しているのだ。列車通過後、のんびり作業をしている時間はない。

そうか、解った！　中村は心の中で快哉を叫ぶ。藤堂は最初から舟の中にいたのだ。つまり、ほかでもない、始発列車が藤堂を殺害したのだ。

浅見喬は殺害される前に、薬で意識を失っていたというではないか。犯人は藤堂に対しても同じ薬を用い、藤堂の意識を奪い、首にロープを巻きつけると、反対側を枕木の真ん中に結んでおく。そうして眠る藤堂を、鉄橋のすぐ下に浮かんでいる舟の中に横たえておく。

　やがて始発列車が通り、ロープを切られた舟は五メートル近く、一気に落下する、舟に乗っていた藤堂も一緒に落下するが、彼の首に結ばれていたロープは舟のものより短く、よってこれに吊られて彼は絶命する。日本の死刑が行う、落下させての絞首刑だ。死刑台の落ちる床板の役割を、舟が果たすというわけだ。

　そこまで考えて中村は、眉間にちょっとしわを寄せた。列車に轢かれたロープが、そううまく切れるものだろうか？　と思ったのだ。車輪には鋭利な部分はないはずだから、轢かれてもロープはただ潰れるだけのような気がする。

　しかし、中村はすぐに気づいた。民話との相違点だ。答えはそこにあったのだ。民話に現れなかったもの、それは舟の中に撒かれていたガラスの破片だ。犯人は線路の上に渡したロープに、ガラスの破片を食い込ませておいたのではないか。こうしておけば、ロープはガラス片によって確実に切れる。しかしそうすれば、線路の上にガラス片が遺ることも考えられ、そうなるとここから仕掛けに気づかれる危険がある。だからこれをカモフラージュするため、犯人はあらかじめ舟の中に、大量のガラス片を撒いておいたのだ。だから民話にない事物が舟の中に現れた。解った。

　だが何故こんな凝ったことをした？　しかしここまで解いた今なら、もう解答は掴める。アリバイだ。この仕掛けなら、藤堂菊一郎の殺害時刻は、始発列車が鉄橋を通過した時刻となる。この時間帯に犯人が誰かと一緒にいれば、強力なアリバイが作れるという話にもなるのだ。逆に言うと、この時間にアリバイがない涌井英信は、かえって嫌疑が薄れるという話だ。

　顔をあげた中村は、たった今解いたばかりの藤堂殺害のカラクリを、海老原に語って聞かせた。海老原は要所要所で頷きながら、中村の説明を熱心に聞いた。聞き終え、よく解りましたね、すごいですよ、と言ってくれた。

「民話に現れたものと、現場に遺された事物との相違点をよく憶えておこうと言ったおまえさんのおかげでもある。相違点と言ったおまえさん、何か気づいているんだろう？　違うかい？」

「はあまあ、思いついていることはあります」

海老原は言った。

「次は陣内のケースだ、これじゃないのか？　そろそろ話してくれてもいいだろう」

中村が言うと、彼は少し俯き、そして、

「いや、もったいぶっていたわけじゃないんです。自分の考えに自信が持てなくて」

と言った。

「陣内がどのようにして殺害され、自動発火装置も何もない岩が、どうしてあんなに急に燃えあがったのか。何か考えがあるんだろう？　だから民話と死体との相違点が大事だということにおまえさん、あの時気がついたんだ。違うかね？」

海老原はちょっと照れたふうにして、それから黙って頷く。

「なんだかあんまり突飛すぎるように思えて……。でも今の中村さんのお話聞いて、ぼくも確信しました。藤堂さんの時にそれほど大掛かりなことをしたのなら、ぼくの答えも間違ってはいないはずです」

彼は言いきった。

「ほう、自信ありげだな。よし、もう少し下れば金石水管橋にさしかかる。そのあたりで話してくれないか」

「いいですよ」

海老原は言う。

中村は磯田に向かって船を停めてくれたことへの礼を言い、川下りを再開してもらうように頼んだ。磯田は頷き、船はたちまち動きだす。このあたりの川の流れはごくゆるやかで、先ほどの激流が嘘のようだ。川の両岸は切りたった崖で、それがかなり先まで続いている。

「左側が岩畳です」

少し下ったところで、大野が遠慮がちに説明した。その言葉に、中村たちは左岸の崖を見あげる。水の上からだと、秋島の死体が見つかったあずまやはまったく見えない。

中村はしばらくの間、黙って崖を見あげていた。地殻変動で隆起した海底の岩が、水流に削られて生まれたという岩畳の奇観をすぎると、左手には河原が広がり、ライン下りの乗降場が見えた。ここがライン下りAコースの終点であり、同時にBコースの始点だった。河原には親子連れが一組だけいて、季節はずれのライン下りの船を、もの珍しげに眺めていた。穏やかな流れに乗って、船はゆっくりと船着き場をすぎていく。

下流に目を向けると、川は先でほぼ直角に左にうねっている。カーヴが近づくにつれ、左岸の砂地は荒涼とした岩場に姿を変えていく。流れもぐんと速くなった。速度をあげた船は、滑るように水面を進み、流れのままに左へ曲がっていった。曲がりきると流れは再びゆるくなり、これに合わせて船足も鈍る。

左岸を見ると、川の浸食作用で楕円形にえぐられ、流れが澱んで船溜まりの入り江のようになった箇所がある。長澤和摩が、船の中で燃やされていた場所だ。この現場をすぎ、少しばかり下流で、川はほぼ直角に、今度は右へとうねるようだ。そのカーヴを越えたら、流れはしばらくまっすぐとなり、ずっと先まで見通せるようになった。

五百メートルほど下《しも》に、もう姿を見馴れた金石水管橋が架かっている。姿が見えてきた。流れは静かで、川幅も広い。船は川の真ん中を、ゆったりとした速度で進む。けれど水管橋の近くまで来ると、流れはまたわずかに速くなった。このあたりは左岸に背の高い木々が茂り、それが川にかぶさるように枝を張っていて、水面は深い緑色に沈む。映り込んだ木々の葉が、川の中で揺れている。

「ちょっとすみませんが、船を左岸に寄せて、もう一度停めてもらえませんか」

陣内恭蔵が燃やされていた岩の手前で、中村が言った。磯田は頷き、速い流れをものともせず、馴れた動作で素早く船を岸に寄せ、着ける。中村と海老原は船から降りた。

降りたったその河原は、幅がほんの二メートルほどしかなく、奥には森が広がっていた。川から見て右手はゆるやかな登り坂で、これを行けば並木道に出るはずだ。陣内の死体が置かれていた岩は、そんな河原から三メートルほど離れた水面に突き出ていた。岩の高さは一メートルほどで、上部は平たくなっている。

「さて、話してもらおうか」

あたりを見渡した後、穏やかな口調で中村は要求した。海老原は頷き、口を開く。

「これはぼくの想像にすぎないんです、せいぜい捜したけど、これを裏づけるような証拠物もほとんど見つからなかった。でも、当日やそれより前に起こったいくつかの不可解な現象を思えば、答えは絶対にこれしかないように思えます」

「よし。じゃああの夜、犯人がどんな動きをしたのか、そこから話してくれないか」

「はい。三日前の十二月十八日、時刻はおそらく午前三時頃だと思いますが、犯人は金石水管橋のたもと付近に陣内さんを呼びだします。どういう口実で呼びだしたのか、それは解りませんが、この時点ではまだ藤堂さんは自殺とされていましたので、用心深そうに見える陣内さんも、ほとんど警戒はしていなかったと思う。そうして犯人は、ここで陣内さんを鈍器様のもので撲殺します」

言いながら海老原は、河原を歩いて、現場検証の時に大量の血液が付着していた岩場を指さす。現在、血はすっかり拭き取られていた。

「そのあと犯人は、陣内さんの死体をすぐさま大岩の上に置きにいきます。現場に引きずったような跡はなかったですから、肩にでも担いで運んだんでしょう。大岩の近くにはいくつもの小さな岩が突き出ていますので、それを伝って歩けば、岩の上まで行くのはそれほどむずかしいことではないと思う。女性や子供では、ちょっと無理かもしれないけれど……」

「うん、そうだろうな」

中村も同意した。

「そして犯人は、次に金石水管橋に行きます」

「水管橋？　何故そんなところへ？」

「ある仕掛けをするためです。この時犯人は、先端に小さな石を結んだ長い糸を、持っていたはずです。糸の長さは七十メートルから八十メートル」

「七十メートルから八十メートル？」

「はい」

「また長いな。どうしてそんな糸なんかを？」

「投げるためです」

「投げる？」

「ええ。犯人は水管橋の上から、陣内さんを殺害した河原へ向けて、糸に結んだ石を投げたんです。もちろん糸の、もう一方の先端は自分が持ったままです。ここで大切なことは、ただ投げるのではなく、川にかぶさるように茂っている木々の枝の上を、糸が通るようにすることです。こうしませんと、この仕掛けは成功しないんです」

「枝の上？　うーん、まだちょっと解らねぇな。まあいい、続けてくれ」

「石を投げ終えた犯人は、持っていた糸の先端部分を、橋のこちら側の、最も左岸よりの欄干にひと巻きした後で、今度は道を横切って下流側の欄干に結びます。結ぶ位置は地面から二センチくらいのところです。これで橋の歩道部分のごく低い位置に、つまり地面のちょっと上に、糸が一本張られたことになります」

「何だ？　通せんぼかい？」

「はい。そしてその糸のどこか一箇所に切れ目を入れておきます。それで犯人は河原に戻ると、先ほど投げておいた、糸の結ばれた石を拾います。そしてこの石と扇子を持って、陣内さんを置いたあの大岩へ行くんです」

「そこで扇子が出てくるのか？」

「そうなんです。岩に行き、扇子を広げて、羽根の部分を陣内さんの後頭部と岩の間にはさみ込むんです。こうすれば陣内さんの頭部が重しとなって、扇子は動かなくなりますよね？」

「うん」

「次に犯人は、結んでおいた糸の先端を石からはずし、糸を扇子の骨と骨との隙間に通します。そして糸の先端部分に、今度は小枝を結びつける」

「小枝？」

　中村が言った。

「はい。石だと水に浮かないから」

「浮かぶ必要がある？　どういうことだ？」

「犯人は、糸の結ばれた小枝を、その場で川に落とすんです。そうすると小枝が浮きの役目を果たしますから、糸は沈むことなく下流側、つまり金石水管橋の方に向かって流されていきます。でも糸のもう一方の端は、橋の欄干に結ばれていますので、やがては止まる」

「ふうん、で？」

「これで金石水管橋に張られた糸は、橋から木々の枝の上を通って大岩へと延び、そこで扇子を支点に鋭角に曲がり、川の中に入っていることになります。そしてこの糸は、速い流れによって、絶えず下流側へと引っ張られています」

「なるほど。それで？」

「あとは陣内さんの体と岩の上にガソリンを撒き、死体をダンボールで隠しておくだけです。岩の表面にはへこんでいる部分もありますので、けっこうな量のガソリンを付近に撒くことができたと思う。そして犯人は、現場を離れます」

「おい、じゃまさかあの犬に？」

「そうなんです。犯人は須田三郎さんが、雨の日以外は毎朝決まって五時頃、犬の散歩で水管橋を渡ることを知っていたんです。須田さんは二年間もこの習慣を続けていますし、犯人はこの計画のため、事前に何度も甌穴や岩畳、あるいは親鼻橋といった現場に足を運んでいるはずですから、いつか須田さんの散歩のことも知ったのでしょう。スカイテリアは猟犬の血が濃く流れていますので、見た目の愛らしさとは違って、座敷でじっとしているようなタイプではないんです。エネルギーに満ちていて、それは活発に動き廻ります。散歩の時なんかでも、飼い主を引っ張るようにぐいぐい歩くんです。たぶん犯人も、スカイテリアに引っ張られるようにして散歩をしている須田さんを見て、この計画を思いついたんでしょう」

「犬に糸を切らせようっていうんだな？」

「そうです。橋を横切って糸を低く張り、この糸を、犬に切らせようと考えたんです。人に切らせてもいいのですが、そうするとさすがに気づかれてしまう可能性が高いですから。犬ならたとえ自分が糸を切ったことに気づいても、言葉で証言はできません」

「そりゃそうだな、俺も尋問はできんな」

中村が言った。

「またスカイテリアは足が短く、胴長で、歩幅も狭いですからね、四本の足すべてが糸を跨いでしまうということは、まずありません。そのあたりは事前に何度か橋に糸を張り、実際にスカイテリアが切るかどうかを、実験して確かめているだろうと思いますね」

「ま、そうだろうな。これほどの仕掛けを、ぶっつけ本番でやるわけはないな」

「はいそうです。実際あの日、須田さんの飼っていたスカイテリアは、殺害現場の対岸側から橋を渡りはじめ、橋の終わりにさしかかった時、地上すれすれに張られた糸を切ったんです。すると糸は川の流れに引っ張られ、扇子の骨の間を摩擦しながら通ります。須田さんが聞いたという擦れるような音の正体は、これだったんです。橋から岩までの距離はおよそ五十メートルありますので、糸との摩擦によって、扇子の骨部分は徐々に熱を持ちはじめ、ついには発火します」

「え？　発火？　そう簡単に火がつくかな」

「真冬で空気は乾燥していますし、燃えてしまって遺ってはいませんが、扇子の骨部分には赤燐が塗られていたと思うんです」

「赤燐？　ああそうか、マッチ箱の側面に用いられるやつだな。確かにあれを塗っておけば、そりゃ火はつくだろうな。ああそうか、だから犯人は糸を、木の枝の上に糸を通したんだな？　そうしないと切れた瞬間、糸は川に落ちてしまう。するといくら擦れても、湿っているから火がつかない」

「そうです。糸を濡らしてはまずいんです」

「なるほど……、よくまあ考えたもんだな。しかし、実際にはそううまく行かなかったと……」

「そうなんです。糸が木々の枝に引っかかり、発火する前に止まってしまったんです。そして一時間後の朝六時。今度は軽辺さんがこの河原を訪れました。河原に降りてきた軽辺さんは、岩にダンボールが載っていることに気づき、何だろうと不審に思って岩に近づきます。軽辺さんは岩の付近で鳥に餌を撒くのを習慣にしていましたから、こういう軽辺さんの動きに、鳥たちは餌をもらえるものと思っていっせいに羽ばたき、止まっていた枝から全員が飛びたって離れます」

聞いて中村は、手のひらをぽんと拳で打った。

「そうか！　それで枝が揺れて、引っかかっていた糸がはずれたんだな！」

「そうなんです。そのために糸は、扇子の骨の間を通る運動を再開し、やがて摩擦によって発火します。それがガソリンに引火して、まるで爆発のように、一挙に岩が燃えあがったんです。この時、糸にも当然火がつきます。しかし糸の一方はまだ木の上にありましから、火は糸を燃やしながら、空へ向けてあがっていきます」

「それが、軽辺さんが見たという小さな火の玉の正体だな」

「そうです。犯人は、冬になると毎年のように、この場所でこういう予行演習を繰り返していたのではないでしょうか。いつか訪ねたおばあさんが見たという狐火は、これだったのではないかと思います」

淡々と話す海老原の横顔を眺めながら、中村は内心舌を巻いていた。確かに今のところ、この推理を裏づける物証といえばせいぜい燃え残りの扇子くらいだが、陣内殺害時のからくりは、まず海老原の言うこの通りだろう。事件を取り巻くいくつかの不明が、実にうまく説明されている。

「なるほど、助かったよ。それにしてもよく解ったな」

中村が言うと、海老原は照れたような笑いを浮かべた。

「これでまたひとつ前進だ。さて、では次だ」

海老原が頷き、中村たちは再び船に戻った。船頭たちが、心得て船を出す。

オートキャンプ場を右手に見ながら、割に速い流れに乗って三百メートルほども下ると、川はクランク状に折れ曲がる。これをすぎてすぐのあたりが、浅見喬の殺害現場になる。

「一昨日だったかな、俺はあの場所で、三つの殺人は漢詩見立てだろうと言った。あの時おまえさん、腑に落ちないという顔をしていたな。あれはどうしてだい？　まあ実際、漢詩見立ては間違っていたわけだが……」

中村は言った。

「あれは、それほど深い理由はないんです、ただ……」

「ただ？」

「青龍刀は見立てのためではなくて、結果として砂に半分埋もれたんじゃないかと、そんな気がしたんです」

「結果?」

「はい。何の結果なのか、それはまだ解りませんが……」

「そうか。まあいずれにしろ浅見殺害時の状況を示す現象や、その理由の断片を、俺たちは掴んでいるはずだ。あとはそれをどうつなげていくかだな。こういうのは、案外些細《ささい》なことがきっかけで、すらすらと解けていくものなんだが……」

　中村が言い、海老原は深く頷いた。そんなことを話している間に、船は終点に近づく。出発地点同様、ここにも川の水を引き込んで作った船溜まりがあり、船頭はその中に船を入れていった。竿を巧みに操りながら、さらに岸へと寄せる。ふと見ると、船着き場には荷台にクレーンのついた大型のトラックが一台停まっていた。

「さすがに川を遡ることはできんから、あれで船を元あった場所まで運ぶんですわ」

　磯田が言った。

「そうだったんですか。いやこれは、大変なお手間をかけてしまったようです。でもおかげさまで、少し先が見えてきました。ありがとうございます」

　中村たちは深く頭を下げて、船を降りた。

　二人の船頭は、今度はトラックに入り、エンジンをかける。そしてこれもまた手馴れた様子でトラックのクレーンを動かし、船を吊り上げて、見ている間に荷台に載せてしまった。大野と船頭たちは、船と一緒にトラックで始点に戻ると言うから、彼らとはそこで別れた。別れ際に中村と海老原は、もう一度三人に礼を言った。

　大型のディーゼルエンジンに特有の、太くて重い排気音を響かせながらトラックが去ると、中村と海老原の二人だけになる。中村は、なんとなく対岸を眺めた。そこは清原光夫が斧を拾ったという場所だった。岸壁の一部分が川にせり出し、流れを堰き止めるような格好で立ちふさがっている。中村の隣に立った海老原も、ぼんやり対岸を眺めていたが、ふいに俯き、右の拳でこつこつと額を叩きはじめた。

「そうか！」

三分ほどもそうした後、海老原が顔をあげ、言った。

「どうしたね？」

中村が言った。

「中村さん、ぼく、これから図書館へ行きます。いいですか？」

「それはかまわんが、いったい何を調べる気だ？」

「台風ですよ」

「台風？」

「はい。ぼくの考えがあっているのなら、清原さんが斧を拾うよりも少し前に、台風がこの町を襲ったはずなんです。あるいは、何日も雨が降り続いていたのかもしれない。いずれにしろ、それを図書館で調べたいんです」

「解った。俺はこれから浅見の殺害現場へ行くつもりだ。そこで待っている。もし何かあれば図書館に連絡するから、向こうに着いたら中里館長にひと声かけてくれ」

「解りました」

言って、海老原は駈けだしていく。残された中村は、腕時計を見た。十二時二十分を少し廻ったところだった。デッドラインまで、あと二十時間と少しになった。冬の河原を、中村は一人歩きだす。

4

オートキャンプ場に人の姿はなく、夏のにぎわいが嘘のようだった。枝の大半がはらわれた木々には、ただカラスばかりが点々ととまっている。そんなキャンプ場を、中村は北へ向かって歩く。

　キャンプ場の北側の果てで砂地へ降り、なおも歩く。そして、浅見の殺害された岩の前で立ち停まった。かがみ込んで、真新しい例の刀傷に顔を近づけた。傷は横方向に四十センチほども刻まれ、その部分は石の色が変わっている。凶器となった青龍刀の刃は、ゆるやかな弧を描いていた。だからおそらくそのせいだろう、傷は中央部分が最も深い。浅見の首の真後ろにあたるあたりは、目測一センチほども岩がえぐられている。

　しばらく傷を眺めたあと、中村は背後を振り向いた。二メートルほど先に荒川の流れがある。対岸は切りたった崖で、頂きには木々が生い茂っている。常緑樹ばかりだから、濃い緑色の葉が、冬の陽をたっぷりと浴びて風情がある。そういう枝のひとつに、ぽつねんとカラスが一羽とまっていた。

　中村は、川に向かって歩いた。流れの手前に立ち、そこから下流を眺めたら、橋の向こうにライン下りの船着き場が小さく見えた。あそこでアヴェックが、不思議な光を目撃したと言った。そしてあの対岸では、清原光夫が何本もの斧の新品を水中から拾った。

　この二つは関連し、しかも必ず今回の事件に関係している。中村は以前からそう確信しているのだが、しかしまだそれが、うまくつながらないでいる。その場に立ちつくし、虚空を睨みつけるようにしながら、中村は考えることを続けた。

　これがどうも気になっている。もしも誰かが誰かの首を斬り落とそうと考えたとして、はたして岩の手前で、岩を傷つけてまでやるものだろうか、そう思うのだ。それもあんなに高い場所、深い岩の傷、刃こぼれもする。江戸時代の斬首刑のように、浅見を砂地に引き据えておいてやりそうに思える。それでいいではないか。何故そうしなかったのか。

　犠牲者を、鎖で岩に縛りつけるという行為が、どうにも解せなかった。いや、それは秩父神社の縛られ竜の見立てであろうから、縛ること自体は解らなくない。問題は、斬首の準備として、こんなやり方がはたして合理的なのかと疑うのだ。ちょっとやりにくいのではないか。首を落とそうとする者を岩に縛りつけておき、しかるのち、重い青龍刀でもって、横払いに首を斬ろうなど、通常発想するものだろうか。これが解せない。首を刎ねてから縛ってもよいではないか。それでも見立てだというアピールはできる。

三十分ほども考え続けていた。カラスの鳴き声がして、中村はふと顔をあげた。対岸の木の枝にとまったカラスが鳴いたのだ。立ちつくし、なかなか去ろうとしない中村に、鳥が警戒感を持っている。近くに巣でもあるのかもしれない。

回れ右をして、中村はまた浅見が縛りつけられていた岩まで戻った。再び刀傷を眺める。そうしていたら、またカラスが鳴く。今度のは、先ほどよりもずっと鋭い、切羽詰ったふうな声だった。中村は思わず振り返った。するとカラスが、大きく羽ばたいて枝を離れるのが見えた。ぎょっとした。今飛びたったカラスが、中村をめがけて一直線に飛んできたのだ。中村はとっさに身がまえた。するとカラスは、川の中ほどまで飛んできてから、ふいに舞いあがった。気が変わったのか、上空を舞ってのち、こちら岸の大岩の上にふわりと降りた。威嚇行動だ。早く去れと言っている。

カラスを見あげ、中村は思い出す。今カラスが降りた大岩の上で、浅見殺しの凶器とほぼ同じ形状をした青龍刀が、もう一本見つかっている。これは対岸の崖の上から、自分らが見つけた。そこまで考えた時、中村の脳裏に閃いたものがある。うん？と思った。たった今のカラスの飛行、その軌跡が、自分になにごとかを教えている気がしたのだ。

最初はなんの脈略もないものだった。青龍刀、重いあの中国製の刀が、もしも今のカラスのように、向こう岸の高みから刃をこちらに向け、一直線に飛んできたなら——、もしもそういう状況ならば、それはこちら岸の岩に縛りつけられている犠牲者という形態は、充分合理的だなと感じたのだ。一瞬湧いた恐怖が、知らずそんな連想を呼んだ。

　だがそんな馬鹿なことはあり得ない。刀が、それも肉厚で重いあの中国産の刀が、鳥のように空を飛んでくるなどあり得ない。だが——、と中村は、またカラスがいる大岩の頂きを見あげた。理屈や常識を超越して、今あのカラスのいる大岩の頂きに突き立っていた青龍刀が、さっきのカラスと同じ軌道を描いて飛行したのではないか——？　そんな妄想にとらわれたのだ。

　馬鹿馬鹿しいと思いながら、中村はなおもこう考える。あり得ないことだが、犯人がもしも何らかの方法で、あの対岸側から青龍刀を投げて浅見を殺害しようとしたなら、そしてもしもその一度目の投擲《とうてき》を失敗したなら、青龍刀は舞いあがってあの大岩のてっぺんに突き立ってしまわないか。

　馬鹿馬鹿しい。怪力の竜とでもいうならともかく、対岸から青龍刀を投げるなど、人間の力ではできない。ましてこちら側の岩に縛りつけた人間の、それも頚部などというごく小さな目標に命中させるなど、不可能だ。途中で舞いあがり、あの岩の上に突き立つなどさらにあり得ない。

　いや待て、と思う。もしもレールがあったとしたならどうだろう。もしもレールの上を滑らせたのなら、そういうこともまるきり不可能ではない。

　あっと思った。そういう目的のためになら、あの中国刀の大きさ、重さが別の意味を持ってくる。あの刀なら、重量があるからうまく滑るかもしれない。途中で停まらず、レールをはずれもせず、こちら側に着く頃には充分に速度も乗っている。そして——、なによりこれなら、首の背後の岩にあんな深い傷もつくだろう。首を刎ねたのち、重い刀は岩に激突して止まるはずだからだ。

　中村はしばし放心した。たった今自分の思いついた考えが信じられなかったのだ。いったい、そんなことが現実にあるものだろうか。こんな凝ったことを、ほとんど馬鹿馬鹿しさと紙一重のようなこんなことを、本気で計画し、しかも何度も練習し、実験し、改良して、ついには実行に移すような狂人が、果たしてこの世にいるものだろうか。

しかし中村は思う。では陣内はどうだったのだ。あの扇と糸の、馬鹿馬鹿しいまでに凝った発火トリックは。藤堂菊一郎はどうか。鉄橋の枕木に、小舟と人間を、始発列車の車輪を使ってぶらさげるというやり方は。知らず溜め息が出た。あり得る、この狂人ならそんなこともあり得る、そう思ったのだ。

想流亭から青龍刀が盗まれた理由も、そう考えれば解る。こうだ。この犯人は、一度目の失敗で、凶器として使う予定の青龍刀を失ったのだ。青龍刀が刺さったあの大岩は、そう簡単に登れたしろものではない。これは中村も実感した。岩登りに馴れた警察官も、ずいぶん苦労していた。そしてあんな特殊な刀、簡単には代わりが手に入らない。そこで犯人は、想流亭に飾られていた青龍刀を盗む必要にかられたのだ。

だが、では具体的にどうやって犯人は浅見を殺した？　中村の思考は、この核心部分に移った。青龍刀を対岸から犠牲者の首めがけて滑らせる。もしもこの狂気の空想が正しいなら、その時ここには、レールに似たものが空中に存在しなくてはならない。犯人は、そういうものをここに用意しなくてはならなくなる。だがあの時現場には、そんなものはなかった。

空中のレールだと？　藤堂をふら下げたあの鉄橋に渡った、二本の線路のようなものか。馬鹿馬鹿しい。たった一人の人間を殺すためだけに、誰がいったいそんな大工事をするというのか。

次の瞬間、あっと声が出た。違う、違うぞ。そうか、鎖だ——！　あの時、浅見の両手首には鎖が巻きついていたではないか。あの二本の鎖が、そのレールの役割を果たしたのではないか？　鎖の長さは十三メートル、このあたりの川幅はおよそ十メートル。川岸から浅見が縛られていた岩までは約二メートルだ。長さもちょうど合う。浅見の両手首に巻きついていた鎖の先端は、対岸の崖の上に茂る木にでも結んであったのだろう。これだ、これがレールだったのだ。青龍刀を滑らせるための！

中村は興奮した。この犯人は、民話に見立てるためだけに、浅見を鎖で縛ったのではなかった。これは一人の人間の斬首刑のための、雄大な装置なのだ。ロープは軽く、風で揺れやすい。だからレールの代用物としては不充分だ。そのため、犯人は重い鎖を使った。それとも、秩父神社の縛られ竜に見立てるために用意した鎖を見ているうち、それをレールとして使うことを思いついたのかもしれない。いずれにしろ、鎖という事物はなかなか具合がよかった。刀のレールとして使えるというだけでなく、浅見の体や手首に鎖が巻きついていれば、これは民話見立てのためと思い込んでしまう。鎖のもうひとつの意味に気づきにくい。

そこまで考えた時、中村はふいに一昨日会ったアヴェックを思い出した。あの二人は、浅見の死体が見つかる三十時間ほど前、この付近で何かが光ったと話した。光は川に向かって斜めに走ったあと、くるりと一回転して消えたと。そして直後、ばしゃんという水音も聞いた。

今ならその理由に推察もつく。それはこんなふうだ。犯人は浅見殺害の前夜、予行演習をしたのだ。川の上に鎖のレールを渡し、向こう岸から青龍刀を滑らせてみた。しかし刀が滑っている途中、近くの木にでも結んでおいたレール用鎖の一本が、はずれかかったのではないか。こんな時、犯人ならいったいどうするだろう。おそらく大あわてになり、はずれかかったその鎖をぐいと手で掴むのではないか。この時うっかり力を込めすぎると、たるんでいた鎖がぴんと張る。すると全体が上方に跳ねあがる。向こう岸でやっていることだから、その拍子に青龍刀もまた鎖のレールから跳ね飛ばされ、宙を舞ってあの大岩に突き立ってしまったのではないか。驚いた犯人は、持っていた鎖を思わず離してしまう。鎖は川に落ち、ばしゃんと水音をたてる。

そうだ、おそらくそれでいい、中村は思う。ここまでくれば、推理はもう堰を切ったように突き進む。この実験の時、一キロほど下流の船着き場に、たまたまアヴェックがいたのだ。彼らは闇の中、鎖の上を滑っていく青竜刀が発する火花を見た。さらに跳ねあがった刀が、ほんの一瞬月光に照らされて光るのも見た。そして鎖が川に落ちる水音も聞いた。川の上に出現した光が、斜め下方に向けてするすると動いていき、さらに宙を舞ってから川に落ちた、そう感じられたろう。「小さな光る竜」の正体は、これだったのだ。

浅見殺害の当日、前夜の演習で青龍刀を失った犯人は、想流亭から青龍刀を盗みだしておき、呼びだした浅見は薬で昏倒させてから岩に縛りつける。大掛かりで微妙な殺人装置、浅見にほんの少しでも動かれては困るからだ。犯人が、被害者をただ岩に縛りつけるだけでは満足しなかった理由はこれだ。

縛り終えた犯人は反対側の崖の上に行き、木の枝か何かに先端を結んだ二本の鎖の反対側を、対岸めがけて投げた。そうしておいて再び浅見のところに戻ると、彼の両手首に鎖を結ぶ。鎖はぎりぎりの長さしかないから、これで浅見の両腕は前方斜め上方に引っ張られて、これでレールは完成する。犯人はもう一度対岸へ戻り、崖の上に立ち、ここから鎖のレールに青龍刀を載せて滑らせる。

できた、解った、そう思った瞬間、たちまちちょっと待て、と思った。そして首を左右に振った。この説明自体はよく解る。これで状況の説明には充分なる。しかし、これでは意味がないのだ。長い鎖を用意し、向こう岸とこっちを往ったり来たり、そんなやっさもっさをやるくらいなら、ぽんと普通に浅見の首を跳ねた方が早い。何故それではいけないのか。

これだけではないはずだ。犯人にはまだ深い意図がある。こんなことをしなくてはならない、切実な事情があったはずだ。まだひとつ、あるいは二つかもしれない、自分はまだ何かを見落としている。

中村はせかせかと歩きだした。一昨日と同じように、対岸へ行こうと考えたのだ。向こう岸からこちらを見降ろせば、考えの視点も変わる。キャンプ場に戻り、入り口脇から金石水管橋へ出て、これを渡る。並木道に出て、これを北へ向かった。右手の森に分け入り、息を切らしながら懸命に急な坂道を登る。のんびり歩く気分になれないのだ。ようやく登りきると、視界はさっと開けて、そこはもう崖の上だった。浅見が殺されていた岩が、対岸眼下に見えた。

犯人が、ここから鎖のレールを使って青龍刀を滑らせた。それでもって浅見の首を刎ね、殺害した、これはもう間違いのないところだ。岩についた刀傷の深さや、砂になかば埋もれた凶器の青龍刀が、これを無言で語っている。青龍刀は、相当な勢いで浅見の首を切断した。ここからの距離だ、十メートルの川幅を下方に向けて滑らせれば、重量のある青龍刀だ、相当な速度を持ったことは想像できる。浅見の首は、一瞬にして跳んだろう。ここまではよい。問題はその後だ。

考えを巡らそうと俯いた中村は、おやと思った。足もとの地面が乾いているのだ。前回ここに立った時、この地面は湿っていた。来た道を戻る際、滑らないよう、歩みを慎重にしたことを憶えている。あの時その理由を、木漏れ日が射し込まないせいだと自分は考えた。しかし今日は乾いている。陽射しがないせいではなかった。いつも湿っているわけではなく、いつも渇いているのだ。ということはつまり、あの時だけここは湿っていたことになる。何故なのか――？

水、水――、水に濡れる、土が水に濡れるということは、溶けた氷——？　そうだ、溶けた氷、あれは氷のゆえではないのか？　氷の溶けた跡だ。それが濡れた地面だった。

予行演習の時はそんなことはしなかったろうが、浅見殺害の本番の時、犯人は大きな氷の塊をこの地面に置いたのではないか？　その氷塊の中には、二本の鎖の先端が埋まっていたのだ。犯人は鎖の先端が埋め込まれた氷の塊をここに置き、その反対側をあの対岸に向かって投げた。それから対岸に行き、浅見の両手首にこれを結ぶ。ここまでは先ほど考えた通りで、修正はない。

問題はこの先で、ここに見落としていた点があったのだ。この斬首刑装置は、ただそれだけのものではない。陣内の時の発火装置と同じく、これもまた時限装置だということだ。凶器に巻きついていた、二メートルほどの長さの鎖がそれを語る。この鎖の一方の先端は柄の部分に、反対側の先は装飾のために刃先に開けられていた穴に、しっかりと結ばれていた。

そして犯人は、ここにも氷を使ったのだ。このたわんだ鎖のおそらく中央部を、氷の塊で包んでおいたのだ。大きさはたぶん握り拳ぐらいか。前回の地面の湿り具合から見ても、二本の鎖を埋めた方の氷は大きかったろう。が、こちらはずっと小さくてよい。犯人はその氷を崖の窪みにでも入れ、青龍刀を鎖のレールの上に横たえておいた。こうすれば氷がストッパーとなり、青龍刀は鎖の上で停止する。しかし氷はやがて溶ける。鎖を包む氷が溶ければ、青龍刀は解き放たれて、二本の鎖の上を滑りはじめる。重い刀は火花をあげ、ぐんぐんと加速して、ついには向こう岸にすわらされた浅見の首を刎ねる——。

何故こんなことをしたか？　アリバイだ！　アリバイ工作のためなのだ。こんな仕掛けにしておけば、浅見の斬首時、犯人は現場にいる必要がなくなるのだ。仕掛けを完全に終えたなら、彼はもうこの場を離れてもよい。いずれ氷は溶け、走りだした青龍刀が勝手に浅見を殺してくれる。さらにはそのあと、レール用の鎖の先端を埋め込めた氷塊も溶けるから、空中のレールも川に落ちて消滅する。

だが、こんな周到な犯人にも計算違いはあった。おそらく犯人は、鎖のレールが川に落ちれば、浅見の両腕もまた垂れさがると予想していた。もしもそうなっていれば、中村たちはこの対岸には注意を払わなかったかもしれない。ところがあの日は格別に寒い日だった。二本の鎖の先端を埋めた氷は、このためになかなか溶けなかった。だから空中レール用の鎖が川へ落ちる以前に、浅見の体の死後硬直が始まってしまった。ゆえに浅見の両腕は、自分らに向かって露骨にこの作為の場所を指し示していた。

しかしそれにしても犯人は、どうして青龍刀を凶器に選んだのか。この仕掛けの難点は、滑らせに失敗すれば、凶器が地面でなく川に落ちてしまうということだ。このあたりの川は深く、そうなったら回収はまず不可能だ。この点を考えれば、青龍刀などという特殊な武器より、もっと手軽に買えるような刃物、たとえば斧かなにかを凶器に使った方がよいように思える。

あっ、とまた中村は声をあげた。そうか、そういうことだ！　犯人もまずはそのように考えたのだ。だからやつは、斧で何度も実験していた。ところが、これはうまくなかった。柄の付いた斧は、重さが偏《かたよ》っているから滑りが安定しない。失敗して何度も川に落ちてしまった。清原光夫が拾ったという何本もの斧は、これだったのだ！

解った。これで浅見のケースは、ほぼすべてに説明がついた。斧で失敗した犯人は、ふと想流亭に飾られていた青龍刀を思い出す。あれなら刃の部分が長く、柄は極端に短いから、重さの偏りはほとんどないはず。そう思った犯人は、どこかで青龍刀を手に入れ、試してみた。すると、果たしてうまくいった。

だが、この説明でも少々具合の悪い点が残る。清原が斧を見つけた場所だ。あれはここから一キロほども下流にあたる。重い斧が複数、それもひとつも残らず、そんな彼方にまで流されるだろうか。これはちょっと考えがたかった。

いったん首をひねった中村だが、すぐに膝を打った。海老原の言を思い出したからだ。そうか、と思う。清原がこの川で斧を拾った当時、その少し前に台風がこのあたりを襲ったはずだと彼は言った。台風で川が増水すれば、確かに重い斧でも流される。清原が斧を見つけた場所は、岩肌が川の中央に向かってせり出していて、流れが若干堰き止められている。流された斧はその澱みにまで流れつくと、そのあたりの川底にできた窪みに落ち込む。そうなったらもう、容易にはそこを動かない。

すべてがつながった、そう中村は思った。まったくすっきりとした気分だった。こんな達成感は久々だ。顔をあげ、回れ右をして、中村は来た道を戻った。崖を降り、森を抜け、またしばらく並木道を歩いて、金石水管橋を渡った。キャンプ場を歩き、浅見が殺害された現場にと引き戻した。

見ると、カラスはまだ大岩の上にいる。中村は鳥に感謝した。川面を見ながら五分ほども待っていたら、海老原がせかせかとした足どりで戻ってくるのが見えた。

「よう、台風はどうだった?」

中村は声をかけた。

「はい。昭和五十五年の七月十五日、つまり清原さんが斧を拾う六日前ですね。非常に速度の遅い雨台風が、秩父地方一帯を通過していました」

彼は言った。

「おう、それで斧が流されたってわけだな」

中村が言うと、そばに来た彼は、笑ってこう言った。

「やっぱり中村さんも気がついていたんですね」

中村は軽く頷き、浅見殺害時の詳しい状況や、光る小さな竜の正体について、海老原に考えを話した。

聞いて、海老原は目を丸くした。その様子を見て、中村もまた驚いた。

「おや、なんだい、おまえさんもだいたいの見当がついていたんじゃないのかい？　それで図書館に調べにいったんだろう？」

するとと海老原は、首を小さく横に振り、言った。

「とんでもない！　ぼくはただ、清原さんが拾った斧は、犯人がこの場所で落としたのではないかと思っただけですよ。それにしてもすごいな、いったいどうして解ったんです？」

「あいつのおかげさ」

言って中村は、まだ大岩の上にいるカラスを指さす。

「どういうことです？」

それで中村は、自分が解決の着想を得るまでの顛末《てんまつ》を話し、聞き終わった海老原は、声をたてて笑った。そして、

「カラスと青龍刀か！」

と言った。

「おかしな取り合わせさね。さて、次だな」

中村は言う。

「はい」

海老原の顔から笑みが消えた。

「秋島と長澤の死体が見つかった夜にいったい何が起きたのか。それを知るためには、まず長澤家に行くのがいいな」

「汐織さんですか？」

海老原は訊く。

「そうだ。あの娘は何かを隠している。そいつを知りたいものだな」

すると、海老原は無言で頷いた。

5

途中で手早く食事をすませ、中村たちが長澤家へ

着いたのは午後の二時四十分になった。神社の先にひっそりと建つ長澤家は、いつものようにカーテンが閉じ、中を窺うことはできない。

「忌中」と書かれた紙が貼ってある玄関扉を叩くと、すぐに汐織が顔を出した。黒いワンピースの喪服に身を包んでいる。昨日会ったばかりだが、あれからまた少しやつれたように見えた。泣いていたのか、瞼がわずかに腫れている。

「ちょっとお尋ねしたいことがありましてね」

中村は、これまでに何度かこの家を訪ねているが、中に入ったことは一度もない。死んだ長澤和摩にしろ、この汐織にしろ、中村が室内にあがることを無言で拒んでいた。だからいつも玄関先での立ち話になった。汐織は何かを隠している、それを知るためにも、一度家の中を見ておきたかった。

「長くなるかもしれません」

そう言って、中村はしばらく汐織の顔を見つめた。するとと汐織は、視線を避けるようにしながら、わずかに俯く。

「よろしければ、お家の中でちょっと、お話しできませんかな」

拒否されることを覚悟しながら、中村は言った。すると汐織は、意外にもすぐ頷いてきて、

「何もおかまいできませんが、それでもよろしければ、どうぞおあがりください」

と言う。少し拍子抜けがした。が、それを表情には出さず、中村は軽く頭を下げ、

「では」

と言って土間に入った。

長澤家は平屋造りの小さな家で、六畳の間が二間、四畳半がひと間あるきりだった。中村たちは、玄関に近い方の六畳に通された。そこは居間のようで、小ぎれいに片づいていた。中央には丸いこたつが置かれ、壁ぎわに並ぶのは粗末なタンスと小さなテレビ台で、これらが長澤家の質素な暮らしぶりを語った。

「お父さんのご葬儀の日程は、もう決まりましたかな？」

三人分の茶を淹れた汐織が腰を降ろすのを待ち、中村は尋ねた。

「いえ……、父が、まだ帰ってきていないものですから」

汐織は、ごく小さな声で応える。

「ああ、そうでしたな」

中村は思い出した。長澤和摩の遺体は、秋島重治や浅見喬とともに本庁に送ったと川島が言っていた。桜田門の霊安室なら、死体を長期冷凍保存できるからだ。

「早く戻ってくるとよいですな」

中村が言うと、汐織は表情に少し不平を滲ませ、小さく頷く。そして顔をあげてこう訊いた。

「いつ頃になるのでしょうか」

その声音には、警察官である中村に、やや抗議するような調子があった。中村の言を、いくぶん無責任と感じたのかもしれない。自分らが帰さずにおいて、早く戻るとよいですなはないだろうと、そんな気分なのであろう。早く返して欲しいと、彼女は言外に主張を滲ませたのだ。中村は、それで口調をあらため、こう言った。

「すぐです」

「すぐ？」

「事件が解決すればすぐです」

すると汐織は無言になった。

「そのためには、この事件を早急に解決するしか手はありません。慰霊会の方々が、何故たて続けに奇怪な死を遂げられたのか、われわれはこれを解明しなければならない、それも大急ぎでです。ご協力いただけますすな？」

汐織の顔を覗き込みながら、中村は訊いた。

「私にできることでしたら……」

遠慮がちに、汐織が応える。

「では、そろそろお聞かせ願えませんか」

言うと、汐織はぴくんと顔をあげた。その顔つきは怪訝で、本当に意味が解らないと目が語っている。

「え？　何をですか？」

「あなたは、いやあなたがた親子は、何かを隠していらっしゃる、そうでしょう？」

中村は、あえてそういう言い方をした。

「え、私たちは何も……」

「そんなことはない」

中村は断定した。そしてじっと汐織を見つめる。その視線に堪えきれないのか、汐織は顔をそむけるようにして俯いた。それから五分ほども、中村は無言のまま、じっと返答を待っていた。が、汐織は口を開こうとしない。しぶとい娘だ、と中村は思った。

「何かおっしゃることは？」

「でも、ただそうおっしゃられましても、なんのことだか……」

それで中村は、やり方を変えた。

「涌井英信さんですが……」

中村の口からいきなり恋人の名が出て、そこまで言っただけで汐織はぴくんとまた顔をあげた。表情にみるみる不安が広がる。

「今回の事件の容疑者として、今朝連行されました」

「そんな！」

と汐織はひと声叫んだ。

「英信さんは……、彼はそんなことをする人ではありません！」

知らなかったようだ。中村はゆっくりと頷く。そして言う。

「われわれもそう思っています。しかしこのままでは涌井さんは、確実に犯人にされ、起訴される。そうなってはやっかいです。長い長い裁判が始まる。そしてその間、彼はいっさい拘束を解かれることはない」

「そんな……」

「こっちの青年は海老原浩一といって、あなたもご存知かしれんが、涌井さんの学生時代の友人です。彼もまた、涌井さんが人を殺すことなど絶対にないと言い切っている。あなたもそう思うのでしょう？　汐織さん」

「もちろんです」

「ところがです。彼の部屋から、決定的ともいえる証拠品が見つかってしまった」

「何ですか？　それは」

汐織が言い、中村はしばらく黙考し、それから言った。

「今は言えません。しかし、このままだと涌井さんは間違いなく検察庁送りとなる」

「同じ警察の方でしょう？　何か方法は……、何かないものでしょうか……」

「秩父署に一日待ってもらいました。リミットは明日の朝です。方法？　ありますとも。だからこうしてうかがったんです。しかも、あなたにしかできないことだ。涌井さんを助けるためには、明日の朝までに彼が犯人ではないと証明しなければならない。お解りですね？　これは最後のチャンスなんです。何でもいい。もしあなただけしか知らないことがあるなら、それを今、洗いざらい話して欲しいんです」

言って中村は、それでもう口を閉じ、待った。

「実は昨日……」

少しの沈黙のあと、決心したように汐織が言いはじめた。先をうながすように、中村は頷く。

「英信さんが……、訪ねてきたんです」

「ここに？」

「はい」

「何時頃です？」

「夜中の、もう十二時が近かったと思います」

「十二時に……、それで？」

「はい。遅くにどうしたのかって、私訊いたんです。

これまで、そんな時間に会ったことは一度もなかったですから、ちょっと驚いたんです。そうしたら、父を亡くしたばかりの私のことが心配になって、顔を見にきたんだって、そう言うんです。大丈夫って、私が応えたら、英信さん、ぼくがついているからって」

「ふむ、ぼくがついていると」

「はい。これからは、お父さんの替わりにぼくが君を守るからって、こんな悲しい思いは、もう二度とさせないって……」

語尾が震え、透けるように白い汐織の頬を、透明な涙が伝い落ちた。ハンカチで目もとを押さえた汐織は、そのまましばらく泣いた。中村はしばらく待ち、それから穏やかにこう訊いた。

「その後は？」

「それだけです」

「それだけ？」

中村は言った。

「はい。玄関で五分ほど立ち話をして、英信さんはすぐに帰っていきました」

「涌井さんは、その時どんな様子でした？」

「どんなって、言われましても……」

「いつもと変わったところはなかった？」

「はい、ありません。ただ……」

「ただ？」

「これを預かって欲しいって」

言って汐織は、こたつの上に置かれていた財布を取って口を開け、中からリングでつながった二本の鍵をつまみ出した。

「ちょっと拝見」

言って中村は、その鍵を手に取った。何の変哲もないシリンダー錠の鍵だった。同じかたちの鍵が二本、小さな金属製のリングに束ねられている。

「英信さんは、どこかのアパートか、借家の鍵じゃないかなって言っていました。とても大切なものだそうです」

「うん？　彼もどこのものか解らないと？」

「はい」

「では、どこで手に入れたと？」

「さあ」

「あなたは訊かなかったんですか？」

「はい」

中村は内心で舌打ちした。どうして訊いておいてくれなかったのか。

「これ、お借りしてもよろしいかな？」

中村の言葉に、汐織は少し迷ったふうだったが、頷いた。中村は俯き、しばらく鍵を見つめた。そしてこれに思いを巡らせた。どんなふうにかは解らないが、涌井英信がこの事件に深く関わっていることはあきらかだ。その彼が大切なものだと言って、恋人に鍵を預けてきた。これには、はたしてどんな意味があるのか。

「吊られる前の小舟ですが、どこにしまわれていたんでしょうね？」

海老原がぽつりと言った。中村は鍵から視線をあげる。確かにそうだと思った。その点は、解明へのキーだ。

小舟とはいえ、その全長は三メートルに近い。たとえば林の中など、現場近くの人目につかない場所に隠しておいたとも考えられるが、それでは誰かに発見される危険がある。

盗まれても壊されても、その後の計画全体に大きく支障をきたしたはずだ。小舟は見立てを成立させるためだけではなく、列車にロープを轢かせ、藤堂菊一郎を吊るすための重大な大道具だ。周到に犯行計画を整え、準備していたはずの犯人が、そんなずさんなことをしたとは考えにくい。

それから氷塊の件もある。浅見を殺害した際に使ったはずの氷塊は、いったいどこで、どのようにして作ったのか。

「そうか」

中村が静かに言った。

中村はこう考えていた。これだけ大掛かりな犯罪だ。犯人には必ずアジトが必要だったはず。犯行に使用する道具類のすべてを、いったん隠しておくための場所だ。必ずこういう場所を、彼は確保していたはずだ。殺害現場からあまり遠いと、運搬が大変になるから、それは恐らく、長瀞町内ではなかったろうか。

たとえば藤堂とともに吊られていた小舟も、ここにいったん隠していたのではないか。そして事件当夜か、その前日の深夜あたりになったら運び出し、車でも使って現場近くに運ぶ。アジトは、きっとそんなふうに使っていたはずだ。とすればこのアジトは、人目につきやすいアパートより、一戸建ての家を借りるのではないか。そしてこの鍵こそは、その鍵だ。

「涌井さんは、この鍵がどこかの家のものだとは、言いませんでしたか？」

「ただアパートか、家なんだろうと……」

汐織は言う。

「どこにある家とも？」

「言っていませんでした」

「それ以上のことは、彼も知らないのですね？」

「はい、そう見えました」

頷き、中村は立ちあがった。今この娘から訊けることは、これですべてだと判断した。

「しかしともかく、この鍵のおかげで、なんとか間に合うかもしれん。お邪魔しました」

ベレー帽をかぶり直し、玄関に向かいながら、中村は汐織に言う。

「あの……、彼、助かりますか？」

追いすがりながら、汐織は言う。

「祈っていてください」

中村は言った。

6

長澤家を辞した中村たちは、上長瀞の駅に向かった。駅に着くと駅員に事情を話し、電話帳を借りる。これで調べると、長瀞町には十九件ほどの不動産屋があった。この程度の数なら、一軒ずつしらみつぶしにあたることもできるだろう。中村がいつも歩き廻っている東京都内では、とてもこうは行かない。

ポケットから長瀞町の一枚地図を取り出し、中村はこれと電話帳とを突き合わせてみた。やや残念なことには、不動産屋は駅周辺に集まっているわけではなさそうだ。国道や県道沿いに点在している。そして全体としては、長瀞町全体に散っていた。これでは歩きでは到底追いつかない。車が要る。不動産屋が掲載されている部分をコピーしてもらった中村は、礼を言うと駅舎を出た。

駅前には二台のタクシーが停まり、その脇には運転手の制服を着込んだ五十がらみの痩せた男と、四十前後の眼鏡をかけた男とが立ち話をしていた。煙草を吸いながら、世間話に花が咲いている。

近づいた中村が、警察手帳を見せて訳を話すと、運転手たちは一瞬戸惑った表情になったが、それは面白いと言って、すぐに協力を申し出た。中村は、どちらがこの町の地理に詳しいかと二人に問う。すると眼鏡の男の方が、

「そらぁ山さんだよ、何しろこの町で三十年近くもハンドルを握ってんだから」

と言った。そこで中村たちは、年配の男のタクシーに乗った。

彼の名は山岸で、この町の出身なのだそうだ。高校卒業後、東京へ働きに出たが、仕事に馴染《なじ》まず二年ほどで辞め、二種免許を取って地元に戻った。そして今のタクシー会社に再就職したという。

電話帳のコピーを山岸に渡した中村は、せいぜい効率よく廻ってもらうように頼んだ。時間がなかったからだ。山岸は頷くと、電話帳をしばらく眺め、

段取りを作ったらしくシフトレバーに手を伸ばした。

一軒目の不動産屋は、上長瀞駅から車で五分ほどのところにあった。国道に面している。なかなか立派な店構えで、駐車場も広い。二十台は楽に止められるだろう。「田舎暮らし物件多数」、と面白いことを書いた赤い幟《のぼり》が、何本も立っていた。

山岸が駐車場に乗り入れて停めるので、中村たちはタクシーを降りて店に入った。店内には六人ほどのスタッフがいて、中村たちを認めると、それぞれが顔に愛想笑いを浮かべた。

「ちょっとおうかがいしたいことがありましてね」

カウンターの近くにすわる若い娘にそう言った後、中村は胸ポケットから警察手帳を抜き出して見せた。

「少々お待ちください」

娘は緊張した顔つきになり、あわてて立ちあがり、小走りになって奥に消えた。すぐに奥から恰幅のよい中年の男が現れて、中村たちを二階の応接間に案内した。

「私、専務の新倉といいます」

中村たちがソファに腰を落ちつけるのを待ち、彼はそう名乗って名刺を差しだす。

「お仕事中、申し訳ありませんな」

名刺を受け取りながら、中村は言った。

「とんでもない。お仕事ご苦労さまです。それで、本日はどのようなご要件で？」

上目遣いに中村の表情をうかがいながら、新倉は如才なく言う。目に、自分の店へのクレームではあるまいかという怯えがある。中村は来訪の目的を告げ、鍵をテーブルの上に置いた。

「なるほど、どこかの借家のものですか」

ほっとしたふうな表情になり、新倉は手を伸ばして鍵を取る。

「そうです。この二つの鍵は同じものです。先の波型が一致する。控えですな」

「そのようですな。では、当店がお貸ししている物件の中に、この鍵を使ったものがあるかどうか、それをお調べすればよろしいんですな?」

　彼は言う。

「解りますか?」

　中村は訊く。

「はい。お客様にお貸しした鍵の複製は、すべて取ってありますから」

　新倉がそう言った時、ノックの音がした。静かにドアが開き、見ると最初に声をかけた娘が、湯呑みの載った盆を手にして立っていた。

「ああ君、ちょうどよかった」

　言って新倉は、鍵を彼女に手渡しながら、指示を出す。頷くと、娘は応接室を去ろうとした。

「なるべく急いでね」

　その背に、新倉がそう声をかける。

「こちら、お時間ないとおっしゃるから」

　娘が部屋を出るとちょっと雑談になり、新倉は業界全体のここしばらくの業績低迷と、これに抵抗して利益を上げるため、自分がいかに毎日奮闘努力をしているかを語った。その口調は、なんとなく上司への定番のいい訳のようにも聞こえ、いきなり姿を現した警察官に対し、さっき彼が用意した逃げの気分が、今出ているようにも感じられた。

　想流亭の事件については訊いてこなかったので、これは助かったが、しかし新倉の個人的な話を聞きながら、中村は内心気が急いていた。十分ほども経つと再びノックの音がして、ようやく先ほどの娘が戻ってきた。

「どうでしたか?」

　中村が急いで言った。

「該当する物件は、ありませんでした」

　すまなそうに、娘は小声で応える。

「そうですか、ありがとうございました」

　中村は礼を言った。一軒目から行きあたるとは思っていなかったから、落胆はしなかった。立ちあがり、新倉と娘に仕事の邪魔を詫び、店を出た。タクシーに戻り、次の不動産屋へ行くよう山岸に言う。

こんな要領で三軒の不動産屋を巡ったが、期待する結果には行き遭えなかった。これは容易なことではなさそうだ。やり方を変えるか、と中村は思案した。これからすぐ秩父署に行き、涌井を問い詰めてこの鍵の由来についてもう少し聞きだすか。せめてどこで、どうやってこの鍵を手に入れたかを――。

いや駄目だ、と思った。西宮と多少やり合う格好になった。彼は自分による涌井の尋問を歓迎しないだろうし、実際涌井はあれ以上のことを知らない可能性もある。だがそんなことより何より、時間がないのだ。秩父署になど廻っていれば、すぐに退社時刻となり、多くの不動産屋が業務を終えてしまう。そうなったら万事窮すだ。鍵の出所を確かめられず、涌井から何も引き出せなければ、彼は明朝送検、起訴だ。

冬の太陽は早くも西へと大きく傾き、次第に空を赤く染めていく。五軒目の不動産屋を訪ね終えた時には、もうあたりは薄闇で、それがたちまち夜の帳《とばり》にと移行する。秩父のたそがれ時は少なからぬ情緒があるが、とてもそんなものを楽しむ気分にはなれない。焦りを感じながら、中村たちは懸命に作業を進める。

中村は、大きな不動産屋を先に廻るようにと山岸に指示した。大きなところは通常の会社業務のスタイルで、定時でスタッフは退社する。しかし小さな店は、田舎のことで自宅を兼ねていることが多く、こういうところは夜が遅くなっても経営者と会える。

時刻が夜の七時を廻り、九軒目の聞き込みが終わったところで、山岸も誘って蕎麦屋で手早く夕食をすませた。中村自身は別に食べなくともよかったのだが、山岸の気分を考えたのだ。最初はどこか面白がっていた山岸だが、中村と海老原の必死の様子に事態の重大性を感じたか、表情が真剣になった。蕎麦つゆをすすりながら、こっちは何時まででもつき合いますよ、と言ってくれる。

　蕎麦屋を出、仕事に戻る。料金がかさむからと、山岸はメーターを止めてくれた。これもありがたかった。今はもうこの男と、彼の車という機動力が頼みの綱だ。山岸としても、東京者の中村たちが、秩父のためにこんな時間まで頑張ってくれていると感じたのだろう。

　しかし夜になると北からの風が強くなり、ぐんぐん気温が下がって、山間部に特有の底冷えが来た。十軒をすぎ、十五軒目を訪ね終えても、鍵と合致する物件には行きあたらない。だんだんに、寒さがこたえる気分になった。

　八時をすぎ、不動産屋のほとんどは、大小を問わず店じまいの時刻となった。しかしこれは予測の範疇だ。大きな店を先に廻っていたから、あとは自宅の一部や、自宅の隣接地に事務所を構える、小さな不動産屋ばかりになっている。少なくともそのはずだった。だから店じまい後も経営者が不在ということはなかったが、中には一杯やっている店主もいて、調べに時間がかかるようになった。アルコールが鍵のチェックをずさんにさせないかと、中村は気をもんだ。

　十八軒目の店の前に着いた時には、時刻はもう九時を回っていた。約束の刻限まであと十二時間。タクシーを降りた中村たちは、寒さに顔をしかめながら、自宅の一部を事務所にしているふうの小さな不動産屋の店頭に立つ。「宇津木商事」と看板にある。店の中は真っ暗だったから、中村たちは自宅の方へと廻り、玄関脇のチャイムを押した。すると待つほどもなく、玄関扉がわずかに開いて、初老の女性が顔を覗かせた。

「夜分に恐れ入ります宇津木さん。少々お尋ねしたいことがありまして」

　言って中村は、警察手帳を顔の高さに掲げた。女性は、二人を土間に招き入れた。室内には、やはり暖気がある。これを逃がさないよう、中村は背後の扉をしっかりと閉める。

「ご主人は、ご在宅ですかな」

中村がそう尋ねると、女性は頷き、奥に夫を呼びにいった。ほどなく、丹前姿の男性が姿を現わす。

「宇津木です。遅くまで大変ですなぁ。それで、どういったご用件でしょう？」

中村は、手短かに事情を説明した。何度も同じ説明を繰り返し、要領はよくなった。

「そんなら事務所へ行きましょう」

宇津木商事の主人は言った。

「今開けますから、あっちの、入り口の前で待っていてください」

それで中村たちは表に出、もう一度事務所の前へ廻って待った。事務所と自宅は中でつながっているらしく、入り口の前に立つと、暗い事務所内に宇津木の姿が現れるのが、ガラス扉越しに見えた。宇津木はまず明かりのスウィッチを入れ、それから扉に近づいてきて施錠をはずしてくれたから、中村たちは中に入ることができた。事務所は三坪ほどの広さで、奥に大きな机がひとつあり、その手前に、小さな机が二つ置かれている。

「ふうん、この鍵ですか」

老眼鏡をかけ、顔をしかめながら宇津木は言う。中村から鍵を受け取ると、大きな机の一番下の抽斗《ひきだし》を開け、弁当箱を二廻りほども大きくしたような缶を取り出した。

「借家の鍵は、一本残らずこの中に入れてあります」

草加せんべい、と蓋の上に大きく書かれた缶を机に置き、宇津木は言った。ちょっとがちゃつかせながらこの蓋を開けると、缶の中には二十本近くの鍵が入っていた。そしてそれらの鍵のすべてに、番号の書かれた小さな紙がセロハンテープで貼られていた。三人は手分けをして、缶から鍵を取り出しては、一本ずつ入念に、刻みの波型を調べていった。こういう時、同じ鍵が二本あるのはありがたかった。

「中村さん！」

海老原が突然大声をあげた。中村が、五本目の鍵を缶から取り出そうとしていた時だった。海老原が、右手に鍵を掲げている。

「あったのか⁉」

中村も興奮した。海老原は頷き、黙って汐織から預かった鍵と、右手に持つ宇津木商事の鍵を重ね合わせて見せた。二本の鍵は、波型がぴたりと合致した。中村は、心の中で快哉を叫んだ。アジトだ、ついに突きとめた。敵の牙城に迫ったのだ。ここには、犯人を特定できる手がかりがきっとあるはずだ。

「とうとう見つけましたね」

そう言う海老原の顔も、興奮のために上気している。

「いや、長かったな」

「宇津木さん、これはどこの鍵ですか？」

中村は、宇津木に訊いた。

「ええと、これはと……」

奥の棚から分厚いファイルを取り出し、宇津木は舌で指先を湿らせながらページを繰る。

「十六番でしょう……、ああ、あった！　これです」

中村たちは、宇津木の指が示すファイルを覗き込んだ。賃貸契約書が綴られたファイルだった。契約の日付は昭和五十五年二月四日で、乙と書かれた借主欄には、筆跡を隠すためかどこかぎこちない文字で、山下一郎と記されている。見るからに偽名臭い名だった。この事件の関係者に、そんな名の者はいない。

「この山下……、この家を借りたのはどんな男です？」

中村は訊く。

「さあ、なにせ四年近くも前のことですからなあ」

宇津木は言う。

「何でもいいんです、年齢、背格好、何でもいい、憶えていることを」

「昨年の二月に契約更新をしておるんですが、これは郵送ですませているし……」

「何も憶えていない？」

ちょっと信じがたい思いが中村にはした。宇津木は、顎をさすりながら頷く。

「家の売買なんかは別ですよ。しかし、こういった賃貸物件の事務は、いつも女性の係員にやらせとるんです。だから私は、借主さんの顔を見るにしてもいつもほんのちらっとでねぇ……、外出していることも多いし」

「しかしこの家、これは賃貸ですね。家賃は毎月振込みですか？」

中村は訊いた。

「これは……、もう先にもらってますね、今年の分も」

「ふうむ。先払いは今年いっぱいですか？」

「そうですな」

「ではこの件の事務をされた女性は？」

「三年前の二月というと、岡野さんだなぁ。もう今は辞めております」

ファイルを見ながら宇津木は言う。

「近くにお住まいですか？」

「いや、確か静岡県の、ご主人の実家に入ると言っていました。うちを辞めたのもそのせいでしてね」

「静岡ですか……、では仕方ないな。この借家の場所は？」

「ここから少し北に行くと、武野上という神社があります。その並びですな」

「近いですか？」

「まあ車なら、五分とはかからんでしょうな」

「部屋の中を拝見したい。よろしいですな？」

「この家？　まあそれは、私はかまいませんが……、ではご案内しましょうか？」

宇津木は言ったから、中村はほっとした。捜査令状を取るのは煩雑だ。

「お願いします。重大事件なんでね、ことは急を要するんです」

「ではちょっと着換えてきますので、少々お待ちください」

「助かります。では私ら、表のタクシーの中で待っておりますんで」

中村たちがタクシーに入ると、店の明りが消える。そのまま五分ほども待っていると、洋服に着換えた宇津木が、母屋の方から出てきた。宇津木は助手席のドアを開けて乗り込み、道順を山岸に説明している。山岸は頷き、車を発進させる。

このあたりにはもう人間の集落はなく、周囲は漆黒の闇だ。ヘッドライトで闇を照らしながら、車は何度か右左折を繰り返して、やがて小さな家の前で停まった。

中村たちはタクシーを降りた。その家は木造の平屋造りで、トタン屋根を載せたごく粗末な造りだった。明りはまったくなく、全体が真っ暗でひっそりとしている。中に人がいる気配はなさそうだが、油断はならない。ぐるりはブロック塀で囲われ、周囲を見渡せば、隣に無人の神社がひとつあるきりで、民家の類はない。

中村と海老原、それに宇津木の三人は、門柱の間を抜けて玄関前に立つ。山岸もタクシーを降り、じっと立って中村たちの様子を見ていた。周囲は無音。そういう中で、この家の暗さ、陰気さは、闇に溶けてしまいそうなほどだ。中村は、汐織から預かった鍵を取り出し、玄関扉のシリンダー錠に挿し込んだ。予想通り、鍵はぴたりとおさまった。ゆっくり右に回すと、ごくわずかな抵抗感ののち、ロックが解けるかすかな音がした。

「では、私はこれでよろしいですか？　ちょっと仕事もあるんで」

宇津木が言う。

「夜分にすみませんでしたな。ああ、明日は事務所に？」

「ええ。一日おるつもりですが……」

「係りの者がうかがうかもしれません、その場合はまたひとつ、ご協力をお願いします」

「承知しました」

中村は、次に山岸に視線を向け、彼に歩み寄って料金を精算した。

「山岸さん、今日は本当に助かりました。宇津木さんをご自宅まで送ってください。こちらはもう大丈夫ですから」

「本当に大丈夫ですか？　ここ、悪人の借りている家なんでしょう？　危険はないですか？」

「大丈夫です」

中村は言った。

「しかし、帰りの足はどうするんですか？　私ならご心配なく。時間はあるし、料金はもういただきません。ここで待っていますよ」

「いや、長くなるかもしれない。必要なら警察の車を呼びますから」

すると山岸は胸ポケットから名刺を取り出して、中村にこう言った。

「そうですか？　じゃ、私は今夜は会社に泊まってます。ですから、もし何かありましたらここにご連絡ください。すぐに駈けつけますよ」

「そうですか。これはありがたい、恐れ入ります」

「いやいやそんな、気になさらないでくださいよ。こっちこそ、こんな機会は滅多にない、警察の捜査に協力できたら本望です」

そして山岸はきびすを返すと、タクシーに乗り込んだ。宇津木も後部座席に乗り込む。そしてタクシーは、静かに発進していった。

「じゃあ行くぜ」

海老原に向かって中村が言った。また門柱を入り、玄関扉を開ける。かすかなカビの匂いが鼻につく。上がりぶちに乗り、脇の壁をなぞるとスウィッチが指先に触れた。入れると、ジッジッという音とともに裸電球が陰気にともる。三十ワットの頼りなげな光に、室内の様子がぼうと浮かびあがった。

上がりぶちのすぐ先は狭い廊下で、左手にドアが二つ並んでいる。右手には半間ほどのガラス戸が二枚あり、そのうちの一枚は開いていた。奥に流し台が見えているから、これは台所だ。廊下の突きあたりには、六畳と四畳半の、和室続き部屋があった。この家に、部屋はそれですべてのようだった。

「危険、ありますか?」

海老原が緊張した声で訊く。

「むろん油断はするなよ。でも俺の考えるところ、まず無人だな」

廊下に上がった中村は、左手のドアを押し開けた。トイレだった。そして次のドアは、風呂場の入り口だった。特にこれといったものはない。ドアを閉めた中村は、海老原をうながしてまず台所に入った。二坪ほどの台所には冷蔵庫がひとつあるきりで、食器や鍋の類いは全然ない。どうやらここで調理はしていない。

中村は、冷蔵庫らしい白い箱に近づいた。それは側面にドアがなく、上部に蓋が付いた珍しいタイプだった。一般家庭ではまず見ることはない。高さは一メートルと少し、それほど大きくはない。蓋を開けて覗き込むと、内部は霜だらけだった。

「中村さん」

海老原が言った。中村は頷く。

「ああ、これは冷蔵庫じゃねぇな、冷凍庫だ」

中村は言った。

「浅見を殺害する時に使った氷の塊は、これで作ったんだろうよ」

冷凍庫の蓋を閉めた中村は、台所を出て廊下を奥まで進んだ。和室続き部屋の手前に立ち、室内を見廻す。この家で生活する気なら、ここがメインの生活空間になるだろう。しかしそこには、テレビやタンス、ストーヴといった、どこの家庭にもあるはずのものがいっさいない。

畳の上には薄く埃が積もっている。和室に踏み込んで天井の照明の紐を引くと、何度か点滅した後に、ようやく蛍光灯がともって、白々しい光に室内がすっかり浮かんだ。照明器具も古いが、これに照らされる壁も畳も、襖も天井板もまったくの時代物だ。二つの部屋ともに右側は襖で、これはどうやら押入れらしい。見渡す限り室内に物はなく、だから中村は、手前の部屋の襖を開けた。

予想した通り、そこは上下二段の形式になった押入れだったが、上段に置かれた異様なものがたちまち目に飛び込んだ。ロープと鎖だった。中村は、深い息をひとつ吐いた。これでいいと思ったのだ。ここがアジトで、やはり間違いはなさそうだ。奇妙な自殺者に疑念を抱き、この事件に関わったが、ようやくここまでたどり着いた。残された時間は少ないが、これで何とかなると、ようやく確信ができた。

上段にはロープと鎖だけだったので、しゃがみ込んで下段を覗くと、斧やナタが数本入っていた。刃の部分に、いずれも血の跡は認められない。これは予備か、それとも予行演習の時に使ったものだろう。その横には、灯油などを入れるオレンジ色のポリタンクと、かたちの違う登山靴が二足あった。不明の犯人によって演じられる奇怪な連続殺人劇の、間違いなくここが舞台裏だった。

ポリタンクは空で、キャップを取ると、ガソリンに特有の刺激臭がした。陣内恭蔵や、長澤和摩の遺体を燃やすために使ったガソリンは、これに入っていたらしい。登山靴は凶行の時に履いたか、それとも予備だろう。鉄橋の上から舟を吊ったり、川の中に突き出た岩の上に死体を運んで置いたりなどするには、こういう滑り止めのついた靴の方が安心というわけだ。

この家が、犯行用に犯人が借りた家とほぼはっきりしたため、中村たちはそれから一時間以上をかけ、家のすみずみまでを詳細に調べて廻った。さほど広くもない家だったから、隠し場所の類は限られる、というより、この家自体が雄大な秩父の自然の中にあって秘密の隠し場所であり、家の中に入った者に対しては、犯人は何も隠す気はないようだったが、それでも借主を特定できそうな事物は、屋内に見つからなかった。あともう一歩のところまで迫ったが、ここでまた、中村たちは足踏みだった。

和室に戻り、背を壁にあずけて中村は腕を組む。正面には押入れがあり、襖を開けたままだったから、上段に置かれた鎖やロープが見えている。そういう内部をぼんやりと眺めながら、それにしても、と中村は思う。犯人は何故こんな家を借りてまで、五人の死体を民話に見立てたのか。問題はやはりそこだ。そこに戻る。それが解らなければ、真相にはたどり着けない。

五人をただ殺害することに比較すれば、この凝った殺人プランの実行は、並大抵の苦労ではなかったはずだ。犯人の労働だけではない、金もまた何倍もかかったろう。こんな艱難辛苦に引き合うだけのいったいどんな事情を、犯人は持っていたものか。こんな苦労の途中で、よく挫折しなかったものだ。途中で方針を転換し、いっそごく普通の殺人に切り替えようなどとは、犯人は一度も迷わなかったものか。この異様なまでのエネルギーは、いったいどこから来ているのか。

視線を落とせば、押入れ下段の登山靴が目に入る。するとふいに、秋島の顔が中村の脳裏に浮かんだ。戦争で右足を失ったと彼は言っていた。だから片足の者は、登山という楽しみは生涯味わうことはできない、そういう思いが、彼への連想につながった。

戦争は、これに巻き込まれたすべての人々に、何らかの傷跡を遺す。秋島の場合足だが、目に見えない心の奥に、もっと深い傷を負った人もいるだろう。積極的に闘いに関わった人、不本意にも巻き込まれた人を問わない。戦争をすべて愚劣なものとは言わないが、不快なものであることだけは確かだ。いつまでも尾を引くということ自体がすでにそうだ。戦争の苦しみや悲しみは、終戦とともにさっと霧消はしない。

そこまで考えた中村に、ふと思いつかれたことがある。妙な違和感に襲われたのだ。秋島は、本当に義足だったのか――？

考えてみれば、義足と本人が言っているばかりで、秋島が義足を付けているところを中村は一度も見ていない。さらには、秋島の死体が見つかった現場に、義足が遺されていたというだけである。いわばのちの殺害現場が、当人の弁を補強したかたちになったのだ。だから疑うという発想にならなかった。

これは調べる必要がある、中村は思った。まずはあの義足が、事実秋島のものであるのかどうかだ。この調査によって、事件は全然別の表情を見せるかもしれない。海老原にこの思いつきを話し、中村は海老原をうながして隠れ家を出た。国道まで急いで出ると、もらった名刺を取り出し、公衆電話で山岸の会社に電話を入れた。電話には山岸自身が出て、すぐに行くと言ってくれた。


言葉通り、十分もしないうちに山岸の運転するタクシーが現れて、中村たちの鼻先に停まった。乗り込んだ中村は、秩父署と行き先を告げる。秋島の義足は、他の証拠品とともに秩父署にある。タクシーは、車の見当たらない深夜の国道を南に向けて疾走する。

秩父署に着くと、山岸に礼を言ってから、中村たちは車を降りる。建物に入り、三階の捜査本部へ行く。川島は不在のまま、西宮の姿もなかった。川島は県警本部からまだ戻っておらず、西宮は食事に出たという。

居合わせた係員に事情を話し、中村は証拠類の置かれている部屋まで案内してもらった。保管室は地下一階にあり、ドアには鍵がかかっていた。係員が鍵を開け、明りをつけると、中村たちは棚に義足を見つけ、これに直行した。

手に取り、入念に調べる。義足は膝までで、膝頭のすぐ上に、足との接続部分があった。それはゴムと金具とでできていて、覗き込むと金具の裏側に、ごくごく小さな、K、Nという英文字が刻まれていた。

「メーカーのイニシァルでしょうかね？」

海老原が言う。

「違うだろう、こんなところには入れない」

中村が応える。

「じゃ、これを所有していた者のイニシァル？」

中村は頷く。そして考えた。

もしもこれが秋島のものだとしたら、彼の名前は重治だから、S、Aと書かれていなければならない。しかしこれにはK、Nと記されている。この事件の関係者で、そのイニシァルを持つ者はといえば——。

長澤和摩だ！

「長澤だ」

「長澤ですね」

海老原も言う。


この義足は長澤のもの——？　秋島のものではなく——？

もしもそれが当たっているならだが、長澤親子が隠していたものが何か、それがようやく今解る思いだ。父娘は、これを知られたくなかったのではないか。五年前、長澤和摩は毎年会合に出席していた慰霊会を、突如脱会した。その後はほとんど外出もしなくなり、慰霊会のメンバーが訪ねてきても、いっさい会おうとはしなかった。義足であるということを隠すためではないか。自分がぎこちなく歩くところを、他人に見られたくなかったのだ。

汐織が今日、中村たちを家の中に入れたことにもこれで合点がいく。義足の父が死んだ今、もう隠すものがなくなったのだ。だから汐織は、いとも簡単に中村たちを家にあげた。

では、と中村は思う。そうならおかしなことになる。長澤の死体とともに船の中に置かれていた右足は、あれはいったい誰の足か。この推測が正しいなら、長澤には右足がなかったことになるから、あれは他人の足だ。もしかすると、あれは秋島の右足ではなかったか？

中村は顔をあげた。そうなら確認すべき事柄ができる。長澤と秋島の死体は、現在桜田門の霊安室だ。切断された船の中の右足が、事実長澤のものであるかそうでないか、また秋島のものであるのか否かは、調べれば解ることだ。保管室の隅に電話があった。中村は急いでそこまで行き、受話器を取りあげて、警視庁捜査一課のダイヤルを回した。もう十一時に近かったが、誰かが当番として残っているはずだ。

わずかな間があって、呼び出し音が始まる。一回、二回、コール音が続く。じっと待つが、誰も出ない。呼び出し音を数えながら、中村は舌打ちを洩らした。一課に誰もいないはずはなかった。たとえ大きな事件が起ったにしても、必ず誰かを部屋に残す。それがこんな大事の時に限っていないのか。

呼び出し音は二十回を超えた。中村は祈るような気持ちで受話器に耳を押しあて続ける。ふいに呼び出し音が途切れた。

「はい、捜査一課」

聞き馴れた声がいきなり出た。

「おう吉敷君か！」

一番いい男が出た。中村は胸を撫でおろす。以前にコンビを組んでいた吉敷竹史という若い刑事で、信頼のおける人物だった。

「誰もいないのかと、肝を冷やしたぜ」

中村は言った。

「どうしたんです？　こんな遅くに」

吉敷は言う。中村は正確に事情を話した。吉敷は時おり相槌を打ちながら、熱心に聞いた。そして言う。

「了解しました。今こっちの霊安室にある遺体の上下、同一人物のものかどうか。秋島のものか、それとも長澤のものかですね？」

「そうだ」

「すぐに調べますが、急ぎますか？」

　吉敷は言った。

「そうなんだ、分を争う、一時間以内にざっと頼みたい」

「ではDNAまでは無理ですね、血液型、骨組織、体毛、そんなところかな」

「ああそれでいい。助かるぜ」

「休暇の延長は？　何でしたら主任に話しておきますが」

「いや、その必要はないだろう。休暇中に必ずけりをつけるさ」

「しかし、休暇は明日まででしょう」

「一日で充分さ。それ以上という事態はないんだ」

「延長戦はなしと？」

「そうだ、君にも憶えがあるだろう？」

　吉敷は、電話の向こうで苦笑しているようだった。

「解りました。ほかにも何か手伝えることはありますか？　言ってください。何でもやりますよ」

「ありがとう。でも今のところは大丈夫だ」

「応援は？」

「こっちにいいのがいるんだ、なかなか優秀だぜ」

「ほう」

「だから心配は無用だ。今頼んだことに思う結果が出たら、それでもうこいつはやっつけられるんだ。けっこう大変なヤマだったがな、帰ったら話すよ」

「では、のちほど連絡します」

　中村は、部屋の内線番号を告げ、いったん電話をきった。気を利かせた海老原が、一階で缶コーヒーを買ってきたから、それで体を温めながら二人はしばらく待った。係員はまだ部屋にいたのだが、長くなりそうと見て、出ていった。やはりここでは、自分はまだ完全には信頼されていない、中村は思った。

　三十分後、吉敷から第一報が入った。まだ途中だが、長澤の遺体とともに船の中で燃やされていた右足は、長澤のものとは血液型が違うと言う。そして秋島と一致していると言った。明日になればＤＮＡ検査の結果が出るから、もう少し正確なことが言えるだろうと言う。

「なるほど解ったぜ。もっかのところ、秋島の足である可能性があるんだな？」

「可能性はあります。しかし、同じ血液型の別人かもしれない。しかもこの血液型は、まだＡＢＯでやっているだけですから」

「ＤＮＡは明日か」

「そうです。だから決定は、これを待たれた方がいいでしょうね」

「では引き続いて頼むよ。今夜のところはもうこれで充分だ」

「そうですか？」

「ああ。足は長澤のものではなかったんだ、こいつは大変なことなんだぜ」

吉敷に礼を言い、中村は受話器を置いた。


あの右足は秋島のものだ、まず間違いない。中村はそう確信した。そしてこれは、あの足が秋島のものと仮定してだが、そうなら犯人は、何故二人の足をすり替えたのか——？

ハンディキャップを差別するような人情は、確かにこの国にはある。だから長澤が自分の片足と義足使用を隠したのは解るとしても、満足な両足を持つ秋島が、何故自分は義足だと偽ってすごしていたのか。その訳は何か——。

中村たちの捜査は、今や着実に核心へと近づいていた。だが、まだ不明の点は多々残る。もう一度、長瀞町の隠れ家へ行った方がよいかもしれない、中村は思う。さんざん調べはしたものの、それでもまだあそこには、謎を解く鍵が隠されている思いがする。

カルダンのハーフコートを羽織り、中村は飄然と廊下に出た。海老原も続く。二人の足音が地下の廊下に響く。

7

翌朝の八時五十分。一睡もしていない中村と海老原がガラス扉を押して想流亭に入ると、西宮と川島の二人はもう来ていた。西宮はロビーの椅子に腰を降ろし、窓外にぼんやりと視線を向けている。朝の光が鮮やかに彼らを照らし、眠っていない者には眩しかった。

中村たちが入ってきたのに気づいた川島が、まだ距離があるのに立ちあがり、深々と頭をさげた。中村も会釈を返す。カウンターに立つ三井きよにも挨拶しながら、中村は彼らの方に向かった。西宮は、中村が近づいていっても椅子からは立たなかった。

「先ほどはお手数をおかけしましたな」

中村は、川島に向かって言った。

「とんでもない！」

笑みを浮かべながら、川島は大声で応えた。昨深夜、あれからの中村たちは、川島に大変な足労をかけることになったのだ。

「ありがとうございました」

「中村さん、礼を言うのはこっちです。危ないところでした、うっかりとんでもない大間違いをやらかすところだ」

川島は言って、笑顔を消した。そして椅子に復した。中村と海老原も、彼らの前の椅子に腰を降ろした。中村は、携《たずさ》えてきていた紙袋を足元に置いた。

秩父署の地下保管室で、義足が長澤和摩のものらしいと知った中村たちは、あれからまた長瀞町の隠れ家に取って返し、家中を徹底的に調べつくした。そして、ついにある決定的な証拠品を手にすることができたのだった。そうなると次なる行動は、これを涌井英信に見せ、犯人でないのに、どうして彼の部屋に秋島重治の切断された右足の大腿部分があったのかを訊く必要があった。この疑問に納得のいく解答が得られれば、事件はすっかり全貌が顕《あら》わになる。

　証拠品を中村たちが見つけたのはもう午前の五時すぎだったが、それからすぐにまた秩父署へとって返した。仮眠室で眠っている川島を起こし、涌井との面会を求めた。川島は理由も訊かずに了承し、幸い涌井も起きていたから、面会は無事かなった。川島は、涌井を被疑者として連行することが決まった時点ですぐに中村のポケットベルを鳴らしたのだが、電池切れで連絡がつかなかったことも、この時に解った。

　涌井は、最初のうちはいっさい何も喋らなかった。自分に対する警察官の態度に、心底腹を立てていたのだ。しかし中村は根気よく説得し、汐織の気持ちや、彼女との今後を考えるようにと時間をかけて諭《さと》した。それでようやく涌井は話しはじめた。

　涌井との面会を終えた中村たちは、三たび長瀞町の隠れ家へ戻り、涌井の証言を含めたこれまでのすべてを俯瞰《ふかん》した。そして、ついに真相へと行き着くことができたのだった。その時点が午前八時少し前、ついさっきのことだった。だから中村たちには、ほんの一睡さえする時間はなかった。

「西宮さん、ようやく解りましたよ。これからすべてをお話ししましょう」

　中村が言い、西宮はまるでしぶしぶのように頷く。

「きよさん！」

　カウンターの方を向いた中村は、きよに声をかけた。きよは小首かしげる。

「大野さんを呼んでくれませんか。それからあなたも、どうぞこちらへいらしてください」

　中村が言うと、きよは頷き、まずは奥の事務所へ行き、大野をともなって戻ってきた。玄関のガラス扉が開いたのはその時で、見ると、長澤汐織が立っていた。

　汐織は忌引で仕事を休んでいた。事件の全容を掴んだ直後、中村が電話で彼女に連絡し、今朝の九時に想流亭へ来るようにと言っておいたのだ。汐織は誰にともなく会釈をすると、中村に小さな封筒を手渡してきた。中村は、それを無言で受け取った。

いつかのように、テーブルを二つ付けて並べ、中村たち七人はすわった。中村から時計廻りに、海老原、大野、きよ、汐織、西宮、川島という順だった。だから中村の左側には海老原がすわり、右隣りには川島がいた。中村が口を開く。

「はじめに言っておきますが、涌井英信さんは、誰一人殺害してはいません。これは間違いのないところだ」

言って一同を見渡すと、川島は真剣な様子で中村を見つめており、隣りの西宮は無表情だった。中村はさらにこう続ける。

「何故なら、犯人は秋島重治だからです」

「何だって⁉」

するると西宮が、怒鳴るように言った。それから鼻で笑った。

「馬鹿げている！　秋島は殺されているじゃないですか。それもあんな残酷なやり方で。秋島は被害者の一人だろうが」

「それが違うんですよ西宮さん。この事件は、五件の連続殺人ではないんです。三件なんですよ実体は。三件の連続殺人なんです」

すると、一座には声もない。

「三件？」

「そうです。だから秋島は、自分がたて、時間をかけて練りあげていた計画にしたがって、藤堂菊一郎さん、陣内恭蔵さん、浅見喬さんの三人を殺しただけなんだ」

「では秋島や長澤和摩は、いったい誰に殺されたんです？　それにだ、もしも仮に秋島が犯人だとしてもだ、やつは右足が不自由なんだぞ、忘れたんですか？　舟を吊ったり、死体を岩の上に運んだり、なんていう芸当ができますか？　無理でしょう！」

西宮は、大声で反駁する。彼はパニックを起こしており、もう中村への対抗意識が隠せなくなっていた。

「忘れてはいませんよ」

中村は静かに言った。

「秋島は、義足ではなかったんです」

「何っ！」

これにはさすがにみな驚いたらしく、海老原を除く全員が、いっせいになんらかの声を出した。ロビーがざわついた。

「しかし、俺は見たんだぞ。いつかここで、やつは車椅子に乗っていた。その時、あいつの右足は膝まででしかなかった。だからズボンの膝から下は平らになっていた。中村さん、あんたも確か同席していたはずです！」

西宮は言う。

「ええそうでしたな。あの時確かに秋島の右足は膝までしかないように見えた」

「そうでしょうが」

「しかしよく思い出してください。車椅子に乗った秋島は、腰のあたりに毛布をかぶせていた」

「それがどうしたんです。寒かったんでしょうが、あれが折り曲げた足を隠すためだと？」

西宮は言って、また鼻で笑った。

「そんな子供だまし。ズボンはカラだったでしょうが。それに足折り曲げていたって、そんなのはいつかは解る、尻を浮かせた時なんぞに。折り曲げて尻の下に敷いて、たった毛布一枚で隠していたってだ」

中村は首を横に振った。

「解りませんよ、車椅子自体に仕掛けがあれば」

「車椅子自体に？」

「そうです。秋島はズボンの右膝裏側部分に穴を開け、そこから右足の膝から下を後ろに出し、右足だけ正座するような格好になっていて、この右足は、車椅子の座席の下に挿し入れていたんです。あの車椅子は、クッションの部分に右足だけは挿し入れられるようになっていたんですよ。そして毛布をかぶせ、隠していた」

「ああそういえば……」

遠慮がちにきよが言った。

「秋島さん、あの車椅子、人に触れられるのをとても嫌がっていらっしゃいましたね」

「でしょう？　仕掛けがしてあったから。ともかく秋島は、そんな細工をしながら、自分の右足がさも義足であるかのように周りに印象づけていた。これは深夜や早朝、殺害するターゲットたちを現場へ呼び出す際、彼らを油断させるという絶大な効果を生む。誰も、片足がなくてうまく歩けないような男に、そう簡単にはやられないだろうと油断する」

川島がゆっくり頷いている。

「そしてもうひとつ。秋島は、両足が健在な者でも躊躇するような、きわめて危険な、鉄橋から藤堂さんを吊りさげたり、川の中に突き出た岩を点々と伝って、大岩の上まで陣内さんを運んで、浅見さんはというと、足をとられる砂地で殺害して、岩に鎖で縛りつけたりもしている。つまり秋島は、足場の悪い場所、足場の悪い場所と選んで、犯行を重ねていったんです」

「なるほど」

と川島は言った。

「こうすれば、彼は捜査圏外に逃れられる。右足の不自由な秋島が、わざわざそんな危険な場所で人を殺すなどとは誰も思いませんからな。それで彼は、藤堂の遺体が見つかった当初から、まるきり嫌疑の外にはじき出されていた」

「なるほどねぇ」

大野が言う。

「では秋島がやったことを、これから順を追ってご説明します。しかしこの事件は、いささか複雑でしてな……」

中村はわずかに言葉を停め、目を細めるとひとつ息をついた。説明の段取りをしばらく考えたのだ。

そうして、再び口を開いて説明を始めた。

「秋島はかなり以前から、戦友慰霊会のメンバーのうち、藤堂さん、陣内さん、浅見さん、長澤さんの四人を殺害しようと考えていた」

「今三人だと言ったじゃないですか！」

すかさず、西宮が噛みついた。

「実際に殺したのは、です。計画では四人殺すつもりだった」

「理由は？」

西宮は訊く。

「それはおいおいお話しします。まずは藤堂さんが殺された夜、すなわち十二月十五日ですな、この日に何が起きたかを、今からご説明しましょう」

「ちょっとよろしいですか？」

右手を挙げながら、川島が言った。中村は、横にすわる川島に顔を向ける。

「なんです？」

「藤堂さんの死亡推定時刻は、午前四時から五時の間です。しかしその日、秋島は群馬県の館林市にいて、ここから午前五時三十四分発の列車に乗っています。これには証人もいます、この列車の車掌です。この長瀞町から館林市までは、車を使っても二時間はかかります。そうなると秋島にはアリバイが成立してしまう」

「そうだ」

勢いを得て、西宮が言った。

「いや、ある方法を使えば、秋島は藤堂さんを殺すことができるんです」

続いて中村は、秋島が舟の艫と舳先に長さの違う二本のロープをそれぞれ通し、ガラスの破片を使い、短い方のロープを始発列車の車輪に切断させたことを話した。こういう仕掛けをして遺しておけば、秋島は現場を離れていてもかまわない。

「そんな馬鹿な！」

西宮がわめいた。

「いったいどこの世界にそんな馬鹿なことをする者がいますか！」

中村は、この言には取り合わず、続けた。

「あの夜の秋島の行動はこうです。彼はレンタカーのトラックを借りたと思うんです。それで小舟を鉄橋近くまで運び、人目につかない場所にいったん隠しておく。そしてレンタカーを返すと現場に戻り、藤堂さんを呼び出す。薬で藤堂さんの意識を奪い、舟を鉄橋の真下に吊っておくなどの仕掛けを施す。時間は深夜か未明、いずれにしろ終電車が鉄橋を通った後のことですな。その後なら何時でもいい。

そうしたすべての準備を終えた秋島は、恐らくは何台かのタクシーを乗り継ぎ、館林市の自宅へと戻る。あるいは、トラックは館林市で借りていたかもしれない。もしそうなら、これで自宅へ戻る」

「いったいどっちなんですか」

西宮がすかさず言う。

「プロの仕事はあいまいであってはならない。勝手な空想くらい簡単なものはないですからな！」

「その後秋島は、始発列車の時間に合わせて館林駅へ向かうんですが、駅に着いて始発列車に乗り込む際に、わざと列車が来るぎりぎりのタイミングでホームへ行き、右足を少し引きずりながら、あえて駈け込み乗車をするんですな。これは駅の係員や、ほかの乗客に自分の姿を印象づけるためです」

「義足であると思わせることにより、アリバイ工作も容易になったんですね？」

川島が言う。

「そうです」

「でも秋島は、何故想流亭の納屋から赤ペンキを盗んだんでしょう？　それだけの準備をしたほどの人間なら、事前にペンキくらい用意しておかなかったんでしょうか？」

「そうだ！」

西宮がまた便乗した。

「いや、秋島は当然用意していたと思います。赤いペンキくらい、どこででも手に入りますから。しかしおそらくは殺害当日に、何かのアクシデントでなくしてしまったのでしょう。それで仕方なく盗んだ」

これは海老原が説明した。すると若造と見て、西宮がさらにいきりたった。

「なくした？　おいおまえ、なんでそんなことまで解る！」

「まあまあ西宮さん、最後まで聞いてからにしましょう」

見かねて川島が言った。

「前に大野さんにお聞きしましたが、ここ想流亭では、大型の給湯器など危険なものにはみんな赤いペンキを塗ります。そういう約束事にしていた。秋島はそれを見て、ここの納屋にはいつも欠かさず赤ペンキがあることを知っていたんでしょう。あるいは赤いペンキ塗りの作業に励む大野さんの姿を見て、被害者の顔を赤く塗ることを思いついたのかもしれない」

「かもしれない？　かもしれないとは何だ！」

「ペンキと言えば秋島は、藤堂さんの殺害現場にこれを置き忘れています。恐らくはじめての殺人で、気が動転していたのでしょう」

海老原は委細《いさい》かまわず言う。

「想像ばっかりだ！　まるで素人仕事だ、お話にならん！」

「次は陣内さんのケースです」

西宮には取り合わず、海老原は言う。川の流れを利用した秋島が、糸と扇子を使って自動発火装置を作ったことや、それが失敗したために、軽辺老人の目の前で突如岩が燃えあがったり、火の玉が宙に現れたりといった不可解な現象が起きたことなどを、海老原は解りやすく話した。

「こらおまえ、こんな馬鹿らしい話は聞いたこともない！　まるで子供だましじゃないか！」

西宮がわめいた。しかし川島が、援護するようにこう言う。

「秋島の当初の計画では、須田三郎さんという方が犬を連れて橋を通った午前五時に、火がつくはずだったんですね？」

「はいそうです」

海老原が応えた。

「そう言えば秋島は、あの夜はどうにも寝つけなくて、朝五時頃から部屋でテレビを観ていたと言ってたな。あれは、アリバイ主張のつもりか……」

「はいそうです。時間が時間なので、確固たるアリバイを主張すると、かえって不自然さが目だちます。そこでさりげないものを用意したんでしょう。まあ結局火がついたのはそれから一時間後の午前六時でしたから、計画通り行かなかったことが、かえってより強固なアリバイ獲得につながったわけですが。秋島さんは、午前五時半すぎから六時頃まで、ここで浅見さんと話をしていたわけですから……」

「解りました。では次、浅見さんですね？」

言って、川島は中村の方に視線を向ける。中村は頷き、口を開いた。

「浅見さんの死体が見つかった日、秋島は夜中に想流亭を抜け出すと……、ちなみに秋島は、犯行の際、ほとんどの場合は、泊まっていた部屋のヴェランダから出入りしていたはずです。そうすれば人目につかずにすみますからな。

さて秋島は、浅見さんを殺害する予定の場所まで行くと、浅見さんを殺す準備をすっかり整えます。そうしておいて、今度は想流亭の近くまで戻り、浅見さんが出てくるのを待つ」

「浅見さんは、毎朝必ず散歩に出かけると言っていましたが、その癖を利用したのですね？」

川島が言った。

「そうです。秋島が待っていると、案の定浅見さんが出てきた。そこで秋島は浅見さんに声をかけ、巧みに犯行現場まで誘導する。あの近くには日本一と言われている甌穴がありますから、それを見にいこうとでも提案したのかもしれない。そして浅見さんを薬で昏倒させ、鎖で岩に縛りつける」

続いて中村は、秋島が氷の塊と鎖を用いて川の上にレールを作り、それを使って青龍刀を滑らせたことや、氷のストッパーを使った仕掛けなどの説明を詳しく行った。途端に一座はざわめき、恐慌が場を支配した。

「そんな馬鹿な！」

西宮がまた言った。

「そんなとんでもないものを用意して？」

西宮はあまりの非常識に、憤死しかねないような勢いだった。

「そうです」

中村は冷静に言った。

「まるでホシに愚弄されておるようだ、いったい本当のことなんですか、それは」

「本当です」

「信じられん。そんな仕掛けで、本当にうまく行くんですか？」

「だからホシは、何度も実験しています」

川島が言う。

「しかし確かに、それなら浅見さんが死ぬ時、秋島は現場にいなくてもいいことになるし、やがては鎖の空中レールも、自動的に川に落下して消滅するということになる。そうですね？」

中村は頷いた。

「そうです。今回のこれらは非常に凝った、言われるように馬鹿馬鹿しいまでに凝った殺人装置だが、同時にこれらは時限稼動装置であり、アリバイの捻出装置でもある」

「ああうん、そうですね、確かに」

川島が言い、頷く。

「浅見さんの死亡推定時刻には、秋島はここで少なからぬ人間に目撃されながら食事をしていました。これ以上完璧なアリバイはない。むろん彼は、想流亭の朝食時間にストッパーの氷が溶けきるように、氷の大きさを加減していたんだとは思いますがね。こちらの氷はそう大きいものではないから、あの日がいくら寒くても、二本の鎖の先端を埋めておいた大きな氷塊ほどには、溶ける時間は狂わなかった。いずれにしても秋島は、こんなふうにして三人を殺害したわけです」

「偏執狂だ、それが事実なら」

西宮が言う。

「そう。だが同時にこれは、長い長い準備の時間を語るものでもある」

中村は、ある感慨を込めて言った。

「長い時の間に、計画は研ぎ澄まされ、また先鋭化していった」

沈黙が一座に満ちた。この言葉に込めた中村の思いに、ぼんやりとしたものながら、みなの洞察が届くようになった。この陰惨な事件の背後には、何事か深いものがある。みな徐々にそう感じはじめていた。

「さて、残るは長澤和摩さんだ」

中村は言う。

「これは秋島が犯人ではないんですね？」

川島が訊く。

「そうです」

「秋島さんと長澤さんが死体となって見つかった夜、いったい何があったんですか？」

身をわずかに乗り出し、両手をテーブルの上で組みながら、川島が訊く。中村は少しだけ沈黙し、やがて語りだした。

「あの夜秋島は、最後の標的である長澤さんを、深夜の岩畳へ呼び出した」

すると川島が、またこう口をはさんできた。

「しかし慰霊会の仲間が、三人までも殺されています。そうやすやすと呼び出しに応じるもんでしょうかね？　しかも深夜。少しは警戒するように思えますが……」

見ると川島は、小首をかしげている。中村は頷く。

「そうでしょうな、普通はそうだ。慰霊会を脱会後、人に会うことさえ避けていたのに、ふいに秋島から連絡があり、深夜人けのない岩畳へ来いという。この時点で、秋島が三人を殺した犯人ではないかと長澤さんが疑っておかしくはない。だから通常なら、そんな呼び出しにはまず応じないでしょう。しかしですな、長澤さんはこの時、あえて呼び出しに応じたんです」

「あえて応じた?」

「そうです」

「またなんでです?」

「この時長澤さんは、すでにもう死ぬ気でいたんです」

中村がそう言うと、ずっと俯いていた汐織の肩がわずかに揺れた。

「死ぬ気で? 何故です?」

そんな汐織に一瞬目をやってから、川島が訊く。

「それについてはのちほど。とにかく長澤さんは呼び出しに応じ、単身岩畳へ向かったんです。時刻は午前一時前です。さて一方の秋島ですが、彼は長澤さんを殺害した後、その死体を船の上で燃やそうと考えていた。岩畳の脇にはライン下りの船着き場があり、常時五、六艘の船がもやいにつながれていますから、これを利用する計画だったんです。そのために長澤さんを岩畳へ呼び出した」

「秋島は何故、長澤さんを船着き場ではなく、岩畳で殺害しようと考えたのです?」

川島が言った。

「それは、岩畳の足場は悪いですからな」

「ああそうか、なるほど。ここで殺せば自分は疑われない。そうすると、殺害方法もある程度決まってきますね。長澤さんが岩畳で殺されたという証拠を、そこに遺さなくてはならないわけだから……」

「その通りです。そのためには血痕です。だから秋島は、この凶行の武器にはナタを選んでいた。これで殺れば、岩畳の現場には血が遺りますからな。さて、ナタを手にした秋島は、午前一時前、犯行用の登山靴を履き、ヴェランダから想流亭を抜け出します。しかしその時、秋島の想定外のことがあった」

「なんです？」

「近くの林に、涌井さんがひそんで秋島の部屋を見張っていたことです」

「涌井が？　また何故そんなことを？」

　首をかしげながら、川島が訊く。

「これも後にしましょう。とにかくひそんでいた。想流亭を抜け出した秋島は、岩畳へ向かう、だから涌井さんはその跡をつける展開になった。そして午前一時二十分。秋島と長澤さんは岩畳の上で出会い、涌井さんは二人から少し離れた場所に身をひそめます。

　これは涌井さん自身から聞いたことですが、秋島は、長澤さんに会うなり押し殺した声で、『おまえを殺し、船の中で燃やしてやる』と言ったそうです。そして手にしたナタで、即刻長澤さんに襲いかかった。

　しかし先ほども言いましたが、長澤さんは最初から死ぬつもりでいたのです。自殺をしようと決心していた。だから秋島に、もうこれ以上罪を重ねて欲しくなかったんです。おまえの助けは要らない、俺は自分で死ぬ、長澤さんはそう懸命に話しますが、秋島は耳を貸しません。こいつは逃げようとしているのだ、そう彼は考えます。そこで二人は揉み合いとなり、足を滑らせた秋島は、転んだ拍子に岩に頭部を強打し、虫の息となってしまいます」

　沈黙。やがてみな、小さく吐息を洩らした。西宮も、もう何も言わなくなった。

「すると秋島さんは……？」

「事故死ということになりますな」

「事故……か」

「そう、事故だ。さて、問題はここからです。思わぬ不測の事態に、長澤さんはしばし呆然となりますが、やがて船着き場へ行き、一艘の船のもやいをはずし、これに乗り込みます」

「秋島さんはそのままにして？」

川島が訊く。

「そうです」

「船に乗ったのは、秋島さんの遺志を継ごうとしたのですか？」

この問いに、中村は首を横に振った。

「というより、静かな場所で自殺をしたいと考えたのでしょう。そのため、長澤さんは船を動かして、少し下流の、死体が発見された場所まで移動します。冬のこの時期、水量はそう多くありませんし、船には櫂《かい》も付いているから、操船はなんとかなるんです。流れに乗って川を下り、澱みにさしかかったところで船の方向を変えればそれでいい。そしてこの時涌井さんも、河原を伝いながら、懸命に長澤さんの跡をつけています。

澱みに着いた長澤さんは、小一時間ほど逡巡していたようだと涌井さんは言っていました。しかしやがて用意していた包丁を出し、割腹自殺を遂げます。そしてひどく苦しみながら、切り裂いた自分の腹から腸を引きずり出す。これが午前二時四十分」

「またどうしてそんなことを！」

川島が大声をあげた。

「どうしてそんなことまで！」

「ある理由からです。この説明も、もう少し待ってください」

言って、中村は汐織を見た。彼女は静かに泣いていた。きよが、そっとハンカチをさし出してやっている。

「解りました。そうすると、この段階では長澤さんの死体はまだ燃やされておらず、両足も切断されてはいない、ということになりますね？」

川島が訊く。

「そういうことです。そしてここから涌井さんが動きを始めます。彼は脳裏にある着想を得て、爆発的に行動を開始するんです。まずは船着き場近くの屋台に行き、発電機に使うためのガソリンがポリタンクに入っていることを確認すると、飛ぶようにして想流亭へ戻ります。おりからの強風も幸いしました。通りに人の姿はなく、沿道のどの店も、家も、窓をしっかりと閉めきっていた。だから姿を誰かに目撃される心配はない」

中村が言葉を停めても、一堂は沈黙している。

「想流亭に戻った涌井さんは、廊下を通らずにヴェランダから秋島の部屋へ侵入し、秋島が普段に履いていた靴を盗みだします。川島さんには以前お話ししましたが、この時想流亭の廊下には、この海老原君が頑張っていてくれて、涌井さんはそのことを知っていました。だから、窓から部屋に入ることを選んだんですな」

「靴を？　ちょっと待ってください。何故靴なんです？」

「それは、片足の人物はあまり登山靴などは履かないからです。これは野山を歩き廻ったり、駈け廻ったりするための靴です」

「そうか、秋島は、実は両足健在だったからこの時そんな靴を履ていた」

「そう、だから脱がして、いつも履いている普通の革靴に履き換えさせる必要があったんです。でないと、事態のからくりが露見する危険があった。靴を持ち、再びヴェランダを使って部屋を出た涌井さんは、次に納屋へ行って、とらばさみを持ち出し、それで岩畳へ戻ろうとします。

この途中、派出所の前を通りかかった時、どうやら中が無人らしいことを偶然知ります。そして奥の壁際には、着換えなどをしまっておくための縦長のロッカーが、いくつも並んでいた。これを見た涌井さんは、とっさに派出所内へ忍び込みます。警官の制服を盗もうと考えたんです。とらばさみだけでもよかったのだが、制服があればさらに完全になるんです」

「何がですか？」

川島が訊く。

「後で話します。こうして岩畳へ戻った涌井さんは、現場に落ちていたナタで、秋島の右足を大腿部のところで切断する。そして警官の制服を秋島に着せると、腿の付け根にはとらばさみをはさみます。そうして、切断したばかりの秋島の足とナタを持ち、自殺した長澤さんのところへ行きます。ああそうだった、この途中で屋台にも寄り、ガソリン入りのポリタンクを盗んで、これも一緒に持っていきます」

「ちょっと待ってください」

川島がまた言った。

「先ほど中村さんは、秋島は義足ではないとおっしゃいましたね？　では秋島の死体とともに置かれていた義足は、あれはいったい誰のものなのですか？」

「長澤さんのです」

「何ですって!?」


川島が驚きの表情を浮かべて言い、きよや大野も、はじかれたように顔をあげる。

「父は……」

するとそれまで黙っていた汐織が、はじめて口を開いた。みなの視線が、いっせいに汐織に集まった。

「五年ほど前、都内の病院で右足を、膝頭《がしら》のすぐ上のところで切断したんです」

彼女はもう泣いてはいなかった。静かに、淡々と話した。

「何故です？」

川島が、穏やかな声で問うた。

「ある病気のためです」

「ある病気……」

「その病気は」

と中村が後を引きとって言った。

「今ではもう治療法も確立されていて、間違いなく治ります。でも少し前までは、遺伝によって発生するという誤解を受けていた。そのため、おうおうにして村八分の差別が発生したんです。長澤さんは、娘の汐織さんに類が及ぶことを恐れ、自分がこの病で右足の切断をした事実を隠し続けたのです。彼が慰霊会を辞め、外出しなくなった理由はこれです」

「はあ、そうですか……」

きよが言った。大野も、横で深く頷いていた。汐織の大きな瞳からは、再び涙があふれていた。隣にすわるきよが、その背を優しくさする。みな何となく黙り込んだ。

「さて、話を続けましょうか」

少しして、中村が言った。

「長澤さんのところへ行った涌井さんは、持っていた秋島さんの右足を、膝頭の上の部分で再度切断し、それと長澤さんの義足を取り替えます。次に長澤さんの左足を、これも膝頭の上で切断するんです。こうした細工により、長澤さんは犯人に両足を切断されたものと、われわれは信じ込まされてしまった」

「まあ、まさか右足だけが他人のものとすり替えられているとは、こっちは考えもしませんからねぇ……」

川島が言った。頷き、中村は説明を続ける。

「そうしておいて涌井さんは、船にガソリンを撒き、火をつける。それから涌井さんは岩畳にとって返すと、今度は秋島のズボンの右足部分に、長澤さんの義足を挿し込みます。そしてこの義足と左足に、普段秋島が履いていた革靴を履かせたんです。右足の不自由な秋島が、登山靴などを履いていては不自然な印象をわれわれに与えますから。これで細工のすべては終わり、涌井さんは想流亭へ駈け戻ります」

「しかしですな中村さん、何故涌井さんは、秋島の右足を大腿部で切断したのですか？　最初から膝頭の上部分で切った方がよいと思いますが……、その方が作業が楽でしょう」

川島が言う。

「いや、それでは駄目なんですよ」

中村は言った。

「どうしてです？」

「膝頭の上部分で切断してしまうと、この傷口は新しい。新しい傷口に義足を履いているのはおかしいでしょう。これでは事態のからくりが露見する。傷口の新しさを見たわれわれは、秋島は本当にこの義足を使っていたのだろうか？　という疑念を持つ。だから涌井さんは、これを恐れて、秋島の右足をあえて二度切断したんです。大腿部の傷口なら新しくてもよい。つまり傷口を少し上にずらしたんですな。そのことが、結果として秋島の死体から右大腿部のみが持ち去られたように、われわれには見えたんです」

「ああそうでしたか、なるほどな！」

　感心するような口調で、川島が言った。

「さて、想流亭へと戻ると途中で涌井さんは、秋島の部屋に証拠品が遺っていてはまずいと考えた。もしもそんなものが見つかれば、せっかくの工作が意味をなさなくなりますからな。そして彼は再びヴェランダから秋島の部屋へ侵入し、脱いだ靴を回収すると、万が一にでも誰かが入ってこないように窓に鍵をかけ、部屋の中や秋島の荷物をあれこれ調べたんです。

　ところがそうするうち、秋島の死体が岩畳で見つかり、あたりは騒然となります。この発見の早さは、彼には想定外だった。その時、部屋の中をあらかた調べ終えていた涌井さんの耳に、廊下で立ち話をする大野さんと海老原君の声が聞こえた。これは当人が言っていることです。耳を澄まし、この会話を聞いてみると、やがて二人は岩畳へ向かっていくらしい。二人の気配が消えると、涌井さんは当初の考え通り、ヴェランダを使って外に出ようとしますが、すぐにこの考えを修正します。あたりはもうサイレンの大合唱になっていて、この調子なら恐らくは野次馬もたっぷり周辺に来ている。現に海老原君たちは現場へ向かったんだ。そうなると、亭の外を廻って自室に戻るより、このまま廊下に出た方がよい、表に出るのは危険だ、頭のよい彼はそう考えます。

ドアに耳をつけ、表の様子をうかがっても、廊下に、もう人のいる気配はまったくない。それで涌井さんはドアをそっと開け、そのまま秋島の部屋を忍び出ます。すると想流亭の客間は全室オートロックだから、秋島の使っていた『藤袴の間』の扉は自動的に鍵がかかってしまい、開かなくなりました。お話ししたように、部屋の窓はすべて涌井さんが中から施錠している。これがあの意図不明な密室の理由です。

ここ数日の間にこの町で何が起きたのか、その説明はこれでひとまず終りです。次は、何故それが起きたのかをお話ししましょう」

言って中村は、足元に置いていた紙袋を取りあげ、中から一冊のノートを引き出した。それはA4サイズの、ごくありふれた大学ノートだった。

「秋島は、長瀞町に密かに家を借りていました。その家の鍵は、涌井さんが秋島の死体に警察官の制服を着せる時、それまで秋島が履いていたズボンのポケットに入っていたのだそうです。だからこれを発見した場所は、到底人には言えなかった。

鍵を頼りにその貸家を突きとめ、調べてみると、家の中の押し入れから、鎖やロープ、予備の登山靴などが出てきました。このノートは、その家に置かれている冷凍庫の中から見つけたものです。ヴィニール袋に入れて霜の中に隠されていたので、見つけるのに手間取りましたがね。これを読めば、秋島が何故四人を殺す決意をしたのか、この事情が実によく解ります」

言って、中村はノートを広げた。

8

昭和五十八年十月七日、記す。

秋島重治

昭和十二年十一月。私は軍服に身を包み、日本帝国陸軍第十軍の一員として、杭州湾から中国大陸へと渡りました。同年七月、盧溝橋付近で演習中の日本兵に対し、中国軍によって放たれた数発の銃弾によって、日本の、そして私の運命も変わったのです。

郷里を離れ、訓練を受け、大勢の仲間とともに東シナ海を船に揺られる私の心中は、しかし躍《おど》るものでした。お国のために働けるんだ、天皇陛下のお役にたてるんだと、そうした熱い喜びで一杯だったのです。これで自分もようやく一人前の男になれるんだ、そんな思いでした。

そういう私を待っていたものは、大陸での完全な地獄の日々でした。これは比喩《ひゆ》でもなんでもありません。あの頃の中国は、本物の地獄だったのです。あの悲惨を表現できる筆など、到底この世にはないでしょう。死の恐怖で狂った人間が、いかにたやすく鬼畜《きちく》になれるか、私はもう嫌というほど目にしました。その悲惨さは、国で予想していた百倍です。

上陸した私たちは、すでにいた上海派遣軍と合流しました。この軍は、上海付近で何ヶ月にもわたって中国軍と闘ってきた猛者で、その目はみなぎらぎらとして、全員が獣のような匂いを発散していました。ああこれが本物の軍人というものかと、私はこの時、ある感動とともに思ったものです。

そんな兵隊たちと合流し、中支那方面軍となった私たちに下された命令は、当時中国国民政府の首都であった南京の攻略です。これを聞いた時、上海派遣軍の人たちはみな一様に肩を落としました。何故なら、これまでさんざんに戦闘を強いられていた彼らは、上海さえ落とせば、もうそれで祖国に凱旋ができるものと信じていたからです。

南京を目指しての行軍が、すぐに始まりました。辛い旅になりました。なにしろ兵糧がまったく足りないのです。だから私らは、現地にて徴発、自活を命ぜられました。つまり行く先々の村や町を夜盗のように襲い、食い物や水を強奪しろというわけです。

上海派遣軍の者たちは、この命令に少しも疑問を持っていませんでした。上海における何ヶ月もの激戦が、彼らからすでに人間らしい心を奪っていたのです。集落を見つければ、飢えた彼らは殺到しました。そしてまず男を皆殺しにです。これはあっという間の出来事です。相手が無抵抗だからです。躊躇《ちゅうちょ》などは一切ありません。中国人の男を見たら、背中からでもなんでも、すぐに撃ち殺しました。あるいは弾丸節約のため、刺殺します。だから襲われた人たちは、誰にどうして殺されたのかも解らないまま、死んでいきました。

後に残ったのは、女と小さな子供たちです。兵士たちは子供に、食料を集めてくるようにと命じます。その間は、端から女たちを犯します。たった今食料集めを命じた子の母親もこれに含まれます。抵抗した女は殺され、そうでない者も、陵辱が終わると殺されました。食べ物が集まると、今度は子供らを殺します。これはもう毎日の儀式でした。みんな罪の意識など麻痺しています。血に狂う仲間を留める者もなく、殺人をためらう者もありません。終わって、良心の呵責に苦しむ姿もありません。

住んでいた者たちが全員殺され、奇妙に鎮まり返った血だらけの集落に、食べ物を口にする上海派遣兵の咀嚼音《そしゃくおん》だけが黙々と響きます。

南京に着くまでの二十日間は、ほぼ毎日がそんな調子でした。私たち第十軍は、しばらくはそんな獣の行為に加担はせず、上海派遣軍の余り物を控え目に口にしていましたが、来る日も来る日も続くそうした日々が、次第に私たち第十軍の兵隊の心をも壊していきました。いつしか私たちも、上海派遣軍の兵士たちとともに、先を争うように男を殺し、女を犯すようになっていたのです。

私と同じ小隊に属していたある者などは、強姦しながら女の首を絞めて殺し、その後もげらげら笑いながら、逃げまどう女の中から次の相手を探しました。また別の者は、泣き叫ぶ赤ん坊を空に放り投げ、落ちてくるその小さな体を銃剣で串刺しにして、「剣玉だ、剣玉だ」とわめきました。

神兵だ、七生報国《しちしょうほうこく》だとおだてられ、鳴り物入りで祖国を後にした私たちは、敵と遭遇する以前に、こうした卑しい狂気に包まれていました。私自身、最後まで抵抗はしていましたが、ついには無数の民間人を殺し、女を犯し、食物を奪うようになりました。そうしなければ生きていけないからです。食料を奪うだけ、あるいは男を殺すだけで、強姦には関わらなければいいと思うでしょう。ところが、こういうことはできないのです。そんなことをすれば、いい格好をするなということで、上海派遣軍からどんな報復を受けるか知れたものではありません。

そういう狂気がはちきれんばかりに高まった時、私たちは南京市の入り口に辿り着いたのです。この首都攻略は、降伏を勧め、いったん待ったのちの正当なものと説明されます。が、他人の国に侵入してきて、正当も何もないでしょう。

日本軍が一斉攻撃に移ると、広い南京城内は、銃弾と砲撃の炸裂、そして南京市民の阿鼻叫喚に包まれました。あちらこちらから火の手があがり、中国軍兵士たちが次々に撃ち殺されていきます。闘いは、ほとんど一方的に見えました。日本軍はわずか四日間で南京城を攻め落としたのです。

中国軍兵士の多くは、まだ訓練が不充分で、未熟でした。だから簡単に逃げだし、狙い撃ちにされました。あるトーチカでは、そういう少年兵たちが何人か入れられ、逃亡ができないように外から鍵がかけられていました。こういう者たちは、闘う意志もさして強くはありませんから、すぐに手を上げ、捕虜になりたがります。私はこういう者たちを捕虜として扱おうとしましたが、古参の者がやってきて、有無を言わさず射ち殺しました。捕虜を養う食料などないんだというのが、彼らの理屈でした。

惨事は城内だけには留まりません。南京城外の揚子江付近では、対岸へ逃れようとする中国軍兵士たちが、片端から銃で撃たれ、次々に揚子江に投げ込まれていました。逃がすわけにはいかない、しかし捕虜にしたら手がかかる、金がかかる、だからひたすら皆殺しです。それが一番安上がりなのです。

南京市が陥落する少し前、土地の人からは紫金《しきん》と呼ばれる近くの山の麓で、二人の日本軍少尉がこんな競争をしたそうです。それはどちらが早く中国人を百五十人殺すか、という賭けで、結局一人の少尉は百五人を、もう一人は百六人の中国人を殺し、これは「百人斬り？　超記録」などという見出して、日本の新聞に記事として掲載されたそうです。

新聞といえば、私たちが南京城を落とすよりも数日早い段階で、日本国内の夕刊各紙に「南京陥落す」と誤報が出たことがあり、これに事実を追わせようとして、軍上層が早期の陥落に焦っているようでした。そういう上の焦りは、下の私たちにも伝染します。これが私たちの狂気をさらに燃えたたせ、もはや加虐の暴走に、まるで歯止めがかからなくなっていました。

敵軍の制圧が終わると、今度は城内の、民間人たちを集めてくるように命令されます。これは簡単で、トラックで城内を廻って中国人の集団を見つけては、「食事を与える。腹の空いている者はトラックに乗れ！」と声をかけるだけでいいのです。そうすると彼らは、嬉々として荷台に上ってきますので、荷台はたちまち薄汚れた中国人たちで一杯になります。そうしたら、命令された倉庫までトラックを走らせます。

倉庫に着くと、しかし食事の用意などは一切ありません。連れて来た者たちを、後ろ手に縛るように と命令が来ます。不審に思いながらも私たちは、大慌てて作業にかかります。ぼやぼやしていれば、ビンタや拳骨が飛んでくるからです。

中国人の全員を縛り終えると、奥から別の小隊の者たちが現れます。みな着剣した銃を手にしています。そしてものも言わず、端から中国人を刺し殺していきます。たちまちもの凄い叫び声が倉庫を満たします。剣は錆びているものが多いから、刺されてもなかなか死ねないのです。

両手を背中で縛られた中国人たちは、血を流し、芋虫のように床をのたうち廻って苦しみます。そんな光景を見ながら私は、小隊長に小声で尋ねたものです。何故銃で殺さないのですかと。

「弾薬を節約するためだ、こんな小者に貴重な神軍の弾を使えるか!」

と小隊長は、何を馬鹿なことを訊くのかという調子で応えました。

彼ら民間人を殺すのは、この中に便衣兵と言って、民間人の格好をした軍人がいるためだということが、建前になっていました。しかし便衣兵が、食い物が欲しくて簡単にトラックに乗ってくるはずもありません。

当時の南京市は、痩せても枯れても大中国の首都でした。東京のことを思ってもらえれば解るでしょう。綺麗な女たちも大勢います。だから日本軍の天下となった南京城内は、それはひどいありさまでした。強姦の光景が、あちこちで頻繁に見られます。戦争でもなければとても見映えのよい女になどありつけそうもない男どもが、あっちの暗がり、こっちの塀の陰で、嬉々として中国娘たちを犯していました。抵抗でもしようものならすぐ殺されます。しかし抵抗しなくても、ことが終われば殺されることが多いのです。

中には勇敢な女性もいました。その女性は、数人の日本兵に陵辱されながらも、日本軍を罵倒し続けていました。一人の兵士が、喋れないようにと舌を銃剣で突き刺しましたが、それでも言葉にならない声で、彼女は何ごとか叫び続けます。口の中はもう血だらけで、顔中も真っ赤に染まっています。やがてその女性は死に、心臓を抉《えぐ》り取られていました。

日本軍にも憲兵はいましたが、その数はあまりに少なく、また兵の犯罪行為を留めるはずの憲兵自身、どさくさにまぎれて蛮行に走る者も多く、結果として日本兵を諫《いさ》める者はいません。だから南京市街、しばらくはそうした地獄の日々が続きました。

帰国してから知ったことですが、南京では十数万人、あるいは二十万人を超える人たちが殺されたと言います。のちの東京裁判では、二万人の婦女子がレイプされたと、当時南京に在住していた米人医師が証言しているそうです。

渦中にいた私には、そう言いたくなる気持ちはよく解ります。この数字が大袈裟かどうか、私には解りません。ただ、愚劣な暴行に加わった者にこんなことを言う資格はありませんが、延べ二十万人とか三十万人虐殺というのは、これはちょっと大袈裟だとは思います。弾薬に限りがありますから、日本兵だけでそんな数を殺すのは、物理的に不可能と言うに近いです。刺殺、焼殺とやっていたら、何年もかかりそうです。

いずれにしても、南京城はこうして陥落したのです。そして翌年八月、続いて第十一軍に編入された私は、今度は南京市から五百キロほど南西にある、湖北省の武漢という地を目指して行軍を開始させられました。そしてこれが、それまでで一番辛い旅になったのです。

重さが三十キロにもなる背嚢《はいのう》を背負い、連日日に二十キロは歩きました。湿気を含んだ熱風が体力を奪い、一日が終わる頃にはもうくたくたです。夜は野外で眠りますが、眠る時も靴は履いたままです。これは夜襲に備えるためではありません。一日中歩き通して足が腫れあがり、脱ぎたくても脱げないのです。無理に脱いでしまえば、今度は足が靴に入らなくなるおそれがありました。

だから眠るといっても、道端にただ横になるだけです。布団など、あろうはずもありません。ヒルが体中に貼りつき、一晩に何十ヶ所も蚊に刺されます。痒みなどもうさして感じません。しかし、熟睡することはできません。そうして夜明け前にはまた歩きだします。

例によって食料など満足にありませんから、村を見つければ襲います。しかし時には村などない場所を行くこともあり、そんな時は何も食べずに歩き続けます。やがて落伍する兵士も多くなりました。憔悴し、体力が弱った者から病を得て、彼らは道端に倒れ、しかしみな弱っているのでそれを助けようという元気はなく、多くはそのまま死んでいきます。

こちらももう死には馴れっこですから、それを見ても何も感じません。私の体がおかしくなってきたのはその頃です。いく日も下痢が止まらず、日を追うごとに体重が減っていきました。私の体からは終始下痢便の嫌な匂いがして、ともに歩く兵士たちみなに、じろじろと見られます。しかし、それでも私は歩き続けました。倒れてしまえば、そのまま死ぬと解っていたからです。だから私は、死にもの狂いでみなについていきました。

けれど、それも長くは続きません。あるとても暑い日のこと、山中を行軍していた私は、ふいに目の前が暗くなるのを感じて、その場にうずくまってしまったのです。すると私のことをよく思っていなかった一人の兵隊がやってきて、私を崖下に蹴り落としました。こいつの命はもうこれまでと見たのです。これ以上生き残っていてくれては足手まといでした。行軍の速度が落ちますから。

誰にも助けてもらえないまま転落し、とうとう私は動けなくなってしまいました。そして、これでもう死ぬんだなと思いました。そう考えたら、便に汚れた下着のことが恥ずかしく思え、死ぬ前に着替えたいなと考えているうち、意識を失いました。

どれほどの時が流れたのか、私はまだ生きていました。ふと気づくと、目の前に中国人の娘がすわっています。殺される、その娘をひと目見た時、私は直感しました。私たちは、中国の人たちに、それはひどいことをしてきています。病気で動けない日本兵たる私は、現地の人に見つかれば当然なぶり殺しにされます。

その時の私にとって、死ぬこと自体はそれほど怖くありませんでした。こんな日々がこれから先も長く続くなら、早く死にたいとさえ思っていました。だから覚悟はできていました。私はすっかり観念し、再び目を閉じました。すると私の乾いた唇に、水滴がぽたぽたと垂れてきたのです。私は舌を使い、それを夢中で舐めました。干上った口腔中を水が湿らせると、ふいに生きたいという気分が湧きます。あれは人間の持つ本能なのでしょう。それで私は、思いきってしっかりと目を開けました。

目の前に、皹《あかぎれ》だらけの指がありました。そしてそれらを合わせた手から、少しずつ水が漏れ落ちています。私は口を開け、吸うようにして水を飲みました。その様子に娘は、まず戸惑ったような表情を浮かべ、次に少しだけ笑いました。これにつられ、私もまた笑みを浮かべた記憶があります。それから、またすっと気を失いました。

再び気づくと、私は叢《くさむら》のただ中にいて、枯れた倒木の陰に横たわっていました。娘が引きずってきてくれたのでしょう。それからしばらくの間、私はそこに隠れて生き延びました。私のため、娘は毎日一度、わずかな食料と水を運んできてくれました。娘は名を王娟鈴《おうえんりん》と言い、両親を日本軍に殺されたと、身振り手振りで教えてくれました。たまたま家にいなかったから自分は助かったのだと。

とりたてて美人というわけではありませんが、私には彼女が、天国に暮らす娘のように光輝いて感じられました。ぽっちゃりとして愛嬌のある顔だちで、笑えばすこぶる愛らしい様子になります。

行軍から脱落した一人の日本兵と、日本軍によって一人ぼっちになってしまった一人の中国娘は、互いを切に必要として、恋に落ちました。私がすっかり回復すると、私たち二人は彼女の遠い親族を頼って、湖北省の蒲圻《ほき》という地まで歩いていきました。

むろん私は、忌まわしい日本軍の軍服などとうに脱ぎ捨てていました。娘が持ってきてくれた中国人の服を着て、現地人を装っての旅です。道すがら、中国の言葉も娟鈴から教えてもらいました。もともと少しくらいなら喋れた私は、蒲圻に着く頃には、たどたどしくではありますが、それなりに話せるようになっていました。

私たち二人は、蒲圻の人たちに何とか溶け込み、その土地でささやかな耕作地を借り受け、いたって貧しくではありますが、農民として暮らしはじめました。やがて女の子にも恵まれ、軍での地獄を思えば、夢のように幸せな暮らしが訪れました。

暮らし向きに多少余裕ができると、私たちは親子三人でよく揚子江のほとりを散歩しました。大陸の雄大な地平と、悠久の大河が見せる水平線。太古から続く優しい自然が私に戦争を忘れさせ、私たち親子を穏やかに包んでくれました。

この三年間のささやかな日々が、今思えば生涯で最も幸せな時期だったでしょう。軍人としての地獄の日々を抜けると、中国の大地は、私に生涯の伴侶を授けてくれた。これは中国の神が私にくれた最後のチャンスなのだ、そう私は確信しました。だからこれからは、正しく生きていこう、そしてこの土地の土になろう、私はそう心に誓いました。

しかし、これも長くは続きませんでした。三年後のあの日を境に、そういうつつましくも幸せだった暮らしは、いとも簡単についえました。

昭和十六年九月十七日。この日を私は生涯忘れないでしょう。いや、死んだとしても忘れることはない。その日私は、村を離れ、山菜採りに出ていました。風のない、汗ばむようなよく晴れた初秋の午後です。私は知りませんでしたが、その頃日本軍は、長沙《ちょうさ》作戦と呼ばれる作戦を遂行するため、六個師団からなる第十一軍が、武昌《ぶしょう》を出てこちらに向かっていたのです。

武昌とは、私たちの住む蒲圻から、北東約百五十キロほどのところにある町です。そして長沙は、蒲圻の南にある洞庭《どうてい》と呼ばれる大きな湖の、すぐ南に位置していました。だから私たちの村も、日本軍に蹂躙《じゅうりん》される可能性は十二分にあったのです。こういうことを、私はよく考えておくべきでした。

私たちが住む川沿いの小さな村に、突如六十人ばかりの日本兵が現れ、殺戮と陵辱の限りをつくしました。この大陸で何度も行われてきた蛮行が、ここでもまた繰り返されたのです。

私たちの面倒をよく見てくれたある老人などは、孫娘を輪姦する日本兵の背中を包丁で刺したことから怒りを買い、縛りあげられて水瓶へ放り込まれ、溺死させられました。孫娘に陵辱を終えた兵士たちは、そんな老人の死体を家の屋根から逆さに吊りさげ、根性入れだと称して、新兵たちに銃剣で突き刺すように命じました。一人の若者が、気味が悪いほどに膨れた老人の腹を銃剣で突き刺すと、ひゅうと音がして、血の混じった水が大量に噴き出したそうです。それを見た兵士たちは、げらげらといつまでも笑い転げていたと言います。

出産を間近に控えたある女性などは、兵隊にさんざん犯された後、腹を割かれて胎児ともども殺されました。もうこんなことは、いちいち書いていたらきりがないほどで、ごく少数の人を除いて、村人の多くがなぶり殺されたのです。これまで私たちのしてきた行為が、ここでもまた繰り返されました。食料の慢性的な不足が、日本軍を恒久的な鬼畜に変えていました。

村外れにある私たちの家にも、四人の日本兵が乱入したそうです。そして娟鈴は、その日本人たち全員に、幾度となく犯されました。

私が家に戻った時、娟鈴は寝台の上に横たわり、うつろな目を天井に向けていました。下腹部は血だらけで、私を認めると、われに返って激しく泣き、娘の名を繰り返し叫び続けました。懸命に起きあがろうとしますが、下腹部が痛んで無理なようでした。

私は、小さなわが家を見廻しました。娘の姿はどこにもありません。泣き叫びながら娟鈴は、しきりに玄関を指さします。慌てて表に出てみました。私たちの家の横には川があり、この少し下流には鉄橋が架かっていました。その鉄橋の下で、何故なのか、一艘の船が燃えていました。激しい胸騒ぎを覚えた私は、その船に向かって走りました。

鉄橋のところまで行き、燃え続ける船の中を見ますと、赤黒くて気味の悪いものがひとつ、燃えながら船底に転がっていました。よく見ると、それは人間の子供です。炎によって皮膚は赤黒くただれ、ところどころべろんと、大きく肌が剥離しています。そしてどうしたわけなのかその子には頭部がなく、だから、人間とすぐには解らなかったのです。

船の近くの土手に、その子のものらしい小さな頭部が落ちていました。顔は、自身の血を浴びたのでしょう、赤く染まっています。悪い予感は当たりました。それは、私らの子供でした。四人の日本兵が娟鈴を陵辱している間中、娘は泣き叫んでいたそうです。それをうるさく感じたのでしょう。獣欲を満たした彼らは、娘を外に連れだすと、信じられないような仕打ちを、幼い子供に対してしました。

一人の兵隊が、泣き叫ぶ娘の首にきつく縄をかけ、ぐいぐいと強く絞めたので、もう声は出なくなりました。やがて赤紫に腫れた舌が口からだらりと垂れ、日本兵はそんな娘を抱えて鉄橋の上に歩み出て、線路に縄をかけて吊りさげたそうです。

　四人の日本兵たちは、幼い娘を見あげては、げらげらげらげらと、狂ったように笑い続けたそうです。そうするうちに列車がやって来て、音をたてて鉄橋を渡っていきます。列車が行ってしばらくしたら、ふいに突風が吹き、娘の体は鉄橋の下で大きく揺れました。列車に轢かれた時、縄に切れ目でも入ったのでしょうか、揺れ続けたのち、縄はぶつりと切れて、娘の死体は一度岸壁にぶつかってから川に落ちました。

　一人の日本兵が、川に浮かんだ娘の死体を拾いあげ、近くの岩に載せると、ほんの少しのためらいもなく、まるで蛙に悪戯でもするように、剣で首を刎ねました。気のきいた冗談でも演じているつもりだったのでしょうか。ずっと吊られていたため、娘の首は気味が悪いほどに伸びていて、すでに死んでいましたから血はあまり出ませんでした。が、それでも小さな顔を赤く染めるには充分でした。

　別の兵隊が娘の胴体に火をつけたので、岩の上で娘は燃えます。小さな内臓が、やがてばちばちとと音をたてて弾《はじ》けたそうです。腸内のガスに火がつき、小さな破裂音もしたといいます。すると何が可笑しいのか、四人の日本兵たちは、さらに大声になって、下卑た笑い声をたてるのです。

　別の日本兵が、近くから船を見つけてきました。その男は、燃える娘の載った岩の近くに船を寄せると、遺体を銃剣で突き刺し、大きくひと振りして船の床に叩きつけました。船はわずかに揺れながら燃えはじめ、それを見た兵隊たちは、また哄笑《こうしょう》を始めたそうです。

　これらのことは、生き残った村人たちから、後で聞いて知りました。いくら敵国とはいえ一般市民に、何故ここまでひどいことをしなければならないのか。三年間の平和な暮らしで人間の心を取り戻していた私には、もうそれが理解できませんでした。何よりこうした行為を、喜劇と感じられる狂った神経が、自分には理解できない。

解らない――、村人たちもまた、口々にそう言いました。あの兵隊たちは人間でなく、鬼の生まれ変わりなのだろう、だからあんなことができる、それが生き残った村人の出した結論でした。実際、そう考えるしかなかったでしょう。こんなことは、人間には到底できません。しかし村人たちのその言葉は、過去の私に対する問いかけのようにも聞こえて、私はただ黙っているほかはありませんでした。

家に帰ると、娟鈴はまだ泣いていました。この時になって私も、ようやく泣きました。そういう心の余裕が、やっと生まれたのです。私たちは二人で、長い間泣きました。

さいわい娟鈴は、命に別状はありませんでした。体はまもなく回復しましたが、しかし私たちの暮らしは、もう元の通りには戻りませんでした。というのも娟鈴が、あの日本兵たちのうちの誰かの子を、不幸にも身篭《みごも》ってしまったからです。

田舎の、それも貧しい村のことで、堕胎の道もありません。娟鈴のお腹は日に日に大きくなり、彼女は体調の不良と、日本人に対する強い怒りから、徐々に私に冷たくなっていきました。口論になる日もあり、そして私も、いったいどうしてあんなことができたのか、娟鈴は命の恩人だったはずなのに、愛する子供を失った腹いせで、私は彼女に辛くあたりました。

娟鈴は、それで家を出ました。私も怒りにかられていて、追いませんでした。しかし三日ほどがたって頭が冷え、ようやく気づきました。一番辛かったのは娟鈴だったのです。彼女の気持ちを、どうして察しようとしなかったのか。私は若く、本当に未熟でした。そのことを、それからどれほど悔やんだことでしょうか。

　しかし、いくら狂ったようになって私が探しても、娟鈴は見つかりませんでした。これが日本であったなら、何らかの方法もあったでしょう。しかし広大な異国中国では、どうすることもできませんでした。そうこうするうち、狂気の戦争も終わり、日本は負けました。

　そのこと自体には、なんの感慨も湧きませんでした。神州への忠誠も、天皇陛下への崇拝心も、日本という祖国さえ、私の脳裏からは消えていました。私は何もかも失っていました。妻も子も、金も家も祖国も、そして日本語という言葉さえも、さらには人間らしい心をも、私は喪失していました。

　頭が割れるような怒りの中で、私は固く復讐を誓いました。日本へ帰り、あの四人の日本人どもを探し出し、同じようになぶり殺してやる、そう固く、固く、命を賭けて私は誓ったのです。そんなことをしても娟鈴が喜ばないのは解っていますが、抜け殻になった私を燃えさせるものは、もうそういう殺意だけでした。

　私の娘は、鉄橋から川の中へ落ちる際、一度岸壁にぶつかりました。その時にぴしゃとつぶれて岩肌に血が付き、それを見た兵隊の一人が、

「似ている、似ている。早く国に帰りたいもんだな」

　とそう言ったそうです。日本語の解る老人が生き残っていて、私にそう教えてくれました。

　探索の手がかりは、これひとつきりでした。でも私は、必ず奴ら四人どもを探しだす、そして殺す。そう思って日本に渡りました。私は日本に対して強い怒りがあり、格別帰りたいとも思いませんでした。だからこれは帰国ではなく、単に渡航です。あの四人の鬼どもの国に、ただやってきたのです。見つけ出し、なぶり殺すためにです。

9

「つまり、ここにある、中国で秋島の娘を殺したのが、藤堂さんたちだったのですね？」

手記の途中までを読み、伏せていた顔をあげて川島が言った。中村は頷く。

「そうです。血の付いた岸壁を見た時兵隊の一人が発したという日本語ひとつを頼りに、日本に渡ってきた秋島は、該当しそうな国内の土地を懸命に探します」

「血の付いた壁を見て、懐かしい、帰りたいと言った、その言葉……？」

「そうです。そこからこの日本人は、赤い岩の壁があるどこかの土地の出身だろうと、秋島は見当をつけたわけです」

「なるほど」

「血崖、赤崖、血壁、赤壁といった地名を片っ端から秋島は調べていきます。そして昭和三十一年の八月、ついに彼は、秩父赤壁にたどり着きます。そして、この長瀞の町に藤堂菊一郎さんを見つけたのです」

「ふむ」

「藤堂さんが、日中戦争に関するシンポジウムに毎年出席していることを突きとめた秋島は、自分もその会合に参加して藤堂さんに近づき、やがて二人は親しくなる。そして秋島は、残り三人のターゲットの名を聞きだすことにも成功します。藤堂さんたち四人は、従軍中はずっと同じ連隊に所属していたし、戦後はずっと賀状のやり取りを続けていたんです」

「なるほど」

「これを知った秋島は、ここ長瀞の町を復讐の地と定め、この四人をなんとかこの地に集めようと考えます。そして藤堂さんがここで旅館を経営していることを知り、それなら年に一度、日中戦争に従軍した者たちでこの旅館に集まって、旧交を暖める親睦慰霊会を開いたらどうかと、さりげなく提案します」

「あんな地獄の体験でも、時を経れば懐かしくなるものなんですねぇ」

川島は言う。

「私なら、もうならず者仲間の顔なんか見たくもありません」

「いや、この頃の藤堂さんには、ちょっとした事情があったんです、そうしてもいいというですな」

中村は言う。

「ほう、なんです？」

「当時の藤堂さん、県議会議員を目ざしていて、ちょっとばかり世間体を欲していた時期だったんです。だから秋島のこの提案に、すぐ膝を打ったんです。そこで自分が発起人となって、大戦従軍者の慰霊塔を建てることに決め、以降毎年、彼がオーナーとなっているこの想流亭で、親睦慰霊の会合が開かれることになったんです。

計画の第一段階はこうして成功し、秋島は群馬県の館林市に居を構えて、何食わぬ顔で毎年この会合に参加を続けた。そして藤堂以外の三人ともだんだんに親しくなっていきます。これはむろん、犯行の時に彼らを油断させるためです。そういいきさつは、この手記の後半に詳しく書いてあります」

「ふうん」

中村はひとつ息をつき、続ける。

「その後、さっきご説明しましたように、秋島は長い時間をかけて四人の殺害計画を練りあげる。そして予行練習を繰り返します。しかし秋島は、それでもなかなか実行には移せずいた。激動の戦地でならいざ知らず、平和な日本の暮らしに馴れてしまうと、殺人を成すことへのためらいが生じます。なかなかできるものではない」

「そうでしょう、逮捕されて、生活も失う。しかも対象は四人だ。これは並大抵のことではない、大変な怨念のエネルギーが要る」

川島が言った。

「そういうことですな。しかし秋島は、このエネルギーをずっと持続した。ターゲットの四人は今やみな高齢です。体もしんどくなっているから、慰霊会にも出たり出なかったりということになった、一人が出れば、もう一人は欠席と。だからなかなか全員が揃う年がなく、そうなら決行はできません。しかしやるならこの赤壁の地で一挙に、と秋島は考えていた。そうでなくては復讐にならないと」

「異常だ、これはもう狂っている。よほど思いつめる性格だったんでしょうね」

「戦争が、彼をそう変えたんでしょう」

「ふむ」

「そして、チャンスはついに訪れた。今年の慰霊会には、ターゲットの全員が顔を揃えるということになった。これを知って秋島は、いよいよこれが最後のチャンスだと考えた。この機会を逃すと、もう次の機会があるかどうかは怪しい。連中は、それぞれの土地で没してしまいかねない。そうなっては怨みが遺ってしまい、行き場所がない」

「なんとまぁ、執念深い」

「秋島の人生が、幸せでなかったんでしょうな。だから彼は、怒りを忘れずにいられた。そこで彼は、ついに決行を決意する。みなが集合したら、秋島はまず藤堂さんを殺し、計画通り鉄橋の下に吊る」

「つまり秋島は……？」

「そうです。秋島は、娘さんの無残な殺され方に見立てて、四人を殺害しようと決めていたのです。これは彼なりの慰霊会で、死んだ娘への儀式、そして四人の死体は供物だった」

「ふむ、まあ解るような気もしますが……」

川島は言う。

「だからわざわざ藤堂さんの死体を鉄橋から吊り下げ、陣内さんを岩の上で燃やし、浅見さんの首は切断したのです。顔を赤く塗ったのもそのためだ。これらはみな、彼の娘が四人にされたことです。四人に殺された娘さんの顔は血に赤く染まっていたとありますから、藤堂の顔を赤く塗ったのは、これを模したのです。四人に同じ仕打ちを返してやれば、娘の怨みも晴れると彼は信じた」

　中村が言葉を停めると、もう誰の声もなく、ただ沈黙だった。

「しかし四人目の長澤さんを殺そうとした時、不覚にも自分が命を落としてしまった。長澤さんも続いて自殺する。そこで、これを見ていた涌井さんが、ふたつの死体に細工を施します。先ほども説明した通り、秋島には警察官の制服を着せ、足にトラバサミをはさむ。長澤さんの左足は切断した上に、船の上で燃やした」

「ちょっと待ってください」

　川島が言う。

「それが解らない。秋島の遺志を継いだのですか？　どうして無関係の涌井さんが、そんなことをしなくてはならないんです？」

「ここには様々な事情があるのですが……」

「船の上で燃やすのは解る。秋島の娘がやられたことだから。しかしトラバサミというのは何です？　こんなものは手記には全然出てこない」

「五つの死体に、まったく別の意味を持たせるためです」

　海老原が言った。

「別の意味？」

　海老原の方を向き、川島は問う。

「民話です」

「何だって？」

　川島は驚いて言った。

「涌井さんは今回の事件を、民話に見立てた五つの連続殺人事件に見せかけようとしたのです。起こった後からです。全然別のものに変えた、自分の解釈によってです」

　海老原が言い、そこで中村は、ようやく昨日語り部から聞いた秩父の五つの民話を、一同に話して聞かせることができた。この事件は、異様なる要素が複雑におり重なっているため、解明の説明は容易ではない。

「鉄橋下に吊られていた小舟なんですが、実はあれ、秋島の計画の当初では、アリバイを確保しながら藤堂さんを殺害するための単なる小道具にすぎなかったんです。ところが道具だてが風変わりで、あんまり印象的だったから、宙に吊られた小舟には、きっと何らかの意味があるはずだと、ぼくらは勝手に思い込んでしまった」

海老原が言う。

「そう。だから私や海老原君は、涌井さんの思惑通りに、この事件を民話見立ての計画殺人だと誤解してしまったのです」

中村が言う。

「秩父地方には、それこそ数えきれないほどの民話や伝承がありますから、藤堂さんや陣内さん、あるいは浅見さんが殺された時の様子に近い民話も、そう思って探せば似たものが見つかります。するとあった、見つけたぞって、つい錯覚してしまうんです」

海老原が言う。

「そう、だからわれわれは隘路に導かれた」

中村も言った。

「もしかしたらぼくは、秋島の娘さんを惨殺した時、藤堂さんの頭の中に、子供の頃に聞いた『天に還る舟』のストーリーがあったのかもしれないとも思います。だから彼は無意識で船を持ちだした」

中村は言う。

「うーん、それはどうかな……」

「涌井さんが、この事件を民話見立ての連続殺人に見せかけようとした理由は何です?」

川島が訊いてきた。

「事件を混乱させるためですか?」

「いや、私は足の切断のためだと思うな。そのようにすれば、長澤さんの足は、『ごぜの怨み』という民話に見立てるために切断したのだという話になり、秋島の足とすり替えるために切られたとは誰も思わなくなる。つまり長澤和摩さんが義足だったという事実を隠せる」

「うん？　なんのためにそんな小細工を？　そんなふうにしたら、秋島が犯人であることを隠せる……？」

「そうじゃない、これは汐織さんのためです」

俯いていた汐織の肩が大きく揺れた。新しい涙が、また汐織の瞼からあふれた。

「涌井さんは、長澤さんが義足であることを、汐織さんから聞いて知っていたんでしょう。違いますか？」

中村が訊くと、汐織は小さく頷いた。そして、

「そうです」

と小声で言った。

「それからもうひとつ。おっしゃるように涌井さんは、今回の事件を五つの連続殺人に見せかけることにより、秋島を被害者の一人に思わせようとしたんです」

「つまり、秋島を庇《かば》ったと？」

川島が言った。

「そうです」

中村は頷く。

「しかしそんなことをして、まかり間違えば自分が犯人になる危険があるじゃないですか。事実そうなりかけていた。そこまでして、何故彼は秋島を庇おうとしたんです？　まるで無関係な人間なのに」

「いや、涌井さんは、全然無関係な人間ではないんです」

中村は言った。

「無関係ではないと？」

「ええ。この手記に出てきた王娟鈴《おうえんりん》さん、つまり秋島と中国で暮らしていた女性ですな。実は彼女、藤堂さんたちに襲われる以前から、妊娠の徴候を感じていたようです。ただそれを秋島に言う機会を、彼女は逸してしまった。言おうと思っていたら、藤堂

さんたちにレイプされてしまったからです。今から言っては、ただの言い訳の嘘に聞こえる。言葉の問題もあったんでしょうな。秋島は中国語がそれほどうまくない、言葉の微妙なニュアンスまでは伝わらない。さらに、ショックで人が変わってしまった秋島は、娟鈴さんが日本兵の子供を身篭ったと一人決めしていましたからな。何を言っても聞く耳を持たない。

そんなことだから、とても秋島の前で出産するわけにはいかない。日に日に大きくなるお腹を抱えて彼女は悩み抜き、ついに子供を産むために家を出る決意をした。娟鈴さんは病院で女の子を出産し、慰安所で働きながら、懸命にこの子を育てます。しかしそんな暮しで蓄積された疲労のため、終戦の年、彼女はこの幼な子を残して病死してしまいます。遺児として残された子は、中国にいたある日本人男性に拾われ、翌年、父の祖国である日本の土を踏みます」

「よくそんなことまで解りますね！」

川島が驚いて言った。

「調べたんです」

「どうやってです？」

「後で言います。娟鈴さんの娘さんは日本に行くと、拾ってくれた日本人の養子となり、大きな病気にみまわれるようなこともなく成長しますが、十五歳になったある日、養父に性的虐待を受けてしまう。その日を境に、連日養父から虐待を受け続け、やがて彼女は妊娠します。それを知った養父は、堕ろせと執拗に迫りますが、彼女はこれを突っぱねて男の子を産み、生まれた子供に英信と名づけました」

「なんですと!?　では涌井さんは……？」

「秋島の、孫ということになりますな」

これにはみな息を呑んだ。きよも大野も目を見開いている。

「出産後、性的虐待の再発を恐れた十五歳の母は、産後の肥立ちも待たずに、涌井さんをおぶって養父の家を出ます。そして働きながら涌井さんを育てますが、やはり過労が祟ったのか、息子が十六歳の時に彼女も亡くなってしまう。母親と同じ運命をたどった」

「なんて人生なんだ」

「母を亡くした涌井さんは、数少ない遺品の整理をしているうち、母がずっと大事にしていた神社のお守り袋——、これは実は秋島が娟鈴さんに与えたものなんですが——、このお守り袋が少し膨らんでいることに気づいて中を調べますと、そこには娟鈴さんが娘、つまり英信さんの母親に宛てた手紙が入っていて、それを読んだ涌井さんは、自分の祖母や祖父が、中国でどのような目に遭ったのかを知ります。そこで彼もまた、この四人の元日本兵を探しはじめます。彼も復讐する気でいたのかどうか、それは解りません。ただどんな顔か見たかったのだと、彼は言っていました。

　大学在学中にようやく藤堂さんの居場所を突きとめた涌井さんは、長瀞町まで足を運びます。すると藤堂さんは、自分の経営する旅荘に、中国に従軍した者たちを集めた慰霊会を毎年開催しており、そこには残りの三人だけではなく、中国にいると思っていた祖父までが、会員として名を連ねていた。

　驚くとともに涌井さんは、この慰霊会の集まりは、あるいは復讐の機会を狙う祖父が仕組んだものかもしれない、と察します。そこで彼は、会の出席者が毎年宿泊するこの想流亭で、自分も働くことを決めた」

「どうする気だったのかな、祖父の計画に協力しようと？」

「あるいはね。まあ彼も、混乱していたというのが正直なところでしょう。祖父の気持ちはよく解るし、同意もするが、やはり留めなくてはならないといったような……。ま、いずれにしても、涌井英信という人物の戸籍を、逆にたどっていく聞き込みをやってもらった。それで彼と、彼の母のこういう波瀾《はらん》の半生を知ったんです」

「たったあれだけの時間でこれを?」

「桜田門には優秀な者がおりますからな」

「ふうん、さすがですね……。だから涌井さんは、秋島たちが死んだ夜、秋島の部屋をずっと見張っていたのですね?」

「そうです。いよいよ復讐を始めた祖父を留めようと、彼は何度もそう思ったそうです。でもそれはついにできなかった。時間をかけ、考えに考えた末の祖父の決断、応援したい気分もあった。しかしそうこうしているうち、目の前で秋島と長澤さんが死に、それを見た涌井さんは、とっさに民話見立てを思いついた」

「涌井さんは、民話に詳しかったんでしたね」

「そうです。研究家だった。聞き歩いて、採譜もしていた」

「ひとつだけ、まだ解らないことがあります」

川島が言い、中村は川島の方を向く。

「なんです?」

「長澤さんは何故自殺を?」

「それはですな……」

言い淀んだ中村は、汐織を見た。汐織は小さく、しかしはっきりと頷いていた。それで中村は口を開いた。

「ではご説明しましょう。長澤家の和摩さんの部屋には、小さな仏像が置かれています。和摩さん自身が彫ったものだそうです。そしてその仏像の前には、これが置かれていました」

中村は、内ポケットに手を入れ、さっき汐織から預かった封筒を抜き出した。封を開け、中から一枚の紙を引き出す。それは、本のページの一部を切り抜いたと思われる白黒の写真だった。テーブルの上に中村が置くと、一堂はいっせいに身を乗り出してきて見つめた。

写真は、横十センチ、縦七センチほどの大きさで、屋外で撮られたものだった。手前には両手を広げた女が仰向けに横たわり、白黒なのでさほど鮮明ではないが、着衣は大きく乱れ、露出した肌や周りの地面には、黒い染みが大きく広がっていた。真上をじっと見つめた顔や、弛緩した表情から、女がすでに死んでいるのはあきらかで、だから黒い染みは彼女の血と思われた。

女の腹は、真横方向に二十センチほども切り裂かれ、腸がはみ出ていた。腸は、腹の上で蛇のようにのたくっている。女の横には、足にゲートルを巻き、軍服を着た日本兵らしい若者が一人立って、着剣した小銃を手に笑っていた。

不気味な写真だった。青年の屈託のない笑顔には、死者への悼みや敬意はかけらもなかった。ちょうど現在の若者が、名所旧跡の立て札の前で記念写真を撮っているのと同じだ。

「まさか……」

川島が言った。顔を横に向け、中村を見る。

「そうです。この青年が長澤さんです」

中村は言った。

「父は毎朝毎晩、すまないすまないと言ってはその写真に頭をさげ、泣きながら仏像を拝んでいました。お線香を絶やしたこともありません」

汐織が言う。

「これが戦争です。日常的殺人の恐怖は、どんな善良な人間をも、いやそうならなおのこと、完全に狂わせてしまう」

中村は言った。

「この写真は、どこから？」

川島が汐織に訊いた。

「ある本です。偶然見つけたんです、自分の写真」

「ふむ」

「父は昔、記憶にちょっと障害があったようで、中国での従軍時の記憶が、ところどころ途切れていたんだそうです。よほど怖い目に遭ったから、思い出せないように脳自身が隠していたんだなと、何かの本で読んで、父はたびたび言っていました」

「それはあなたと暮している間も？」

これは中村が訊いた。

「いえ、それは私がもの心つく以前のことです」

「そうですか」

「ところがある年、父はたまたま人に誘われて、秩父の赤壁を見にいったんだそうです。岩畳の上から対岸を眺めた時に、ふいに記憶の一部が戻ったんだと。ところどころが赤い奇妙な岸壁を見ているうちに、途切れた記憶の一部がフラッシュバックみたいに押し寄せてきて、それは中国のどこかの村でのひどい殺戮行為だったんだそうですが、それがあんまり鮮明だったから、眩暈を起こして倒れそうになったと、父は私に言っていました。

それで、それからの父は、何とか戦時中の記憶を取り戻そうとして、自分の所属する部隊が行軍した途中の中国の町や、村のことなんかを調べたそうです。そうしているうちに、日中戦争を扱ったある本の中に、この写真を見つけたんです。それをきっかけに、途切れていた記憶のすべてが戻ったそうです」

「訊きにくいことだが、この女性は、あなたのお父さんがやったことなんですか？」

「すみません、詳しくは聞いていません、怖くて。戦争は人間を狂わせるって。今中村さんが言われた通り、極限的な恐怖が人をまったく変えると、悪魔に魅入られるというのは本当にあるって、自分が何をしているのか、全然解ってはいなかったたって、全然別の人間になっていたと、父はそう言っていました」

汐織は言う。

「殺戮に馴染めば、人間の脳はそれを楽しめるようになると、何かで読んだことがあります」

海老原が言った。

「赤壁がある長瀞町に移り住んで、あの町で償い続けたいと、ずっとそう考えていたんだと、だからお母さんが死んだのを契機に、ここに引っ越してきたんだって、父はそう私に言っていました」

「では、長澤さんがあのような死に方をしたのは……?」

　中村に視線を移しながら、川島が言った。中村は頷き、こう言った。

「つまり、この写真の女性と同じ苦しみを、彼は味わおうとしたんでしょうな、償いのために」

　一堂は、みな一様に、かすかな溜息を吐いた。


　一時間後、妻が待つ実家へ戻るため、中村は上長瀞駅のプラットフォームに立っていた。海老原と川島、きよ、汐織の四人も一緒に来た。みなわざわざ入場券を買い、ここまで見送りにきてくれたのだ。五人以外、誰一人人間がいないホームに、穏やかな冬の陽が落ちていた。

「やれやれ、えらい事件だったな」

　ベレー帽のてっぺんを押さえながら、中村が言った。

「休暇がふいでしたね」

　慰めるように、海老原が言う。

「いや、けっこう楽しんださ」

　強がるように、中村は言う。

「土地の自然をたっぷり楽しんだ。そりゃ、死体や血がなきゃもっとよかったが。まあ俺は刑事だからな、こんなもんだろうよ。ああそうだ、きよさん」

　するときよは、微笑を浮かべて小首をかしげる。これは彼女の癖だ。

「秋島は『藤袴の間』に泊まっていたんでしたな?」

「はいそうです」

　きよは、なんだか明るすぎる声で言う。

「あの部屋は、確か一番奥だったでしょう?」

「はいそうです」

「妙だな、どうして秋島は、あんなに奥の部屋に滞在したんだろう。右足が不自由だと偽《いつわ》っていたのなら、もっと手前の部屋に泊まりそうなものだ

「藤袴の花言葉はね、『あの日を思い出す』なんですよ」

「あの日を思い出す？」

「はい」

一見柔和そうだった秋島の顔を思い浮かべてみた。しかし、もうこれ以上事件のことを思うのはうんざりだったから、すぐに消した。

「へえ、おまえさん、案外少女趣味なんだな」

中村は言った。

「ほかにもけっこう知ってますよ」

と海老原が言った時、電車の到来を知らせるアナウンスが響いた。見ると、遥かな彼方を、二両編成の小さな気動車が、こちらに向かってやってきていた。その一生懸命そうな様子が、なんだか健気に見えた。

この事件に関わった当初の自分も、たぶんあんなふうだったろうと思う。とんでもない事件で、到底歯がたたないように感じた。海老原がいなければ、

が……」

「そう言われてみれば、確かにそうですわねぇ……。でも秋島さんは、お泊りになる時、毎回決まって『藤袴の間』を指定されてました。あの部屋から見える景色が好きだから、とかおっしゃっていたのですが……」

犯人とはなったが、秋島は一応客だったからか、きよは敬語を用いて言う。

「あの部屋の眺め？　ほかと変わらんよ」

中村は言った。

「中村さん」

海老原が割って入った。

「なんだい？」

「花言葉、ご存知ですか？」

意表を衝かれた。

「まあ、そんなものが世の中にあるのは知っているが、詳しくはねぇなぁ」

言って、わずかに肩をすくめた。

安堵の息を吐いた。間に合ったな、と思った。自分はまだ今も、荒川のほとりをうろうろしていたのではないか。

気動車がホームに入ってきた。ドアが開き、乗り込むと、少ししてから発車のベルが鳴る。それが合図で、川島ときよ、そして汐織の三人が、中村に向かって揃って頭を下げた。会釈を返し、中村は次に海老原に視線を移した。何かひと言礼を言おうとしたのだが、彼は照れくさそうに笑い、次いで真顔に戻って深く頭を下げてきたので、言いそびれた。

「海老原君、じゃあまたな」

とだけ中村は言い、軽く右手を上げた。ドアが閉まり、列車はゆるやかに動きだす。すると四人がうち揃って手を振り、追って歩きだした。殺人担当の強面刑事に対する、これは別れ方ではないなと中村は思い、苦笑し、それから、なんだかそれが無性に嬉しかった。

中村は、こうして長瀞町を後にした。だんだん小さくなる四人を見ながら、中村はひとつ、大きく、

エピローグ

昭和五十九年の六月。長瀞町の連続殺人事件からもう半年ほどがすぎていた。桜田門に戻った中村は、たちまち以前の激務に合流して、あれほど陰惨だった事件を、ほんのわずかも思い返すことなく、時をすごしていた。

五十九年の一月から、中村は同じ一課の継続捜査班、人が呼ぶところのいわゆる「迷宮課」へと異動になっていた。そして、以前にも増して忙しくなった。この班は、その名のとおり、未解決のまま捜査本部が解散してしまったような事件を追うもので、中村の性には合っていたが、仕事がない日というものがない。ひとつ、またひとつと片づけていっても、リストには果てしなく先がある。またうまく片づけても、それで大きく救われるという者が出ない。ことはすっかり終わっており、関係者も新たな人間関係を作って、なんとか新生活を始めている。聴取に訪ねていくと、何を今さらという顔をされることも多い。

警視庁の六階にある刑事部で、時効寸前の事件の資料を眺めていたら、係りの者に名を呼ばれた。来客だと言う。別の刑事が、今ここに連れてくると言った。頷き、刑事部屋の隅の応接セットに席を占めた中村は、資料を繰りながら来客とやらを待った。

「中村さん」

名を呼ばれて資料から目をあげると、衝立の向こうに吉敷が立っていた。

「お客さん、お連れしましたよ」

吉敷が言い、見ると彼の後方に、海老原浩一と涌井英信が立っている。そのさらに後方には、長澤汐織の姿も見えた。

「よう海老原君じゃないか、よく来たな。ずいぶん久しぶりじゃねぇか、元気かい?」

するとと海老原は笑みを浮かべ、ちょっと頭を下げてきた。

「ご無沙汰してます」

「おまえさん、一課に入りにきたのかい?」

中村は軽口を言った。すると海老原の表情が輝いた。

「え? いいんですか? 是非入れてくださいよ、きっとお役にたちますから」

「今の継続班は、人手が足りねぇんだ、本当に頼みたいとこだね。外部戦力で」

「もう、なんでもやりますよ、聞き込み、資料集め、コピー取り」

「推理はやらねぇのかい?」

「それが一番の得意です」

「給料は出ないがね」

「要りませんよ、払えと言われたら困るけど」

「長瀞町の事件では中村さん、ずいぶんこき使ったそうですね」

吉敷が言った。

「ああ、助かったさ、まあみんな、すわってくれたまえ」

中村は言った。

「じゃあ、私はこれで」

吉敷は言い、背中を見せて去っていった。

「あの人が吉敷さんですか。えらい格好いいですね」

ソファに腰を降ろしながら、海老原は言う。そして、きょろきょろと周囲を見廻した。

「きょろきょろするなよ、おのぼりさんじゃないだろ。ここはお茶が出ないんだ、喫茶店でも行くかい?」

「いや、いいですよ。お忙しいでしょうから。すぐおいとまします」

「ああ見えて吉敷は、強面の猛者なんだぜ。長澤さん、涌井さんも、ご無沙汰していますな。まあ刑事にはご無沙汰する方がいい。ようこそお越しくださいました、こんなむさくるしいところに」

中村は二人に頭を下げた。

「いや、きれいなところなんですね。秩父署とはずいぶん違うな」

涌井は言った。

「ああ、君はしばらくあそこの留置場に入ったものな」

言うと、涌井は苦笑した。

「まあここは新しいからね、留置場も評判いいよ」

中村は言った。

「いやぁ、もうああいうところはちょっと……」

涌井は言って笑った。

「ところで、今日は何か?」

中村が尋ねる。

「いえ、いろいろありましたが、ぼくの方は無事執行猶予が付いて……」

「ああそうだってね、よかったじゃないですか」

中村は言った。

「はあ、けっこう罪状ありましたが……、これもすべて中村さんのおかげで」

「いや、こっちの海老原君の力だよ」

「はい、彼にも助けられました。あのまま起訴されていたらと思うと、ぞっとします」

中村は黙って頷いた。そうなれば、確かにかなり厄介ではあったろう。今頃はあっちの地裁で、連日の法廷だ。自分も行かなくてはならなかったはずだ。

「あの時自分は、もう何をやっているのか、頭がおかしくなっていました」

中村はまた頷く。

「あれだけの背後事情があれば、それも無理もない。秋島は、君と血がつながった肉親だ、放ってはおけなかったろうな」

面識はなくとも、それが人の情というものであろう。

「はい。ともかくお礼をと思いまして、こうして……」

「それはどうもご丁寧に」

中村は快活に言った。

「執行猶予を無事に抜けたら、この人と一緒になって、それで、ずっと二人で長瀞町に住んで、一緒に祖父や、長澤和麿さんの墓を守って行きたいと、そう思ってます」

「おお、そりゃいい。おめでとうございます」

「ありがとうございます」

汐織も言って、頭を下げる。

「中村さん、そりゃちょっと早いかもしれない」

海老原がすかさず言った。

「そうかい?」

「こいつ、案外瞬間湯沸機なんですよ。どっかで大喧嘩でもやって、執行猶予取り消しになるかもしれない。そしたら中村さん、逮捕しにきてやってください」

「おい、冗談でもそういうこと言うな」

涌井が真剣な顔で言った。

「そうならんように、君が見張っていろよ」

中村が、海老原に言った。

「結婚する暁には……」

と涌井が、中村の方に向き直って言う。

「苗字、祖父のものである秋島に変えようかと、ぼくは思っています」

中村はちょっと無言になったが、言った。

「ふむ。君さえそれでいいなら」

中村はこの大事件の、土地での余韻を慮《おもんぱか》りながら、そう言ったのだった。田舎のことで、秋島を名乗って暮していくのは苦しいのではないか、そう心配した。しかし続く涌井の言を聞いて、考えをあらためた。

「それからぼく、事件を風化させたくないから、あの事件の時の五人の死を、民話のようなかたちで、遺してみたいなと、そう思って……」

「遺す？」

中村は言った。

「はい。ぼく、聴き取って収集した秩父の古い民話を、近く自費出版しようかと思っているんです。その本に、この事件のことも加えておこうかなと……」

中村はしばらく無言で考え、そういうことかと思った。逃げて、世間が事件を忘れてくれるのを待つのでなく、積極的に、真正面から組み合おうというわけだ。それが、この男流の闘い方なのであろう。それもいいと思った。逃げればやられる。こっちから世に広めてやろうというくらいの気概があってもいい。

「それはいい、汐織さん、あなたも賛成ですか？」

中村は汐織に訊いた。女性の汐織の方が、これは大変なことかもしれない。父親が罹患《りかん》した、右足切断の病のこともある。しかし汐織は、

「はい」

と言って、しっかりとひとつ頷いた。中村もまた頷く。それならいいと思ったのだ。

「それはいい、これから大変かもしれないが、ひとつしっかり」

そう言って励ました。二人は、揃って頭を下げた。

「じゃあ、何かあったら、いつでも私のところに言ってきて」

中村は言った。二人は、また揃ってありがとうございますと言った。

「まあこの前のような、あんなとんでもない厄介じゃなければだが……」

言って中村は笑い、それを潮に、みなで立ちあがった。

「もうああ言うの、二度と嫌ですか？」

海老原が訊いてきた。

「ああ、嫌だね」

中村は即座に応えた。

「ぼくは平気ですよ。これ、ぼくの名刺です」

名刺を手渡してくる。

「何か協力できることあったら、いつでも電話してきてくださいね、なんでもしますから」

海老原はまた言った。

「刑事捜査がよほど気に入ったみたいだな」

すると海老原は、

「はい」

と言う。

「じゃ、俺のも渡しておこう」

言って、中村は内懐から名刺を一枚抜き、彼に手渡した。海老原は嬉しそうにそれをポケットに入れ、何度も頭を下げながら去っていった。

あの事件も、これでようやく終わったな、自分のデスクに戻りながら、中村はそう思った。陰惨な連続殺人、二度と御免だ、さっきはそう言ったが、半年も経った今思い返せば、秩父の雄大な大自然のただ中、終始荒川のせせらぎを聞きながら、けっこう楽しかったような思いも来た。

窓を見れば、ひしめくようなビル街。ここを離れ、またああいう地方の事件で、聞き込みに歩きたい気もした。


〈了〉

アジア侵略の100年／木元茂夫／社会評論社
日本軍は中国で何をしたのか／井上清、廣島正編／熊本出版文化会館
私の見た南京事件／奥宮正武／PHP研究所
目撃者の南京事件／滝谷二郎／三交社
大系日本の歴史14／江口圭一／小学館

参考文献

風土記さいたま／埼玉地理学会編／さきたま出版会
四季の彩り　秩父路の民話／市川栄一／さきたま出版会
秩父の民話と伝説　上／坂本時次／有峰書店
秩父の民話と伝説集／山田えいじ他／矢尾百貨店
NHK漢詩紀行（三）／石川忠久監修／NHK出版
中国名詩選（中）／松枝茂夫編／岩波書店
中国名詩選（下）／松枝茂夫編／岩波書店
日本伝説大系（第五巻　南関東編）／宮田登編／みずうみ書房
日本の民話300／池原昭治／木馬書館
わかりやすい日中戦争／三野正洋／光人社

天《てん》に還《かえ》る舟《ふね》

2005年 7月 1日　1刷

著　者　島田　荘司
　　　　小島　正樹

発行者　南雲　一範

発行所　株式会社 **南雲堂**
〒162-0801　東京都新宿区山吹町361
TEL 03-3268-2384　FAX 03-3260-5425
振替口座00160-0-46863

印刷所　図書印刷株式会社

乱丁・落丁本はご面倒ですが小社通販係宛にご送付下さい。
送料小社負担にてお取り替えいたします。
Printed in Japan〈1-450〉
ISBN4-523-26450-3　C0093　〈検印省略〉

E-mail　nanundo@post.email.ne.jp
U R L　http://www.nanun-do.co.jp

カバーデザイン　渡邊和宏
地図　さとう有作